Splendid
by Julia Quinn

すみれの瞳に公爵のキスを

ジュリア・クイン
村山美雪・訳

JN266587

ラズベリーブックス

あちこちの書店に連れて行ってくれた母に。

そして、ポールにも。本書の題名は*Splendid in the Grass*（草原に、、、輝く）にすべきだと言い張っていたけれど。

親愛なる読者のみなさま

デビュー作となった本書*Splendid*を書きはじめたときのことは、いまでもはっきりと憶えています。大学を卒業したばかりの夏、わたしはお気に入りの作家のロマンス小説はすべて読みつくし、それでもまだ飽き足らずにいたのです。ケンブリッジとボストンのあいだを地下鉄で行き来するあいだに、いつしか夢想にふけっていました。もしアメリカ人の女性がロンドンにやって来て、公爵と出会ったらどうなるだろう？　そのときにもし公爵が女性を使用人と勘違いしたとしたら、どんなことが起こるだろう？　その後にほんとうの正体がわかったとしたら？　公爵は怒るのかしら？（ええ、もちろん怒りはするでしょうけど、ひょっとしてキスをしてしまうのではないかしら？）

　わたしは映画を観に行くのも、テレビを観るのもやめました。本さえ読みませんでした！　ひたすらパソコンの前に坐ってキーを叩き、エマとアレックス、このふたりのお節介な親類たちを生みだし、それにもちろん、ふたりに恋をさせました。当時のわたしを衝《つ》き動かしていたのは、物語を紡《つむ》ぐことへの純粋な情熱と、いつか自分の言葉が印刷された本を母以外の人にも買って読んでもらうんだという決意でした。

　*Splendid*は、わたしの最近の作品ほど洗練されてはいないかもしれませんが、その言葉のなかには特別な何かが――デビュー作にしかない喜びや熱意が織り込まれているはずです。これを書いているあいだの一瞬一瞬が、いとおしい時間でした。

　この物語が、あなたにも同じくらい大きな喜びをもたらしますように……。

ご多幸を祈って。
ジュリア・クイン

すみれの瞳に公爵のキスを

主な登場人物

エマ・ダンスター……………………………アメリカの〈ダンスター海運〉令嬢。

アレックス・リッジリー……………………アシュボーン公爵。

アラベラ（ベル）・ブライドン……………ワース伯爵令嬢。エマの従妹。

エドワード（ネッド）・ブライドン………バーウィック子爵。エマの従兄。

キャロライン・ブライドン…………………ワース伯爵夫人。

ヘンリー・ブライドン………………………ワース伯爵。

ウィリアム・ダンフォード…………………アレックスの親友。

ソフィー・リーウッド………………………ワイルディング伯爵夫人。アレックスの妹。

ユージニア・リッジリー……………………先代アシュボーン公爵未亡人。アレックスの母。

アンソニー・ウッドサイド…………………ベントン子爵。

プロローグ

一八一六年二月　マサチューセッツ州ボストン

「わたしを追い払おうとしてるの？」

エマ・ダンスターの菫《すみれ》色の目が、驚きと動揺で大きく開いた。

「それほど感情的になることではないだろう」父が答えた。「私がおまえを追い払おうなどと考えるわけがない。一年間、ロンドンで従兄妹たちと過ごさせてやろうとしているだけではないか」

エマはぼんやり口をあけた。「でも……どうして？」

ジョン・ダンスターは気詰まりそうに椅子の上で腰をずらした。「おまえにもう少し世間を見させたほうがいいだろうと思ってな。それだけのことだ」

「だけど、ロンドンで過ごしたことならあるわ。二度も」

「ああ。しかし、大人になってから過ごすのはまた違う」父は何度か咳払いをして、深く坐りなおした。

「でも――」

「なぜそれほど大げさに考えるのかわからんな。ヘンリーとキャロラインはおまえをわが子同然に可愛がってくれているし、おまえもベルとネッドのことは、ボストンの友人たちの誰より好きだと言っていたではないか」

「だけど、ここで二カ月も一緒に過ごしてるのよ。ずっと会っていなかったわけでもないし」

父は腕組みをした。「あす、彼らと一緒に船に乗れば、それでいいんだ。ロンドンに行って来い、エマ。楽しんでくるといい」

エマはいぶかしげに目を狭めた。「わたしを嫁がせたいの？」

「そうではない！　環境を変えてみるのも、いいのではないかと思っただけだ」

「わたしはそうは思わないわ。いまボストンを離れるわけにはいかない理由が、たくさんあるんだもの」

「そうだろうか？」

「そうよ。第一、この家はどうするの。わたしがいなくなったら、誰が取り仕切るの？」

父は心得たふうに娘に微笑みかけた。「エマ、われわれは十二部屋の家に暮らしている。取り仕切るというほどのことは必要ない。それくらいは、マリンズ夫人でもじゅうぶんこなせるだろう」

「友人たちと離ればなれになることはどうなの？　きっと会いたくてたまらなくなるわ。わたしが突然いなくなったら、スティーヴン・ラムジーはどんなにがっかりするかしら。そろそろ求婚してくれそうな気がするのよね」

「いい加減にしなさい、エマ！　あの若者のことはたいして気にかけていなかったではないか。ロンドンに行きたくないからといって、かわいそうに気を持たせるようなことをしてはいかん」

「あら、わたしたちの結婚を望んでいるのかと思ってたのに。お父様と彼のお父様は親友なのでしょう」

ジョンはため息をついた。「おまえたちふたりの結婚を思い描いていたのは、おまえが十歳の頃のことだ。当時でさえ、ふたりの気質が合わないのはあきらかだったがな。おまえと一緒になれば、一週間も経たずに彼が疲れきってしまう」

「一人娘をそんなふうに思いやっていただいて、感激だわ」エマは不満げに言い返した。

「おまえのほうも彼では退屈だろう」父は静かにとどめの言葉を継いだ。「スティーヴンに無意味な努力だと気づいてもらいたいのだ。そのためにも、ここを離れるほうがいい。おまえが海を渡れば、彼もほかに花嫁を探す気にもなるだろう」

「でも、わたしはほんとうにボストンにいたいのよ」

「イングランドは好きだろう」父の声にはいらだちが滲《にじ》んでいた。「前回訪れたときにどんなに楽しかったか、さんざん聞かされた」

エマは唾《つば》を飲みこみ、決まり悪そうに下唇を嚙《か》んだ。「会社はどうするの？」静かな声で訊《き》く。

ジョンはため息をついて、椅子の背にもたれた。ようやく娘がボストンを離れたくないほんとうの理由を口にした。「エマ、〈ダンスター海運〉は、おまえが帰ってきたときにもまだここにある」

「だけど、わたしには知らなければいけないことがまだまだあるわ！　いまできるだけ学んでおかなければ、家業を引き継げないでしょう？」

「エマ、おまえも知ってのとおり、私はできることなら誰よりおまえに会社をまかせたいと思っている。〈ダンスター海運〉は私が一から興した事業で、血を分けた子に引き継がせたいと考えるのは当然だろう。だが、事実と向きあわなくてはいけない。取引先のほとんどは女性と仕事をすることを好まない。従業員たちも、おまえから指図を受けたくはないだろう。たとえ、相手がダンスターを名乗る者であっても」

エマはそれが事実であるのを知っているだけに、不公平さに涙がこみあげて目を閉じた。

「ほかに〈ダンスター海運〉の経営者にふさわしい人物がいないことは、私も承知している」父が穏やかな声で言葉を継ぐ。「だが、だからといって、ほかの人々がみな私の考えに賛同してくれるわけではない。腹立たしいことだが、私も、おまえが舵《かじ》を握れば会社は傾くという事実は認めざるをえない。取引先をすべて失いかねないのだから」

「わたしが女性だというだけの理由で」エマは不服そうに言った。

「残念ながら」

「わたしはいつかこの会社の経営者になってみせる」エマの菫色の目は澄み、真剣そのものだった。

「まったく、困った娘だ。あきらめないのか？」

エマは下唇を噛んで、床を踏みしめた。

ジョンは大きく息をついた。「おまえが流感にかかったときのことは話したかな？」

エマは突然話題を変えられてとまどい、首を横に振った。

「お母さんが同じ病《やまい》に命を奪われたすぐあとのことだ。おまえは四歳だった。ほんとうにまだ幼かった」父は愛情にあふれた温かなまなざしで一人娘を見やった。「子供のときのおまえはずいぶんと小さくてな――いまも小柄だが、幼いときはなおさらそうだった――あまりに小さくて、病気と闘える体力があるとは思えなかった」

父が声を詰まらせたことにエマは心動かされ、椅子に腰をおろした。

「だが、おまえはりっぱに闘い抜いた」父は唐突にまた話しだした。「そのとき、私は娘が救われた理由を知った。ともかく頑固だから死なずにすんだのだとな」

エマは苦笑を隠しきれなかった。

「私も同じだ」父は続けた。「頑固だから、おまえを手放すわけにはいかなかった」感傷的な空気を振り払うかのように姿勢を正した。「なにしろ、この世でおまえより頑固な人間は、父親の自分しかいないのではないかとすら思っている。だから、娘よ、これも運命だと思ってあきらめるのだな」

エマは唸るように低い声を漏らした。現実に向きあわざるをえない――もうイングランド行きを逃れる手立てはない。といっても、その渡航は苦難とはとうてい見なせないものだった。従兄妹たちとはとても親しい。ベルとネッドとは、一人っ子のエマにとって実の兄妹も同然の間柄だ。それでも、みずからに課した〈ダンスター海運〉への責務を放りださなければならないとすれば、深刻に考えずにはいられなかった。ちらりと父に目を戻した。父は机の向こう側に坐り、腕を組んで、一歩も引かないかまえでじっとこちらを見ている。この場は引かざるをえないとエマは観念して、ため息をついた。「ええ、わかったわ」あす父の船のどれかでこの国を離れるのなら、荷造りを始めなければと立ちあがった。「でも、帰ってくるわよ」

「わかっているとも。おお、それと、エマ？」

エマは振り返った。

「行くからには少しは楽しむことも忘れてはいかんぞ？」

エマは父に茶目っ気たっぷりに笑ってみせた。「もちろんだわ、お父様。ほんとうは行きたくなかった場所であれ、ロンドンでこのわたしが楽しまずにいられると思う？」

「それもそうだな。要らぬ心配だったか」

エマはドアノブに手をかけて、ほんのわずかにドアを開いた。「若い娘としてロンドンの社交シーズンを過ごせるのは、人生で一度きりでしょう。たとえ社交界になじむたちではないとしても、どうせなら楽しみたいわ」

「ええ、まさにそのとおりよ！　ということは、同意してもらえたのね？」ジョンの妹でワース伯爵夫人のキャロラインが声高らかに言い、やにわに部屋のなかに入ってきた。

「立ち聞きは不作法だと誰からも教えられなかったのか？」ジョンはやんわり訊いた。

「失礼ね。たまたま廊下を通りがかって、エマの声が聞こえてしまったんじゃない。ドアが少しあいていたでしょう」叔母はエマのほうを向いた。「そちらの話が解決したところで、あなたがきょう、盗人の顔を殴ったというのはほんとうなの？」

「ああ、あれね」エマは顔をピンク色に染めた。

「何があったんだ？」父が強い調子で訊いた。

「ネッドがお財布を盗まれかけたのよ。いつものようにベルと何か言いあいをしているときだったから、ネッドは盗まれそうになっていることに気づかなかったの」

「それで、おまえがその盗人を殴ったのか？　ただ叫ぶだけではなく？」

「あら、そういう言い方はないでしょう、お父様。叫んだところで何を解決できるというの？」

「それはそうだが、せめてちゃんと殴れたのか？」

エマは気恥ずかしそうに下唇を噛んだ。「たぶん、鼻が折れたのではないかしら」

キャロラインがはっきりと聞こえる唸り声を漏らした。「エマ」やさしい声で言う。「あなたにロンドンの社交シーズンを過ごしてもらうのを、わたしが心から楽しみにしているのは知ってるわね？」

「もちろんだわ」エマにとってキャロラインは母親に最も近しい存在だ。以前から姪にイングランドでもっと多くの時間を過ごさせたいと望んでいた。

「それに、わたしはあなたを心から愛しているし、変わってほしいとも思わない」

「わかってるわ」エマはためらいがちに答えた。

「それなら、ロンドンでは良家の令嬢が不愉快な人を殴りはしないと言っても、悪くとらないでくれるわね」

「あら、キャロライン叔母様、ボストンでも良家の令嬢はそのようなことはしませんわ」

ジョンが含み笑いをした。「ネッドの財布は取り戻せたのか？」

エマはとりすまして父に目を向けようとしたが、口角を上げずにはいられなかった。「当然だわ」

父はにっこり笑った。「それでこそ、わが娘だ！」

1

一八一六年四月　イングランド、ロンドン

「わかってるでしょうけど、母に見つかったら、絶対に大目玉を食らうわよ」レディ・アラベラ・ブライドンは、不安そうに自分の装《よそお》いを眺《なが》めおろした。ベルことアラベラはエマとともに渋る女中たちから服を借りて着替え、ロンドンの家の裏階段をこっそりおりているところだった。

「あなたがそんな物言いをしているのを聞かれたら、大目玉を食らうどころではすまないでしょうね」エマは苦笑いを浮かべて答えた。

「仕方ないわ。あなたのパーティのためにまたお花の飾りつけを確認させられるはめになったら、悲鳴をあげてしまいそうだもの」

「こっそり階段をおりているときに、悲鳴という表現は適切とは言えないわね」

「もう、静かにして」ベルは不機嫌につぶやいて、爪先《つまさき》からそっと下の段に足をおろした。

　エマは従妹の後ろで周りを見まわした。裏階段は自分とベルがふだん玄関広間からあがるのに使っている階段とはまるで違い、優美な曲線を描いてはいないし、踏み心地のよい豪華なペルシア絨毯《じゅうたん》が敷きつめられてもいない。こちらの磨きあげられた裏階段は木製で幅が狭く、壁は白い漆喰《しっくい》で塗られていて、飾り気がない。そのさっぱりとした素朴な階段の造りが、華やかなロンドン風には設《しつら》えられていないボストンの家をエマに思い起こさせた。ブライドン家の邸宅は高級住宅街のグロヴナー・スクウェアにあり、一世紀以上にわたって住みつづけられてきた建物のなかには、値のつけようがない家宝や、年月を経てすっかり色褪《いろあ》せたブライドン家の人々の肖像画があふれている。エマは簡素な壁にちらりと目を戻し、ふと胸を突いた父への恋しさをぐっとこらえて、吐息を漏《も》らした。

「自分の家で、母に隠れて泥棒みたいにこそこそしてるなんて信じられないわ」ベルは階段をひとつおりきったところでぼやくように言い、角をまわって、ふたつめの階段をおりはじめた。「ほんとうは自分の部屋にこもって好きな本を読んでいたいけど、そうしたら間違いなく母に見つかって、献立の見直しをさせられるでしょうし」

「それだけは耐えられないってわけね」エマはつぶやいた。

　ベルは従姉に鋭い視線を投げた。「言っておくけど、あのやたらに凝《こ》った献立については、もう数えきれないくらい見直しをさせられたのよ。またサーモンのムースや鴨《かも》のローストのオレンジソース添えについていちいち聞かれたら、自分が何をしてしまうかわからないわ」

「母親殺しでもするつもり？」

ベルは皮肉っぽい目でちらりと見返したが何も答えず、しとやかに階段をおりた。「ここの階段は気をつけて、エマ」壁側に寄って囁《ささや》いた。「真ん中は軋《きし》むわ」

エマは従妹の助言に従ってすぐに端に寄った。「この階段をよくこっそりおりてるってこと？」

「そうよ。誰にも行動を憶測《おくそく》されずに家のなかを移動するには、とても便利なの。いつもは女中の服は着ていないけど」

「でも、今夜のお料理を準備している料理人を手伝うのに、絹のドレスを着ては行けないでしょう」

ベルがいぶかしげに言う。「正直なところ、わたしたちの手伝いを歓迎してもらえるとは思えないわ。料理人は慣習をとても重んじる女性で、主人一家が階下におりるのは適切ではないと考えているのよ」そこまで話して、厨房《ちゆうぼう》の扉を開いた。「こんにちは、みなさん。お手伝いに来ました！」

そこにいる誰もが見るからにぎょっとしていた。

エマはすかさずその場をとりなそうとした。「人手がふたり増えたと思っていただけないかしら？」料理人のほうを向き、にっこり笑いかけた。

料理人が両腕を振り上げ、小麦粉の白い煙りがふわりと舞った。「おふたりはいったい、ここに何をなさりにいらしたのですか？」

厨房女中のひとりがパン生地をこねる手をとめて、意を決したように口を開いた。「失礼ながら、お嬢様がたはどうしてそのような格好をなさってるんですか？」料理人はふくよかな腰に両手をあてて、続けた。「仕事の妨げになります」ふたりの令嬢のどちらにも立ち去る様子がないので、料理人は歯を食いしばり、木製のスプーンを振りながら言った。「念のためにお知らせしておきますが、わたしたちには、いまからやらなければいけない仕事が山ほどあるんです。伯爵夫人をお呼びする前に、お引き取りください」

ベルは母を呼ぶという言葉にぶるっと身をふるわせた。「お願いよ、料理人、ここにいさせて」料理人にはれっきとした名があるが、誰もがあまりに長いあいだそう呼んでいたので、みな彼女の本名をはっきりとは思いだせなくなっていた。「邪魔にならないようにすると約束するわ。しっかりお手伝いするもの。それに、静かにしているから」

「ここにおられることが適切ではないのです。女中ごっこをしているより、楽しいことがいくらでもおありでしょう」

「そうでもないのよね」ベルは正直に答えた。

エマは胸のうちで従妹に同意して、ふっと微笑んだ。三週間前にこちらに来てから、ベルとともにいたずらばかり繰り返している。面倒を起こしたいわけではないけれど、ロンドンでやれることはあまりに少ないように思えた。アメリカの自分の家にいるときには〈ダンスター海運〉の仕事でつねに忙しくしていた。かたやロンドンでは、簿記は女性の気晴らしにふさわしいことではなく、イングランドの良家の令嬢たちには、ドレスを試着し、ダンスを習うこと以外に仕事はないらしい。

エマは信じがたいほど退屈していた。

不幸せというわけではない。父を恋しく思ういっぽうで、大家族の一員でいられるのは心地よかった。自分が役立たずになったようにも感じていた。ベルとふたりで楽しめることをいろいろと試してみた。ふたりの冒険を思い返すと、後ろめたさに苦笑せずにはいられない。二週間前に見つけた迷い猫についても、蚤《のみ》だらけだとは思いもしなかった。ブライドン邸の二階全体の換気をしなければならなくなるとは想像できたはずもない。しかも、その猫を助けようと木を登ったときに屋敷じゅうの人々にスカートの下をしっかり見られてしまうとは、考えもしなかった。

とはいえ、叔母一家からは感謝されてもいいはずだ。蚤を追いだすための一週間に家族全員でロンドンを離れ、田舎で乗馬や釣りをしたり、ひと晩じゅうカードゲームをしたりと休暇を満喫できたのだから。エマはボストンで近隣の人々にこっそりお金を払って教えてもらっていたポーカーのやり方を親族たちにも教えた。

叔母のキャロラインは、姪《めい》が娘に悪影響を及ぼしていると首を振り、ため息を漏らしている。エマが来るまで、ベルはふつうの文学少女だった。いまでは、おてんばな文学少女になってしまったと。

「よかったですわ」エマは叔母にそう返した。「だって、ただのおてんば娘よりはましですもの」叔母には冗談が通じるとわかっているから言えたことだ。自分への愛情は思いやりのある態度からも叱る言葉からも、はっきりと感じとれる。叔母と姪というより、ほんとうの母と娘により近い間柄になっている。だからこそ、キャロラインはエマをロンドンの社交界に登場《デビュー》させることに意欲を燃やしていた。エマがボストンの父親のもとへ帰るつもりでいるのは知りながら、イングランドの紳士と恋に落ちてロンドンに落ち着くことを心ひそかに願っている。もしその願いが実現すれば、イングランドで育ち、アメリカの女性と結婚するまでロンドンで暮らしていたエマの父親も、ひょっとしたら妹と娘のそばで暮らそうと思いなおして帰ってくるかもしれない。

キャロラインはそう考えて、エマを貴族たちにお披露目する盛大な舞踏会を計画した。その舞踏会が開かれるのが今夜で、エマとベルは仕上げの準備を手伝わされるのを避けるため階下に逃げてきたのだった。ところが、料理人はそんな若い娘たちの気持ちなどおかまいなしに、ふたりは邪魔になると繰り返すばかりだった。

「お願いよ、ここでお手伝いをさせてもらえないかしら？　階上《うえ》はぞっとする有様になってるんだもの」エマはため息をついた。「みんなきょうの夜会のこと以外、何も話せなくなってるわ」

「それなら、お嬢様がたも、わたしたちの言いぶんをおわかりいただけるでしょう」料理人は人差し指を振って続けた。「奥様は今夜、四百人のお客様を招かれています。わたしたちは、それだけ多くのお料理をご用意しなくてはいけないんですよ」

「それならなおさら、わたしたちの手伝いが必要だわ。まずは何をしたらいいかしら？」

「わたしはただ、奥様がこちらにおりてこられる前に、この厨房から立ち去っていただきたいだけです！」料理人は声を張りあげた。ふたりはこれまでにも厨房におりてきたことはあったが、大胆にもわざわざ地味な服に着替えて手伝いを申し出たのはこれが初めてだった。「早く社交シーズンが始まって、いたずら好きなお嬢様がたがなんであれ、お忙しくなる日が待ちきれませんわ」

「あら、今夜までのことだわ」ベルは言い返した。「きょうの舞踏会で、母は社交界にエマをお披露目するんだもの。そうしたら、あなたの望みどおり、多くの紳士たちが押しかけてきて忙しくなるから、お邪魔をする暇もなくなるわ」

「主よ、どうかそうなりますように」料理人が唱えた。

「だから、お願い」エマは言葉を差し入れた。「今回は頼みをきいて。ここでお手伝いさせてもらえなければ、キャロライン叔母様にまたお花の飾りつけをさせられるのよ」

「お願い」ベルが甘える声で言い添えた。「わたしたちをこき使うのは楽しいでしょう」

「まあ、困りましたわね」料理人はぼそりとつぶやいた。ベルの言うとおりだった。令嬢たちの突拍子もない行動が厨房の使用人たちを活気づかせていた。料理人自身も、隠そうとはしていても気分が華やいでいた。「お嬢様がたのことですから、わたしが承知するまでここで粘るおつもりなんでしょう。それでもここで認めれば、わたしの分別に反することになるんです。厨房でうろうろされていないで、階上《うえ》で準備をなさるべきですわ」

「でも、わたしたちみたいに愉快な友人は嫌いではないでしょう、料理人？」ベルがにっこり笑った。

「愉快な友人だなんて」料理人は呆《あき》れたようにつぶやいて、食料庫から砂糖の袋を引っぱりだした。「調理台の上に鉢《ボウル》が並んでいますでしょう？　それぞれの鉢に小麦粉を六カップずつ入れてくださいな。そこに砂糖を二カップずつ。みんなの邪魔にならないように気をつけてお願いしますよ」

「小麦粉はどこ？」エマは訊いて、辺りを見まわした。

料理人はため息をついて、食料庫のほうへ戻っていった。「ちょっと待ってくださいね。そんなに働きたいのなら、この大きな袋をご自分でお持ちになればよろしいんですわ」

エマは笑いを噛み殺し、砂糖を量り分けているベルのもとへ、小麦粉の袋をやすやすと運んだ。

ベルも笑っている。「これで母から逃れられたわね。いま頃はもう、わたしたちにドレスを着せようと待ちかまえてるわ。舞踏会までまだ八時間以上もあるのに」

エマはうなずいた。じつを言えば、ロンドンの舞踏会に初めて出席することには胸躍らせていた。衣装合わせもダンスの練習も、ほんとうはきちんとやっておきたかった。とはいえ、キャロライン叔母は完璧主義者としか言いようのない女性で、軍隊の指揮官さながら指示を出している。この二週間、エマとベルはドレスや花や音楽の選曲について指図されつづけて、キャロラインが準備に追われているあいだは舞踏場のそばで見つからないよう逃げまわっていた。キャロラインがふたりを探す可能性の最も低い場所が厨房だった。

小麦粉と砂糖を量りはじめてまもなく、ベルが真剣な表情で青い瞳をエマに向けた。「緊張してる？」

「今夜のこと？」

ベルがうなずいた。

「ちょっとだけ。あなたたちイングランドの人々は、慣習や礼儀作法に少しうるさいでしょう」

ベルはウェーブのかかったブロンドの前髪を払いのけて、思いやるように微笑んだ。「あなたなら大丈夫。自分を信じて。わたしの経験では、ちゃんと考えて行動しているという態度で臨《のぞ》めば、みなさんから信頼されるわ」

「賢明な助言だわ」エマは親しみを込めて言った。「あなたはとてもたくさん本を読んでいるものね」

「そうね。本がわたしの致命傷になりかねない。本にばかり夢中になっていたら――」ベルは自嘲ぎみに目で天を仰いだ。「――花婿《はなむこ》は見つからない」

「お母様にそう言われたのね？」

「ええ。でも、わたしのためを思って言ってくれてるのよ。母は誰とでも結婚させようとしているわけではないわ。去年、ストックトン伯爵から求婚されたときも、お断わりさせてくれたし。昨シーズンの一番人気の花婿候補と言われていた方なのよ」

「その方に何か問題でも？」

「わたしが読書好きなことを少し気にされていたのよ」

エマは微笑んで、さらに少し小麦粉をすくって鉢に移した。

「読書は女性の脳にあまりよくないと言われたわ」ベルは続けた。「女性に知恵を授けるからと」

「わたしたちが知恵を授かってはいけないなんて」

「おかしいでしょう。しかも、心配いらない、結婚したら自分がその習慣を断ち切ってみせるからとおっしゃったの」

エマは横目でちらりと従妹を見やった。「言い返してやればよかったのに。あなたも、そんなふうに尊大な態度をとる習慣を断ち切れるのかしらって」

「言ってやりたかったけど、言えなかった」

「わたしなら言ってたわ」

「そうでしょうね」ベルは微笑んで従姉を見つめた。「あなたには、自分の気持ちを率直に伝えられる才能があるのよ」

「いいことなのかしら？」

ベルはしばし思案してから答えた。「わたしはそうだと思いたいわ。赤毛はいまのところ流行ではないけれど、来月にはあなたが――それに、その驚かされる物言いも――話題になって、赤毛が流行だと噂されるようになるかもしれない。そうしたら、アメリカ人という難点を持つわたしの気の毒な従姉にとってはありがたいことだもの」

「そうなるかは疑わしいけど、あなたがそう願ってくれていることには感謝するわ」エマはベルほどの美貌が自分にないのは承知しているものの、容姿には満足していて、もうだいぶ前から美女ではなくとも個性的な美しさはあると思えるようになっていた。かつてネッドからは、頭を振ると髪の色が変化して見えるのでカメレオンみたいだとも言われた。髪が光の加減で燃えているような赤い色に輝くことがある。ふだんは澄んでいる菫色の目も、怒りを発したときにはくすんで不穏な暗い色に染まる。

エマは最後の鉢に適量の小麦粉を入れて、エプロンで手を拭いた。「料理人！」呼びかけた。「次はどうすればいいかしら？　小麦粉と砂糖は量って入れ終えたわ」

「卵です。それぞれの鉢に三個ずつ。いいですか、殻は入れてはだめですよ。わたしのケーキに殻が少しでも入っているのが見つかったら、すぐに厨房に戻して、代わりにお嬢様がたの頭をテーブルに出しますからね」

「料理人ったら、今朝は気が立ってるのね」ベルがくすくす笑《わら》った。

「お嬢様、聞こえてますよ！　甘く見ないでくださいね。容赦《ようしゃ》はしません。わたしの厨房にいるかぎり、働いてもらいますから！」

「卵はどこにあるの、料理人？」エマは傷みやすい食料が入っている箱のなかを探した。

「見あたらないわ」

「ちゃんと探してないからですわ。お嬢様がたに料理の才能があるはずもないでしょうけど」料理人は床を踏み鳴らすようにやって来て、箱の蓋《ふた》をあけた。けれども、みずから探しても、エマと同じで卵は見つからなかった。「あら、ほんとう。卵がないじゃない」たちまちまた顔をしかめ、怒鳴るように言った。「市場で卵を買い忘れた愚か者はどこの誰？」

当然ながら、手をあげる者はいなかった。

料理人は厨房のなかをまじまじと見まわし、山盛りのベリーの後ろで身を丸めている若い女中に目を留めた。「メアリー」名を呼んだ。「そこにあるのはぜんぶ洗ったの？」

メアリーは濡れた手をエプロンで拭いた。「いいえ、まだ。一パイントずつやってます。こんなにたくさんのベリーを見たのは初めてで」

「スージー？」

スージーは石鹸《せっけん》で泡立った水のなかに肘《ひじ》まで浸けて、せっせと皿を洗っていた。

エマは厨房のなかを見まわした。少なくとも十数人はいるが、みなずいぶんと忙しそうに見える。

「それにしても、こんなことがあるものなのね」料理人はぼやいた。「四百人ぶんのお料理をこしらえなければいけないというのに、卵がないなんて。しかも、これから仕入れに行く人手もない」

「わたしが行きます」エマは申し出た。

ベルと料理人が、驚いているのか脅えているのか定かでない表情で見やった。

「自分が何をおっしゃってるのか、おわかりですか？」料理人がきつい調子で訊く。

「エマ、それは無理なことだわ」料理人と同時にベルも言葉を発した。

エマは瞳をぐるりとまわした。「ええ、自分が何を言ってるかはわかっているし、どうして、お店に買いに行くのが無理なことなのかしら？　わたしがちゃんと卵を仕入れてきます。それに、少しは新鮮な空気を吸えるでしょうし。いつも午前中は外に出られないんですもの」

「でも、誰かに見られてしまうかもしれないのよ」ベルが語気を強めた。「しかもそんなふうに小麦粉まみれなのに！」

「ベル、わたしにはまだ知りあいがいないわ。どうしてわたしだとわかるのかしら？」

「だけど、女中の身なりで歩きまわってはだめよ」

「この姿だからこそ、歩きまわれるんじゃない」エマは辛抱強く説明した。「わたしがいつものようにドレスを着ていたら、どうして良家の娘が付き添いもなしに、それも市場に卵を買いに来たのかとふしぎがられてしまうでしょう。女中の姿なら、誰もたいして注意してわたしを見ようとはしないわ。もちろん、あなたは付いてくることはできないわよ。すぐに誰だかわかってしまうから」

ベルはため息をついた。「母に殺されるわ」

「でも考えてみて……この厨房ではいま手が足りていないとしたら、わたしが行くしか解決策はない」エマはにっこり笑った。説得できそうだと感じた。

ベルは納得しなかった。「どうすればいいのかわからないわ、エマ。あなたをひとりで外出させるなんて、常軌を逸したことだもの」

エマはじれったそうに息をついた。「そうだわ、髪を女中らしく後ろできちんとまとめたほうがいいわね」髪を手早くしっかりと結いなおした。「それと、服にもうちょっと小麦粉を付けておきましょう。頰にも少し付いていたほうがいいわよね」

「それでじゅうぶんですよ」料理人が言葉を差し入れた。「上等な小麦粉を無駄使いする必要はありません」

「ねえ、ベル」エマは問いかけた。「どうかしら？」

「わからないわ。母には間違いなく気に入ってもらえないでしょうけど」

エマはベルの耳もとに顔を近づけた。「耳に入らないようにすればいいでしょう？」

「ええ、そうよね」ベルは厨房の女中たちに向きなおり、人差し指を立てて振った。「このことは、母にはひと言も漏らしてはだめよ。みんな、わかったわね？」

「まるで気に入りませんね」料理人が言う。「納得できません」

「でも、ほかに選択肢がありますか？」エマは指摘した。「舞踏会でケーキが出ないなんて考えられませんもの。ベルにレモンの絞り方を教えてくださっているあいだに、わたしはお買い物から帰ってきてしまいますわ」そう言うと、料理人から数枚の硬貨を受けとり、さっさと扉の向こうへ姿を消した。

通りに出ると、すがすがしい春の空気を深く吸いこんだ。なんて解放感！　たまに、従兄妹たちの家のなかにいるのが窮屈に感じられるときもある。女中の姿でなら人目に付かずに歩けるし、おそらく今夜以降は付添人《シャペロン》なしでブライドン邸を出ることは二度とできなくなるだろう。

市場へ向かう道のりの最後の角を曲がった。通り沿いの店を窓越しにいちいち眺めながら、時間をかけてのんびり歩道を進んだ。予想どおり、通りを歩く紳士淑女は誰も、小麦粉で汚れた赤毛の女中にさして注意を払いはしなかった。

エマは機嫌よく鼻歌を奏でながら賑《にぎ》やかな市場に入っていき、数十個の卵を買った。どのように持ち運べばいいのか少しとまどいつつ、顔をしかめないよう気をつけた。厨房女中なら運びなれているはずなので、変装を台無しにしたくない。それに体力はじゅうぶんあり、帰る家まではひとつひとつの道も短い、ほんの五街区《ブロック》の近さだ。

「どうも、お世話様です」店主に笑いかけて、頭をさげた。

店主が笑い返した。「あれ、この辺りに来たばかりなのかい？　植民地から来たような喋《しゃべ》り方だな」

エマは不意を衝かれて目を見開いた。店主からそのようなことを言われるとは思ってもいなかった。「どうして、いえ、あちらで育ちましたが、もう何年もロンドンに住んでいるんですよ」と、ごまかした。

「そうかい、アメリカにはいつか行ってみたいと思ってるんだ」店主は思いめぐらす表情になった。

エマは内心で困惑した。店主は話しこみたそうなそぶりだが、ベルを心配させる前にどうしても帰らなくてはいけない。笑顔を保ち、さりげなくドアのほうへあとずさる。

「でもいつかは帰るんだろう、お嬢さん。どなたのところにお仕えしているのか、もう聞いたっけな？」

その問いかけは聞こえなかったふりで、エマはすでにそそくさと店の外に出ていた。ブライドン邸への道のりの半分まで来たときには、この変装のお芝居はぶじ幕を引けそうだと確信し、浮かれ気分で陽気に口笛を吹いた。ささやかな冒険を長引かせたくて、ゆっくりと歩いた。ロンドンに住む人々の日常の風景が眺められるのも楽しかった。女中の身なりなので誰の目にも留まらず、恥ずかしげもなく人を観察できるし、振り返られたらさりげなく視線をそらせばいい。

鹿毛《かげ》の二頭の馬に引かれた優雅な馬車から、五、六歳の可愛らしい男の子がひょいと降りたのが見えて、エマは首を伸ばした。男の子はコッカー・スパニエル種の子犬を抱いて頭を撫でている。白と黒の毛の子犬もそれに応えて飼い主の顔をぺろぺろ舐《な》めだし、男の子が楽しそうに声をあげたので、すぐさま母親らしき女性が様子を見ようと馬車のなかから顔を覗《のぞ》かせた。濃い色の髪の美しい婦人で、緑色の目は息子への愛情に満ちて輝いている。「そこから動いてはだめよ、チャーリー」男の子に声をかけた。「わたしもすぐに降りるから」

婦人は馬車のなかへ顔を戻し、誰かと話しているようだ。黒い髪の男の子は目をきょろきょろさせて、重心を片足から片足に移し替えながら母親を待っている。「お母様」ねだるように呼んだ。「早くぅ」見るからにじれったそうにしている男の子のそぶりに、エマは微笑んだ。自分も幼いときはやはりせっかちだったと父から聞かされている。

「もうちょっと待ちなさい。すぐに降りますから」

ところがそのとき、三毛猫がすばしっこく通りを横切った。子犬が突然大きな吼《ほ》え声をあげ、チャーリーの腕のなかから飛び降りて、猫を追いだした。

「ウェリントン！」チャーリーは甲高い声で呼び、子犬を追って駆けだした。

エマは恐ろしさに息を呑《の》んだ。貸し馬車が通りを勢いよく走ってくる。御者は隣りに坐っている男性と話しこんでいるらしく前方に目を配ってはいない。あの男の子が馬の蹄《ひづめ》に踏みつけられてしまうかもしれない。

エマは悲鳴をあげた。考える間もなく卵をその場に落として走りだし、男の子まで数メートルのところまで来ると頭から飛びこんだ。馬車に轢《ひ》かれる前に男の子とともに道の向こう側へ逃れられるよう、懸命にはずみをつけたつもりだった。

チャーリーはなぜ見知らぬ女性に体当たりされたのかわからず叫び声をあげ、エマを押しのけようとした。

エマは地面に倒れこむ寸前、またべつの叫び声を聞いた。

それからすぐに暗闇に包まれた。

2

エマは目をあけるより先に話し声を耳にした。

「ああ、アレックス！」女性の泣き声だった。「この女中さんがいなかったら大変なことになっていたわ。チャーリーが轢かれていたかもしれないのよ！　わたしはひどい母親だわ。もっとちゃんと息子を見ていなければいけなかったの。自分より先に馬車から降ろしてはいけなかったのよ。田舎にとどまっていれば、こんな恐ろしい目に遭わずにすんだのに」

「いいか、ソフィー」男性の力強い声がした。「きみはひどい母親などではない。ただし、大きな声を出してこの気の毒な娘さんを脅えさせてはいけない」

「え、ええ、そうよね」ソフィーと呼ばれた女性は応じた。けれども、すぐにまた啜《すす》り泣きはじめた。「こんなことになるなんて信じられない。チャーリーがけがでもしていたら、わたしはどうなっていたかわからないわ。死んでしまったかもしれない。きっとそうよ。気が動転して死んでいたわ」

男性がため息をついた。「ソフィー、頼むから落ち着いてくれ。聞いてるのか？　チャーリーはぶじだ。かすり傷ひとつ見あたらない。これからもこの子は成長していく。それをそばでしっかりと見守ってやるんだ」

エマは低く呻《うめ》いた。意識を取り戻したことをこの人々に伝えなければいけないのはわかっていても、瞼《まぶた》があまりに重く感じられ、ずきずきする頭の痛みがとまらない。

「意識が戻るかしら？」ソフィーが言った。「ああ、お兄様、この娘さんにどうやってお礼をすればいいのかしら。なんて勇敢な女中なんでしょう。うちで雇うというのもいいわね。いま働いている家では、あまりいい待遇を受けてはいないかもしれないもの。この娘さんが虐《しいた》げられるのは耐えられないわ」

アシュボーン公爵、アレクサンダー・エドワード・リッジリーは、ため息をついた。妹のソフィーはもともとお喋りではあるが、不安になったり動揺したりするとふだん以上に言葉がとまらなくなりがちだ。

そのとき唐突にチャーリーが口を開いた。「お母様、どうしたの？　どうして泣いてるの？」

ソフィーは息子の声を聞いてますます激しく泣きだした。「もう、この子ったら」むせび泣き、チャーリーを胸に抱き寄せた。両手で息子の顔を包みこみ、熱烈にキスを浴びせる。

「お母様！　やめてよ！　べちゃべちゃになっちゃう！」チャーリーは身をくねらせて逃れようとしたが、母親に引き寄せられ、怒って言った。「お母様、アレックス伯父さんに弱虫だと思われちゃうよ！」

アレックスはくっくっと笑った。「そんなふうには思わないさ、チャーリー。ホイストのやり方を教えてやると約束したじゃないか。弱虫とカードゲームをするはずがないだろう」

チャーリーが元気よくうなずくと同時に、ソフィーがぱっと息子を手放した。「わたしの息子にホイストを教えるつもり？」大きな音を立てて鼻を啜りつつ訊く。「お兄様、この子はまだ六歳なのよ！」

「学ぶのに幼すぎることはないと思うけどな。なあ、チャーリー？」

チャーリーはにっと笑った。

ソフィーは女性ひとりで兄と息子に対抗できはしないとあきらめ、聞こえよがしにため息をついた。「ふたりとも、しょうがない人たちだわ。似た者同士ね」

アレックスは含み笑いを漏らした。「血が繋がっているのだから当然だ」

「たしかにそうね。そう言われると、よけいに気が沈むわ。でも、カードゲームの話はそこまでよ。この気の毒な娘さんを介抱しなくては。大丈夫かしら？」

アレックスは女中らしき女性の手を取って、手首の脈を確かめた。脈は力強く安定していた。「大丈夫そうだ」

「よかったわ」

「あすは、こっぴどい頭痛に悩まされるかもしれないけどな」

「お兄様、言葉遣《づか》いに気をつけて！」

「ソフィー、堅物ぶるのはやめたほうがいい。似合わない」

ソフィーは弱々しく笑った。「ええ、そうよね。でも、乱暴な言い方をされると何か言わなければと思ってしまうのよ」

「何か言わなければ落ち着かないのなら、同じように言い返せばいいんじゃないか？」

そんなたわいないやりとりにまぎれて、エマは小さく声を漏らした。

「まあ！」ソフィーが声をあげた。「気がついたのかしら」

「ところで、この人、誰なの？」チャーリーがだし抜けに問いかけた。「それと、どうしてぼくに飛びかかってきたの？」

ソフィーは啞然《あぜん》として口を開いた。「なんてことを言うの。いいこと、あなたはもう少しで馬車に轢かれるところだったのよ。こちらの親切な娘さんが助けてくれなければ、馬に踏みつけられていたんだから！」

チャーリーはぼんやりと小さく口をあけた。「ぼく、ちょっと変な人なのかと思ってた」

「なんですって？」ソフィーは甲高い声で訊いた。「つまり、馬車が見えてなかったの？もっと注意深くなることを学ばなくてはね」

ソフィーの大きな声が、エマの痛む頭にきんきん響いた。数分だけでも静かにしてもらいたくて、もう一度低く呻いた。

「静かに、ソフィー」アレックスが諫《いさ》めた。「甲高い声が頭に響くんだろう。少し静かにしていれば、頭痛がおさまって目をあけるかもしれない」

エマはほっと息をついた。せめてもひとりは良識ある人物が居合わせていたらしい。

「ええ、そうよね。そうしようとしてるのよ。ほんとうに。ただ――」

「どうだろう、ソフィー」アレックスが遮《さえぎ》って言った。「この女性が落とした卵の代わりを市場で買ってきたほうがいいんじゃないかな？　すっかり割れてしまっている。ほとんどぜんぶだ」

「わたしに卵を買いに行けというの？」ソフィーは眉根を寄せ、思いがけない兄の提案に困惑した。

「卵を買うのはそれほどむずかしいことじゃないんだ、ソフィー。毎日やっている人々もいる。数ブロック手前に市場が見えた。御者を付き添わせよう。彼に運んできてもらえばいい」

「この女性とお兄様をここにふたりきりで残していくのは、適切とは思えないわ」

「ソフィー」アレックスは歯の隙間から吐きだすように言った。「この女性は厨房女中なんだ。馬車のなかで数分ふたりきりになったからといって、結婚して責任をとれとは誰も言わないだろう。頼むからとにかく、めちゃくちゃになってしまった卵の代わりを買ってきてくれ！」

ソフィーは怯《ひる》んだ。兄をいらだたせないのが賢明であるのは承知している。「ええ、わかったわ」背を返して、しとやかに馬車を降りた。

「息子も連れて行くんだ！」アレックスは呼びかけた。「今度は目を離さないようにな！」

ソフィーは兄にちらりと舌を出し、チャーリーの手を握った。「いいわね、チャーリー」言い聞かせるように続けた。「通りを渡るときには必ず左右を確かめるの。わたしを見ていなさい」大げさなしぐさで辺りに首をめぐらせた。チャーリーは笑い声を立てて、飛び跳ねた。

アレックスは笑って、自分の四輪馬車のクッション付きの座席に横たわっている女中のそばに戻った。この女性が駆けだしてきて貸し馬車に轢かれる寸前にチャーリーを道の向こう側へ押しだしてくれたのを見たときには、自分の目を疑った。女性の勇気ある行動を見慣れていないばかりでなく、この謎の若い女中の思いきりのよさは見事としか言いようがなかったからだ。そして心惹かれた――その事実は認めざるをえないが、理由はよくわからない。これまでの好みの女性と違うのは確かだ。いや、女性に対して〝好み〟と呼べるほどのこだわりはないが、大別すれば、小柄な赤毛の女性はあきらかにその範ちゅうに入らない。それでも、この女性がふだん自分が接している女性たちとはどこか違うのは断言できた。母からいつも勧められている貴族の婦人の誰かが、自分の身の危険も省みずにチャーリーを助ける姿はとても想像できない。一夜をともにするもっと成熟した女性たちについてもそれは同じだ。アレックスは目の前の風変わりな女性に好奇心をそそられていた。

しかもその女性はいま、チャーリーを助けたときに玉石敷きの地面に頭をしたたか打ちつけたせいで、気を失っている。アレックスは女性を見おろし、なめらかな赤褐色の髪の房を目の上からそっと払ってやった。女性がふたたび呻くような低い声を漏らした。このように柔らかな愛らしい唸り声は聞いたことがない。

いや、おれの頭がどうかしているのだろうか？　使用人と恋仲になるような愚か者ではなかったはずだ。アレックスは体のなかで何かが本能的に掻き立てられるのを感じて自分に呆れ、唸り声を漏らした。この若い娘にどういうわけか心の深い部分を揺さぶられているのは否定できない。通りにぐったりと横たわっているのを見たときから鼓動が激しく鳴りはじめ、重傷を負っているわけではないとわかるまで気が鎮《しず》まらなかった。骨が折れていないのを確かめてから、慎重に抱き上げて馬車のなかに運びこんだ。女性は小柄で軽く、大きな自分の腕のなかにちょうどよくおさまった。

もちろん、そのあいだじゅうソフィーは啜り泣いていた。卵を買いに行くよう妹を説得できたのは幸いだった。あの泣き声を聞いていると気が変になりそうで、それ以上に、この女中が目を覚ますときにはふたりきりでいたかった。

アレックスは女性のそばで床に膝をついた。「そろそろ起きてくれ」やさしい声をかけて、女性の額に軽く唇を触れさせた。「目覚める時間だ。きみの瞳がどんな色をしているのか見たくてたまらない」

エマは大きな手でそっと頬を撫でられるのを感じて、ふたたび低い声を漏らした。頭痛がしだいにおさまってきたので、安堵《あんど》のため息が出た。ゆっくりと瞼をあけて、馬車の窓から射し込む陽のまぶしさにとたんに目がくらんだ。

「あっ」呻くように言い、ぎゅっと目をつむった。

「まぶしいのか？」アレックスはすぐさま立ちあがり、窓のカーテンを閉めた。それからまたそばに戻った。

エマはゆっくりと息を吐きだし、ほんの少しだけ目を開いた。それから、大きく見開いた。男性が自分をじっと覗きこんでいて、その日焼けした顔がすぐ目の前にある。額には夜闇のように黒く濃い髪の房が無造作にかかっている。エマはふと、その髪に触れて、見た目どおりに柔らかいのか確かめたくなった。するとまた頰に触れられた。「ほんとうに心配したんだ。もう十分近くも気を失っていたから」

エマはどう答えていいものかわからず、呆然と見返した。なにしろ、あまりに美しい男性の顔があまりに近くにある。

「話せるかい？」

エマはぼんやりと口を開いた。「緑」口をついた言葉はそれだけだった。

なんたることかとアレックスは思った。自分の馬車に乗っているのは、ロンドン一美しい厨房女中で、そのうえどうやら完全に頭がいかれている。もっとよく見ようと目を狭めて尋ねた。「なんと言ったんだ？」

「あなたの目は緑色」詰まりがちな声で言う。

「ああ、そうとも。何十年も前からだ。たぶん生まれてからずっと」

エマは目をきつくつむった。なんてこと、思ったままを実際に口に出していたの？　どうしてそのようにわかりきったことを言ってしまったのだろう。自分の目の色は知っていて当然のことだ。ほかの女性たちからはきっと、緑色の目がいかに美しく魅力的であるかを褒め称えられているのだろう。けれどその目にあまりに近くからじっと見つめられ、いまにも吸いこまれそうな気がした。エマは愚かな言葉をつい口にしてしまったのは頭痛のせいだと自分をなぐさめた。

アレックスが低い笑い声を立てた。「なにはともあれ、事故のせいで色を見分けられなくならずにすんだことを喜ぼう。ところで、名を教えてもらえるかな？」

「エ――ええと――」エマは空咳《からぜき》をして言いなおした。「メグ。メグです」

「はじめまして、メグ。ぼくは、アレクサンダー・リッジリーだが、アレックスと呼んでくれてかまわない。いや、もしよければ、多くの友人たちのように、アシュボーンと呼んでくれ」

「なぜ？」考える前に言葉が口からこぼれでていた。厨房女中なら質問を投げかけはしないはずなのに。

「じつは、ぼくの爵位名なんだ。アシュボーン公爵だから」

「まあ」

「メグ、きみの英語の発音には特徴があるな。ひょっとして、植民地から来たのかい？」

エマは顔をゆがめた。生まれ育った国をイングランドの人々から〝植民地〟と呼ばれるのは気分のいいものではない。

「アメリカ合衆国から来たんです」またも女中に扮しているのを忘れて反抗的に答えていた。

「独立して何十年も経つのですから、あなたがたの植民地という呼び方はふさわしくありませんわ」

「たしかにぼくの言い方がまずかった。まさしくきみの言うとおりだ。それと、意識がだいぶはっきりしてきたようで、ほんとうによかった」

「申しわけありません、公爵様」エマは静かに言った。「失礼な言い方をしてしまいました」

「いいんだ、メグ、ぼくに慎み深い礼儀はいらない。きみは臆《おく》する性分には見えない。それに、甥の命の恩人なのだから、なんでも気にせず話してくれてかまわない」

エマはその言葉にはっとした。男の子のことをすっかり忘れていた。「ぶじなのですか？」不安げに尋ねた。

「元気だ。ぼくの甥についてはまったく心配ない。心配なのは、きみのほうだ」

「わたしはほんとうに大丈夫です。でも、すぐに帰らないと」なんてこと、またも頬を撫でられた。そうして触れられていると、何ひとつ冷静に考えられそうになかった。男性の肉感的な唇を見つめ、自分の唇と触れあったらどんな感じがするのだろうと想像した。破廉恥《はれんち》な空想に顔が赤らみ、低い唸り声が漏れた。

アレックスが敏感にその音を聞きつけ、気遣わしげに目を翳《かげ》らせた。「きみ、ほんとうにもう意識はしっかりしているのか？」

「きみと呼ばれるのは困ります」

「べつにかまわないと思うが」

「適切な呼び方ではありません」

「適切なことは苦手なんだ、メグ」

その言葉の意味を考える間も与えず、アレックスはいかに不作法者であるかを納得させる行動に出た。エマはいきなり男性の唇が近づいてきたのを目にし、そっと口づけられ、息を呑んだ。ほんの束の間の出来事だったが、肺からいっきに息が吐きだされ、肌がじんわりとほてった。男性を呆然と見つめるうち、ふいに心もとなくなり、体が浮きあがっているかのような得体の知れない感覚に陥った。

「きみはまだこれからの味がする」アレックスはメグの口もとに熱っぽく囁きかけた。首を起こし、彼女の目を覗きこむ。その顔から疑念と困惑を見てとり、つい先走ってしまったことに気づいた。仕方なく身を引いて、向かい側のクッション付きの座席に腰をおろした。呼吸が不安定に乱れている。たった一度のキスでこれほど高揚した経験はない。それも、ほんとうに軽く短いキスだった。互いの唇をほんのかすかに触れあわせただけにすぎない。にもかかわらず、欲情が体を駆けめぐり、いますぐにも――いや、よけいに症状を悪化させるのは間違いないので、いましたいことはできるだけ考えないほうがいい。

目を上げると、メグが無邪気に目を見開いてじっとこちらを見ていた。まったく、彼女にこの胸のうちが覗けたなら、また卒倒させてしまいかねない。自分が関わるべき女性ではない。見たところまだ十六歳くらいかもしれない。アレックスは胸のうちで悪態をほとばしらせた。日曜日にはまじめに教会に通っている娘なのだろう。

エマは起きあがろうとしてめまいに襲われ、こめかみを揉《も》んだ。「帰らないと」馬車の床に足をおろし、扉のほうへ手を伸ばした。従兄妹たちからロンドンの通りには危険が多いと聞かされてはいたけれど、貴族の馬車のなかに潜む危険については誰も警告してくれなかった。

アレックスは、彼女の手が扉の取っ手に届く前に手首をつかんだ。クッション付きの座席のほうへやさしく押し戻し、寄りかからせた。「動いてはだめだ。頭を打ったばかりなのだから、道でまた気を失うかもしれない。ぼくがすぐに送り届ける。それに、妹がきみのために卵を買いに行ってるから、ここで待っていてやらなくてはいけない」

「卵」エマはため息をついて、額に手をあてた。「忘れてたわ。料理人に頭を差しださなくちゃいけなくなるじゃない」

アレックスはわずかに目をすがめた。ソフィーの懸念は当たっていたのだろうか？　メグは雇い主の家でつらい仕打ちを受けているのか？　このように華奢《きゃしゃ》な娘が虐げられているのだろうかとじっと見入った。自分が雇えば、もうつらい思いはさせずにすむ。

新たな熱情の波がぞくりと押し寄せ、唸り声が出た。当然ながら自分で雇うことはできない。何日も経たずにベッドに連れこんでしまうに決まっているからだ。ソフィーの言うとおりだ。メグは妹のところで働いてもらうのがいいだろう。そこなら、自分のような男たちからも身を守れる。いまもまだそのような騎士道精神が働くとは自分でも意外だった。心から大切に思っている母と妹はむろんべつとして、どんな女性にも深い関心を抱けなくなってから長いときが経っている。

アレックスが独身主義者であることはロンドンじゅうに知れわたっていた。跡継ぎをもうけるためにも、いつか結婚しなければならないのは承知しているが、すぐにいまの暮らしを投げださなければいけない理由は見いだせなかった。貴族の令嬢たちとは誰とも距離をおき、高級娼婦やオペラ歌手たちとつきあっている。ロンドンの上流社会の人々はおおむね鼻持ちならず、女性たちについてはまったく信頼できない。それでも、たまに社交界の催しに顔を出せば、そっけない態度や辛らつな皮肉にご婦人がたがかえって挑みがいを感じて群がってくる。アレックスはそのような女性たちを思いやろうという気にはまずなれなかった。自分の気を惹こうとする高貴な生まれの婦人がいるとすれば、どうしようもない愚か者か、自分が望むもの――というよりむしろ相手――をはっきりとわかっている者のどちらかとしか考えようがない。時にはそうした女性たちとベッドをともにすることもあるが、それ以上の関係にはなれなかった。

アレックスは目を上げた。メグがぴんと背筋を伸ばして坐り、膝の上で組み合わせた手に慎ましく視線を落としている。

「そんなに怖がらないでくれ、メグ。もうキスはしない」

エマは菫色の目を大きく開いて見つめ返した。何も言わなかった。じつを言えば、きちんと意味のとおる言葉を口にする自信がない。

「怖がらないでくれと言っただろう、メグ」アレックスは繰り返した。「きみの貞操は安全だ――少なくともあと数分は」

エマはその厚かましい発言にぼんやり口をあけた。それからすぐにむっとして、口を閉じて顔をそむけた。

アレックスは彼女のふっくらとした唇がきゅっと結ばれたのを見て、胸のうちで唸った。なんとそそられる女性なのだろう。先ほどまで陽射しに明るく輝いていた赤毛が、窓のカーテンを閉めてから濃い赤褐色に見える。最初は青く見えた目もそのあと菫色になり、いまはほとんど黒く翳《かげ》っている。

エマはこの横柄で高慢な男性の厚かましさに腹が立ち、いまにも怒りが噴きだしそうになっていた。息を深く吸いこんで、すでに二国にまたがる二家族のあいだでは有名な癇癪《かんしゃく》をこらえようとした。そして失敗に終わった。

「どうしてこんな侮辱を受けなくてはいけないの。わたしが弱っているのをいいことに、淫《みだ》らなことをするなんて卑怯よ。だいたい、わたしが頭にこぶをつくって痛みをこらえて――それも不運にもいままで出会った誰より不作法な男性と一緒に――ここに坐っていなければいけないのは、あなたとあなたの妹さんが注意を怠ってちゃんと見ていなかったあなたの甥《おい》を、わたしが単にたまたま見かけたからなのよ」

エマは言い終えて満足し、深く坐りなおしてから、きつく睨《にら》みつけた。

アレックスは表情には出さなかったが、内心ではまくし立てられたことに驚いていた。「メグ、きみの表現力はたいしたものだ」ゆっくりと言葉を継いだ。「それほど流暢《りゅうちょう》に話せるとはどこかで教育を受けたのかい？」

「あなたには関わりのないことだわ」エマは信じてもらえそうな言いわけを必死で考えつつ、

そっけなく答えた。

「でも、非常に興味があるんだ。きみの過去について少しくらい教えてくれてもいいんじゃないかな？」

「そんなにお聞きになりたいのなら言うけど、母が三きょうだいの乳母として働いていたのよ。その子供たちのご両親がとても親切にしてくださって、わたしにも教育を受けさせてくれたわ」なかなかうまく言いつくろえた。

「なるほど。すばらしく寛大な雇い主だったわけか」

エマはその皮肉めいた口ぶりに息を吐き、瞳をぐるりとまわした。

「アレックスお兄様！」甲高い声が響いた。「行ってきたわよ！　十二ダースの卵を買ってきたわ。これで足りるといいけれど」

十二ダースも！　エマは気が滅入った。それほど多くの卵をひとりでぶじに運べる道理がない。つまり、目の前にいる公爵に馬車で送ってもらわなければいけないということだ。

扉が開き、ソフィーの顔が見えた。「まあ、気がついたのね！」大きな声で言い、エマを見つめる。「あなたにどのようにお礼をしたらいいのかわからないわ」エマの片手をつかみ、握りしめた。「あなたを助けられる方法があれば、どうかわたしに教えてほしいの。わたしの名は、ソフィー・リーウッド、ワイルディング伯爵夫人よ。あなたには一生をかけても返せない恩ができたわ。さあ」エマの手に名刺を握らせた。「これを受けとって。わたしの住所よ。必要なときには昼間でも夜でも連絡して」

ソフィーが息をつき、エマは緑色の目をしたこの女性をじっと見つめることしかできなかった。

「まあ、わたしったら」ソフィーが言う。「礼儀がなっていないわよね。あなたのお名前は？」

「メグだ」アレックスがなめらかに答えた。「それと、ぼくたちに姓を明かすつもりはないらしい」

エマはその言葉が癇にさわった。そもそも姓を尋ねられてはいない。

「どうか気になさらないでね」ソフィーがよどみなく続ける。「話したくないことは何も言わなくても――」

エマは得意げにアレックスのほうを見やった。

「――わたしが生涯あなたの友人で、なんでも相談できる相手だと憶えていてさえくれればいいわ」

「心から感謝しますわ、伯爵夫人」エマは静かに答えた。「ちゃんと憶えておきます。ですが、すぐに帰らなくてはいけないんです。だいぶ遅くなってしまったので、料理人が心配しているはずですから」

「どこで働いているかは教えてもらえるんだろうな？」アレックスが訊いた。

エマはぽかんとして公爵を見やった。

「きみはどこかで働いているんだろう？　まさかひとりで卵をそんなに食べようと思ってい

たわけじゃないだろう？」

ああ、またも女中になりすましていることを忘れていた。「え、ええ。ワース伯爵ご夫妻にお仕えしています」

アレックスはその屋敷の場所を知っていたので、御者に行き先を指示した。馬車がブライドン邸へ着くまでのわずかなあいだも、ソフィーは切れ間なく喋りつづけていた。

エマは駆けだすように馬車を降りた。

「待って！」アレックスとソフィーが同時に呼びとめた。

ソフィーが先に手を伸ばした。「きちんとお礼を言わせてほしいの。そうしないと、何週間も悪夢に悩まされるわ」耳に手をやり、ダイヤモンドとエメラルドのイヤリングをすばやくはずし、エマの手に握らせた。「どうかこれを受けとって。心ばかりのお礼だけれど、何かの足しにはなると思うわ」

エマは言葉を失った。自分が大きな海運会社の跡取り娘であることを明かすわけにはいかないし、感謝していることをどうにかして示したいソフィーの気持ちもよくわかった。

「神の祝福がありますように」ソフィーはエマの頬にキスをして、四輪馬車のなかへ戻っていった。

エマは御者のところへ行って卵を受けとった。ソフィーに微笑み、屋敷の勝手口のほうへ歩きだした。

「きみ、そんなに急がなくてもいいだろう」突如アレックスが脇に追いついてきた。「ぼくが卵を運ぼう」

「けっこうよ！」エマは思わず鋭い声を発していた。「あの、そのほうがいいと思うの。あなたの甥を助けたいきさつを説明すれば、遅くなったことは咎められないでしょうけど、厨房に見知らぬ男性を連れて入るのは歓迎されないわ」

「ばかな」アレックスはつぶやき、自分の命令は従ってもらえるものと信じこんでいる男性らしい、自信たっぷりの態度で卵に手を伸ばした。

エマはその手を避けて身を引いた。この男性に付き添われて屋敷に入れば、とんでもなくややこしい事態に陥《おちい》る。なによりもまず、おそらくすでにこの公爵に引きあわされているはずのベルが、ほんとうの名で自分を呼ぶだろう。「お願い」エマは懇願するように言った。「お願いだからもう行って。そうしないと、大変な騒ぎになるわ」

アレックスは彼女の目を見て、実際に恐れているのだと感じ、やはりこの家で虐げられているのかもしれないという考えが頭によぎった。とはいえ、自分のせいでつらい目に遭わせるのも耐えられない。「わかった」ぶっきらぼうに頭をさげた。「きみと知りあえてよかったよ、親愛なるメグ」

エマは公爵の熱っぽい視線を背中にひしひしと感じつつ、小走りに屋敷の勝手口へ急いだ。ようやく戸口から厨房のなかへ飛びこんだときには、煉獄《れんごく》から抜けでられたような気分だった。

「エマ！」ベルが呼びかけるのと同時に、みながいっせいに声をあげた。

「どこに行ってたの？」ベルが腰に手をあてて問いただす口ぶりで言った。「みんなほんとうに心配してたんだから」

エマは息をついて、卵の袋を調理台に載せた。「ベル、事情はあとで話すわ」一様に口をぽかんとあけてあからさまに自分を見ている使用人たちにちらりと目をくれた。

「わかったわ」ベルが応じた。「それならすぐに階上《うえ》に戻りましょう」

エマはほっと息を吐いた。とたんに疲れを覚え、ふたたび頭が疼《うず》きだし、握らされてしまったイヤリングをいったいどうすればいいのかと考え……。

「まあ、どうしましょう！」ベルが甲走った声をあげた。いつも快活に動きまわっている従姉のエマが、ぱったりと気を失っていた。

3

アレックスはブライドン邸の正面に立って、勝手口のほうをじっと見つめた。自分が屋敷のなかには付いていかないことに同意するまで、メグの目にはまぎれもない動揺が表れていた。市場からの帰宅が遅れたせいで彼女が罰を受けはしないかと懸念が胸をよぎり、顔をしかめた。ワース伯爵夫妻とは何度か顔を合わせているが、率直に言って、人柄についてはよくわからない。どのような家風なのか想像もつかなかった。貴族のなかには使用人たちをこき使っている人々もいる。メグに欲望以上のものを感じているとは思いたくないが、解雇されたり手をあげられたりといった目に遭うのではないかと心配になった。メグが適切な待遇を受けているのかブライドン邸の厨房に入って確かめたい衝動に駆られた。心配が増すにつれ、いくぶんいらだってきて、ため息を吐きだした。一度は気絶したメグが完全に快復したのかどうかも定かでない。ほんとうは抱き上げて部屋まで運び、ベッドに寝かせてひんやりと心地よい湿布を額にあてがいたいところだった。アレックスはその光景を思い浮かべ、唸り声を漏らした。メグをベッドに寝かせることができたなら、添い寝を思いとどまれる自信がない。

「アレックスお兄様！」ソフィーが馬車のなかから顔を覗かせた。「どうなさったの？」

アレックスはしぶしぶ邸宅から目を離した。「どうもしない、ソフィー、問題はない。ただちょっと、メグが心配になっただけだ。ほんとうに大丈夫だと思うか？　ワース伯爵夫妻はどんな人々なのだろう？」

「あら、とてもすてきなご夫妻よ。パーティで何度かお会いしてるわ」

「ああ、むろんぼくも会ってはいるが、美徳を絵に描いたような夫妻というわけでもないだろう」

ソフィーはため息をついて、呆れたように瞳を動かした。「お母様とわたしの勧めどおり、お兄様がもう少し社交界の催しに出席してくれれば、ブライドンご夫妻がいかにすばらしい方たちであるかがわかるわ。ほんとうに親切で、堅苦しさがまったくなくて、お母様はレディ・ワースをとても気に入ってるのよ。二週間に一度は一緒にお茶の時間を楽しんでるわ。メグがここで働いているとわかれば、もう心配はいらないわね。レディ・ワースが自分の家のなかで誰かが虐げられるようなことを許すとは考えられないもの」

「おまえの言うとおりであることを祈ろう。われわれにはメグに大きな恩がある。せめて彼女が幸せに暮らしているかどうかを確かめたいじゃないか」

「ねえ、お兄様、わたしだってそれくらいわかってるわ。今週にもレディ・ワースをお訪ねして、メグにチャーリーを助けてもらったことをお伝えするつもりよ。あのご婦人ならきっと、これほど勇敢な行動を何かの形で称えずにはいられないはずだもの」

アレックスが馬車に乗り込んでフラシ天張りの座席に腰を落ち着けると、すぐに車輪が動きだした。「それはいい考えだ、ソフィー」

「もちろん、今夜お会いできればよかったんだけれど、失礼させていただくつもりだから」

「今夜、何があるんだ？」

「お兄様はもっといろいろなことに注意を払うべきね。今夜、レディ・ワースが盛大な催しを開くのよ。お兄様も招待されているはずだわ。出席しないとわかっているのに、みなさん必ず招待してくださるんだもの。ともかく出席するようにしなければ――」

「頼むから、〝花嫁候補の女性たちと会わないことには跡継ぎも生まれない〟などという説教は、勘弁してくれ。聞き飽きたし、興味がない」

ソフィーはいらだたしげな視線を投げた。「でも、ほんとうのことでしょう。それにお兄様だって、一生独り身でいられないことはよくわかっているはずよ。いつも友人たちと飲み騒いでばかりいるんだから。それもみな同じように遊び好きな友人たちと」

アレックスはいたずらっぽくにやりと笑った。「しかし、ソフィー、女性たちとの交友もないわけじゃない」

「まあ！」ソフィーが憤然と声をあげた。「わたしを困らせようとして、わざとそういうことを言うんだから。そんなことくらい知ってるわ。どうせ、わたしに名を聞かせるまでもないおつきあいの方々でしょう」

「遠まわしに言えばそういうことになるが、つまりは安物の宝石程度で満足してくれる女性たちだ。だからこそ、ベッドをともにすることもできる。少なくとも自分の物欲には正直な人々だ」

「またそんな話をして！　わたしはお兄様の火遊びについて聞きたいわけではないわ。それ以上言ったら、顔をぶつわよ」

「芝居じみたまねはしなくていいんだ、ソフィー。ほんとうはその火遊びとやらを聞きたがっているのは、わかっている。淑女ぶる礼儀作法が身についているから、それを認められないだけなんだよな」

兄がしたり顔で片眉を上げ、ソフィーは言い負かされて座席に沈みこんだ。兄の指摘は的を射ていた。色恋沙汰でもそれ以外でも、兄の冒険について話を聞くのは楽しい。それを認めて満足げな顔を見せられるのがいやなだけで。それに、そんな暮らしに興味をそそられているのを兄に知られたら、結婚するよう説得することはよけいにむずかしくなる。ソフィーはせめて最後の抵抗を試みた。「アレックスお兄様、跡継ぎをもうけなければいけないことはわかっているわよね」

アレックスは妹のほうへ身を乗りだし、ふてぶてしく笑った。「いまからあと十年、いや十五年は息子をつくれる体力はある。だが、お望みなら、いちばん新しい情婦の名と住所を喜んで教えよう。ぼくの精力を保証してくれるはずだ」

「お母様、精力ってなんなの？」ふいにチャーリーが尋ねた。

「あなたはまだ何年も心配しなくていいことよ」ソフィーは穏やかに答えた。それから声をひそめて言った。「この子の前では言葉に気をつけて。お兄様をほんとうに慕っているんだから。このままだと、来月までにうちの女中たち全員に、お兄様の精力について話されるはめになるわよ」

アレックスは笑い声をあげた。「ああ、わかったよ、言葉には気をつけるとしよう。将来、おまえのうちの女中たちがこの子の飽くなき欲望の餌食《えじき》にならないように。おまえもそろそろいい子になって、今夜の舞踏会について話してくれてもいいんじゃないか？」

ソフィーは眉を吊《つ》り上げた。「いつからそんなに社交界の催しに興味を引かれるようになったのかしら？」

「メグの様子を確かめたいだけさ。いつものように十五分だけ顔を出して消える」

「レディ・ワースが、アメリカから来た姪御さんを社交界にお披露目されるのよ」ソフィーは説明した。「盛大な舞踏会になると聞いてるわ」

「それで、どうしておまえは行かないんだ？」

「オリヴァーがいないと出かける気になれないわ。それに」ソフィーが腹部に手をあてて、はにかむふうに微笑んだ。「もうひとり授かったから」

「どうして言ってくれなかったんだ！　すばらしいじゃないか！」アレックスは相好を崩し、妹を愛情いっぱいに抱きすくめた。自身の結婚と子づくりについてはまるで興味が持てない反面、チャーリーと過ごす時間は楽しくて仕方がないだけに、また甥か姪が誕生するのは心から嬉しかった。「着いたようだ」馬車がソフィーの家の前に停《と》まった。「気をつけてくれよ。

くれぐれも無理をしてはだめだぞ」妹の頬にキスをして、軽く手に触れた。

ソフィーは兄の手を借りて馬車を降りた。「だけど、お兄様、まだお腹も出ていないでしょう。ベッドに横になっている必要はないのよ」

「たしかにそうだが、気をつけるのに越したことはない。公園で馬に乗るようなことは言語道断だ」

ソフィーは心配する兄に微笑んだ。「お兄様は放蕩《ほうとう》者のくせに、称賛すべき伯父なのよね。チャーリーに慕われるはずだわ」

アレックスはちらりと甥を見おろした。案の定、上着の袖を引いて、家に来て遊んでくれるようせがんでいる。甥の髪をくしゃりと撫でた。「また今度な。約束する」

「ねえ」ソフィーはすかさず口を開いた。「お兄様なら絶対に、時間をかけて自分に合った女性を見つけさえすれば、すばらしい夫にも父親にもなれるわ」

アレックスは胸の前で腕を組んだ。「いい加減にしてくれよ。きょうはもうじゅうぶん説教を聞いた。それに、これから気の滅入る夜会に出る準備をしなきゃならない」手を振って馬車に乗り込み、御者に独身紳士用の住まいへ戻るよう指示した。

ソフィーは玄関先でチャーリーの手を握り、兄に手を振り返した。何はともあれ兄は今夜の舞踏会に出席する。最初の一歩だ。うまくすれば、花嫁にふさわしい女性にめぐり逢えるかもしれない。

エマが目をあけると、今度は自分のベッドに横たわっていた。頭痛はだいぶおさまっていたものの、それまでの痛みをも上まわる新たな痛みが腰に走った。ベルがそばの椅子で身を丸めるようにして革綴《かわと》じの本を読んでいる。

「あら、ご機嫌いかが」従姉が目覚めたのに気づくとすぐにベルは朗《ほが》らかに言った。「ほんとうに心配したのよ」立ちあがり、さらに近づいてきて、ベッドの端に腰かけた。

エマはもう少し従妹をよく見ようと上体を起こし、背を頭板にもたせかけた。「どうなってるの？」

「あなたは気を失ったのよ」

「また？」

「また、なの？」

「でも最初のときは、急に気を失ったわけではないわ。頭を殴られたようなものだから」

「なんですって？」

「ううん、実際に頭を殴られたのではないわ」エマは慌てて訂正した。「転んで、頭を打ったのよ」

「大変」ベルは息を吸いこんだ。「大丈夫なの？」

「たぶん」エマはそう答えて、いつの間にか大きくなっていた右耳の上のこぶに恐る恐る触れた。「わたしはどうやってここまで上がったの？　厨房に入ったところまでは憶えてるんだけど」

「わたしが運んだのよ」

「あなたがわたしを三階まで運んだの？」

「料理人に助けてもらったけれど」

「まあ、なんてこと」エマは自分が料理人にかかえられて三階まで運ばれる光景を想像して、顔をゆがめた。「恥ずかしいわ」

「メアリーとスージーにも手伝ってもらったわ」ベルが付け加えた。

エマは恥ずかしさのあまり、厚みのあるキルトの上掛けの内側に隠れるようにベッドに深く沈んだ。

「でも、それほどむずかしくはなかったわ」ベルはエマの困惑ぶりにかまわず続けた。「まずはあなたを毛布にくるんでから、わたしが肩を持って、料理人が足、メアリーとスージーがそれぞれ両脇を持って運んだの」

「それでも、わたしは目を覚まさなかったのね？」

「二階の踊り場で角を曲がるときに、ちょっと声を漏らしてたけど、ええ、完全に気を失ってたわね」

「声を漏らしてた？」

ベルがばつの悪そうな顔をした。「もしかしたら、わたしたちが角を曲がるときに、柱にあなたをぶつけてしまったせいなのかも」

エマは目を見開いて、無意識にさすっていた右の腰の痛む部分に目をくれた。

ベルが弱々しく微笑んだ。「柱にぶつかったのは腰だったのね。体のどこかをぶつけてしまったような気はしてたんだけど」

ふいに恐ろしい考えがエマの頭に浮かんだ。「あなたのお母様はご存じなの？」

「誰も説明してはいないはずよ」ベルは曖昧《あいまい》に答えた。

「でも、そんな騒ぎが聞こえないはずがないわよね」

「ええ、もちろん、あなたをここに運んですぐに、わたしを探しに来たわ」

「それで？」エマはせかした。

「あなたが卒倒したと伝えたわ」

「卒倒した？」エマは信じられない思いで目を大きく開いた。

ベルがうなずく。「初めて大きな舞踏会に出るから興奮してたみたいって」

「それはおかしいわ！　わたしが卒倒するはずがないもの！」

「そうね」

「キャロライン叔母様もわかっているはずよ！」

「ええ。たしかにあなたは卒倒してしまうような女性ではないものね」

「叔母様は信じてはいないということ？」

「ええ、みじんも」ベルは皮肉っぽく答えて、ほっそりとした指で本を軽く打った。「でも、母は時どき、驚くほど機転が利くことがあるのよ。だから、わざと見逃したのかも。あなたが元気に明るく今夜の舞踏会に現われさえすれば、きっと何も言わないわ。たぶん」

エマはしっかりと上体を起こして坐りなおし、新たな痛みと疼きを発している部分をまじまじと眺めた。「とんでもない一日だわ」ため息まじりに言う。

「え？」ベルはふたたび読みはじめた本から目を上げた。「何か言った？」

「たいしたことじゃないわ」

「そう」ベルは本に目を戻した。

「いったい何を読んでるの？」

「『終わりよければすべてよし』シェイクスピアよ」

エマはその程度の教養があることは弁明せずにはいられなかった。「その題名を聞けば作者はわかるわ」

「え？　ああ、もちろんわかるわよね」ベルはうわの空で笑みを浮かべた。「あなたが目覚めるのを待つあいだに読もうと思って持ってきたの」

「まあ。わたしがどれだけ長く気を失ってると思ってたの？」

「ほんとうに想像がつかなかったのよ。わたしは卒倒したことがないから」

「わたしは卒倒したんじゃないわ」エマは奥歯を嚙みしめて吐きだすように言った。

「そうよね」

エマは従妹のなにくわぬ表情を見て、ため息をついた。「何があったか聞きたいんでしょう」

「あなたが話してくれるのなら」ベルは革綴じの本をふたたび開いて読みはじめた。「わたしにはまだ時間がたっぷりあるわ」もう一度エマのほうへ目を戻して言い添えた。「そのあいだにシェイクスピアの作品すべてを読もうと決めたの。まずは戯曲を読んで、それから詩を読むわ」

「本気？」

「当然よ。アルファベット順に読むつもり」

「どれだけ時間がかかるかわかってるの？」

「もちろん。でも、このぶんだと、あなたのベッド脇で読む時間が長くなりそうね」

エマはいぶかしげに目を狭めた。「どういうこと？」

「またいつ気を失って、目覚めるまでにどれだけかかるか誰にもわからないでしょう？」

「近い将来にそういった予定がないことだけは言っておくわ」

ベルがにっこり笑った。「そうでしょうね。でも、この午後に何があったのか話してくれなければ、わたしがあなたを卒倒させてしまうかもしれないわよ」


数時間後、エマは鏡台の前に坐り、侍女のメグに髪をいじりまわされて顔をしかめていた。ベルも隣りで似たような責め苦を強いられている。

「ぜんぶ話してくれたとは思えないのよね」ベルが咎める口調で言う。

「話したわよ」エマはため息をついた。「貸し馬車に轢かれそうだった小さな男の子を助けて、転んだ。それで頭を打ったの」

「そのイヤリングはどうしたの？」

「その子の母親がくれたわ。わたしを女中だと思ったんでしょう。あすにでもお訪ねして返してくるわ。何回同じことを訊くつもり？」

「わからない」ベルは疑わしげに目をすがめた。「どうしても何か話してくれていない気がするのよね」

「わたしは男の子を助けて、イヤリングをもらった。それだけのことよ」エマは念を押すようにきっぱりとうなずいた。

「エマ、あなたは一時間も帰ってこなかったのよ！　その男の子を助けてイヤリングをもらうまでに何かあったはずだわ！」

「だから、気を失ってたのよ！　どこかの謎めいた男性に誘惑されていたとでも言いたいの？」エマは真実にあまりに近い喩《たと》えを口にしてしまったことに気づき、胸のうちで唸った。アシュボーン公爵との奇妙な体験をベルに打ち明けられないのが少し後ろめたかった。ふだんはなんでも話せる間柄だ。けれど公爵と過ごしたひと時に独占欲のようなものを覚えていて、その出来事を誰にも、ベルにさえ話す気にはなれなかった。

「それにしても、ワイルディング伯爵夫人からイヤリングをいただくなんて、ほんとうにびっくりね」ベルは鮮やかな青い瞳を楽しげに動かして、くすりと笑った。「ソフィーのことはよく知ってるわ。わたしたちよりさほど年上ではないの。母が彼女のお母様と親しくしてるのよ。その出来事がふたりの耳に入ったら、大騒ぎになるわね。わたしたちからは何も言わないのが賢明だけど。あなたが女中のふりをしてひとりで外出したことを、母が快く許すとは思えないもの。それにしても滑稽《こっけい》な話よね。ソフィーがあなたの将来を心配して宝石を贈ったなんて信じられない。だってあなたは、なんでも手に入れられる資産家なのに」

「そんなことはないわ」エマはそっけなく言い、ベルが身につけている真珠の首飾りをあてつけがましく見やった。「そもそも、伯爵夫人はわたしを女中だと思い込んでいたわけだし」

「ええ、わかってるわ。だけど、傑作でしょう。ソフィーも今夜来てくれればいいのに。舞踏場に入ってきて、着飾った〝厨房女中〟を目にしたときの顔が見てみたい」

「ねえ、ベル、悪趣味なことを言うのね。あの伯爵夫人はひどく取り乱していたのよ。息子さんを失いかけたんだもの」

「わたしが悪趣味ですって？　悪ふざけの女王であるあなたがよく言うわ。クラリッサ・トレントからの偽の恋文を哀れな兄に送ったのは、どこの誰だったかしら？」

エマはいたずらな笑みを懸命にこらえた。「あんなに大騒ぎするほどのことではなかったのよ」

「そのとおり」ベルは皮肉たっぷりに応じた。「ネッドお兄様があのお嬢さんにほんとうに恋していたのでなければ、騒ぎにはならなかったでしょうね」

エマはあっけらかんとそっぽを向いた。「そんなことを知るわけがないでしょう？　わたしはまだ社交界に登場《デビュー》してもいないんだから。最新の噂話は耳に入ってこないもの」

「お兄様は一日に百回は彼女の名を口にしていたけれど」

エマはふんと小さく鼻息を漏らし、すました顔で従妹のほうを向いた。「でも結局はあれでよかったんだわ。クラリッサがどんなにずる賢いお嬢さんなのかが、みんなにわかったんだから。いうなれば、わたしはあなたのお兄さんを恐ろしい運命から救ったのよ」

「そうかもしれないわね」ベルは認めた。「だけど、兄はあの女性に想いを告白して、お金持ちの公爵様でないとだめだとはっきり告げられて、がっくりきてたわ」

「想いに応えてもらえなかったうえ、彼が想像していた心の清らかな女性ではなかったんだから、もっと怒ってもよかったのよ。でも、その話はもういいじゃない。ネッドの恋路には口を出すべきではないと、わたしなりに教訓を学んだわ。たとえ、正しいことだとしても。ところで、どうして今夜ソフィーはいらっしゃらないの？」

「わからないわ。ご主人が仕事で西インド諸島へ出かけていて、数カ月留守にしているからかしら。きっとお寂しいのよ。なんといっても恋愛結婚ですもの」ベルは夢みるように吐息をついた。

「幸いなのかもしれないわ――あなたは伯爵夫人の驚く顔が見られなくて残念でしょうけど。もし今夜わたしと顔を合わせたら、ものすごく驚くはずだもの。やっぱりあすの朝、わたしがお訪ねするのが、誰にとってもいちばんいいのよ」

「そうかもしれないわね。でも、わたしも付いていっていいかしら。ソフィーがあなたと対面する場面をこの目で見たいわ」

「ええ、もちろん、かまわないわ――痛い！」エマはメグにやや強く髪を引っぱられて思わず声をあげた。

「我慢なさってください、エマお嬢様」侍女がたしなめるように言った。「美しくなるためには手間がかかりますし、少しくらいの痛みは仕方ないんです」

「あら、こんな痛みに耐えなくてはいけないのなら、美しくならなくていいわ。髪はおろしたままでいいんだもの。そのほうがずっとくつろげるし」

メグは困惑しているらしかった。「そうはいきません。それではまるで流行にそぐわなくなってしまいます」

「ああもう、わかったわよ、メグ。あなたの好きなようにして。ただし、できるだけ痛くないようにお願い」

ベルが笑い声を立てた。「もう、エマったら。そんなふうでシーズンが終わるまで乗りきれるのかしら」

「わたしだって自信がないわ。きちんと直す方法も憶えられそうにないし」

「頭を動かさないでください！」メグが声を張りあげた。「ひと晩じゅうこんなことをしていたら、いつまでも舞踏会に出られませんよ」

「この頭の痛みを考えれば、それも悪くないかもしれないわね」エマはつぶやいた。

「何か言った？」ベルがなにげなく訊いた。

「なんでもないわ」エマはどれほど大きなこぶが頭に出来ているか従妹に知られたくなかった。ベルが知れば母親に報告するのは間違いないので、叔母を心配させることになるのは目にみえている。痛みをこらえて舞踏会が終わるまで笑顔でとおさなければ、今夜を台無しにしてしまう。「ソフィーについて、もう少し詳しく教えて」話をそらしたいだけの理由で訊いた。

「ソフィー？　すてきな女性よ。お喋りだけれど」

エマはくすくす笑った。「そのようね」

「ご主人とそれは深く愛しあってるわ。だからよけいに寂しくて仕方ないのではないかしら」

「ほかにご家族は？」

ベルは従姉の関心の強さに眉《まゆ》を吊り上げた。

「わたしはただ、今回のささやかな冒険をどれくらいの人に知られているのかしらと思っただけよ」エマは急いで弁解した。

「お母様がひとり。お兄様もひとり」

「そうなの？」さりげなく言うつもりが、勢い込んでかすれ声になった。

「ええ、お兄様は二十九歳になるのではないかしら。豊かな黒い髪に、見惚《みと》れてしまうような濃い緑色の目をしていて、大変な美男子よ」

エマは一瞬従妹に嫉妬《しっと》のようなものを覚え、すぐにその気持ちを抑えつけた。あれほど横柄で厚かましい不作法な男性に自分が惹かれるはずがない。たとえ、あの男性にキスをされたのがロンドンに来て以来最も刺激的な出来事だったとしても。「ベル、その男性にずいぶん詳しそうね」慎重に言葉を選んだ。

「アシュボーン公爵のこと？　冗談でしょう。いくら魅力的でも、間違いなく危険な男性だわ。淑女とはけっしておつきあいなさらないの。相手にするのはそれ以外の女性たちだと言えば、なんとなく意味はわかるでしょう。だからほんとうに、あの方のことはわたしにはほとんどわからない。でも――」ベルはいわくありげに身を乗りだした。「――あの方に心を引き裂かれた女性たちはイングランドじゅうにいると聞いてるわ。それどころか大陸にまで」

「興味深い方ね」

「たしかにそうね。花婿候補にはならないけど。もしわたしがあの方に夢中になりでもしたら、両親は慌てふためくわ。独身主義者らしいし。しばらく結婚するつもりはないでしょうね。この真珠の首飾りを賭《か》けてもいいわ。それに、ついに身を固めるときがきたとしても、自分の思いどおりにできて、跡継ぎをもうけたあとは放っておいても何も言わない鈍感な女性を選ぶのではないかしら」

「そう」エマはどういうわけかとたんに気が沈んだ。

「今夜もいらっしゃらないでしょうね。きっとそう。もちろん、ご招待はしているわよ。社交界のすべての催しに招待されているのに、ご家族に説得されないかぎり、絶対に出席なさらないの。たぶん、ロンドンじゅうに囲っている華やかな情婦たちのお相手で忙しいのね。それに、あなたもあの方とは関わり合いにならないほうが身のためよ。いつも不機嫌そうになさっていて、ちょっと話しかけただけでも、けんか腰で返されてしまうから」

「なんだか、とってもいやな方に思えてきたわ」

「あら、わたしはべつに〝いやな方〟とは言ってないわよ。ネッドお兄様はべた褒めしてるわ。同じ紳士のクラブの会員なのよ。兄の友人たちもみなあの方を慕っているんですって。それどころか、あの方みたいになりたがってるんだから」ベルは肩をすくめた。「罪つくりなほど裕福で、何にもまして美男子なんですもの。ともかく社交界の騒々しさがお嫌いだから――それを隠せる辛抱強さもないせいで、興味のない人々に無愛想になるんだわ。わたしの友人のほとんどがあの方を怖がってるの――周りの人々もどうやって結婚する気にさせればいいのか、頭を悩ませているのではないかしら」

「威厳を見せつけるのが得意な方なんだわ」エマは思いめぐらせて言った。

「ええ、そうなのよ。ほんとうに腹立たしいくらい好き勝手に振るまってるわ。誰もが、あの方のご機嫌をとっているように見えるもの」

「どうして？」

「そうね、爵位もひとつの理由でしょうね。なんといっても公爵様だもの。それに何度も言うようだけど、桁《けた》はずれのお金持ちだし。あなたも実際にお会いすれば、わたしの言っている意味がよくわかるわ。ものすごく威圧感があるのよ。変わり者なんだわ」

「ベル！」エマは笑った。「あなたがそんな言い方をしているのをお母様が聞いたら、卒倒してしまうわよ」

「母もあなたと同じくらい卒倒しやすそうだものね」

「つまり、いつ卒倒してもおかしくないってことかしら」エマはおどけて返した。でも内心では、あの公爵が今夜の舞踏会に出席しないはずだと聞いて、ほっと胸をなでおろしていた。いまだ頭は痛むし、くたくたに疲れている。横柄な公爵のご機嫌をとろうとはさらさら思わないし、痛みをこらえながらふたたびあの男性との対面に挑む気力もなかった。

4

「アシュボーン！　驚いたな。おまえの憎たらしい顔をここで見られるとは、自分の目が信じられない」

オックスフォード大学時代からのごく親しい友人のひとり、ウィリアム・ダンフォードが、ブライドン邸の舞踏場でつかつかと歩み寄ってきて、アレックスの背中を親しみを込めて叩いた。「何しに来たんだ？　こういった催しはいっさいお断わりなのかと思っていたが」

「むろん、このような夜会にあと十分もいるつもりはないさ」アレックスは軽い調子で答えたが、じつは早くもいらだちはじめていた。自分が舞踏場に足を踏み入れた瞬間、招待客たちは静まり返った。アシュボーン公爵が洗練された夜会服姿で戸口から入ってくるのを見て、誰もが衝撃を受けていた。心配性の母親たちは娘に悪名高い放蕩者には近づかないよう言い含め（同時にひそかに自分の娘だけが公爵の目に留まることを期待し）、結婚させたい娘がいるわけではない人々は、裕福で高位の紳士を眺めようとさっそく近づいてきた。

アレックスはため息をついた。貴族たちの面白みのないお喋りは耐えがたい。ともかく早くメグを見つけてぶじな姿を確かめ、立ち去りたかった。そうすれば、ロンドンのこぢんまりとした町屋敷《タウンハウス》に住まわせている、いちばん新しい情婦とののんびり長い夜を過ごすことができる。カリスとの一夜が、ブライドン邸の厨房女中へのこの不可解な執着心を払いのけてくれるに違いない。

ダンフォードが舞踏場の向こうからやって来る姿が見えたときには、ほっとして力が抜けた。少なくともこれでだいぶまともな会話ができる。

この友人も自分ほどではないものの同類の放蕩者だ。だが貴族たちの大部分は、愛嬌《あいきょう》のある憎めない男だという理由で、ダンフォードのよくない評判についてはあえて聞き流している。アレックスは親友を手本とすることはとうていできなかった。友人たちからはきわめて気さくなやつだと言われているいっぽう、アシュボーン公爵が社交界のほとんどの人々にとって、つきあいにくい人物となっているのは否定できない事実だった。アレックスは話していて退屈な相手だとわかるとその気持ちを隠しきれず、不機嫌になるや冷ややかな視線を向けずにはいられなかった。これまで彼に睨まれたせいで脅えて部屋を飛びだしていった令嬢が何人もいることは広く知られている。

「聞かせてくれ、アシュボーン」ダンフォードが笑いながら言う。「今夜はまたどうしてここへ現われたんだ？」

「どうしてだろうな」アレックスはつぶやくように言った。「まったく同じことを自分に訊きたくなっていたところだ」一時間前に到着してから屋敷のなかを探しまわり、従僕と給仕係の女中の多さに驚かされ、三組もの逢引を邪魔するはめとなった。メグの姿は見あたらなかった。仕方なく、メグが軽食を運んでくる可能性もあるだろうと考えて舞踏場に足を踏み入れたのだが、幸運には恵まれなかった。この大広間のどこにも給仕をする女中の姿はない。目的を果たせないのは悔しいが、探すのをあきらめかけていた。アレックスはため息をつき、じろじろ見ている招待客たちにさりげなく背を返して友人に向きなおった。

「白状しろよ」ダンフォードがせっついた。

アレックスはふたたびため息をついた。「長い話になる。話してもどうせ楽しめない」

「そんなことはない。がいして長い話ほど楽しめるものなんだ。それに、ほんとうにその〝物語〟のおかげで、おまえさんがこのお上品な人々の輪に加わることにしたのなら、女絡《がら》みに違いないからな。つまり、このうえなく楽しめる話だということだ」

アレックスはこの友人に、甥が勇敢な厨房女中に助けられたいきさつを、その女中に強く惹かれている点だけは省いて手短に説明した。「というわけで」締めくくりの言葉を継ぐ。「それほど面白い話じゃない。色っぽい要素はまるでないからな。あいにくだが、今夜のこの行動にけちのつけようがないことは認めてもらいたい」

「つまらん」

アレックスは疲れたようにうなずいた。「まったくだ。それに、この人込みには耐えられない。あとひとりめかし込んだ男に首巻き《クラヴァット》の結び方を尋ねられたら、窒息死しかねない」

「たしかにな」ダンフォードが思いめぐらすふうに言った。「ちょうどこっちも退散しようかと思っていたところなんだ。一緒に〈ホワイツ〉にでも行って、一杯やらないか？　一時間も社交界の騒々しさに耐えたあとのカードゲームは楽しいぞ」

アレックスは友人の皮肉に苦笑しつつ、すぐにその提案に乗った。「いい考えだ。さっそく――」友人がいきなり息を吸いこんだ音に言葉を遮られた。「どうしたんだ？」

「驚いたな」ダンフォードは息をついた。「あの髪の色は……」

「ダンフォード、いったい誰のことを言ってるんだ？」

ダンフォードは聞いていなかった。「あれがエマ・ダンスターか。辺鄙《へんぴ》な植民地であんなにも愛らしく成長できるものなのか？」

「もうわれわれの植民地ではないだろう、ダンフォード」アレックスはメグの反論を思い起こしてつぶやいた。「独立して何十年も経つのだから、正式にアメリカ合衆国と呼ぶべきだ。それがせめてもの礼儀だろう」

ダンフォードが友人の唐突な反論を耳にしてわれに返った。ふしぎそうにアレックスを見返した。「いつからわれわれに歯向かった植民地に肩入れするようになったんだ？」

「いつから――いや、気にしないでくれ。そんなことより、おまえがそれほどそそられている女性とは何者なんだ？」アレックスはまだ舞踏場の中央に顔を向けていなかった。

「自分で見てみろ、アシュボーン。たしかに古典的な美女ではないが、冷たさがない。おまえならこの言葉の意味がわかるだろう。炎を散りばめたような赤褐色の髪に、柔らかな菫色の瞳……」

エマ・ダンスター嬢についてのダンフォードの説明を耳にして、アレックスはいやな予感で胸の奥が差し込むのを感じた。まさかそんなことが……いや、彼女が上流階級の令嬢であるはずがないと自分に言い聞かせ、ゆっくりと振り返った。舞踏場の向こうに、まさしくあの勇敢なメグが立っていた。いや、メグではなかったのだと、アレックスは胸のうちで言いなおした。彼女は、エマだ。

体がたちまち反応した。全身の筋肉が痛いほどに張りつめ、騙されたことに憤っているのか、単に欲望のせいなのか判別できなかった。エマがこちらには気づかず引きあわされた男性に疲れたような微笑みを返して頭をさりげなくさすっている様子を、黙って見つめた。まったく、おそらくはまだ頭にかなり痛みが残っているだろうに、舞踏会に現われるとは何を考えていることやら。アレックスは睨みつけながらも、いますぐあちらに行って肩を抱き、少しばかり叱ってやりたくなってきた。

それにしても、たしかに愛らしい。小柄な体に菫色の繻子《しゅす》織りのドレスをまとい、なめらかな白い肩が剝きだしになっていて、胸もとのふくらみもわずかに覗いている。社交界に登場したばかりの令嬢たちはたいがい淡い色のドレスを身につけるものだが、エマが慣習を気にせず、より鮮やかな色を選んだことがアレックスには嬉しかった。潑剌《はつらつ》とした生気に似合った装いで、面白みのないくすんだ色調の令嬢たちの海を照らす灯台のごとく、輝きを放っている。顔周りの髪はきちんと結い上げられているが、流行とは違って後ろの髪はおろしたままで、背に炎が流れ落ちているかのように見える。

激しい気性を物語る髪の色に、アレックスは出会ったときの彼女の憤りようを思い起こした。いっぽうでその日から傷つきやすさも見てとれる。しかもいじらしいほどに小柄だ。表情には疲れが表れていて、おそらく頭の痛みをこらえているのだろうとアレックスは察した。その姿を見ているうちにどういうわけか守ってやりたい気持ちを無性に掻き立てられ、あまり動きまわっては体にさわるのではないかと腹が立ってきた。

ダンフォードがアレックスの表情の変化に気づいて含み笑いをした。「悪友の見立てに賛同してくれたようだな」

アレックスはエマからどうにか視線をそらして友人に顔を振り向けた。「彼女には手を出すなよ」ゆっくりと言う。「彼女のことを考えるのもだめだ」そこまで言って、この大広間でエマに魅せられているのは自分だけではないことに気づき、顔をしかめた。アメリカからやって来た令嬢に挨拶する列に若い紳士たちが次々に加わっている。アレックスはそのなかでとりわけ積極的な数人に釘をさしておかねばと胸に留めた。

ダンフォードがたじろいだ。「まだ挨拶もしていない令嬢に、少々入れ込みすぎじゃないか？」

「それが、もう挨拶はすませていたんだ」アレックスは唸るように言った。「気づいていなかっただけで」

ダンフォードは眉根を寄せて考えこみ、何か思いついたらしく言った。「つまりはもう〈ホワイツ〉に行く気は失《う》せたわけか」

アレックスはいたずらっぽく笑った。「この夜会に俄然《がぜん》興味が湧いてきた」そう言うと、エマの目に留まらないよう注意して舞踏場の端を足早に進みだした。ようやくエマの真後ろにある壁のくぼみに身を差し入れた。深紅の厚いカーテンに隠されて招待客たちからこちらは見えないはずだが、エマの会話は逐一聞きとれた。壁に背をもたれ、カーテンと壁の隙間からその姿も垣間見えた。

「なんのまねだ?」すぐにダンフォードがそばに来て訊いた。

「声を落とせ。それと、こっちに来い! 気づかれるじゃないか」アレックスは友人の肩をつかんでカーテンの裏に引き入れた。

「どうかしてる」ダンフォードがつぶやいた。「高慢なアシュボーン公爵どのが、カーテンの陰に隠れて、女性を覗き見するとは思わなかったな」

「黙れ」

ダンフォードはにやりとした。

アレックスは友人を睨みつけてから、より重要なことのほうに注意を戻した。「彼女を手に入れるにはもっとふさわしい場所があるからな」楽しげに言い、両手を擦り合わせた。

「そうなのか?」ダンフォードが茶化すように訊いた。「おおかた自分のベッドでとでも考えてるんだろう」

アレックスはふたたび友人を睨みつけた。

「そうだとしても」ダンフォードが続ける。「その目標を達成できるとはとても思えない」

アレックスは自信たっぷりに眉を上げてみせた。「この言葉を憶えておけよ。今夜が終わるまでに驚くくらい親密になってみせる」明かりが漏れてくる隙間の先に目を戻し、得意げに笑い、二メートルと離れていないところにいる炎を思わせる髪の色の女性を、獲物を狙うライオンさながらねめつけた。

エマは慎ましい笑みを貼《は》りつけ、また新たな一団と挨拶を交わしていた。叔母のキャロラインはすでに、この舞踏会――とエマのお披露目――は輝かしい成功をおさめたと宣言していた。キャロラインは、若い紳士たちがこぞって自分たち夫婦に姪を紹介してほしいと押し寄せてきたことが信じられなかった。しかもエマは優美に振るまっている。聡明で明るく、ありがたいことに突飛な行動もとっていない。姪は礼儀正しさを保つことが自分に課せられた試練と心得ているらしかった。

実際、エマは礼儀正しい振るまいをさほど苦には思わなかった。たとえこれまではみずから望んでしていたことであれ、いたずら好きという評判どおりの振るまいを続けるには疲れすぎていた。今夜出会った大勢の人々と愉快に冗談を言いあうだけで精いっぱいだった。頭痛に悩まされながらも、ロンドンの人々に内気でおとなしい令嬢だと誤解されるのだけは避けたかった。社交界にはすでにそのような令嬢たちがあふれているはずなのだから。

「ねえ、エマ」叔母が呼んだ。「ハンフリーズ卿ご夫妻を紹介するわ」

エマは恰幅《かっぷく》のいい夫妻に笑いかけて、手を差しだした。自分より三十五歳は年上に見えるハンフリーズ卿がうやうやしく頭をさげて、指関節に口づけた。「おふたりにお目にかかれて光栄ですわ」エマはアメリカ訛りがはっきりとわかる口調で礼儀正しく挨拶した。

「ほうら、やはりだ！」ハンフリーズ卿は勝ち誇ったように言った。「あなたは植民地のご出身ですな！　あそこにいる友人のパーシーから、あなたはフランスの方だと賭けを持ちかけられたのです。私は『姓はダンスターなのだぞ』と言ってやったのですがね。たとえ植民地へ移住したにせよ、善きイングランドの血筋を引いているお嬢さんなのだと。やはり私が正しかったのですな。賭け金を回収しておかなければ」

言葉を返す間もなく、ハンフリーズ卿はよたよたとした足どりで友人を探しに行ってしまった。エマは自分に多くの関心が集まっていることにいくぶん驚き、出身地を賭けられてまでいたことに少なからずとまどいを覚えた。貴族はよく気晴らしに賭けを楽しんでいるのだとネッドから聞いているが、理解できない行動だ。もっと有意義な時間の使い方があるはずでしょう？　夫に取り残されてしまったレディ・ハンフリーズのほうを向き、遠慮がちに微笑んだ。「ご機嫌いかがですか、レディ・ハンフリーズ？」

「ありがとう、楽しませていただいてるわ」そう答えたレディ・ハンフリーズは、愛想はいいもののどことなく間が抜けているように見えた。「お伺いしたいの」夫人は内緒話でもするしぐさで身を寄せた。「ボストンでは野生の熊《くま》が自由に歩きまわっているというのは、ほんとうなのかしら？　植民地は野蛮人と野獣だらけだと聞いてるわ」

キャロライン叔母は呆れた目をして、姪がまたアメリカ合衆国のすばらしさについて講義を始めるものとあきらかに憂えていた。けれどエマは身を乗りだし、老婦人の両手を取って、調子を合わせて内緒話をするふうに、ただこう答えた。「実際のボストンはとても発展してますのよ。ここにいるのと同じように暮らせますわ」

「嘘！」レディ・ハンフリーズがきょとんとして言った。

「いいえ、ほんとうです。婦人用の仕立て屋もありますわ」

「ほんとうに？」老婦人は興味津々に目を見開いた。

「ええ、婦人用の帽子店も」エマは目を広げて、ゆっくりとうなずいた。「もちろん、狼《おおかみ》の群れが町におりてきて、店を壊されてしまうこともありますけれど」

「狼！　なんてことでしょう！」

「ええ、それも恐ろしく獰猛《どうもう》なんです。わたしも怖くて毎年何週間か家にこもりますもの」

レディ・ハンフリーズは扇子《せんす》をぱたぱたとあおいだ。「まあ、恐ろしい。さっそくマーガレットに報告しなければ。失礼しますわ」老婦人は恐怖と興奮で目を丸くし、そそくさとエマから離れて人込みのなかへ姿を消した。

エマが叔母と従妹を見ると、ふたりとも身をふるわせて笑っていた。「もう、エマったら」ベルが笑いながら目尻の涙をぬぐった。「あんなこと言ってはだめじゃない」

エマはおどけて瞳を動かし、わざとらしく咳払いをして言った。「でも、わたしにも少しは今夜を楽しむ権利はあるでしょう」

「もちろんだわ」キャロラインが首を振って続ける。「そうは言っても、レディ・ハンフリーズをからかったのは褒められないわね。十分もしないうちに、この舞踏場じゅうにあなたの小さな嘘が広まるわ」

「あら、ばかばかしい。いくらかでも分別のある方なら、あんな話を信じないわ。それに率直に言って、分別のない方に好かれたいとも思わないし」エマは叔母と従妹に眉を上げ、ふたりの返答を待った。

「その言いぶんには一理あるわね」ベルは同調した。

「じつを言うと、わたしも前々から、レディ・ハンフリーズは少し困った方だとは思ってたのよ」キャロラインも言い添えた。

「失礼なことをするつもりはないのよ」エマは説明した。「ただあまりにも愚かなことを言う人たちと会話を続けていると、退屈で頭がどうにかなってしまいそうなんですもの」

「わたしたちができるだけ、あなたを守るようにするわ」キャロラインは口角を引き上げて微笑んだ。

「ありがたいと思っています」エマはにこやかな笑みを返した。

そのあとすぐに、ネッドの友人のひとりがエマのそばに来て、ダンスを申し込んだ。アレックスはカーテンの陰からその若者を睨みつけ、ふたりが舞踏場の中央へ向かう姿を凝視した。

「少々妬《や》けるな？」ダンフォードが問いかけた。

「ちっとも妬けないね」アレックスは憤然と答えた。「妬かなければならない理由はない。だいたい、まだほんのひよっこだろうが」エマのダンスの相手をそう評した。

「まあ、たしかにな。ダンスター嬢より三つは上だろうが」

アレックスは友人の言葉を聞き流して続けた。「レディ・ハンフリーズを追い払ったときの言葉を聞いたか？」満足げに言う。「まったく彼女の言うとおりだ。うちの母ですら、レディ・ハンフリーズについては、まぬけでお喋りなばあさんだと思ってる」

ダンフォードはゆっくりとうなずき、考えこんだ。大学時代からのつきあいであるこの友人が、女性に対してこれほどの反応を示したのは初めてのことだ。そもそも異性には疑い深いたちだった。

「それに、分別のない人々は相手にしたくないという言葉もいい」アレックスは続けた。「芯がしっかりしているのは間違いないだろう。それに分別もある」

「彼女が戻ってくるぞ」ダンフォードが伝えた。

アレックスはただちに観察を再開した。エマがダンスを終えて、叔母のそばへ戻ってくる。

「どう、楽しめた？」キャロラインが尋ねた。

「ええ、そうね。ジョンはダンスが上手よ」エマは答えた。「それに、とても気さくなの。わたしにフェンシングを教えてくださるんですって。以前から習いたいと思ってたのよ」

アレックスは胸のなかで嫉妬の塊りが転がっているように感じた。

「フェンシングがどういったものなのかはよくわからないけれど、彼を気に入ったのならよかったわ」キャロラインが続ける。「人気の花婿候補に違いないもの。お父様が相当に裕福な伯爵様なの」

嫉妬の塊《かたま》りは砲弾くらいの大きさに膨らんできた。

「たしかにいい方なのはわかるけど、わたしはまだ結婚には興味がないわ」

アレックスはほっと安堵のため息を吐きだした。自分もその方面には興味が持てない。

エマはキャロラインの腕を軽く叩いた。「心配なさらないで、叔母様。その時がきたら、すてきな花婿を見つけますから。でも〈ダンスター海運〉を手放すつもりはないから、お相手はアメリカ人でないとだめね」

「このロンドンで出会えるアメリカ人はそう多くないわ」キャロラインは指摘した。

「だとしたら、ジョンのような若くて機知に富む男性と、せいぜい楽しい時間を過ごすしかないわね」

アレックスがまたかっかしはじめ、ダンフォードはとっさに友人を押さえつけておいたほうがいいだろうかと考えた。そうでもしないと勢いあまってカーテンの陰から飛びだして、何をしでかすかわからない。

そのときベルが戻ってきて、またエマとキャロラインの会話に加わった。ダンスを踊ってきたあとで頬をピンク色に上気させている。「エマ」息をはずませて言った。「兄の友人たちをもっと紹介するから、わたしと一緒に来て。あなたもきっと気に入る人たちよ。それに、みなさん、あなたにとても会いたがっているから」ウインクをして付け加えた。

「ちょっとだけお待ちいただけるかしら？　少し頭痛がするの」エマは軽い調子で言った。

ほんとうは誰かに棒でこめかみを叩かれているかのような痛みを感じていた。ジョン・ミルウッドと目がまわるようなダンスを踊ってから急に体調が悪化してきた。

きょうの午後の災難については母親に言わないと約束したベルにさりげなく目配せしてから、叔母のほうを向いた。「キャロライン叔母様、十分か十五分、自分の部屋で休んだら不作法かしら？　興奮していたせいか頭がずきずきするの。でも、少し休めばきっと落ち着くわ」

「もちろん、かまわないわ。あなたのことを尋ねられたら、お化粧を直しに行ったと言っておくわね」

「ありがとう」エマは吐息をついた。「すぐに戻るわ。お約束します」それから足早に舞踏場を出て、私室が配された階上へあがっていった。

アレックスは中座を願いでたエマの言葉を聞いて眉を上げ、にやりと笑みを広げた。

「おい、やめろ」ダンフォードは友人の表情の意味を正確に読みとって諭《さと》すように言った。

「アシュボーン、たとえおまえでもぶじにはすまないぞ。やめとけ。淑女を寝室まで追っていくのはまずい。知りあいでもないのに」

「いや、それが知りあいなんだ」

ダンフォードはまたべつの言い方で諭そうとした。「もし誰かに見つかったら、あの女性の評判を社交界に登場した日に穢《けが》すことになるんだぞ。そうなれば、おまえは結婚して責任をとらなければならなくなる。逃れる手立てはない。それが信義を守るということなんだ」

「誰にも見つかりはしないさ」アレックスは淡々とした口ぶりで答えた。「誰かにアシュボーン公爵はどうしたのかと尋ねられたら、手洗いに行ったとでも言っておいてくれ。気分転換のためにとな」そう言うと、カーテンの裏から出て舞踏場の戸口へ向かい、足音をひそめてエマを追った。

廊下は酔っ払いや戯《たわむ》れる男女が屋敷の奥へ入るのをふせぐために明かりが灯《とも》されていなかったが、エマは難なく自分の部屋にたどり着いた。明るすぎるのは頭痛に障《さわ》ると考えて、蠟燭を一本だけ灯した。人目を気にせずともいいので大きなあくびをして靴を脱ぎ捨て、ベッドの白いキルトの柔らかい掛け布の上に体を横たえた。大きく息を吐きだし、こめかみを揉みながら、ロンドンでの初めての舞踏会は思いのほかとても楽しめたと振り返った。たしかに鼻持ちならない気どり屋の貴族たちも大勢いたけれど、知的で興味深い紳士淑女にもたくさん出会えた。頭にこれほど疼くこぶをこしらえていなければ、気分よくもっと楽しめていただろう。おかげでどうしようもなく疲れている。エマは瞬きをして呻くように低い声を漏らし、いったいどうしたら舞踏会へ戻る気力を奮い起こせるのだろうと考えた。

アレックスはドアの蝶番《ちょうつがい》にきちんと油が差してあることにひそかに感謝し、音を立てずに速やかにエマの部屋のなかへ入った。しばし足をとめ、やさしいまなざしでエマを見つめた。休んでいる姿は穏やかで愛らしく、あのように辛らつな物言いをする機知の鋭い女性の面影はない。微笑を浮かべて上掛けに沈みこんでいる様子を眺めているうちに、彼女を腕に抱いて寝かしつけることができたら、もうほかに望むことはないとすら思えた。それからふと、自分はなんと青臭《あおくさ》いことを考えているのかととまどい、眉をひそめた。正直なところ、女性に対してそのような思いやりを抱いたのはいつ以来なのか思いだせない。

突如、エマが喉を鳴らす猫のような声を漏らして伸びをした。乳房が持ち上がって胴着がぴんと張っているのを見て、心も体も圧倒されるほどの欲望が湧いた。

エマは目を閉じたまま、満足そうに吐息をついた。

アレックスはドアのほうへあとずさった。

エマはひとりになれた心地よさを噛みしめて、身を丸めた。

アレックスがドアを閉じた音が響いた。

エマはぞくりとしてぱっと目を開き、黒い髪に緑色の瞳をした、部屋が急に狭く感じられるほど逞《たくま》しい体軀《たいく》の男性が立っているのを見て、息を呑んだ。

「やあ、メグ」

5

エマはその瞬間、幻覚を見ているのだろうと思った。緑色の瞳をしたあの男性が、実際にこの寝室に立っているわけがない。それに、自分は数時間前に頭を強く打っている。そのような事故で頭に異変が生じたという話は聞いたことがある。アシュボーン公爵はいたずらっぽく微笑みかけると、肘掛け椅子に腰をおろした。

やはりこれは現実だとエマは悟った。このように不愉快な態度をとる人物を自分が幻覚で思い浮かべるはずがない。息がつかえて、にわかに気分が悪くなった。この一カ月、親類たちからロンドンの社交界について事細かに教えられてきたけれど、自分の寝室で紳士――いいえ、ならず者だわ――を見つけたときの対応は何も聞かされていない。叫び声でもいいから何か言わなければと思いながら、ひと言も出てこなかった。

それからふと、自分がまだ無防備な体勢でベッドに横たわっていることに気づいた。ちらりと目を上げてすぐに、公爵もそれを認識しているのが読みとれた。肌を焦がすような熱っぽい視線で見つめられ、恥ずかしさで顔が赤らんだ。体を隠さなければと慌てて枕を抱きしめて上体を起こした。

「もったいない」公爵が冗談めかした口ぶりでつぶやいた。

エマはさっと視線を向けた。まだ話せず、声を出せる自信もない。

アレックスはエマの目に浮かんだ疑問に答えた。「きみのように美しい胸をした女性はそういない。それを隠すなんてもったいないということさ」

エマはそれを聞いてさらにきつく枕を抱きしめた。その慎み深さにアレックスは含み笑いをした。「それに」と続ける。「ぼくから隠してもロンドンの人々みんなに隠さなくては意味がない」

ほかの人々は誰も寝室に入ってこないわ、とエマはいらだたしく胸のうちで言い返した。

「ところでメグ、いや、エマと呼んだほうがいいのかな？　きみは話せないわけではないはずだ。すでにきょうの昼間、きみの達者な話しぶりは聞かせてもらったからな。何か言ってくれてもいいだろう？」

エマはとっさに思い浮かんだことを口にした。「吐きそう」

公爵は思いがけない言葉に不意を衝《つ》かれたらしく、椅子から腰を上げた。エマはその慌てようを見て、あやうく笑いだしそうになった。「弱ったな」公爵は口走り、受けとめるものを探して部屋を見まわしている。結局見つからず、ベッドの上の女性に目を戻した。「ほんとうなのか？」

「いいえ。でも、あなたにここで会ったおかげで気分が悪くなったの」

アレックスはまたもたじろいだ。このアメリカ娘にまんまとうろたえさせられている――

たいした女性だ。生意気さを懲《こ》らしめておくべきなのだろうが、彼女の表情には屈託がなく、枕を抱きしめてベッドに坐っている姿はいかにも愛らしくて、笑みを返さずにはいられなかった。「これまで女性たちから、ぼくといるときの気分をいろいろと聞かされてきたが」のんびりとした口ぶりで言う。「吐きそうだと言われたのは初めてだ」

エマは皮肉を聞き流した。「いったいここで何をしているの？」ようやく訊けた。

「わかりきったことじゃないか？」アレックスは緑色の瞳をきらめかせて身を乗りだした。「きみを探しに来たんだ」

「わたしを？」エマは声を上擦らせ、何かの間違いであることを願った。「わたしを知りもしないのに」

「そのとおり」アレックスは考えるふうに続けた。「だが、きょうの午後、きみにそっくりな厨房女中に出会った。赤毛で、菫色の瞳の。ひょっとして、きみたちは双子なのか？」いわくありげな笑みを浮かべる。「もっとも、いまのきみとは気質がまるで違ったが。元気旺盛な女中だった。ぼくに触れずにはいられなかったんだろう――とても言えないような場所で唇を奪われてしまったんだ」

「わたしからしたんじゃないわ！」エマは声をあげた。「よくもそんなことが言えるわね！」

アレックスは憤ったエマにあっけらかんと片眉を上げた。「つまり、きょうの午後、ぼくの馬車に乗ったのはきみだと認めるんだな？」

「もうわかってるんでしょう。否定しても無駄だもの」

「そうだな」アレックスは同意し、くつろいで椅子の背にもたれた。

「どうぞ、おくつろぎになって」

アレックスは皮肉には動じなかった。「ありがとう。ご親切に。それでと」落ち着き払って言う。「きみが使用人の格好で、付き添いも連れずにロンドンの街をうろついていたわけをじっくり伺いたい」

「なんですって？」エマは怒りをあらわに頓狂《とんきょう》な声で訊き返した。

「聞かせてもらえるまでここを動かない」憎らしいほど悠長な声で言う。

「あら、あなたみたいに高慢な不作法者に話すことなんて何もないわ」きつく言い放った。

「エマ、きみの怒った顔はなんとも愛らしい」

「そういう失礼な発言をいつもしてるの？」

アレックスはエマから腹立たしげに投げかけられた問いの答えを考えるかのように、両手を頭の後ろで組んで椅子に背をあずけた。「言われてみれば、人を少々怒らせるのは得意なほうかもしれないな」

「やっぱりだわ」エマはつぶやいた。

「何が？」

エマは戦法を変えることにした。「少々怒らせるどころではないでしょう。わたしはアメリカ合衆国で育ったけれど、これがとんでもない状況であることくらいはわかるわ」事の重大さを思い、ため息をついた。「あなたはわたしの人生を台無しにするつもり？　叔母夫妻に誇りに思ってもらえるように一生懸命努力してるのに」

アレックスはエマの切なげな表情を見て、自分の行動への後ろめたさで胸にちくりと痛みを覚えた。エマの菫色の瞳はこぼれ落ちない涙で柔らかにきらめき、髪は蠟燭《ろうそく》の揺らめく灯火に照らされて輝いている。いとおしい気持ちがこみあげ、抱きしめてやりたい衝動をどうにかこらえた。きみの人生を台無しにはしないとなだめて、彼女を守りたい。そもそもどうしてここに来てしまったのか自分でもよくわからない。

それでも、このアメリカ娘を守りたいという妙な欲求を押しとどめる分別は備えていた。自分の爵位や富以外のものを見てくれる花嫁候補にはまだめぐり逢えていない。たとえエマに心動かされたとしても、おそらく自分が傷つくだけのことだろう。しかもなぜかこの女性には誰より自分を深く傷つける力があるように思えてならなかった。

そこで気持ちを奮い立たせ、語気を強めた。「伯爵ご夫妻はきみをたいそう誇りに思ってくれているさ」皮肉を込めて言った。「貴族の半分に――正確に言えば男性の貴族の半分にだが――いわばよだれを垂れさせているわけだからな。月末までに六人は求婚してくるだろう。りっぱな爵位の持ち主をつかまえられる」

エマは公爵の嫌みな言葉に不快感をあらわにした。「どうしてそこまで失礼なことが言えるの？　わたしをよく知りもしないくせに」

「きみは女性だ」アレックスはあっさり答えた。

「それとどう関係しているのかしら？」

いつの間にかエマが怒りを発して枕を脇に放りだしていたことに、アレックスは気づいた。顔は上気してピンク色に染まり、深い呼吸に合わせて乳房が上下している。その様子に気をそそられながらも欲望を懸命に押し隠した。「女性は」辛抱強く説明した。「十八歳から二十一歳くらいまでに社交術を磨く。そして準備ができたところで社会に出て、いくつかのパーティに出席し、睫毛《まつげ》をはためかせ、愛想よく微笑んで、花婿をつかまえる。それもできるだけ爵位が高く、裕福な相手を。そうやって気の毒な男たちはたいがい何が起こっているかもわからないうちに仕留められてしまうんだ」

エマは呆れたそぶりで、いかにも不愉快そうに言った。「なんてことをおっしゃるのかしら」

「侮辱だとでも？」

「当然よ」

「そうとも言えないだろう。それが世の倣《なら》いだ。きみやぼくにはどうすることもできない」

エマはふいに怒りが憐《あわ》れみに変わるのを感じた。いったいどういうわけで、この男性はこんなふうに頑ななひねくれ者になってしまったのだろう？「いままで誰かを愛したことはないの？」静かに問いかけた。

アレックスは穏やかな声にはっと目を上げ、本心から思いやっているまなざしを見て、虚を衝かれた。「きみはそれほど多くの男を愛した経験のある、恋愛の達人なのか？」相手と同じように穏やかな声で訊き返した。

「そうじゃないわ」エマは声をとがらせて答えた。「でも、わたしは愛せるわ。いつか、誰かを。それまでは、父やヘンリー叔父様、キャロライン叔母様、ベルとネッドがそばにいてくれる。これ以上に望めないくらいすばらしい家族で、全員を心から愛してるわ。家族のためならどんなことでもできるもの」

アレックスはその恵まれた人々のなかに自分も加わりたいものだと、思わず考えていた。

「あなたにもご家族がいるじゃない」エマはこの公爵の妹との出会いを思い返して続けた。「愛しているでしょう？」

「ああ、そうとも」アレックスはその晩初めて表情をやわらげ、エマも彼の目に家族への愛情が表れたのを見逃さなかった。アレックスはふっと笑った。「きみの言うとおりなのかもしれないな。愛する価値のある女性も少しはいるんだろう。あいにく、ぼくにはそういった女性たちとはまるで縁がないようだが」

「あなたは臆病なだけよ」エマはためらいなく言ってのけた。

「根拠があって言ってるんだろうな」

「あなたは怖いんだわ。人と距離をおいて愛さないでいるほうがはるかに楽だもの。自分の心の周りに頑丈な壁を築いているから、その壁を破って近づける人はいない。そうでしょう？」エマは強いまなざしで見つめ返され、どきりとした。つい目をそらし、心ひそかに臆病な自分を鼓舞した。「つまり……あなたは……」口ごもり、とてつもなく横柄な男性と話すのに必要な気力を懸命に奮い起こした。「あなたは悪い人ではないのよ。ご家族をとても深く思いやっているのはあきらかだもの、愛する能力はあるんだわ。ただ傷つくのが怖いだけ」

アレックスは、エマの穏やかな口ぶりと腹立たしくも的確な指摘に呆然となった。静かに諭されたのが逆にいらだたしかった。彼女はやさしく語りかける自分の言葉がどんな刃物より鋭く相手の鎧《よろい》を引き裂いたことに気づいているのだろうか？　にわかに落ち着かなくなり、これ以上気持ちを乱される前に話題を変えたほうがいいと判断した。

「きみはまだ、きょうの午後、使用人の身なりで外出した理由を話してくれていない」ぶっきらぼうに言った。

エマは急に話を変えられて驚き、その声のとげとげしさにまたも怒りが沸いてきた。「どうしてあなたに、わたしの行動を説明しなくちゃいけないの？」

「ぼくがそうしろと言ってるからだ」

「なんですって？　冗談はやめて！」エマはまくし立てるように続けた。「なんて横柄で、傲慢で、厚かましくて――」

「昼間も言ったが」アレックスはなめらかに言葉を差し入れた。「きみの表現力の豊かさには感心させられる」

「この程度の言葉ならまだいくらでも出てくるわ」エマは奥歯を噛みしめて言った。

「それについては疑いようがない」

「どうしてそんなふうに嫌みたらしくて、いけ好かなくて――」

「また始まったか」

「――ろくでなしなの！」エマはとんでもないことを言ってしまったとわれに返って頬に手をあて、すぐにくすくす笑いだした。こらえられなかった。白いキルトの柔らかい掛け布の上にまるで淑女らしくない格好で坐ったまま、膝をかかえて顔を伏せて笑った。笑いをこらえようとして体が小刻みにふるえていた。自分の言動の滑稽さに気づかされ、卒倒してもふしぎではないはずなのに笑いがとまらなかった。

アレックスは笑っているエマを呆然と見つめた。女性が自分の恥ずかしい状況を愉快に思えるとは、信じがたいことだった。ところがいつしか自分もつられて笑いだしていた。色白の華奢な肩を揺らして笑うエマの静かな声に、アレックスの深みのある含み笑いが重なった。

エマは笑っているのが自分だけではないとわかると、しだいにかすれがかった声を立てはじめた。もはや体のふるえを抑えきれなくなり、アシュボーン公爵ではなくベルとふたりきりでいるときのようにベッドの片側に脚を投げだし、仰向《あおむ》けになって笑いつづけた。

アレックスはその姿に魅入られた。エマはベッドの上に寝転び、髪を白い上掛けに扇形に広げ、こちらを気にしているそぶりはない。なんの打算もなしに純粋に笑っていて、そばにいる男の貪欲《どんよく》な目つきにはまったく気づいていない。

計り知れない女性だ。

このような姿を見て、触れずにいられるだろうか？

「ほんとうにもう」ようやく笑いの発作が途切れると、エマはつかえがちな声で言った。笑いを鎮めようと呼吸を整える。上下する胸を片手で押さえて、落ち着きを取り戻した。「とんでもない女性だと思われてしまうわよね」

「ぼくは」アレックスは言葉を切り、足早に近づいていって、ベッドの足もとに腰かけた。「きみは美しいと思う」

エマは脚をベッドの上に引き戻し、頭板に背を押しつけた。公爵のなめらかな声を聞いて手脚から力が抜け、白分の反応に怖れを感じた。寝室に忍び込んできた恐ろしいほどに美形の男性と、できるだけ距離をとらなければと思った。「美しさは上辺のものにすぎないわ」と切り返し、緊迫した空気を破ろうとした。

「鋭い意見だ」アレックスはうなずいて言った。「ならば言い換えさせてくれ。きみはじつにすばらしいと思う」

一万個の小さな炎がいっせいに灯ったかのようにエマの胸に喜びが湧きあがり、なじみのないふしぎな疼きが体に走った。確かなのはこの男性の存在が自分によくわからない反応を引き起こしていることだけで、身がすくんだ。

公爵がエマの不安そうな視線をとらえた。「大丈夫だ、ぼくの可愛いエマ」

この男性に吹き飛ばされてしまった自信を少しでも取り戻して気持ちを立て直さなければと、エマは気づいた。強がって背筋を伸ばした。「わたしは、あなたの可愛いエマではないわ」とりすまして言った。

「そうなのかい？　それなら誰の可愛いエマなんだろう？」

「ばかげたことを訊かないで」

「ばかげてなどいない。なぜなら――」アレックスは靴を履いていないエマの足をつかみ、揉みほぐしはじめた。「――ほかの誰のものでもなければ、ぼくのものにできるのだから」

エマはなおも足の筋肉をほぐされつづけて息を詰めた。足から腹部にまで人の手の感触が伝わるものとは夢にも思わなかった。そう考えて慌てて彼の手のなかから足を引き抜こうとした。けれどそのせいでよけいに力強く押さえられ、日焼けした手がスカートの裾の下をふくらはぎまでのぼってきた。脚にじんわりと広がる心地よさに、無意識に唇を舐めた。

「気持ちがいいだろう？」アシュボーン公爵がにやりとした。

「いいえ、何も感じないけど」声を絞りだすように答えた。

「そうか」公爵がなにくわぬ顔で言う。「ではもっと強くやってみよう」思わせぶりに手をさらにのぼらせ、膝上の柔らかい皮膚に触れた。「どうだい？」エマのぼんやりとした表情を見て続ける。「だめか。ならば、キスはどうだろう」

アレックスは反応するいとまを与えずエマの足を引いて仰向けに寝かせ、自分もその脇に横たわって、逞しい体を密着させた。エマの顎《あご》を手でしっかりと押さえて、互いの顔を近づけ、唇をそっと触れあわせた。

「だめ」エマは弱々しくつぶやいた。どうしてこの男性が寝室にいて自分のベッドに横たわっているのか理解できないし、それ以上に自分の体がいまにも燃え立ちそうな気がする理由がまるでわからない。

「一度キスするだけだ」アレックスは欲望に満ちた声で口もとに囁きかけた。「そのあとできみがもういやだと言ったら、それでやめる。約束する」

エマはひと言も口にできず、唇の輪郭を舌でたどられ、自然に目を閉じた。やさしく触れられたことで安心し、体が恥ずかしげもなく反応しはじめた。公爵の首の後ろに両腕をするりとまわし、本能に衝き動かされて身をすり寄せた。小さく声を漏らし、自分が何をしているのかよくわからないまま唇を開いた。

アレックスはその機を逃さず唇の隙間にすばやく舌を差し入れ、奥深くへめぐらせた。

「ああ、きみは甘い」かすれがかった声でつぶやいた。それからまた彼女の口のなかへ舌を戻し、丹念に探った。エマはこの親密な愛撫《あいぶ》に、自分にあるとは想像もしていなかった熱い想いを掻き立てられ、片手で彼のなめらかでたっぷりとした濃い髪をまさぐり、もう片方の手で背中の硬い筋肉をたどった。

アレックスはエマに触れられて熱くなり、喉の奥から声を漏らした。唇を触れあわせたまま彼女に覆いかぶさるように移動し、マットレスにぐいと身を沈ませた。艶《なま》めかしい声が返ってきて、アレックスはさらに昂《たか》ぶった。「こんな小さな体のどこに、これほどの情熱が隠されているんだ？」囁いて、唇で柔らかな白い首をなぞった。

エマはぞくぞくする熱さを感じていた。「あなたはわたしに何をしようとしているの？」かすれた声で訊いた。

公爵が喉を鳴らすように含み笑いをして、ふたたび唇を触れあわせた。「いとしいきみと愛しあおうとしてるんだ。なぜなら――」さりげなく乳房に触れられ、エマは繻子織りのドレスの布地を通してはっきりとぬくもりを感じ、肌がほてり、息を呑んだ。「――ぼくがきみを求めているのと同じくらい、きみもぼくを求めてくれているように思えるから」

「それは違うわ」エマはふるえがちな声で否定したものの、口をついた言葉が偽りであるのは自分でもわかっていた。

アレックスは唇を彼女の耳たぶへずらして軽く噛んだ。「ああ、ぼくの可愛いエマ、きみはもうイングランドの気どり屋の令嬢に変えられてしまったのか？」

エマは温かな息遣いを耳に感じ、それからすぐに舌先で舐められ、たちまち湧きあがってきた熱情を抑えきれそうになかった。「ああ」心地よさに思わず声を漏らした。

アレックスは満足そうな笑みを浮かべた。「心地よく感じていることを恥ずかしがらなくてもいいんだ、エマ。恥ずかしいと思ってはいけない。しごく自然なことなのだから。社交界の既婚婦人たちがなんと言おうと、悪いことでも不道徳なことでもない」

「心地よくなることが悪いことだとは言われてないわ」エマはふるえる声で言った。「結婚していなければ、感じてはいけないことだと言われているだけで」

アレックスは結婚のひと言に顔をしかめ、欲望がわずかに萎《な》えた。「ぼくがきみなら、ぼくとの結婚は考えられないだろうな」やんわりとたしなめるように言った。

「そんなことは考えてないわよ！」エマはぴしゃりと言い返して身を離した。

「それならよかった！」

「あなたとなんて結婚するものですか」

「きみに求婚した憶えはないからそれは幸いだ」

エマは発憤して言った。「たとえこの世に男性があなたひとりになっても、あなたとは結婚しないわ！」ひと呼吸おき、いかにも陳腐な決まり文句を口にしてしまったと気がついた。「でもやっぱり、この世にあなたしかいなければ、仕方なく考えるかもしれないけど！」

そのように現実的に考えられるところがまたアレックスには魅力的に思えた。

「でも、階下《した》の舞踏場に花婿候補の独身男性たちがたくさんいらっしゃっていて」エマは続けた。「どうみても、あなたしか男性がいないわけではないのだから――」

アレックスはとたんに唇をいかめしく引き結んだ。

「――いますぐ、ここを出ていっていただきたいわ」

「同意できない」

「わたしの知ったことではないわ」

「どうやら意見が衝突したようだ」アレックスはのんびりとした口ぶりで言った。「どちらが勝つんだろうな」

「決着はついてるでしょう」エマは果敢に言い返した。「わたしの部屋から出ていって！」

アレックスは彼女の憤慨ぶりに眉を上げた。他人事のように装った態度が、よけいに怒りを煽《あお》ってしまったらしい。「早く！」エマが声を荒らげた。

アレックスは立ちあがり、上着の皺《しわ》を伸ばした。「ぼくが学んだことをひとつ挙げるなら」

辛らつな口ぶりで言う。「わめく女性には逆らってはいけないということだ」

エマは即座に口をとがらせて言い返した。「わたしはわめいてはいないわ。わめくなんてことはしない」

「そうだろうか？」

「声を大きく出しただけだもの」

「ぼくも心から、きみがわめいたわけではなかったと思いたい」アレックスは続けた。「きみのご家族に駆けつけられるのだけは避けたいからな。なにしろ、お互い結婚する気はないということで合意したばかりだ」

「ふん、頭にくるわ」エマはため息を吐きだした。

「言葉遣いには気をつけたほうがいい」アレックスはたしなめて、ふと妹と同じようなことを口にしてしまったと気づいた。

「もう、いい加減にして。あなたからお説教されるのだけはご免だわ」エマはてきぱきと立ちあがり、菫色のドレスの襞《ひだ》を整えた。「きちんとして見える？」確認を求めて目を大きく開いて問いかけた。「家族に恥ずかしい思いをさせたくないの」

「はっきり言わせてもらえば、キスをしてきたように見える。それも、ほぼ確実に」

エマはがっかりして、乱れ具合を確かめようとすぐに鏡の前へ移動した。公爵の言うとおりだった。顔は紅潮し、髪留めからほつれた巻き毛が艶めかしく顔の周りに垂れている。

「でも、髪を整えるのはさほどむずかしくないわ。メグはどうにかして最新の流行の髪形にさせようとしていたけど、わたしが説得して、もっと簡単で、楽にいられて、見栄えのする形に変えてもらったから」

「きみはまさか実在する女中の名を使ったのか」

「ええ、だって、頭を打ったばかりで想像力を働かせるどころではなかったんだもの」エマは豊かな髪を髪留めでまとめようと奮闘していた。

「手伝おう」アレックスは甘い声で言い、エマの後ろに立った。エマが呆気にとられているあいだにヘアブラシを手に取り、やさしく髪を梳《す》いて、手ぎわよくまとめ上げた。

「髪の結い方をどこで憶えたのかは伺うまでもないわね」

「ああ、聞かないほうがいい」

「あなたはきっと、たくさんの女性たちとおつきあいされてるんでしょうね」

「ぼくの私生活に関心があるんだな」アレックスは不満げにつぶやいた。

「少しだけ」エマはすなおに認めた。

「それは不公平だろう。ぼくはきみの本名さえ知らなかったんだ」アレックスはエマが持っていた髪留めを奪い、器用に髪をおさめた。

「でも、いまはご存じでしょう」とりたてて気の利いた返し文句も思いつけず、そう答えた。

「そうとも」アレックスもエマと同じ理由でそう答えるしかなかった。

どちらも言葉に詰まり、さりげなく互いを見やった。その沈黙を破ったのはエマだった。

「でも、わたしを知っているようなそぶりはなさらないでね。みなさんに妙な詮索をされては困るから」

「もちろんだ。とはいえ、なるべく早く正式に引きあわせてもらいに行くとしよう。それまでは、ぼくを避けていられる時間を楽しんでくれ」

「言われるまでもないことだわ」エマはとっさに皮肉っぽく言い返してしまったが、公爵は穏やかに笑っていた。

「きみはほんとうに惚れぼれするほど機知が働くな、ぼくの可愛いエマ」アレックスはすばやく顔を近づけて、唖然としているエマの唇に口づけた。「さあ、舞踏会へ戻ってくれ。ぼくは少なくとも十五分は遅れて戻る」

エマはすぐに戸口へ向かい、ドアを開いて、忍びやかに廊下に出た。いったん足をとめ、自分の寝室のなかへ顔を覗かせた。「約束よ」

アレックスは含み笑いをして答えた。「約束だ」

6

エマは寝室のドアを閉めたとたんほっと息をついた。アシュボーン公爵とはその日知りあったばかりとはいえ、約束を守る人物で、すぐに舞踏場へ追いかけてきて取り返しのつかない醜聞を流されるような行動はとらないのはなんとなくわかった。約束どおり、一五分以上は時間をおいて戻るだろう。

従兄妹たちの家の暗い廊下を静かに進んで、明るく照らされた舞踏場へおりる階段の最上段に行き着いた。いったん足をとめて様子を窺う。キャロライン叔母はいつもにまして意気込んで、まさしくうっとりさせられる光景を生みだしていた。部屋の壁ぎわに連なる軽食用のテーブルには色鮮やかな異国の花々が飾られ、くすみがかった白い蠟燭の穏やかな灯火《ともしび》が舞踏場を取り巻くように配されている。けれどなにより目を引くのは招待客たちだ。颯爽《さっそう》とした紳士たち、優美な淑女たちが、今夜のためにキャロラインに雇われた管弦楽団が奏でる調べに合わせてなめらかに踊り、回転している。淑女たちはとりわけあでやかで、明るい色の絹や繻子のドレスの裾がふわりと広がるたび、身につけた宝石類が灯火に反射して惜しげもなく輝きを放った。踊る男女の動きはあらかじめ振り付けを合わせたかのようにぴたりと揃っていて、舞踏場全体が色とりどりのきらびやかな万華鏡のように見える。

エマは自分のお披露目の場であることも忘れて、華やかな光景に思わずにっこり微笑んだ。うっかり階段の最上段で足をとめているうちに、人々が次々に気づいて目を向けた。いつの間にか大勢の視線を集めていた。

「間違いなく恋に落ちてしまったようだ」ネッドの大学の友人のひとりで、すでに今夜エマとダンスを踊ったジョン・ミルウッドが声高らかに言った。

ネッドが愉快そうに笑った。髪は濃い赤褐色だが、妹と同じ明るい青色の瞳をしている。

「やめとけよ、ジョン。きみの手に負える相手じゃない。それに、ぼくの妹に恋していたのではなかったのか」

「ああ、もちろん、いまもその気持ちは変わらない。きみの家には美しい女性が多すぎるんだ。不公平だよな」

ネッドは渋い表情になった。「うちの玄関扉を叩きに来る男たちと競うつもりなら、考えなおしてくれ。昨年ベルしかいなかったときでさえ、うんざりしていたのに、エマまでいたらどうなることやら」

そこへさらに友人がふたり、いそいそとやって来た。「ネッド、さっさと従妹を紹介してくれよ」若きリンフィールド卿が大きな声で言い、一緒に来たナイジェル・エヴァースリーも同意してうなずいた。

「悪いが、それについては母に申し出てくれ。エマへの紹介を望む人々をいちいち憶えておくのは無理だからな」

「彼女は魅力的だ。まったくもって」ジョンがため息をついた。

「どこまで信じていいのやら」ネッドは唸るようにこぼした。

「せめてきみの妹さんに、ぼくたちのことを少々褒めておいてくれるだけでもありがたい」

ナイジェルがせかすように言う。

「それは昨年もやった」ネッドは不服そうに答えた。「憶えていると思うが、まるで効果はなかった」

「今回はもう少しうまく褒めておいてくれたらいい」ジョージ・リンフィールドが念を押した。

「きみたち三人には、わが家の女性たちがぼくの話に耳を傾けないことを受け入れてもらわなくては困る」ネッドは淡々と続けた。「ぼくの言葉では気持ちを動かしはしないのだから」

「柔順な女性が好みなんだがなあ」ジョージがつぶやいた。

「うちの家族にそれは望めない」ネッドはくっくっと笑った。

「柔順な女性たちはいったいどこへ行ったんだ？　どうして見つけられないんだろう？」

ジョージがなおも愚痴をこぼした。

「そういう女性はみんな不器量で退屈だってことだな」ジョンが結論づけた。「おっ、来たぞ！」

話題のエマが従兄を見つけて、男性たちの一団へ向かってまっすぐ歩いてきた。「ご機嫌よう、ネッド」菫色の繻子織りのドレスを華やかにまとい、柔らかな声で挨拶した。「こんばんは、ジョン。先ほどのダンスはとても楽しかったですわ」親しみのこもった言葉に、ジョンが顔を輝かせた。それからエマは初対面の紳士ふたりのほうを向き、期待に満ちた笑顔でネッドの紹介を待った。

ネッドがそれに応えてすぐに紹介を始めた。「エマ、こちらはジョージ・リンフィールド卿と、ミスター・ナイジェル・エヴァースリーだ。全員、オックスフォード大学で学んでいる。ジョージ、ナイジェル、ぼくの従妹のエマ・ダンスター嬢だ」

若者ふたりは同時に手を取ろうとして体をぶつけた。エマはとまどいぎみに温かな笑みを浮かべた。

「失礼、リンフィールド」ナイジェルは二十一歳にしては大人ぶった低い声で言った。「ダンスター嬢の手に口づけしようとしたものだから」

「こちらこそ失礼、エヴァースリー。ぼくも手を取ろうとしたんだ」

「きみの過ちだな」

「そうかな？　ぼくはきみの過ちだと思うが」

「ぼくの過ちだと思っているのなら、それこそ大きな間違いだ」

「あら！」エマが声をあげた。「キャロライン叔母様がお呼びのようだわ。おふたりにお目にかかれてよかったですわ」そう言うと、叔母の居所を探してさっさと歩きだした。

「まったく、やってくれるな、リンフィールド、見事なもんだ」ナイジェルが皮肉たっぷりに言った。「どうしてこうもぶち壊せるのかね」

「それはこっちの台詞だ。きみががつがつ手を取ろうとしなければ……」

「悪いが」ネッドがなめらかに言葉を差し挟んだ。「ぼくも母に呼ばれているようだ」すばやくその場を離れ、エマがほんとうに母の居所を知っていることを願ってあとを追った。


舞踏場の中央では、ベルがウィリアム・ダンフォードとダンスを踊っていた。ふたりは前年に出会い、数週間の交際で互いに恋愛の対象にはならないことがわかるとすぐに、親しい友人となった。「きみの従姉が貧しい女性であることを祈るよ」ダンフォードはリンフィールドとエヴァースリーがエマに挨拶しようと競りあっているのを遠目に眺めて、笑いながら言った。

「そうなの？」ベルは面白がるように訊いた。「どうして？」

「きみのご家族が悩まされることになるからさ。彼女が裕福だとしたら、財産目当てで花嫁を探しているイングランドじゅうの男たちが、きみの家の玄関扉を叩きに来る」

ベルは笑い声を立てた。「あなたも彼女を狙っているのではないでしょうね」

「とんでもない」ダンフォードはきっぱりと言い、アレックスのエマへの執着ぶりを思い返し、褐色の目を温かにやわらげて微笑んだ。「むろん、彼女の美しさがきわだっていることは否定しないが」

「しかも聡明なんだから」ベルはしたり顔で言い添えた。

「なんと！」ダンフォードはおどけて返した。「ベル、きみがそう言うのなら、間違いなく彼女もきみと同じように機転が利くわけだな。ということは、ぼくが出る幕はないということか」

「どういう意味？」

「いや、なんでもない、ベル」ダンフォードはうわの空で答えて、アレックスを探して舞踏場に目を走らせた。「なんでもないんだ。ところで、きみには青がとてもよく似合うというのは、もう伝えたかな？」

ベルは苦笑いを浮かべた。「あら、それなら残念ね。わたしは緑のドレスを着ているんですもの」

その頃、エマはまだ叔母を見つけられずにいて、そこにネッドが追いついてきた。「やっぱり母の居所を知っていたわけじゃなかったのか」従兄が言い、そばのテーブルからレモネードのグラスをふたつ取り上げた。

「見当もつかないわ」エマは認めた。「でも、レモネードはありがとう。喉が渇いてたの」

「しばらくこうして立っていれば、母のほうがぼくたちを見つけるだろう。きみに引きあわせたい招待客がまだ二百人はいるだろうからな」

エマは笑った。「それもそうね」

「エマ、先ほどのことはきみに謝らなくてはいけない。友人たちがあんなばかげたことをするとは思わなかったんだ」

「どなたがそんなばかげたことをなさったの？」ベルが突如ダンフォードをしたがえてネッドの右隣りに現われた。

「ぼくがうかつにも、エマをジョージ・リンフィールドとナイジェル・エヴァースリーに紹介したんだ」

「まあ、お兄様、なんてことをしてくれたの。かわいそうに、エマはこれから何カ月もあの方たちに悩まされることになるわ」

「心配いらないよ、エマ」ネッドが励ますように言った。「ほんとうは気のいいやつらだとすぐにわかってもらえると思う。ただ、美しい女性を前にすると、どうもうろたえてしまうんだ」

エマはかすれがかった声で笑った。「あら、ネッド、わたしを褒めてくれてるのね。初めてのことではないかしら」

「ばかな。ボストンできみがスリを張り飛ばしたときだって、右フックをさんざん褒めたじゃないか」

ダンフォードは、なるほどエマはアレックスにたやすく振りまわされる女性ではないと見きわめた。しかしそうだとすれば、友人はこの赤毛のアメリカ娘をはたして手なづけられるのだろうかと心配になってきた。ネッドことエドワード・ブライドン、バーウィック子爵のほうを向いて言う。「さみの従妹をまだご紹介いただいていないと思うんだが」

「おっとそれは失礼しました、ダンフォード。今夜は彼女を紹介しつづけていて、どなたに紹介していないか憶えていられないもので」

「エマ、こちらはウィリアム・ダンフォードよ」ベルが兄に先んじて紹介した。「わたしのとても大切な友人なの。ダンフォード、もうご存じでしょうけど、わたしの従姉のエマ・ダンスター嬢よ」

「存じあげています」ダンフォードはエマの手を取り、礼儀正しく自分の口もとに近づけた。「ようやくお知りあいになれて光栄です。あなたについてはいろいろとお聞きしていますよ」

「そうですの？」エマは興味を引かれて訊いた。

「でも、わたしからはほとんど何も話してないわよ」ベルが言葉を挟んだ。ダンフォードは謎めいた笑みを浮かべただけで、それ以上の質問はレディ・ワースの声に遮られた。

「ねえ、エマ。あなたにレディ・サマートンを紹介したいの」若者たち四人が顔を向けると、キャロラインが紫色のドレスに同じ色のターバンを頭に巻いた肉づきのいい婦人を連れて近づいてきた。まるで葡萄《ぶどう》ジャムの壺《つぼ》のようだとエマは思った。「そんなに見てはだめ」ベルが耳打ちした。「エマ、いよいよ、わたしたちがあなたに警告しておいた困り者のご婦人のひとりがお出ましよ」

「お目にかかれてとても嬉しいわ」レディ・サマートンが勢いよく喋りだした。「あなたの社交界入りは大きな話題になってるのよ。昨年ベルがお披露目されて以来のことだわ」大柄な婦人は深呼吸をひとつして、エマの叔母を振り返って続けた。「それと、キャロライン、あなたもさぞ鼻が高いでしょう。今年の催しのなかでもひときわ記憶に残る夜会になるのは間違いないんですもの。なにしろ、あのアシュボーン公爵がお見えになっているのよ。このような舞踏会に現われたのは一年ぶりではないかしら。わくわくせずにはいられないでしょう！」

「ええ、そうよね」キャロラインは低い声で答えた。「いらっしゃっているとはお聞きしてるんだけど、まだお会いしてないわ」

「まだ帰ってはいないはずですよ」ダンフォードがいわくありげな笑みを浮かべて言った。「それどころか、今夜は最後までいるつもりではないですかね」

「たぶん、わたしをからかうためなんだわ」エマは小さく独りごちた。

「いま何か言った？」キャロラインが訊いた。

「いえ、べつに。喉がつかえただけですわ」エマは慌てて答えて、空咳をした。

「ではもう一杯、レモネードをお持ちしましょうか？」ダンフォードの声には気遣いが感じられたものの、エマはその表情を見て、独り言を聞かれてしまったのだろうかといぶかった。

「いいえ、けっこうですわ」エマは断わり、持っているグラスを上げた。「まだ残っていますから」ダンフォードに微笑みかけ、大きくひと口飲んだ。

「それに」レディ・サマートンは誰の言葉も聞いていなかったかのように話しつづけた。「いくらアシュボーン公爵とはいえ、招待主に挨拶もせずに帰りはしないでしょう、キャロライン。きっともうすぐここに現われるはずよ。間違いないわ」

「そうですとも」ダンフォードが同意して、目を輝かせてエマに顔を振り向けた。エマはとたんに気詰まりを覚え、ぎこちなく笑い返した。

「当然ながら」レディ・サマートンが言葉を継ぐ。「キャロライン、姪御さんはあの方のそばに近づけないほうがいいわね」息つく間もなくエマに顔を向けた。「恐ろしい評判のある殿方なの。近づかないのが身のためよ」

「気をつけますわ」エマは明るく応じた。

「わたしが何を聞いたと思う？」レディ・サマートンは誰にともなく息をはずませて問いかけた。

「想像もつきませんね」ネッドが答えた。

「わたしが聞いた話では」レディ・サマートンはもったいをつけて間をとり、秘め事を打ち明けるかのように身を乗りだした。「あのアシュボーン公爵が、まあ、簡単に言ってしまえば、オペラ歌手に〝さよなら〟を言って、ついに良家の子女に目を向けているというのよ。きっと花嫁探しを始めたのね」

エマはレモネードにむせた。

「あら、大丈夫？」キャロラインが気遣った。「まだ頭痛がするの？」

「いいえ、もう頭のほうは問題ありませんわ」

レディ・サマートンがひそひそ話を続ける。「クラリッサ・トレントがあの公爵に想いを寄せているらしいわ。本人の母親から聞いたのよ。あなたは何かご存じ？」

キャロラインは親切心から仕方なく、けれども慎ましやかに囁くように訊き返した。「何か、ですか？」

「うまくすれば、あのお嬢さんなら気を惹けるのではないかしら」

「がっかりさせられることになるんじゃないかな」ダンフォードは予想した。

「たしかに、公爵様を手に入れたいとは言ってたものね」ベルが皮肉っぽく言い添えた。

「彼女については話す気にもなれない」ネッドは言い捨てた。

「エマ、気分がよくないの？」キャロラインが訊いた。「少し顔色が悪いわ」

気まずい沈黙が垂れこめた。ほどなくレディ・サマートンが会話の中断に耐えられず口を開いた。「ともかく、もうすぐ姿を見せるはずよ、キャロライン。だから、心配するのはおよしなさい」

礼儀作法に抜かりのないキャロラインですら、やんわりとつぶやかずにはいられなかった。

「心配なんてしていたかしら？」

「なんておっしゃったの？」レディ・サマートンが訊いた。

「いいえ、何も」キャロラインは含みを持たせた視線をちらりと姪に向けた。「喉がつかえただけですわ」

エマは茶目っ気のある微笑みを返した。「叔母様、レモネードをお持ちしましょうか」

「その必要はないと思うわ、ありがとう」

「そうよ、もうそろそろ現われるはずだわ」レディ・サマートンが声高らかに言った。

　エマは舞踏場に戻ってから十五分は経っていると計算し、レディ・サマートンの言うとおりなのだろうと思うと気が沈んだ。自分の寝室に入ってきて貞操を奪いかけた男性と、いったいどうやって礼儀正しい会話をつくろえばいいのだろう。臆病な解決策を思いつき、弱々しく微笑んだ。「キャロライン叔母様、やっぱりわたし、ちょっと疲れているようですわ。少し新鮮な空気を吸えばよくなると思うのですが」

　ダンフォードはエマに付き添って庭へ出れば友人を嫉妬させられるとひらめき、すかさず会話に割りこんだ。「庭へお出になりたいのなら、ぼくが喜んでお供しますよ、ダンスター嬢」

「ぼくにはご挨拶の機会が与えられないうちに、主役を独り占めするつもりか」低く響く声が聞こえてきた。エマは懸命に平静を装い、残りの人々はアシュボーン公爵に顔を振り向けた。

「まあ、公爵様」すぐにレディ・サマートンが言葉を発した。「ちょうどあなたのことを話していたところですのよ」

「あなたが？」アレックスはそっけなく答えて、滑稽な装いの婦人に冷ややかな視線を突きつけた。

「えっ、ええ、みなさんで」レディ・サマートンは口ごもった。

　エマはその姿を目にしただけで圧倒されかかっていた。長身で逞しいその体に、どういうわけか舞踏場全体が取り込まれてしまったかのように思える。実際に、招待客たちがみな名高い公爵を見ようと首を伸ばしていて、囁き声があちらこちらから聞こえてくる。たしかにこの男性には目を向けずにいられない魅力があるのはエマも認めざるをえなかった。洗練された白いシャツと黒い夜会服の内側から、おさまりきれない生気がみなぎっている。黒い髪は型どおりに従うことを拒んでいるかのように自然に流れ、額にもひと房の髪が無造作にかかっている。だがこんなにも危うさを感じさせる要因は間違いなく、射抜くような緑色の目だ。その目が今度はエマに向けられた。「ダンスター嬢ですね」穏やかな口ぶりで言い、エマの手を取った。

「は、はじめまして」エマはどうにか答えた。手が彼の口もとに引き寄せられた瞬間、稲妻に体を貫かれたかのように思えた。しかもたとえロンドンの社交界で過ごす初めての晩であっても、自分の青白い手首に公爵の唇が触れている時間がいくぶん長すぎるのはわかった。

「こうしてあなたにお会いできて、ほんとうによかった」

レディ・サマートンが息を呑んだ。キャロラインは眉根を寄せて啞然としている。ダンフォードはくっくっと笑った。ネッドとベルはあからさまに凝視している。エマは自分の顔が深紅に染まってしまったのか、少し赤らんでいるだけだろうかと考えていた。「ご親切に、ありがとうございます」ようやく答えた。

「しかし、アシュボーン、きみが親切だと言われるのを聞いたのは初めてかもしれないな」

ダンフォードが茶化して言った。

「今夜はご親切――いいえ、光栄にも――おいでくださってありがとうございます、公爵様」

キャロラインが言った。

「ほんとうに」ベルも何か言わなければと思いつつ、適当な言葉を思いつけず付け加えた。

「妹さんはお元気ですの？」キャロラインが尋ねた。「欠席の知らせをいただいて、がっかりしておりましたのよ」

「おかげさまで、ソフィーはとても元気にしております。きょうの昼間に少々気を揉む出来事があったのですが、いまはもう何も問題はありません」

「気を揉む出来事？」レディ・サマートンが興味津々に目を大きく開いた。「いったいどんなことなのかしら？」

「妹の息子のチャーリーが、貸し馬車に轢かれそうになったのです。若い女中が道の向こう側へ押しだしてくれなければ死んでいたところでした」

エマは、ベルが自分を食い入るように見ているのを感じた。天井をちらりと見上げ、懸命にそしらぬふりをした。

「けがをされずにすんで、ほんとうによかったわ」キャロラインが心のこもった声で言った。

「その女中もぶじだったのでしょう？」

「ええ、そうです」アレックスはにやりとして答えた。「じつにすばらしい女性です」

エマはほんとうに天井は興味深いものだと自分に言い聞かせた。

「円舞曲《ワルツ》が聴こえてきましたね」公爵がなにげなく言った。「レディ・ワース、姪御さんにダンスのお相手をお願いしてもよろしいでしょうか？」

エマは叔母が答えるより早く言葉を発した。「たしか先にお約束した方がいらしたはずだわ」ほんとうは誰とも約束していなかったが、そう言うよりはかに逃れられる策は思い浮かばなかった。助けを求めて懇願するようにネッドを見やった。どうやら従兄は有力な公爵を敵にまわすのは避けたいらしく、先ほどまでのエマと同じようにたちまち天井に魅了されてしまった。

公爵が緑色の目をエマに据えた。「それは妙だな」さらりと言い、キャロラインのほうへ顔を戻した。「レディ・ワース？」

キャロラインは同意のうなずきを返し、アレックスはエマの手を自分の腕にかけさせた。舞踏場の中央へ近づくと、にこやかに笑いかけた。「舞踏場にいるきみも、寝室にいるときと同じくらい美しい」

エマは顔を赤くほてらせた。「どうしてそういうことを言わずにいられないの？　社交界での初めての晩に、わたしの評判を傷つけるつもり？」

アレックスは困惑顔のエマに眉を上げた。「自慢ではないが、きみを庭へ引きずりだして襲いでもしないかぎり、ぼくはきみの評判を高められるはずだ。こういうことはめったにしないのだから」と弁解した。「みんな、どうしてぼくがこれほどきみに入れ込んでいるのだろうと思っているさ」

それについてはエマも認めざるをえなかった。「そうだとしても、わざわざわたしを困らせるようなことをおっしゃらなくてもいいでしょう」

げた。

「申しわけない」アレックスはあっさり詫びた。その沈んだ声の調子にエマがすぐに目を上げると、意外にも公爵はいたって真剣な目つきをしていた。

「けっこうよ」エマは静かに答えた。「あなたの謝罪を受け入れます」しばし見つめあい、親しみのこもったまなざしを向けられて気恥ずかしさを覚え、すぐに首巻き《クラヴァット》に視線を落とした。

「笑いかけてもらえないかな」公爵が言った。「それが無理でも、せめて目を合わせてくれ。みんなが見ている」エマは忠告に応じて顔を上げた。「それでいい。せっかくきみを腕に抱いているのに、目を見られないのはつらい」

エマはどう答えればいいのかわからなかった。

少しして公爵が沈黙を破った。「よければ、アレックスと呼んでくれ」

エマは少しばかり強気を取り戻した。「公爵様、のほうがよろしいかと思いますわ」

「でも、できればきみには名で呼んでもらいたいんだ」

「わたしはできればそうしたくないんです」

アレックスはエマの負けん気が戻ってきたことが嬉しかった。ワルツを踊りだしたときにはすっかり生気を失っているように見えたからだ。「ぼくがエマと呼んでいるのに、きみは公爵様と呼びつづけるのは、ずいぶんとばからしく思えないか」

「名で呼ぶことを許した憶えはないわ」エマは釘を刺した。

「いいかい、エマ。ほんの数十分前にふたりで過ごしたひと時を考えれば、許しを得るまでもないことではないかな」

「どうして思いださせるの。忘れたいのに」

「そうだろうか？　ぼくにはきみが自分の気持ちに嘘をついているようにしか思えない」

「思い込みが過ぎますわ、公爵様」エマは品位を漂わせて言った。「わたしのことを何もご存じないくせに」

「ならば、ぜひとも知りたい」アレックスはいたずらっぽく笑った。笑うだけでこんなにも表情が一変するものだろうかとエマは驚かされた。ほんの少し前にひと睨みでレディ・サマートンを部屋の反対側まで追いやりそうなほど怖気《おじけ》づかせたときには、頑固そうに毅然《きぜん》として見えた。いまはその辛らつさが消え、少年のように緑色の目を温かに輝かせてこちらを見ている。

　エマはさらに引き寄せられ、気力を奪いとられてしまいそうに感じた。「あなたはわざとわたしを動揺させようとしてるのね」

「成功してるだろうか？」

　エマは束の間その目を見てから、沈んだ声で答えた。「そうね」

　アレックスは彼女の小柄な体をつかんでいる手の力を強めた。「まさか、そう言ってもらえるとはな」とたんにかすれがかった声になった。「正直すぎるのは、きみのためにならない」

　エマはなぜ本心をさらしてしまったのかわからず、目を伏せた。「正直すぎると思う？」

静かに訊いた。「でも、そうともかぎらないでしょう。わたしたちはふつうでは考えられない状況で出会ったから、たぶん、そのせいでお互い率直に話せているように感じるのよ。あなたはすてきだけれど強引な男性で、わざとではなくてもわたしを傷つけるかもしれない。わたしがロンドンに滞在するのはほんの数カ月だし、できるだけ幸せに親類と過ごしたいの。だからお願い、わたしにはかまわないで」

「無理な相談だ」

「お願い」

エマの口からその静かなひと言を聞いただけで、どうしてこんなにも自分が卑劣な男に思えるのだろうかとアレックスは驚いた。とはいえ、こちらもしごく正直に答える以外に彼女の気持ちに応えられる術はない。「ぼくがきみをどれほど求めているのか、わかってもらえていないようだ」

エマは突然動きをとめた。「ワルツは終わりよ、公爵様」

「そのようだ」

エマは公爵の腕のなかから身を離した。「さようなら、公爵様」

「またあす、エマ」

「それはどうかしら」エマはそう言うと足早に公爵から遠ざかり、人込みを上手に縫って叔母のところへ行き着いた。

アレックスはその場にとどまり、蠟燭の揺らめく灯りに鮮やかな色の髪をきらめかせて舞踏場のなかを歩いていくエマを見つめていた。エマの飾り気のない正直さに、いらだつと同時に欲望を掻き立てられていた。どうして彼女にこのような反応をしてしまうのかよくわからず、感情を抑制できなくなっている自分に腹が立った。話しかけようとするそぶりのめかし込んだ若い紳士たちや、娘を持つお節介な母親たちには決然と背を向け、さっさと歩きだした。ありがたいことに、舞踏場の端に立って自分を見ているダンフォードの姿がすぐに目に留まった。「退散しよう」いかめしい顔で友人に声をかけた。どうあれ、かまわずにはいられないことだけは、エマに受け入れてもらうより仕方がない。

7

「付いていくのを許してくれて、ほんとうに嬉しいわ、エマ」ベルが楽しげに言った。

「後悔することになりそうな気がしてきたわ」エマは答えた。ふたりは前日にソフィーから渡されたイヤリングを返しに行くため、ばねのよく利いたブライドン家の馬車に乗っていた。

「そんなことにはならないわ」ベルがこともなげに言い返した。「それに、わたしは役に立つもの。あなたが言葉に詰まってしまうかもしれないでしょう？」

「きっと何かうまく言いつくろえるわ」

「ソフィーが言葉に詰まったらどうするの？」

「それはありそうもないわね」エマは苦笑した。手袋をした手に載せたダイヤモンドとエメラルドのイヤリングを見おろす。「残念ね」わずかに顔をゆがめた。

「何が？」

「とってもすてきなイヤリングなんですもの」

馬車がソフィーの瀟洒《しょうしゃ》な町屋敷《タウンハウス》の前に停まった。エマはベルとともに馬車を降りて、正面玄関へ続く石段を足早にのぼった。しっかりとした手つきで扉をノックする。すぐに扉が開き、ソフィーの家の滑稽なほど細身で腹立たしいほどとりすました執事と向きあった。執事はがいしてほかの使用人たちよりはるかに目が利くものだが、グレイヴズも間違いなく例外ではなかった。この執事から受け入れるにふさわしいと認められた人物以外は、ワイルディング伯爵夫妻の屋敷に入ることは許されない。黒く鋭い目でエマとベルをじっと見てから、さらりと言った。「何か？」

ベルが名刺を差しだした。「レディ・ワイルディングにお渡しくださいます？」執事の冷ややかな視線に劣らぬとげとげしい声で訊いた。

「さようで」

エマは従妹の顎のこわばりを見て笑いだしそうになった。ベルが噛んで含める口調で続けた。「レディ・アラベラ・ブライドンが、対面を求めているとお伝えいただけるかしら？」

グレイヴズの眉がやや上がった。「私の目が確かであれば、ちなみにまず確かであるはずですが、玄関前にはおふたかたが立ってらっしゃるものとお見受けします」

ベルはわずかに顎を上げて、言葉を吐きだすように答えた。「こちらは従姉のエマ・ダンスター嬢ですわ」

「そうでらっしゃいましたか」一転してグレイヴズはにこやかに応じた。「黄色の間へご案内いたします」そう言うとふたりの先に立って、オービュソン織りの絨毯の上を足音を立てずに進み、ソフィーの居間のひとつへ案内した。

「なんなのかしら」執事が声の届かないところまで遠ざかると、ベルが不満げに言った。

「三十回以上もこちらに伺っているのに、どうして玄関前であんなふうに問いただされなければいけないのよ」

「ご主人一家に忠義を尽くされている人なのよ。引き抜いて雇うべき人材ね」エマは笑って答えた。

「本気で言ってるの？　きっと自分の家に入るのにも身分を証明しなければならなくなるわ」

「ベル、いらっしゃい！」ソフィーが甲高い声をあげ、瞳の色を引き立てる暗緑色の優美なドレス姿で部屋にすたすたと入ってきた。片隅に黙って立っているエマには気づいていない様子で真っ先にベルに近づき、頬にキスをした。「夕べの夜会にお伺いできなくて、ほんとうにごめんなさい。大変な賑《にぎ》わいだったとお聞きしてるわ」

「ええ、おかげさまで」ベルは控えめに答えた。

「兄が伺ったんですもの」ソフィーが信じられないといった口ぶりで言う。「初めてのことよね。ところで、かねがねお噂を伺っている、あなたの従姉のすてきなお嬢さんはどちらに？」

「あなたの後ろにいますわ」

ソフィーはくるりと振り返った。「お目にかかれて嬉し――まあ、なんてこと」

エマは気恥ずかしげに微笑んだ。「少し驚かせてしまいましたわよね」

ソフィーはぽっかり口を開き、閉じて、あらためて開いて言った。「まあ、なんてこと」

「やっぱり、とても驚きますわよね」エマは言いなおした。

「ああ、なんてこと」

ベルがエマのそばに寄った。「まさかとは思ったけど」耳打ちする。「ソフィーがほんとうに言葉に詰まってるわ」

「こういうときに事をおさめてくれるために付いてきたんでしょう」エマは小声で従妹に返した。

「わ、わたしも言葉が見つからないんですもの」ベルがちらりと笑みを見せた。

ソフィーが一歩踏みだした。「でも――あなたは――きのう――」

エマは大きく息を吸いこんだ。「きのうは女中の服を借りて着ていたんです」

「なんのために？」ソフィーのなかなかに迫力のある声量が徐々《じょじょ》に戻ってきた。

「詳しく話せば長くなります」

「そうかしら？」ベルが言った。

エマは諫めるように従妹を一瞥した。「いえ、それほど長くはならないかもしれませんが、事情がいろいろと複雑なんです」

「そうなの？」ソフィーが興味深そうに目を見開いた。「それならぜひ、伺いたいわ」

「複雑とまでは言いがたいけど」ベルが独りごちた。

エマはいちいち口を挟む従妹に視線で釘を刺しつつ、自分たちが叔母に言いつけられる夜会の準備からどうしても逃れたかった事情を手短に説明した。「お花の飾りつけから逃れるには、厨房のお手伝いをするしかなかったものですから」そう締めくくった。

「たしかにお気の毒な選択ね」ソフィーが思いやって言った。「でも、あなたが体験したことをキャロラインが聞いたら、なんておっしゃるか想像もつかないわ」

「それについては」エマは含みのある口ぶりで言った。「わたしも想像がつきませんわ」ベルとふたり、そっくりなぎこちない笑みを貼りつけてソフィーを見つめた。

「そ、そうよね」ソフィーは途切れがちな声で言い、ゆっくりとうなずいた。「わかったわ。そういうことなら、わたしは黙っているから安心して。チャーリーの命を救ってもらったあなたにできることはそれくらいだもの。きのうも言ったように、あなたには一生かかっても返せない恩ができたのよ」

エマはそこですかさず、ソフィーからもらったエメラルドとダイヤモンドのイヤリングを取りだした。「それで」説明を続けた。「わたしの実際の立場を考えると、このイヤリングはいただけません。お返しさせてください。あなたの緑色の瞳にとてもよく似合いますわ」

ソフィーの目が潤んだ。「でも、それはぜひあなたに持っていていただきたいの。そんなものでは息子を救ってもらったお礼にはとてもならないけれど」

「エマからすれば、持っていては落ち着かないのだと思います」ベルがやんわり言葉を挟んだ。

ソフィーはふたりの顔を交互に見て、やがてエマのほうに目を据えた。「お礼に何か差しあげたいの」

「友人になってくだされば、それでじゅうぶんですわ」エマは気持ちを込めて落ち着いた低い声で答えた。いらだたしい兄がいるとはいえ、ソフィーが誠実な真の友人になってくれる女性であるのは間違いない。

ソフィーはエマの両手をつかんだ。「それは言うまでもないことだわ」そうして、それだけではとても足りないと思ったのか突然手を放し、やさしく包みこむように抱きしめた。

「まあ、どうしてこう礼儀を忘れてしまうのかしら！」唐突に声を張りあげ、金地の布張りのソファを手ぶりで示した。「どうか、お掛けになって」エマとベルは笑みを浮かべ、ソファに心地よく腰を沈めた。「ではそろそろ、本題に入りましょうか」ソフィーが意欲満々に言う。「噂話よ。夕べのことについて何もかも聞きたいの」

「すばらしかったですわ」ベルが明るく答えた。「母が社交界のみなさんにエマを娘と同じくらい大切にしていることを示そうとしたのだとすれば、成功したのは間違いありません。出席者全員に姪を紹介できたんですもの」

「刺激的な経験をなさったわね」ソフィーが言った。

エマはつぶやくように相槌《あいづち》を打った。

「それだけ疲れもしたでしょうけど」ソフィーが気遣わしげに付け加えた。

「ええ、まあ」エマはうなずいた。

「それに、ほんとうに誰もがいらしてくださったんです」ベルが話を続けた。「もちろん、あなたが欠席されたのは残念ですが。でも、ご存じのとおり、あなたのお兄様もいらしてくださいました。誰もがそれは驚いてましたわ。その話題で持ちきりだったんです」

「ええ、わたしも少し驚いたもの――」ソフィーは言いかけてふと前日に兄と一緒にいたときのことを思いだし、エマにさっと顔を振り向けて声を張りあげた。「あら、そうよ！　あなたはなんてご挨拶したの？　兄はなんて言ってた？」

「『はじめまして』というようなことを言ったのは憶えてますわ」

「そのあと、公爵様は礼儀にはずれない程度に二度、従姉の手に口づけなさいました」ベルが嬉々として言葉を継いだ。「最初は公爵様が登場されたことに驚いていた方々が、今度はエマへのご執心ぶりを話題にしていましたわ」

「ベル、そうではなくて」エマはそっけない口ぶりで言葉を挟んだ。「あの方はわたしをからかっていただけだわ。わたしの正体に驚かれて、少し腹を立てていらしたみたいだし。どのような場面でも主導権を握っていたい方なのではないかしら」

「それは確かね」ソフィーがぼそりと認めた。「親戚にでもなったら大変よ」

エマはそうなる可能性を考えただけで気分が落ち着かなくなった。「とにかく、わたしに特別な興味を持たれていたわけではないんです。そのようなそぶりもありませんでしたし」

ベルはまるで淑女らしくないしぐさで鼻息を吐いた。「だけど、エマ、公爵様と踊っていたとき、あなたの顔はその髪とまったく同じ色をしていたわよ。恥ずかしくてたまらなかったか、頭にきてしょうがなかったかのどちらかね」

エマは肩をすくめ、ソフィーとエマのそれぞれの判断にまかせた。「いずれにしろ一度かぎりのことですもの。ソフィー、あなたには失礼かもしれませんが、お兄様が評判どおりの方だとすれば――ずいぶんと具体的にお聞きしています――お目にかかる機会はそう多くないでしょうし」

「残念だわ」ソフィーは男女の取り持ち役に張りきる女性特有の目の輝きを見せて、静かに言った。

「何がですか?」

「あら、なんでもないわ。お茶はいかが?」ソフィーは早口で訊き、呼び鈴の紐を引いて女中を呼んだ。もう何年も兄のアレックスに身を固めるようせかしつづけてきたが、エマ・ダンスターはきわめて有望な花嫁候補に思えた。人目を引く美貌があり、聡明なのもあきらかで、心の清らかな女性だ。そして、アレクサンダー・リッジリー、アシュボーン公爵の未来の伴侶になにより必要な勇ましさを十二分に備えている。これ以上は求めようがないくらいの兄嫁候補だとソフィーは判断した。エマの機転の利いた話しぶりにもまた好感が持てた。兄には、横柄な態度をとりだしたときにも簡単には言いなりにならない女性が必要だ。しかも兄は横柄な態度をとることがほんとうに多い。

「夕べの舞踏会について、もっと詳しく聞かせて」もうすぐ親戚になる女性だとすれば、なるべくここにいてもらう時間を長引かせたい。女中が紅茶とビスケットを運んでくると、ソフィーはさっそく給仕に取りかかった。

「レディ・サマートンのお喋りにつきあわされました」エマは笑いながら言った。

ベルが同調して続けた。「レディ・サマートンは、わたしの知るかぎり、一度に五人を相手にお喋りできる、ただひとりの人物ですわ」

「困った方よね」ソフィーは言い添えた。「ご本人は善かれと思ってお喋りされているのでしょうけど、とまらないんですもの」

エマとベルが同時に冗談っぽく非難めかした視線をソフィーに向けた。ソフィーは目を大きく開いて笑った。「あら、わたしもあの方と同じくらいお喋りがとまらないのは自覚しているけれど、わたしの話は少なくともたいがいは面白いはずよ！」その言葉に、三人はいっせいに吹いて笑いだした。

笑いが鎮まってきたとき、なごやかな雰囲気が男性の憤慨した大声に破られた。「いい加減にしろよ、グレイヴズ。ほんとうに、道をあけなければ、そこの上着掛けに吊るしてやる」

「まあ、どうしましょう」ソフィーはつぶやいた。「ほんとうはわたしがグレイヴズに注意しておかなくてはいけないのでしょうけど、言いにくくて。うちの執事は問いただすのが好きなのよ」

「いいや、五百回以上も来ている家の執事に名刺など渡すものか！」エマには信じがたいことに、アレックスの声はますます大きくなっていた。

ソフィーは少し後ろめたそうな笑みを浮かべた。「わたしがすぐに出ていけばいいのに、兄を困らせるのが楽しいのよね」

エマは即座にうなずいた。

「グレイヴズ、命が惜しいなら、いますぐそこをどけ！」アレックスの声が急に低く脅《おど》すような調子に変わった。

グレイヴズがアレックスの憤激から逃れようと黄色の間の戸口の前をひらりと通りすぎ、エマとベルとソフィーはたじろいだ。アレックスは妹の来客には気づかず、たちまら姿を消した執事のほうを肩越しに振り返りながら部屋に入ってきた。「ソフィー、おまえの家の執事はまったくどうかしている。どうしてあんな獰猛な犬をおいておくんだ？」

「オリヴァーが留守だから、少し張りきりすぎているだけよ」

「まあいい」アレックスはようやく向きなおり、部屋に三人の女性がいることに気がついた。全員にざっと目を走らせ、くつろいだ空気を読みとった。エマに視線を定めると、彼女はティーカップを口もとに持ち上げ、ひと口飲んだ。「これはこれは」のんびりと言う。「親しい方々ばかりだ」

三人の女性たちはいらだたしげな目を向けた。アレックスは三人の無愛想な応対に、いくぶん苦々しい顔をした。

「つまらないことをおっしゃらないで、お兄様」ソフィーがさらりと言った。「お客様をもてなしている最中なの。不作法な振るまいをなさるのなら、出直していらして」

「とんだ歓迎ぶりだな」アレックスはぼやくように言い、エマとベルの向かいの椅子にぶっきらぼうにどすんと腰をおろした。

「妹さんにイヤリングをお返しするためにお訪ねしたんですわ、公爵様」エマは言った。

「〃公爵様〃呼ばわりはやめてくれと言ったはずだ、エマ」ベルとソフィーはエマがあからさまに呼び捨てされたことにぎょっとして、眉を上げた。

「そう言われましても」エマは鋭く言い返した。「ほかにお呼びのしようがないわ」

ソフィーは兄の顎があきらかにこわばったのを見てとり、とたんにこみあげてきた笑いを懸命にこらえた。「お兄様、紅茶はいかが？」にこやかに問いかけた。

「紅茶は飲まない」アレックスはむげに断わった。

「あら、そうだったわよね。お兄様のような殿方は、紅茶のようにつまらない飲み物は召しあがらないのを忘れていたわ」

「わたしはもう一杯いただきたいですわ」エマはにっこりして言った。

「わたしも、もう少しいただけますか」ベルが言い添えた。

アレックスは女性たちが結託して自分に対抗しているのを感じとった。

「呼び鈴を鳴らして、もうひとつポットを持ってきてもらいましょう」ソフィーが言った。

「お兄様、コーヒーをお飲みになる？」

「ウイスキーのほうがいいな」

「それにはまだ時間が早すぎるのではないかしら？」

アレックスは妹からエマ、ベルへと視線を移した。三人ともとりすました顔つきでこちらを見ている。「ぼくからすれば、いま以上にウイスキーを飲むのにふさわしいときはないと思うが」

「お好きなように」

アレックスは立ちあがり、蒸留酒がおさめられている戸棚へ歩いていった。ウイスキーの瓶を取りだし、大きなグラスに注ぐ。「ソフィー、謎の〝メグ〟の正体を知らせに来たんだが、どうやら本人に先を越されてしまったようだ」エマを見据える。「きみの従妹は、きのうのお遊びについてどう思ってらっしゃるのかな？」

「従妹も、そのお遊びに加わっていたんです」ベルがはきはきと答えた。

アレックスが恐ろしく不機嫌そうな顔でベルを見やった。エマはその隙にそっと彼の表情を観察した。ソフィーの優美に設えられた居間で、もの憂げに壁に寄りかかってウイスキーのグラスをまわしている姿は並はずれて大きく、腹立たしいほど逞しく見える。高級な仕立ての装いの内側から野性味が滲みでている。ひとりの男性に、欲望と反抗心を同時に掻き立てられることなどありうるのだろうかとエマはとまどった。少なくとも欲望を感じているのは間違いない。こんなふうに下腹部がざわついたり、鼓動が激しくなったりしたことはいままでなかった。公爵がそこにいるだけで、体はよくわからない切望に駆られ、それなのに自信たっぷりの横柄な態度が腹立たしくて、胸のうちにあるものをぶちまけたくてたまらなくなる。

残念ながら、いまその胸のうちにあるのは、なんて容姿の美しい男性なのだろうという思いだった。エマは顔をゆがめ、ソフィーとベルのほうを見ていようと心に決めた。ベルはアレックスのしかめ面に精いっぱいそしらぬふりをして、ソフィーに問いかけた。「ご主人が西インド諸島からお帰りになるまで、社交界にはお出にならないのですか？　それとも、今夜のサウスベリー家の舞踏会ではお会いできるかしら？」

「しばらく田舎で過ごすつもりでいたけれど、気が変わったわ。今シーズンはこちらで過ごすほうがずっと楽しそうに思えてきたから。あと数カ月は外出しても体には障らないでしょうし」ソフィーは恥ずかしそうに微笑んだ。

「まあ、ソフィー！　そういうことだったのね？」ベルは男性の前なので〝妊娠〟という言葉をあえて避けたようだった。ソフィーが嬉しそうに顔をほころばせ、こっくりとうなずいた。「心から祝福しますわ！」ベルは続けた。「でも、ご主人がお留守だと、いろいろと大変ですわよね」

「ええ、オリヴァーはもうひとり授かったことすら知らないの。わかってすぐに手紙を書いたんだけど、まだ届いてないと思うわ」

「もしこちらで心細ければ、ぜひチャーリーと一緒にうちにいらして。うちは部屋がたくさんあるし、身重でひとりでいらっしゃるのはご心配でしょうから」

「念のために言っておくが、レディ・アラベラ、ソフィーには気遣ってくれる親類がいるんだ」アレックスが横柄な口ぶりで言葉を挟んだ。「誰かを頼りたくなったのなら、ぼくのところへ来ればいい」

ベルは唾を飲みこんだ。「こういうときには、女性にそばにいてもらいたいものですわ」

毅然として答えた。

「きっと公爵様のところにも女性がたくさんいらっしゃるのよ」エマは独りごちた。それから ふと、破廉恥な考えを口に出してしまったことに気づき、いたたまれない恥ずかしさに襲われた。

アレックスはエマの嫉妬心が垣間見えてことのほか嬉しかったものの、鋭い口調で尋ねた。「どういう意味なのか説明してもらえないだろうか、エマ？」

「あの、でも、やめておいたほうがいいと思うわ」エマはたどたどしく答えた。

アレックスはエマのばつの悪そうな困惑ぶりが気の毒に思えて、それ以上追究するのは控えた。「ソフィーが女性の話し相手を望むのなら」声高らかに言う。「母のところへ行けばいい」

ソフィーは嫉妬心が感じられるエマの言葉を聞いてまた嬉しくなり、兄の結婚式には何色のドレスを着ようかしらと心浮かれて思いめぐらせた。とはいえエマに気詰まりな思いはさせたくないので、明るく言葉を挟んだ。「母を訪ねて気晴らしができるのもあと数カ月ね。そのあとは田舎で過ごすわ。きれいな空気は体にいいでしょうし、チャーリーも田舎が好きだから。街を離れると、やんちゃになるのよ。すぐに木に登るからいつも心配してるんだけど、兄からは甘やかしすぎてはだめだと言われてるの。そうは言っても――」

「ソフィー」アレックスはやさしい声で遮った。「話が長いぞ」

ソフィーはため息をついた。「そうね」

「だけど」エマは溌剌とした声で続けた。「とても面白いお話だったわ。わたしも木登りが好きだから」

　三人の女性たちはレディ・サマートンの話を思い返して笑い、取り残されたアレックスは不満げに低く唸った。

「でも、エマ」ソフィーはしだいに落ち着きを取り戻し、笑顔でため息まじりに言った。「ほんとうはたいして面白くない話だったのに、かばってくれてありがとう」

「それほどのことではありませんわ」

「だとすれば、エマ、自分のことならもっと楽に話せるだろう」アレックスが会話に割りこんだ。

「あら、退屈な時間になりそう。わたしはすでに知っていることだもの」ベルがおどけたふうに言った。

　従妹はいつの間にこれほど大胆になったのだろうかとエマは感心した。「従妹に退屈な思いはさせたくないわ」

「こらえてくれるさ」アレックスは苦々しげに言った。

「かまわないわ」ベルは愛想よく答えた。「わたしはソフィーとお喋りしてるから。ソフィー、新しいハープシコード（ピアノの前身の鍵盤楽器。別名チェンバロ）を見せてくださるとおっしゃってたでしょう？」

「そうだったかしら？　あ、ええ、そうだったわよね！　階上《うえ》の青の広間にあるから、一緒にいらして」ソフィーはてきぱきと立ちあがって戸口へ歩きだし、ベルもすぐにそのあとを追った。「おふたりも楽しい時間を過ごしてね」

　エマはふたりを殺すまではしなくとも少しは痛みを与えてやりたくて、きっと睨んだ。

「ぼくたちのことはご心配なく」アレックスはことさら愛想よく応じた。

「うまくいったわね」ソフィーがベルに囁いた。

「ほんとうに」ベルが答えた。

「さあ、来て」ソフィーは大きな声で言った。「あなたにお見せするのが待ちきれないわ」

そう言うと、ふたりはさっさと部屋を出て階段へ向かった。

「きみの従妹に感謝しなければな」アレックスがのんびりとした口ぶりで言う。

「懲らしめなければの間違いでしょう」

「まったくきみは、ぼくとふたりきりになるのがそんなにいやなのかい？　夕べはそうは見えなかったのに」アレックスは大股で歩いてきて、エマと並んでソファに腰をおろした。エマは腹立たしさにため息を吐きだした。この男性には緊張するといったことは少しもないのだろうか？　自分は大西洋を横断しているかのごとく胸のなかが掻きまわされている気がするのに、隣りに坐っている男性はのんきそうに笑みを湛《たた》えている。近すぎるせいだとエマは見きわめた。この男性に近づかれると妙なことが起こる。離れないと。

「ええと」いっそ窓から飛び降りてしまうことくらいしか手立てを思いつけず、ためらいがちに切りだした。「堅苦しいことを言うつもりはないんだけど――」

「ならば、言わなくていい」

「でも、こんなに近づいて坐るべきではないと思うわ」

「やれやれ、エマ」アレックスはため息をついた。「きみはもうその頭に、秩序と作法を詰めこまれてしまったのか？」エマの炎のような色の髪の魅力に抗えず、ひと房を指でつまんだ。

「やめてください、公爵様。ベルとソフィーがいつ戻ってくるかわからないのに」

「あのふたりはあきらかに共謀してわざとぼくたちをふたりにしたんだ。つまり、戻ってくるときにも、あらかじめぼくたちにわかるようにするはずだ。階段をおりてくるときには、まず間違いなく、聞いたこともないような声で咳きこむだろう。あのふたりなら叫び声のひとつやふたつはあげかねない」

エマは憤然とした。「仕掛けられるのは好きではないわ」

「ああ、ぼくも同感だ。きみとふたりきりにさせてくれる仕掛けだけは例外だが」

エマは鋭い視線を向けた。「あなたはいつもそんなふうに冷静なの？　うんざりしたりすることはないの？　叫びたくなることもない？」

アレックスは声を立てて笑った。「そうだな、ぼくが叫びたくなるようなことをここで話したら、きみはこの部屋を飛びだして植民地へ帰ってしまうだろう」

エマは顔を真っ赤に染めた。まだ純潔の娘であれ、公爵の言葉の意味するところは察しがついた。「あなたはわたしの話を茶化さずにはいられないのね。意地悪な人」胸の前で腕を組み、面と向かわずにすむよう身をひねった。

「なあ、頼むよ。いらつくのはきみのためにならない。自分に正直になってくれ。そんなにぼくと話すのがいやかな？」

「べつに、そういうわけではないけど」

「ぼくと一緒にいるのがいやなのか？」

「ううん……いやではないわね」

「だったら、どこに問題があるというんだ？」

「それは」エマはゆっくり口を開き、ふたたび公爵と向きあった。「よくわからない」

「よし！」アレックスは満足げに力強く言い、腕をエマの後ろへ伸ばしてソファの背においた。「これではっきりした。問題は何もない」

「そういうことではないでしょう！」エマは慌てて否定した。

アレックスがもの問いたげに片眉を吊り上げた。

エマは怯みはしなかった。「あなたが勝手に問題はないと決めつけてるだけじゃない！問題があると思っているわたしの気持ちはどうなるの？」

「しかし、きみはたしかに、ぼくたちにはなんの問題もないことを認めた」

「そんなことは言ってないわ。わたしは、何が問題かわからないと言ったの。これでよくわかったわ。やっぱりわたしたちには問題がある」エマはソファからそばの椅子に移動し、気持ちを態度で示した。

「どんな問題があるんだ？」

エマは腕を組んだ。「あなたがいばりすぎなのよ」

「え、そうだろうか？」

「そうよ」

「いや、たまたまきみの前でいばることになっただけだ。自分にすべての決断がまかされているときにはそうなるものだろう——きみが通りで気を失っていたときもそうだったじゃないか！」

「どうしてそんな厚かましいことが言えるのかしら！」エマはむっとして立ちあがり、部屋のなかを歩きはじめた。「わたしが通りで気を失っていたのは、あなたの甥御さんを助けたからでしょう！　あの子が轢かれるのを見過ごせばよかったというの？」

「いまのは忘れてくれ」アレックスは自分のばかさ加減に嫌気がさして唸るように言った。「喩えがまずかった」

「それともうひとつ言わせてもらうなら——わたしには指示してくれる人は必要ないわ」エマは怒りで頭に血がのぼり、きっぱりと断言した。「自分の身は自分でちゃんと守れるわ。あなたにこそ、あなたが神ではないことをはっきりと言ってくれる人が必要なのよ！」

「エマ？」

「もう、黙ってて。あなたとはもう話したくないの。きっとまた口を開けば、平然と笑いながら破廉恥なことをほのめかそうとするでしょう。はっきり言って、そういった不愉快な話は聞きたくないわ」

「エマ――」

「なんなの！」エマは声を荒らげて振り返った。

「ぼくはただ、出会ってまる一日も経たない女性と、こんなふうに熱烈な議論をしたのは生まれて初めてだと言いたかったんだ」アレックスは感情を激した互いの反応に興味を抱き、考えこむ表情で顎をさすった。「第一、いままで女性とこのような議論をした憶えがない」

エマは顔をそむけた。「わたしを非難してるの？」

「いや」アレックスは難問を解こうとしているかのように慎重に言葉を継いだ。「いや、違うんだ。それどころか、きみを褒めてるんだ」

エマはとまどいをあらわにして公爵へ目を戻した。アレックスはなおも顎をさすりながら、はっきりとわかるほどに目を狭《せば》めている。そのわずかな間に様々な表情がよぎるのが見てとれた。時おり口を開こうとしては、新たな解答をひらめいたかのようにその口を閉じる。

「つまり、どういうことかわかるかい？」アレックスがようやくゆっくりと思慮深く言葉を発した。「ぼくたちは友人になれるということだと思う」

「なんですって？」

「たしかに斬新《ざんしん》な考えだ。女性と友人関係になるとは」

「無理なさらなくてけっこうよ」

「いや、ぼくは本気だ。エマ、きみもちょっと考えてみてくれ。ぼくたちはひっきりなしに議論しているが、率直に言って、きのう出会ってから近年にない楽しい時間を過ごせている」

エマは答えようがなく黙って見つめた。アレックスが続ける。「ぼくはきみが好きなようだ、エマ・ダンスター嬢。もちろん、女性としてもそそられている。きみにもとうにわかっているとだろうが。当然ながら自分でもそれは痛いほどわかっている。だが、ほんとうにきみのことを気に入ったんだ。きみはたいしたやつだ」

「たいしたやつ？」エマは声を絞りだすように言った。

「考えてみればきみも、ぼくのことを気に入ってくれているのではないかな。こんなに楽しい時を過ごせたのは久しぶりなんじゃないか？」

エマは口を開いたものの言葉が出てこなかった。

アレックスは心得顔で微笑んだ。「きみもぼくを気に入っている。ぼくにはわかる」

エマは彼のうぬぼれように呆れ、とうとう笑いだした。「ええ、そうかもしれないわね」

その言葉にアレックスは顔を輝かせた。「ということはつまり、ぼくたちは友人になれたんだな」

「そうらしいわね」エマはどういうわけでこのような休戦に至ったのかは判然としないけれど、尋ねるのはやめておいた。不本意ながら、アレックスの言うとおりなのはわかっていた
――自分はこの男性を気に入っている。失礼このうえなく、相当に傲慢な男性だが、ともにいる時間の半分は言いあいをしているにもかかわらず、楽しいのは認めざるをえない。

そのとき、ベルとソフィーが階段をおりて部屋に近づいてくる足音が聞こえた。ベルが激しく咳きこみ、ソフィーが調子はずれな声をあげた。「まあ、いけない！」エマはそれを聞いて片手で口を押さえて笑いだした。

アレックスは苦笑いを浮かべて首を振っている。「どうやら妹はようやく、ハープシコードを持っていなかったことに気づいたようだ」

8

それからの数週間、同じような予定の繰り返しながらエマは刺激的な楽しい日々を送った。一夜にして、ロンドンの社交界でひっぱりだこの令嬢のひとりとなっていた。何事も評価したがる人々から赤毛なのは残念なものの、それ以外に非の打ちどころはないと判断され、おかげで炎のような髪の色をしていても美女と認められた。慣習を重んじる既婚婦人たちの一部からは少々派手だと（とりわけ赤毛が）見なされているが、ほとんどの貴族たちはリボンやペティコート以外のことを話せる女性とのお喋りを歓迎した。そんなわけで、エマとベル（前年からすでにブロンド美女ともてはやされていた）は次々に招待されるパーティに笑顔で出席し、人気者の立場を大いに楽しんだ。エマにとっては人生の愉快な息抜きのひと時に思えた。ボストンで暮らす父のもとへ戻ったら、一人娘として現在の産業界の慣習に逆らって父の海運事業を引き継ぐつもりだからだ。

ただひとつの難点は、案の定、社交界を避けていたアシュボーン公爵が一転してどこにでも現われるようになったことだった。その理由は誰の目にもあきらかだった。

「堂々とエマを追いかけまわしているんですものね」キャロラインはそうこぼした。

公爵の〝餌食〟となっているエマは叔母の言葉に辛らつに応じた。「あの方はわたしを好きなのか、単に人を追いかけまわすのが好きなのか、わからないわ」

もちろん冗談半分の返答だった。この数週間、エマはほぼ毎日アレックスと会い、〝友情〟の絆《きずな》は着実に強まっていた。アレックスが獲物を勝ちとれることを証明したいだけではなく、人として心から自分を大切に思ってくれているのは感じとれた。とはいえ、その友情にはときに異性として惹かれあう緊張感がまぎれ込むし、どうみてもアレックスが追いかけまわす行為を楽しんでいるのもまた確かだった。

ライオンのごとくいきなりぬっと現われてエマを驚かせては喜んでいる。一度はアレックスが欠席すると言っていた音楽会に出かけて、あけ放された窓のそばになんの気なしに立っていて突然温かい手に手首をつかまれた。とっさに振りほどこうとしたが放してもらえず、やがて耳慣れた囁き声が聞こえてきた。「騒いではだめだ」

「アレックス？」エマは周囲に目を配った。窓から手が差し入れられているのを誰かに見られていてもふしぎではない。

けれども、ほかの招待客たちはみなそれぞれにほかの人々と楽しんでいて、エマの慌てふためいた表情には気づいていなかった。「ここで何してるのよ？」穏やかな笑顔を保って、早口に囁いた。

「庭に出るんだ」アレックスが指示した。

「どうかしてるわ」

「そうかもな。庭に出ろ」

エマは胸のうちで五十回は自分の愚かさを叱りつつ、ドレスの裾がほつれたと言いわけをしてその部屋を抜けだした。アレックスは庭の木立の陰に隠れて待っていた。

「何しに来たの？」エマはその姿を見つけるとすぐにふたたび訊いた。

アレックスはエマの手をつかみ、暗がりのほうへ引っぱっていった。「ぼくがいなくて寂しいだろうと思ったんだ」いたずらっぽく答えた。

「そんなことがあるはずないでしょう！」腕を引き戻そうとしたが、放してもらえなかった。

「いや、絶対に寂しかったはずだ。すなおに認めるんだな」

エマは思いあがりの強い貴族の習性について文句をこぼしたが、茶目っ気のある笑みをひと目見たとたん、寂しかったのを内心で認めずにはいられなかった。「あなたはわたしといられなくて寂しかった？」そう訊き返した。

「どうだと思う？」

自分がだんだんと大胆になっていくような気がする。「寂しかったと思うわ」

それから、もの欲しそうに強いまなざしで唇を見つめられ、キスをされるのだと予感した。口の渇きを覚えて唇を開き、体が前のめりになっていった。ところが、驚くほど唐突に手を放され、にっこり笑いかけられて、低い声が聞こえた。「またあした」

またたく間に、アレックスは姿を消した。

そのようなことが繰り返され、エマの感情はわけがわからないほど複雑に入り乱れていた。

幾晩横になって考えても、アレックスへの自分の気持ちは解明できそうにない。

横暴な態度には無性にいらいらさせられる。そのうえ何かにつけ指図したがる男性なのだが、そう簡単にはいかないのはそのうちわかるだろうと、エマはいたずらっぽく考えた。いっぽうでアレックスが現われるだけでしつこい男性たちのほとんどを難なく追い払ってもらえる利点もあった。もともと交際相手を求めているわけではないエマにとって、これはありがたかった。パーティではつねに大勢の男性たちに囲まれていても、求婚される気詰まりな場面は避けられるよう上手にかわしていた。

アレックスが一緒にいてほんとうに楽しい相手であることがわかるにつれ、事態はややこしくなってきた。いつも知的な好奇心を刺激され、腹立たしくて仕方のないことも言われるけれど、話していてけっして退屈しない。それでも、そういった褒め言葉は絶対に口にしてはいけないとエマは胸の奥で誓っていた――これ以上、うぬぼれに磨きをかけられてはたまらない。でもなによりエマをとまどわせているのは、この男性に対する自分の体の反応だった。その姿を目にしただけで、どういうわけか全身にぞくぞくするふるえが走る。自分が何を期待しているのかよくわからないものの、アレックスのほうにはわかっているのだろうという気がした。あるとき、その気持ちをベル（シェイクスピア作品の壮大な探求計画はすでに『ハムレット』に差し掛かっている）に打ち明けると、〝認識力の高まり〟が起こっているとしか考えようがないと助言された。

「陳腐《ちんぷ》な話なのはわかってるわ」エマはそう説明した。「でも、あの人がそばに来ると、何もかもに敏感になるの。花の香りも強くなる。レモネードの味がもっと甘くなって、シャンパンに酔いやすくなる。しかも、あの人を見ずにいるのはとてもむずかしいでしょう？　ほんとうは猫なのかと思うような緑色の瞳をしてるんだもの。だんだん呼吸が浅くなって、肌がぞくぞくしてくるの」

ベルはそっけなかった。「きっと恋をしてるのね」

「ありえないわ！」エマはむきになって否定した。

「認めなさい」ベルはいつもと変わらず淡々と語りだした。「いまどき、愛する人はなかなか見つけられないし、その愛を成就させられるだけのお金を持っていることはもっとまれだわ。ほとんどの人は家族のことを考えて結婚相手を選ばなければいけないんだから」

「ばかなこと言わないで。わたしはあの人と結婚する気はないもの。あんな人と暮らしたら大変なことになるわ。考えられる？　あんなに偉そうで、傲慢で、腹立たしくて――」

「しかも、あなたをぞくぞくさせるのよね」

「そもそも」エマは従妹の言葉は聞き流して続けた。「わたしはイングランドの男性と結婚するつもりはないの。それに、あの人にも身を固めるつもりはまったくない」

とはいうものの、アシュボーン公爵は結婚に興味がないにもかかわらず、暇さえあれば厚かましくもエマと戯れることをやめる気はいっさいなさそうだった。じつを言えば、エマも公爵ほど上手にできていないとはいえ、戯れの相手をするのを楽しんでいた。社交界ではアレックスとエマの論戦は見物《みもの》となっていて、ロンドンのほとんどの上流紳士のクラブではすでに、ふたりの結婚の可能性とその時期が賭けられている。

そのような賭けをしている若い紳士にそれとなく探りを入れられても、エマは近い将来に教会の鐘を鳴らす予定はないと断言できた。第一、まだ結婚は考えられない。それに、アレックスも結婚を望んではいない。出会った日の晩に寝室に忍び込んできたとき以来、一度もキスをしようとしないのがなによりの証拠だ。それがエマには最も不可解な点でもあった。アレックスがいまも自分に欲望を抱いているのはあきらかなので、何かたくらみがあってのことなのかもしれない。

時どき、熱っぽくきらめく目で見つめられているのに気づき、ふるえを覚えることもある。そのうちに体が熱せられて息苦しくなり、めまいがしてくる。すると必ずアレックスはさっと目をそらし、何事もなかったかのような涼しげな表情に戻った。

そんなふうにどきりとさせられる瞬間と気さくなひと時を繰り返すふたりの関係が、リンドワーシー家の舞踏会の晩まではどうにか平穏に続いた。

エマはその晩がこれまでとはまったく違うものになるとは考えもしなかった。ネッドが大学の友人たちとの一カ月に及ぶアムステルダム旅行から帰ってきたので、今夜の舞踏会に出席するのはことのほか楽しみだった。従兄の留守を寂しく思っていたからだ。ブライドン家じゅうがその晩の準備で慌しくなっていた。

「エマ・ダンスター！　わたしの真珠のイヤリングを知らない？」ベルが突然エマの部屋の戸口に現われた。襟ぐりの深い、絹地で淡い青色のドレスを華やかにまとっている。

鏡台の前に坐って髪をあれこれいじっていたエマは問いかけに答えず、クリスタルガラスの香水の小瓶に手を伸ばした。「そんなドレスを叔父様に見られたら、殺されるわよ」

ベルはドレスの胸もとを掻き寄せた。「あなたのよりはましだわ」

「ええ、でも、わたしはショールを羽織ってるもの」エマは晴れやかに微笑んだ。

「どうせリンドワーシー邸に着いたら、それを取るつもりでしょう？」

「当然よ」エマは数滴の香水を首筋にはたいた。

「このドレスに合うショールを持ってないのよね。あなたは持ってない？」

「これしか持ってないわ」エマは剝きだしの肩に巻いた象牙色《ぞうげ》のショールを示した。そのくすみがかった色合いが濃い緑色の絹地のドレスをきわだたせている。

「いまいましいったらないんだから！」ベルがいくぶん高い声で文句をこぼした。

「聞こえたわよ！」廊下の先の寝室から母の声がした。

ベルはぼやいた。「母はきっと耳が六つは付いてるわね。なんでも聞こえるんだもの」

「それも聞こえてるわよ！」

エマは声を立てて笑った。「あなたが叱られないように、わたしはおとなしくしておくわ」

ベルがむっとした。「あのイヤリングは……」

「お気に入りの自分のイヤリングを持っているのに、わたしが借りるはずがないでしょう。きっとどこかに置き忘れたのよ」

ベルは大げさにため息をついた。「ほんとうに、どこにあるのか見当がつかな――」

「おお、ここにいたのか！」廊下からネッドの声がして、エマの部屋の戸口に従兄が顔を覗かせた。「相変わらず、ふたりとも惚れぼれするほど美しい」妹のほうへ顔をやや近づけた。「ベル、そのドレスで出かけるのか？　こうやって首を伸ばせば――」実際にわざとらしく首を伸ばした。「――臍《へそ》まで覗けてしまうぞ」

ベルはぎょっとして口をあけた。「見えるわけないでしょう！」甲高い声をあげ、兄の腕をぶった。

「まあ実際には見えないかもしれないが、いまにも見えそうだ」ネッドはにやりと笑った。

「それに、そのドレスでは父上に外出を許してもらえないぞ」

「社交界の女性の半分はこういうドレスを着てるわ。問題なく受け入れられている形なのよ」

「ぼくらはそれでよくても」ネッドは続けた。「親たちはそうはいかない」

ベルは腰に手をあてた。「何か用があってここに来たんでしょう。それとも妹をからかいたかっただけ？」

「じつは、今夜の舞踏会にクラリッサ・トレントが出席するのかを聞きに来た」

「彼女が現われてくれれば、不運なお兄様を懲らしめられるわね」ベルはつっけんどんに答えた。「でも、安心して。しばらく田舎に滞在される予定で、まだ戻ってきていないのは確かだから」

「エマ？」ネッドはこの社交シーズンの初めに自分を邪険にした冷酷な令嬢にふたたび傷口

を広げられずにすむよう、念を入れて確かめたかった。

「わたしが聞いているかぎりでは、ロンドンに戻ってきてないわ」エマはほとんどどうわの空で答えて、メグに整えてもらった髪形のままでいいものかどうか、鏡に映った自分の姿を眺めて思案した。

「たぶんまだ傷を癒《いや》してるのね」ベルは推測して、エマのベッドに腰をおろした。

「どういうことだ？」ネッドが訊き、部屋に入ってきて妹の隣りに腰かけた。

「アシュボーン公爵が脇目もふらずエマを追いかけているのを知って、もともと少し機嫌を損ねてたのよ」ベルはちらりと笑みを浮かべた。「クラリッサは恥じらいもなくあの方の気を惹こうとしていたでしょう。最初は公爵様も礼儀正しく対応されていたわ。わたしから言わせれば、あの方にしてはめずらしいくらいに。エマにお行儀のよいところを見せようとしたのではないかしら」

「まさか」エマはそっけなく言った。

「それで、どうなったんだ？」ネッドがじれったそうに尋ねた。

「ここからが肝心なの」ベルは身を乗りだして、得意げに微笑んだ。「一週間ほど前、クラリッサは公爵様にあからさまにすり寄ったの。信じて、いまのわたしよりずっと襟ぐりの深いドレスを着てたんだから」

「それで？」ネッドがせかした。

「アシュボーン公爵はあの有名な冷ややかな目つきで、ただこう言ったのよ——」

すかさずエマがアレックスの低い声色を真似て言った。「トレント嬢、きみの臍まで覗けてしまうぞ」

ネッドはぽかんと口をあけた。「嘘だろう！」

「ええ、でもそう言ってほしかったわ」エマは声を立てて笑い、ベルもくすくす笑いだした。

「ほんとうはなんと言ったんだ？」ネッドがふたたびせかした。

「たしかこうおっしゃったわ。『トレント嬢、ぼくから離れてもらえませんか』」

ネッドは嬉々として尋ねた。「それで、どうなった？」

「一瞬、クラリッサが気を失うのではないかと思ったわ」ベルがいきいきと言葉を継いだ。

「少なくとも十数人はその会話を聞いていたし、彼女はあの方を振り向かせてみせると言いふらしていたんですもの。もちろん、アシュボーン公爵がエマにご執心なのはみんな知っているから、誰にも相手にされていなかったけど。結局、クラリッサは殺気立った目で周りを睨んでから舞踏場を飛びだしていったわ。それ以来、誰も彼女の姿を見てないの。わたしの予想では、一カ月くらい田舎で過ごしてから、今度はスタントン公爵に狙いを定めて戻ってくるわよ」

「六十は過ぎてる相手だぞ！」ネッドが声を張りあげた。

「しかも妻を三度も亡くしてる」エマが付け加えた。

「クラリッサのような女性たちのことをわかってないのね」ベルはため息まじりに言った。

「公爵と結婚することしか頭にないんだから。アシュボーン公爵はまだ若くて、あきらかに最有力候補だったわけだけど、クラリッサはもう選《え》り好みしていられないはずよ。爵位のある男性を求めているんだもの。それもいますぐに。公爵が手に入らなければ、間違いなく今度は侯爵か伯爵を狙うわ。そのときには、ネッドお兄様もせいぜい気をつけるのね」

「しかしぼくは子爵だからな」

「鈍いんだから。いつか伯爵になるでしょう。クラリッサはそれを知ってるわ」

「でもまあ、彼女がほんとうに求めているものを知ったいまとなっては、なんとしても避けるに決まってる」

「そうよ、ネッド、あなたはわたしに恩があるんだから」エマはきっぱりと言った。「わたしが偽物の恋文をあなたに送らなければ、まだいまもきっと彼女にのぼせていたはずだもの」

ネッドはエマへの借りを呼び起こされて顔をゆがめた。「認めるのは癪だが、たぶんきみの言うとおりなんだろうな。でも、ぼくの恋路に首を突っこまれるのはもうご免だ」

「あら、そんなことは夢にも思わないわ」エマはそしらぬふりで答えた。

ベルとネッドが疑わしげな目を向けた。

「そろそろ出かける時間だわ」エマは腰を上げた。

それを見計らったかのように、キャロラインが部屋に入ってきた。子供たちにも受け継がれた鮮やかな青い瞳を引き立てる暗青色の優美なドレスをまとっている。栗色の髪は高く結い上げられ、社交界にふたりの子を登場させている母親の年齢にはとてもまだ見えない。

「もう出かけるわよ」と告げてから、さっと部屋を見まわし、娘に目を留めた。「アラベラ・ブライドン！」悲鳴にも似た声をあげた。「なんて格好をしているの？　胸もとがそんなにあいたドレスを許した憶えはありません」

「気に入らないの？」ベルが弱々しい声で抵抗した。「すてきだと思うんだけど」

「だから臍まで覗けてしまうと言ったんだ」ネッドがのんびりとした口ぶりで言う。

「エドワード！」キャロラインがぴしゃりと言った。エマは手提げ袋《レティキュール》を従兄の肩に軽くぶつけて、諫めるようにさっと睨んだ。キャロラインはふたりをちらりと見てから、説教を続けた。「あなたが何を考えているのかわからないわ。そんなドレスを着ていたら、殿方によくない誤解を与えてしまうのよ」

「お母様、いまはみんなこういうドレスを着てるわ」

「わたしの娘はみんなに含まれなくていいの。どこで買ったの？」

「エマとマダム・ランバートの店で買ったのよ」

キャロラインは姪に顔を振り向けた。「エマ、あなたもどうして黙ってたの」

「だってほんとうに」エマは正直に答えた。「ベルがきれいに見えたんですもの」

キャロラインは目を見開き、ふたたび娘に視線を戻した。「結婚したら、そのドレスを着てもいいわ」はっきりとそう告げた。

「お母様！」ベルが反発の声をあげた。

「そういうことなら！」キャロラインが不機嫌に言う。「お父様に見てもらいましょう。へンリー！」

若い世代の三人は揃って唸り声を漏らした。「これで終わりね」ベルがつぶやいた。

「なんだ？」ヘンリー・ブライドン、ワース伯爵がのんびりと部屋に入ってきた。褐色の髪には白いものがだいぶ混じっているが、四半世紀前にキャロラインの心を射止めた気品と頼もしさはいまなお損なわれていない。愛情のこもった笑みを妻に向けた。キャロラインは視線でそれとなく娘を示した。「ベル」伯爵は簡潔に言った。「それでは裸だ」

「もういいわ！　着替えてくる！」ベルはさっさと部屋を出ていった。

「なんだ、こんなたやすい用だったのか？」ヘンリーは妻に笑いかけた。「階下《した》で待つとしよう」キャロラインは瞳をぐるりとまわして夫のあとを追った。

「さてとエマ、ぼくがお連れしましょうか？」ネッドが笑いながら言い、腕を差しだした。

「光栄ですわ、エドワード」ふたりも伯爵夫妻のあとから階段をおりていった。ベルも驚くほどの速さで着替えておりてきて、十五分も経たないうちに一家はリンドワーシー邸へ出発した。

到着すると、ピンク色の絹地のドレス姿となったベルがエマを脇へ連れだした。「なるべく母と父から離れたところでショールを取ったほうがいいわ」そう忠告した。

「それくらいわかってるわ」エマは伯爵夫妻が人込みのなかへ消えるのを待って、とりすました顔でネッドに言った。「ショールを取ってくださる、エドワード」

ネッドも調子を合わせて応じた。「おっと、喜んであなたのしもべとなりましょう」手ぎわよくエマのショールを取り、リンドワーシー邸の従僕のひとりに手渡した。「エマ」従兄は気遣うように問いかけた。「きみのドレスもベルのと同じくらい胸もとがあいてるじゃないか」

「そうよ。一緒に買ったんだもの。お臍まで覗けてしまうかしら？」挑発するように訊いた。

「やめておこう。アジュボーンが暗がりから飛びだしてきて、首を絞められかねない」

「ばかなこと言わないで。ねえ、見て！　ジョン・ミルウッドだわ。ご挨拶しに行きましょうよ」エマとネッドとベルはジョンを目指して進みだし、まもなく人込みにまぎれた。


アレックスはそのすぐあとに到着し、いつものごとくロンドンの大きな舞踏会の煩《わずら》わしさに胸のうちで悪態をついた。このような催しは、なるべく早くエマを見つけて大勢の見物人がいないところへ移動することでも考えていなければとても耐えられない。

あいにくエマはつねに取り巻きに囲まれていて、それがまたアレックスにはいらだたしかった。エマを探すばかげた行動はもうやめようと毎日誓い、それでもやはりどうにか会って匂いを嗅いだり触れたりしたくなって、結局は闇色の夜会服に着替えて、ひっきりなしに開かれるパーティに出かけている。

つらいのは、エマにキスをしないという、ばからしい決意を守らなければならないことだった。この二カ月、毎晩のようにエマに会ううち、手を出さずにいるのが信じがたいほど苦しくなってきた。エマの唇の動きはもうすべて記憶していると思っていると、また新たな笑顔を見せられてはっとし、すぐにその体を抱き寄せてむやみにキスを浴びせたい衝動に駆られる。真夜中に目を覚ますと体が欲望で張りつめて熱くなっていて、エマの夢をみていたのだと気づかされる。

しかもこのつらさはほかのどの女性でも振り払えそうにない。情婦の住まいからしばらく足が遠ざかっているあいだに、ほかに世話になれる相手ができたと丁重に知らせが届いた。それでもアレックスは、無駄な支出を減らせたとほっとため息が出ただけだった。

そもそもエマと肉体的な触れあいはしないと決めたのは、時間をかけて自分が信頼できる男であるのをわかってもらいたかったからだ。満を持して愛しあうときには――それが避けられないことであるのをエマが気づいているかは定かでないが、そのときがくるのは間違いない――完璧になしとげたい。エマが自分だけを求めてくれる気持ちになるまで待ちたかった。エマにも同じように自分を欲するあまり真夜中に目を覚ますようになってほしい。

このままではだんだんと気が変になりそうなので、早くそうなってくれるのをアレックスは願った。

「アシュボーン！」

振り返ると、ダンフォードが人込みを掻き分けるようにしてやって来るのが見えた。「やあ、ダンフォード、今夜も会えてよかった。エマを見なかったか？」

「おい、このところ少々いちずな男になりすぎてやしないか」

アレックスは柄にもなく照れたように笑った。「すまない」

「謝ることはない」ダンフォードは友人の詫びの言葉を手を振って払いのけた。

「だがほんとうに見なかったか？」

「アシュボーン、いい加減、あのお嬢さんと結婚して、情けない立場から脱したらどうだ？公爵夫人に迎えれば、一日じゅういつでも会えるじゃないか」

「たしかにそうだが、ダンフォード、そう簡単にはいかないんだ」アレックスは結婚という考えが頭によぎるなり撥ねのけた。「結婚する気がないのは知ってるだろう」

ダンフォードは眉を上げた。「爵位を子に引き継ぐには、当然ながらいつかは結婚しなければならないんだ。もし爵位がべつの一族の手に渡りでもしたら、父上が墓のなかでひっくり返るぞ」

アレックスは顔をしかめた。「だが、せめてもチャーリーがいる。リッジリー家の人間ではないにしろ、父にとっては長子の子と同じように血縁の近い男子だ」

「エマだっていつかは結婚するはずだよな。おまえとではないにしても」

エマがほかの男の腕に抱かれるのかと思うと嫉妬でかっと体が熱くなり、アレックスは愕然とした。それでも努めて平静を装い、さらりと言った。「それならそれで仕方がない」

ダンフォードは、わかりきったことすら友人は認めるつもりがないのだとあきらめ、首を振った。たとえアレックスがエマに恋していないとしても、執着しているのは確かなのだし、結婚の理由としてそれ以上のものは貴族社会でそう見つかるものではない。「数分前にエマを見た」ようやく答えた。「男たちに囲まれていた」

アレックスは不機嫌に息を吐きだした。

「おいおい、いつも男たちに囲まれている女性なんだ。いい加減、慣れろよ」ダンフォードは笑った。「あの男たちのほとんどがおまえを怖がってくれているのを、ありがたく思うべきだな。あのうちの半数は、おまえの名を出しただけで蹴散らせる」

「ああ、まったくありがたいことだとも」

「たしか、あっちにいたぞ――」ダンフォードは大広間の向こう側を指さした。「――レモネードのテーブルのそばに」

アレックスはぶっきらぼうにうなずきつつ、笑みで表情をやわらげた。「いつもながら、楽しかったよ、ダンフォード」くるりと友人に背を向けて、人込みを押しのけるように歩きだした。エマがいるはずの場所へ向かうまでに、有力なアシュボーン公爵と言葉を交わそうとする紳士淑女に何度となく呼びとめられた。そのうちの数人は名高い冷ややかな目つきで黙らせ、何人かにはうなずいて、ひと組の男女とは言葉を交わし、間が悪く目的地の手前で声をかけてきた人々には単に唸り声を発してやり過ごした。

機嫌はよくなかった。

むろんエマを発見したときにもそれは変わらなかった。炎のような色の髪はいつでもすぐに目についた。予想どおり、ベルとともに若い紳士の一団に囲まれている。どちらの令嬢に永遠の愛を誓うかといった程度の悩みしかなさそうな男たちばかりだ。

エマの取り巻きを目にして、気分はいっこうに改善されなかった。

少しずつ近づいていく。エマは目を奪われるほどの美しさだが、それはすでにわかっていることだった。いつでも目を奪われるほどに美しい。髪を高く結い上げ、少しだけ残した巻き毛が優美な顔の輪郭にかかっている。冗談に笑って頭を後ろに傾けると、色白の長い首となめらかな肩がきわだち、ほんのかすかに……アレックスは眉をひそめた。いや、ほんのかすかにどころではなく胸もとが見えた。もちろん下品なドレスを着ているわけではない。エマはけばけばしく見えるようなものは好まない。とはいえ、自分に豊かな胸のふくらみが見えたのだとすれば、腹立たしくも、舞踏場にいるほかのどの男たちにも見えているということだ。

すでに不機嫌になっていた気分は急速に悪化した。

エマとベルを取り囲んでいる輪に分け入った。「やあ、エマ」きつい声で言う。

「アレックス！」エマは心から嬉しそうに目を輝かせて答えた。

アレックスはほかの人々には目もくれず踏みだした。「次のダンスは、ぼくのために取っておいてくれたんだよな」そう言うとエマの手を取り、いくぶん強引に舞踏場の中央へ導いていった。

「もう、アレックス、そういう横暴な態度はやめて」エマがにこやかに叱った。

「おや、円舞曲《ワルツ》だ」管弦楽団の演奏が聴こえてくるとすぐに言った。「ついてるな」すばやくエマを引き寄せ、ゆっくりとまわりながら踊りはじめた。

エマは一瞬アレックスの態度をいぶかしく思ったものの、そのような懸念はたちまち忘れ、彼の腕に抱かれる心地よいぬくもりに浸った。片手で腰を軽く支えられているだけで、そこから伝わる熱にじわじわと焦がされている気がする。もう片方の手に握られている手からは、いくつもの小さな火花が腕をのぼって心臓に入っていくように思えた。目を閉じて、無意識に喉の奥から柔らかに響く声を漏らした。すっかり心満たされていた。

アレックスは小さな声を聞いてエマの顔を見やった。目を閉じたままわずかに顔を上向けていて――まるで快感に酔っているかのようではないか。体がたちまち反応した。全身の筋肉が収縮し、痛いほどに張りつめていくのを感じた。唸り声を発した。

「何か言った？」エマがぱっと目を開いた。

「混雑した舞踏場の真ん中で言えるようなことじゃない」アレックスはつぶやき、リンドワーシー邸の庭に出られる両開きの格子扉のほうへ踊りながらそれとなくエマを導いた。

「ああもう、興味をそそられるじゃない」

「こっちのほうこそどれだけそそられているか、わかってほしいものだ」アレックスは独りごちた。

「なんて言ったの？」舞踏場の騒がしさに掻き消されて、エマには言葉が聞きとれなかった。

「なんでもない」アレックスは声を大きくして言ったが、思った以上に鋭い口調になってしまった。

「今夜は機嫌が悪いのね？　見るからに不機嫌そうだもの」

アレックスが答える前にワルツの演奏が終わり、ふたりはともに習慣から膝を曲げてお辞儀をした。儀礼的な挨拶をすませると、エマは先ほどより強い調子で質問を繰り返した。

「アレックス！　いったいどうしたのよ？」

「ほんとうに理由を知りたいのか？」アレックスは声を荒らげた。「ほんとうだな？」

エマはどう応えるべきか決めかねて、自信がなさそうにうなずいた。

「いいか、エマ、この部屋にいる男たち全員が、いやらしい目できみを見ている」奥歯を噛みしめて言い、両開きの扉のほうへエマを進ませた。

「だけど、アレックス、あなたは毎晩わたしにそう言ってるじゃない」

「今度はほんとうなんだ」声を落として語気を強めた。「そのドレスがいまにも脱げそうだからだ」

「アレックス、大げさだわ」エマは鋭く言い返した。アレックスは引っぱるのはやめたが有無を言わせぬ足どりで庭へ進んでいた。「あなたがどうしてそんなに怒っているのかわからない。ここにいる三十歳前の女性たちの少なくとも半分は、わたしより露出の多いドレスを着てるのよ」

「ほかの女性たちのことはどうでもいい。世の中の人々すべてに色気を見せびらかさなくてもいいだろう」

「色気を見せびらかす？　ふしだらな女性だと言われているように聞こえるわ。侮辱しないで」エマが張りつめた声で言い放った。

「追いつめないでくれよ、エマ。もう二カ月近くも追いかけさせられて、そろそろ限界なんだ」舞踏場からは見えない大きな生垣の裏にエマを引き込んだ。

「わたしのせいにしないで。あなたがわたしのドレスに神経質になりすぎてるのよ！」

アレックスはさっと手を伸ばしてエマの上腕をつかみ、引き寄せた。「いいか、エマ、きみはぼくのものだ。いい加減、わかってるだろう」

エマは唖然としてアレックスを見つめた。たしかにこの数週間の彼の行動には独占欲の強さが如実に表れていたけれど、実際に言葉で聞いたのはこれが初めてだった。緑色の目には怒りと欲望が煮え立っているが、そのほかにも何かが含まれていた。切迫。

エマはとたんに落ち着かなくなった。「アレックス、あなたは自分が何を言ってるのかわかっているとは思えないわ」

「ああ、まったく、それならよかったんだが」アレックスはいきなりエマを抱きしめて、逞しい手を鮮やかな色の髪のなかへ差し入れた。

エマは抱き寄せられた力強さに息を呑んだ。それからしばらくそのままの状態が続いた。アレックスは胸のうちの葛藤に気を取られているかのように息を荒く乱していた。「ああ、エマ」ようやく、つかえがちな声で言った。「きみは自分がぼくに何をしてるのかわかっていない」それからゆっくりとうつむいて、互いの唇を近づけた。

最初は耐えがたいほどやさしく唇が触れあい、エマは情熱を抑えようとするアレックスの体のふるえを感じた。アレックスが唇をそっと擦らせて、反応を待った。エマはこらえきれず彼の首に両腕を届かせた。アレックスはそれだけで励まされ、両手を彼女の背中にまわし、さらにきつく抱きしめた。「こんなふうに抱きしめられるときをずっと待ってたんだ」口もとに囁いた。

エマはかつて感じたことのない熱情の波にさらわれていた。「わたし――こういうの好きみたい」はにかみがらに言い、彼の濃く黒い髪に手をくぐらせた。

アレックスが男っぽい満足そうな低い声を漏らした。「絶対にうまくいくとわかっていた。こんなふうに反応してくれるだろうと」エマの顎に口づけて、喉へ唇を滑らせた。

エマは初めて知るこの感情が何を意味しているのかわからないけれど抑えられず、本能のままに頭をのけぞらせた。「ああ、アレックス」力ない声で呼び、ぎゅっと彼につかまった。

アレックスは柔らかな声を聞くやふたたび開いた唇に口づけた。舌を差し入れ、口のなかを深く探る。その親密な触れあいはあまりに心地よく、エマは立っていられるのがふしぎなくらいだった。こんなふうに激しく気持ちを掻き立てられることがあるとは想像もしていなかった。前に寝室でいきなりされたキスですらこれとは比べるに値しないもののように思える。あのときのキスは、まだ相手をよく知らなかったせいで刺激的だった。でもいまは違う。アレックスをよく知っているし、その彼に抱きしめられているのだと思うと、触れあえるのがなおさらすばらしいことに感じられた。もっと近づいて親密になりたいという思いしかなかった。彼がしてくれたように自分もしてあげたい。エマはためらいつつ彼の上唇に舌を擦らせた。嬉しいことにアレックスの反応はすばやかった。かすれがかった声で名を呼ぶなりエマの腰を抱き寄せ、自分の張りつめた下腹部を押しつけた。

エマは猛々しい欲望の証しを感じてはっとし、アレックスが差し迫っているのを察して、いたことに突如気づいた。「アレックス？」静かに問いかけた。

熱情で朦朧《もうろう》としていた状態からわれに返った。取り返しのつかないところへ踏み込みかけて
アレックスはその声を新たな欲望の昂ぶりのしるしと受けとった。「ああ、エマ、わかったよ」そう応じ、唇を耳たぶへずらしてやさしく吸いつき、片手で乳房を覆った。アレックスにされることは何もかもがこのうえなく心地よく、エマはもう少し強い声で名を呼ぶだけで精いっぱいだった。

「どうしたんだ？」アレックスは尋ねてエマの顔を両手で包み、またも唇を触れあわそうとした。

「やめなければいけないわ」エマはふるえる声で言った。

アレックスは胸を突かれた。エマの言うとおりなのはわかっているが、体は解き放たれたがって疼いている。とはいうものの、やはりリンドワーシー邸の庭で事に及ぶわけにはいかない。ゆっくりと手を放して背を向け、両手を腰にあてて、自制心を取り戻そうとした。

「アレックス？　怒ってるの？」

アレックスは動かなかった。「いや」なおも呼吸を整えられず、ゆっくりと言った。「自分に腹が立っているだけだ」

エマはなだめるようにその肩に触れた。「自分を責めないで。わたしにも同じように責任があるのだから。わたしがどこかでとめればよかったんだわ」

アレックスがくるりと向きなおった。「とめられたのか？」ぎこちない笑みを浮かべたが、目の表情は変わらなかった。ふたたび大きく息を吸いこんだ。「つまり、エマ、きみもこれでもう、いままでのようにはいられないとわかってるんだな？」

エマはこの男性からこれほど控えめな言いまわしを聞いたのは初めてだと思いながら、うなずいた。それにしても、これでいったいどれほど状況が変わってしまうのだろう。

「まず化粧室に行ってから舞踏場に戻ったほうがいい。髪が乱れているから」アレックスはまたも自制心を失いそうな気がして、あたりさわりのないことしか言えなかった。「前にもこの家には来たことがある。その角をまわれば、中央の廊下に入れる戸口がある。そこからならすぐに化粧室を見つけられる」

エマはなにげなく頭に手をやり、その場で乱れ具合をさっと確かめた。「わかったわ。あなたがいますぐ戻られるなら、わたしは髪を直してから十五分以上おいて戻ります」不自然に息がはずんでいた。「そうすれば、よくない噂を立てられずにすむもの」

「舞踏場に時間をおいてべつべつに戻るのが、ぼくたちの習慣になってしまったな」

エマは弱々しく笑みを返すと、向きを変えて歩きだし、角の向こうへ消えた。

9

エマは不作法に小言をこぼしながら、リンドワーシー邸の側面に沿ってそそくさと進んだ。

「どうしてこんなことをしてるのかしら。舞踏場から引きずり出されて人けのない庭に出るなんて。こういうことになるのはわかりきっていたのに」

いったん息をつき、自分がアレックスのキスを楽しんでいたのは否定できないのをしぶしぶ認めた。

「ええ、そうよ、心地よかったわ」ぼそりとつぶやいた。「でも、だからってどうしてこんなことをしなきゃいけないの？　ほんとうにあるかどうかもわからない戸口を探して、泥棒みたいにこそこそ歩きまわるなんて。夜会用の靴は湿ってるし、ドレスの裾も薔薇《ばら》の枝に擦れてほつれてるかもしれないのに、あの人には求婚してくれるそぶりもないのよ」

エマは愕然とした。ああもう、わたしはいったい何を言ってるの？　独り言だったのがせめてもの救いだ。ぶるっと身をふるわせ、唇をすぼめた。

「妙なことを考えてはだめよ、エマ・エリザベス・ダンスター」自分に言い聞かせ、屋敷の裏側へ角をまわった。自分はほんとうにアレックスとの結婚を望んでいるのだろうか？　ありえない。ボストンへ帰って父の会社を継ぐと胸に決めている。結婚するのなら、快くともに会社を経営してくれる、すてきなアメリカ人男性としたい。

でも、すてきなアメリカ人男性が見つからなければ、どうすればいいの？　それに、このイングランドであれほど魅力的な男性と過ごしたあとで、ほんとうにすてきだと思える男性にめぐり逢えるのだろうか？

アレックスの姿と、ふたりで過ごした密やかなひと時の記憶が頭によみがえり、ため息が出た。理性を取り戻さなければと、自分を戒めた。あんなにも傲慢なアシュボーン公爵、アレクサンダー・エドワード・リッジリーとの結婚を考えるべき理由がどこにあるというのだろう。

あえてひとつ挙げるとすれば、すばらしくキスが上手なことかしら。

それ以外で考えないと！

そうよ、あの人はけっして見くだした話し方はしない。貴族の男性には、女性の脳はじゅうぶんに発達していないとでも思っているのか、劣る種族を相手にしているかのような話し方をする人々がとても多い。アレックスは同等の知性を備えている相手として接してくれる。

だけどそれは事実なんだもの、とエマは納得して大きくうなずいた。

それに、アレックスと一緒にいるときにはとてもくつろげる。一緒にいて、小細工やまやかしでほんとうの自分を隠さなければと思ったことは一度もない。ありのままの自分を好いてくれているように感じられる。

そのうえ、自分と驚くほど通じあえる気の利いたユーモア感覚も備えている。容赦なくからかいもするが、悪意はまるでなく、なめらかに冗談を取り混ぜて会話ができる。アレックスと生きられたなら、けっして退屈しないことだけは間違いない。

それにやっぱり、すばらしくキスが上手だ。

戸口をうっかり通り過ぎそうになり、低い声を漏らした。このことについては、もう少し考えてみなければいけない。

いっぽうアレックスは両開きの格子扉から舞踏場に戻り、ふだんならまったく関心を持てない人々の群れにできるだけさりげなくまぎれた。エマといっとき庭に逃れたのを誰かに見られていた場合に備えて、涼しげな落ち着いた態度を装った。

紳士のクラブ〈ホワイツ〉で知りあった友人、アクトン卿と最近買い付けた牡馬について言葉を交わしたところで、舞踏場の向こうにソフィーと母の姿をとらえた。

「失敬」なめらかに言った。「母と妹が到着したようだ。挨拶してくるとしよう」友人に軽く頭をさげて、人込みのなかを家族のもとへ向かった。

先代のアシュボーン公爵未亡人、ユージニア・リッジリーは公爵夫人然とした女性ではない。それどころか、そう見せようとしなければ、それほど高位の婦人にはとても見えない。緑色の瞳は温かな輝きを放ち、口もとはいつもにこやかに微笑みを湛えているような形をしている。そうした親しみやすい外見と辛らつなユーモア感覚で、長らく貴族の同胞たちからこよなく慕われる人物のひとりとなっている。伯爵の娘に生まれ、アレックスとソフィーの父と結婚してさらに高位の公爵夫人となったわけだが、社交界に広く蔓延《まんえん》している気どった振るまいを見せることはなかった。ユージニアは舞踏場の向こうから近づいてくる息子に気づいて目を輝かせた。

「こんばんは、母上」アレックスは気持ちを込めて言い、母の頬にキスをしようと身をかがめた。

「あら、アレックス」ユージニアはさらりと返した。「社交界の催しでこうしてあなたに会えるとは、なんて喜ばしいことなのかしら」みずから頬を差しだして、しとやかに息子のキスを受けた。

アレックスの皮肉屋の気質がどこから受け継がれたのかは明白だった。

「いつだって喜ばせてあげますよ、母上」

「ええ、わかっていますとも。ところで、あなたをここへ引っぱりだしてくださった可愛らしいお嬢さんはどちらかしら？」母は首を伸ばして、広く知られているエマの赤毛を探した。

「三十分前にダンスをしてから見ていませんね」

「庭へ出ていくのは見かけたけど」ソフィーがあてつけがましく言葉を挟んだ。

アレックスは妹に苦々しげな視線を投げた。「社交界にはしばらく顔を出さないことにしたんじゃなかったのか」

ソフィーはにっこり笑って、まだほっそりしたままの体になにげなく手を滑らせた。「四カ月では、まだ見た目は変わらないわ。幸運ではないかしら？」

「おまえにとってはそうなんだろう。ぼくからすれば、そのお腹が子牛並みにふくらむ日が待ち遠しくてたまらない」

「ひどいわ！」ソフィーは兄の足を踏みつけた。

アレックスはいたずらっぽく笑った。「痛いぞ、ぼくの可愛い子牛ちゃん」

「それにしても、エマが見つからないのは残念だわ」ユージニアは子供たちの言いあいには一顧だにせず言った。「あのお嬢さんとお喋りするのはとても楽しいのよ。アレックス、あのお嬢さんに求婚するつもりだと言ってたわよね？」

「言ってません」

「おかしいわね、そんなようなことをたしかに聞いたはずだわ」

「ぼくに邪悪な双子でもいるのかな」アレックスはにべもなく言った。

ユージニアは息子の皮肉は聞き流した。「でもほんとうに、あのお嬢さんを逃したら、まぬけもいいところよ」

「その言葉は聞き飽きました」

「いいこと、わたしはまだあなたの母親なのよ」

「もちろん、わかっています」

「わたしの言葉に耳を傾けるべきだわ。あなたにとっていちばんよいことを知っているのはわたしなのだから」

アレックスは顔をほころばせた。「母上がそう信じてらっしゃるだけかもしれませんよ」

ユージニアがしかめ面をした。「困った子ね」

いつになくおとなしくしていたソフィーが唐突に言葉を挟んだ。「お兄様のことは放っておけばいいのよ、お母様」

「ありがたい」アレックスはほっとして言った。

「どのみち、求婚しても受けてもらえるとはかぎらないし」

アレックスはむっとした。もちろんエマは受けてくれるはずだ――にこやかに妹に笑いかけた。「けしかけようとしてるんだな」

「ええ、そうかもしれないわね。女きょうだいとはそういうものでしょう」

「その手には乗らない」

「どうかしら？　わたしにはすばらしくうまくいっているように思えるわ。わたしが求婚しても受けてもらえるとはかぎらないと言ったとき、お兄様は思いきり歯を食いしばったもの」

「ああまったく、家族とはありがたいものよ」アレックスはため息をついた。

「あら、元気を出しなさい」公爵未亡人は微笑んだ。「わたしたちはほとんどの方々より恵まれているわ。わたしの言葉を信じるのよ」

「信じますとも」アレックスは身をかがめ、母の頬にもう一度親愛の情のこもった軽いキスをした。

「まあ、ご覧なさい！」母が突如声をあげ、舞踏場の中央を手ぶりで示した。「あなたの友人のダンフォードが、ベル・ブライドンとダンスをしてるわ。次のダンスはあのお嬢さんと踊るべきね。愛らしいお嬢さんだし、次のダンスのときにひとりにさせて、ご機嫌を損ねてはいけないでしょう」

アレックスは疑わしげに母を見やった。「レディ・アラベラはダンスの相手には不自由しませんよ」

「ええ、そうかもしれないけれど、何事も起こらないとはかぎらないのよ。あのお嬢さんが傷ついた顔を見るのは忍びないわ」

「母上、ぼくを追い払おうとしているのではないでしょうね？」

「ええ、そうよ。あなたはどうしようもなく手が焼けるのですもの」

アレックスはベルにダンスを申し込むことにして、ため息をついた。「いないあいだに、ぼくを破滅させる策略を立てるのはなしですよ」

アレックスが間違いなく声の届かないところまで離れるのを待って、ユージニアは娘に向きなおって言った。「ソフィー、わたしたちは断固、行動に出るべきだわ」

「まったく同感だわ」ソフィーは応じた。「どのように断固、行動すべきなのかはよくわからないけど」

「この件についてはだいぶ考えたのよ」

「そうでしょうね」ソフィーは口もとにうっすら笑みを浮かべてつぶやいた。

ユージニアは娘の相槌には鋭い視線を投げただけで、かまわず続けた。「わたしたちは週末を田舎で過ごすべきだという結論に達したわ」

「どうしようというの？　お兄様をウェストンバートへ来させて、エマに求婚するよう説得でもするつもり？」

「そんなことはしないわ。ブライドン家もお誘いするのよ。そしてもちろん、すてきな姪御さんもお連れくださるようお勧めするの」

「名案だわ！」ソフィーは声をはずませた。

「あとはできるだけふたりきりにさせる機会をつくればいいわ」

「ええ。ふたりで森へピクニックへ行かせるという手もあるわ」ソフィーはひと呼吸おき、唇をすぼめて考えこんだ。「当然ながら、お兄様には見透かされてしまうでしょうけど」

「当然よね」

「でも、それでもかまわないのではないかしら。お兄様は彼女に夢中なんだから、ふたりきりになるためなら手段は選ばないはずよ――たとえ、あきらかにお母様が仕掛けた罠に乗ることになっても」

「主導権を握らせてやりさえすれば、彼女を自分のものにしてしまうでしょう」ユージニアはその計画にはしゃいで両手を打ち合わせた。

「お母様！」ソフィーは母をたしなめた。「そんなことをおっしゃるなんて信じられない。そんなことを考えるだけでも」

ユージニアは気苦労の多い母親らしいため息をついた。「歳をとるうちに、どんなことにもだんだんとためらいがなくなっていくような気がするわ。それに、アレックスの誘惑の腕についてては、勲章ものだもの」

「ええ、ほんとうに。お兄様はまだ二十九歳だから、ためらうこともまだいくつかあるでしょうけど」

ユージニアの緑色の目がいぶかしげに狭まった。「わたしをからかってるの？」

「ええ、もちろん」

「あらそう。せいぜい面白がってなさい」

ソフィーはいきいきとうなずいた。

「わたしが言いたかったのは」ユージニアは続けた。「アレックスがどういう形であれダンスター嬢の評判を穢すようなことをしたなら――」

「お兄様が彼女を誘惑するということね」ソフィーが遮った。

「なんとでも言えばいいわ。でも、そういったことが起きたら、つまり熱く燃え上がってしまったら――結婚して責任をとらなければいけないと考えるはずでしょう」

「息子を結婚させるためとはいえ、ずいぶん思いきった方法よね？」ソフィーはいまだこのようなきわどい話を母としていることが信じられず問いかけた。「エマのほうはどうなのかしら？　評判を穢すようなことをされて喜べはしないでしょう」

ユージニアはまっすぐ娘の目を見据えた。「エマのことは好き？」

「ええ、もちろんだわ」

「アレックスと結婚してほしい？」

「もちろんよ。エマとぜひ義理の姉妹になりたいわ」

「ほかに兄を幸せにできる女性がいると思う？」

「そうね、いないわ、思いつけない」

ユージニアは肩をすくませた。「結果がよければ手段は問われない。ねえ、手段の正当性は結果で決まるのよ」

「お母様がこれほど策士になれるとは思わなかったわ」ソフィーは声をひそめて言った。

「第一、お兄様が彼女を誘惑するかどうかすらわからないのに！」

ユージニアは自信たっぷりの顔つきだった。「試みるのは間違いないわ」

「お母様！」

「だって、そうするはずだもの。それについては自信があるのよ。自分の息子とはいえ、いかに放蕩者なのかは見ればわかるわ。ましてや、わたしの息子なのよ」ユージニアはソフィーに得意げな笑みを見せた。「父親にそっくりだもの」

「お母様！」

ユージニアは思い出をよみがえらせて笑みを広げた。「アレックスは、わたしたちが結婚してたった七カ月後に生まれたわ。あなたのお父さんはそれは情熱的な人だったのよ」

ソフィーは額に手をあてた。「それ以上言わなくていいわ、お母様。両親の親密ぶりについてはべつに知りたくないし」深々とため息をついた。「できればまったく清純なふたりが結婚したのだと思っていたいから」

「あらでも、わたしたちがふたりともまったく清純だったとしたら――」ユージニアはくすりと笑って臆面もなく娘を指さした。「――いまあなたとこうして話すこともできなかったのよ」

ソフィーは顔を赤らめた。「それでも、聞きたくないわ」

ユージニアはなぐさめるように娘の上腕を叩いた。「そのほうがいいと言うのなら、やめておくわ」

「そのほうがいいわ、ほんとうよ。お母様とこんなことを話しているなんて信じられないんだから」

ユージニアは微笑んで首を振った。「残念ながら慎みもためらいと同じようになくなっていくものなのね」そう言うと、レディ・ワースを探して人込みのなかへゆっくりと姿を消した。


その間、ベルとダンフォードは舞踏場でワルツを踊りながらくつろいだひと時を過ごしていた。ワルツはまだ新しいダンスで、破廉恥だと見る向きもあるが、ふたりにはことのほか楽しめた。社交界の堅物たちを呆れさせせられるからだけでなく、どちらか一方がたびたび背を向けなければならないほかのダンスとは違って、会話を続けられるのがなにより嬉しかった。その利点を生かして最近ともに観たオペラについて熱く議論を交わしている最中に、ダンフォードが突如話題を変えた。

「友人はきみの従姉に恋に落ちてしまったらしい」

ベルは社交界でもさわだって優雅な踊り手のひとりとして知られているが、今回はワンステップどころか、スリーステップも踏み間違えた。「あの方がそうおっしゃったの？」ぽんやりと口をあけて訊いた。

ダンフォードはベルをわずかに引き寄せてダンスのリズムを取り戻させた。「いや、はっきりとした言葉を聞いたわけじゃない」正直に答えた。「だが、アシュボーンとは十年来のつきあいなんだ。これまで、女性に対してあんないかれた行動をとったことは間違いなくなかった」

「恋に落ちるのはいかれたことではないでしょう」

「ぼくが言いたいのはそういうことじゃない、わかるだろう、アラベラ」ダンフォードはいったん口をつぐみ、舞踏場の向こうから自分のほうを見ているアレックスになにくわぬ顔で笑みを見せた。ベルに顔を戻して、言葉を継ぐ。「実際、友人はきみの従姉に首ったけなわけだが、ぼくが心配しているのは、あいつが四十近くになるまで結婚しないと決めていて、それを変える意思がないという点なんだ」

「だけど、あの方はなぜそれほど頑なに、すぐに結婚することを拒んでいるのかしら？」

「アシュボーンは初めて社交界に出たときからすでに爵位を継いでいて、莫大な富に恵まれてもいた」

「しかも、美男子ですものね」

ダンフォードは苦笑いを浮かべた。「まさしくあれは獲物の奪いあいだった。未婚の令嬢たち全員と、相当な数の既婚女性たちまでもが、あいつの争奪戦を繰り広げた」

「注目されて悪い気はしないでしょう」ベルは推察して言った。

「実際は、その逆だった。知ってのとおり、アシュボーンはまぬけじゃない。自分をちやほやしている女性たちのほとんどが、本人を知ることより裕福な公爵夫人になることのほうに関心があるのは火を見るよりもあきらかだった。その経験から、社交界の催しにはすっかり興味を失ってしまったんだ。それからまもなく半島での戦争に志願した。理由は愛国心ばかりとは思えない。ほとんどの女性たちを尊敬に値する相手とは認めていない」ダンフォードは間をおいて、ベルの目をまっすぐ見つめた。「貴族のほとんどのご婦人がたが端的に言って愚かであるのは、きみも認めざるをえないだろう」

「たしかにそうかもしれないけど、エマはそのような女性たちとは違うし、あの方もそれはご存じのはずよ。彼女のような女性に出会えば、惹かれるのは当然ではないかしら」

「そう考えるのが自然だろう？」曲が終わり、ダンフォードはベルの腕を取って舞踏場の端へ導いていった。「ところが、どこかの時点で女性への不信感が、できるかぎり長く結婚を避けるという決断に置き換えられて、そもそも結婚を拒むことになった理由を、あいつは忘れてしまっているような気がするんだ」

「そんなばかげた話、聞いたことがないわ！」

ダンフォードが答える前に、含み笑いをする深みのある声が聞こえてきた。「ベル、ばかげた話ならいままで山ほど聞いてきた。聞いたこともないばかげた話というやつを、ぜひとも聞きたいものだ」

ベルが恐る恐る目を上げると、アシュボーン公爵が次のダンスの相手を申し込もうと目の前に立っていた。「あの」慌ててまったくの思いつきで話をこしらえた。「ダンフォードがおかしなことを言うんですもの。ええと、オペラでのことなんだけど、もっと歌は少なくていいそうよ」

「こいつがそう言ったのか？」

「ええ、そうよ。もっと会話を多くしたほうがいいって」ベルはうまくとりつくろえたことを祈って公爵を見つめた。言葉どおりには受けとっていないのが見てとれた。それでも、自分について話されているのを聞いていたふうでもないので、ベルはほっと胸をなでおろした。ほかに続ける言葉は思いつけず、頼りなく見えているに違いない笑みを浮かべているしかなかった。

「ベル、きみにダンスを申し込めと母に命令されたんだ」アレックスは気さくに言い、ベルの見るからに落ち着かないそぶりにはかまわず笑いかけた。

「ご親切に」ベルは応じた。「母親に命令された男性にダンスを申し込んでもらわなくてはいけないほど人気が落ちていたとは、気づかなかったわ」

「心配いらない。母は単に邪魔者を追い払って、妹と心おきなくぼくの今後の人生について語りあいたいだけなんだ」

「おまえを結婚させるための密談か」ダンフォードが憶測した。

「たぶん」

「エマとの」

「だろうな」

「降参して、さっさと求婚したらどうだ」

「期待しても無駄だぞ」アレックスはベルを舞踏場の中央へ導こうと腕を取った。「なにしろ、結婚願望のない人間だからな」

「あら」ベルがすかさず声をあげた。「それはわたしの従姉も同じよ！」


かたや屋敷の奥の廊下では、エマが不恰好に尻もちをついていた。裏側の戸口の扉はあけ放されていたが、廊下に蠟燭は灯されていなかった。おかげで入口がよくわからないまま踏み段の最上段からつんのめってしまった。唸り声をこらえもせず、ゆっくりと立ちあがり、首を曲げ、痛む手脚の関節を伸ばした。ぼんやりと腰をさすり、リンドワーシー家が廊下に絨毯を敷いておいてくれたならと口惜しく思った。

「いずれにしろ」エマは庭で始めた独り語りを小声で続けた。「アレクサンダー・リッジリーが危険を及ぼす人物なのははっきりしてるんだから、できるだけ近づかないようにすべきなのよ」

「心から同意する」

エマがはっとして振り返ると、高級な仕立ての装いに薄茶の髪をした二十代後半の男性が立っていた。ひと目で、ベントン子爵、アンソニー・ウッドサイドだとわかった。

胸のうちで思わず唸った。ウッドサイドとは社交シーズンの最初の数週間に何度か顔を合わせ、好きになれない人物だとすぐに判明した。一年以上もベルを追いまわしていて、あきらかに避けられているにもかかわらず、あきらめるそぶりがない。エマは催しのたび、この男性から逃れようと最善を尽くしたが、礼儀上ダンスを断われないこともしばしばだった。これといった難点があるわけではない。礼儀作法に怠りはないし、知性が高いのも確かだ。エマがこの男性を好きになれない理由は、もう少し内面が垣間見える所作にあった。声の調子、自分を見る目つき、舞踏場を見渡すときに首を傾けるしぐさ――そのすべてがどういうわけかエマをひどく不快な気分にさせた。表面上は礼儀正しく振るまいながら、アメリカ人で爵位を持つ家の娘ではないことを見くだしているのを感じさせる、得体の知れない男性だ。そのうえ、アレックスもこの男性をあからさまに疎《うと》んじている。

当然ながら、リンドワーシー邸の廊下でこの男性と鉢合わせして喜べるはずもない。「こんばんは、子爵様」エマは舞踏場から離れた場所にひとりでいて、しかも庭から文字どおり廊下に飛びこんだところだという明白な事実を振り払うように礼儀正しく言った。床にへたり込んでいたのを見られていませんようにと願ったが、子爵の冷ややかな笑みはその願いが叶わなかったことを物語っていた。

「転んでけがをされていなければよいのですが」

胸もとに向かって言葉を投げかけられ、無性にいらだった。急に気詰まりになり、ドレスの胸もとを掻き寄せたくてたまらなかったものの、動揺を見せて嫌みな子爵を満足させるのは悔しかった。「お気遣い、ありがとうございます、子爵様」奥歯を噛みしめて答えた。「ですが、どこにもけがはありません。舞踏会に戻らなくてはいけないので、失礼します。家族に心配をかけたくありませんので」エマは歩きだしかけたが、すぐさま子爵に上腕をつかまれた。痛みはなく、乱暴なわけでもないが、力強く、すぐに放すつもりがないことはじゅうぶんに感じとれた。

「親愛なるダンスター嬢」ウッドサイドは、腕をつかんでいる力強さにそぐわないなめらかな声ですらすらと続けた。「人けのない廊下で出くわすとは興味をそそられます」

エマは沈黙した。

ウッドサイドがさらに少し手の力を強めた。「鋭い切り返しはないのですか、ダンスター嬢？　おなじみの機転のよさはどこへいってしまったのやら」

「友人たちのためにとってありますの」冷ややかに言い返した。

「それと、ご家族のために？」

その問いをどう解釈していいものかわからず、エマは目をしばたたいた。

「ダンスター嬢、あなたとは遠からずただの友人以上の間柄になれそうだ」

子爵がいきなり腕を放し、エマはさっと手を引き戻した。『そうおっしゃられてもわたしは――」

ウッドサイドはエマの憤然とした声の調子に皮肉っぽい笑いを漏らした。「いいですか、ダンスター嬢、私があなたなら、それほどうぬぼれはしない。あなたが魅力的であるのは認めるが、私が女性に求める血筋のよさに欠けている」

馬同然に見なされているのだろうかとエマは呆れ、あとずさった。

「私はウッドサイド家の人間ですよ。けばけばしい色の髪のアメリカ娘と戯れはしても、娶《めと》ることはありえない」

エマは子爵の顔を平手打ちしようと片手を振りあげたが、当たる前に押さえられてしまった。

「こらこら、ダンスター嬢、私を敵にまわすのはあなたのためにならない。私があなたの従妹と結婚すれば、妻にあなたとのつきあいを禁じるのはたやすいことなのですから」

エマは面と向かって笑い飛ばした。「ベルがあなたと結婚すると思ってるの？　あなたとダンスを踊るのも耐えられないくらいなのに」

ウッドサイドに手首をきつく握られ、エマは痛みに顔をゆがめずにはいられなかった。子爵は苦痛を与えられたことに気をよくして、廊下のほの暗さのなかで薄い色の瞳を不気味に輝かせた。エマは決然と顎を上げたが、そのとたん手首を放されて後ろへ数歩よろめいた。

「アシュボーンに時間を浪費すべきではありませんよ。あなたのような女性とは結婚するつもりはない男だ」ウッドサイドはそう言って笑い、優雅に頭をさげると、暗闇のなかへ消えた。

エマはまだ少しうろたえつつ、痛む手首をさすった。とはいえ、ひと晩じゅう廊下にいるわけにもいかないので、手当たりしだいにドアをそっとあけては閉めて、化粧室を探した。六度目の試みでようやく目当ての場所を見つけ、すっとなかへ入って重いドアを閉めた。ランタンのなかで一本の蠟燭が灯り、小さな部屋をほのかに照らしている。エマは鏡で身なりの乱れ具合を確かめた。とても収拾のつかない状態だ。自分ひとりでは髪形を元どおりにはできないと即座にあきらめ、ヘアピンをすべて抜いて鏡の前の台に置き、翌日それを見つけたリンドワーシー家の人に始末をまかせることにした。もともと髪を頭の高い位置で丸めるのに使っていたエメラルドが散りばめられた髪留めで前髪を上げて留め、炎のような色の巻き毛の房を幾つか顔の周りに垂らしたままにした。

「これでいいわよね」息をつく。「髪形が変わったのを誰にも気づかれなければいいんだけど。ふだんはだいたい、こんな感じにしているんだし」

ドレスにさっと目を走らせると、葉が何枚か裾に付いていたものの、目に見えてわかる汚れはなかった。葉をつまんで台の上にヘアピンと並べた。あすのリンドワーシー家では楽しめる謎がさらに増えたのだから、招待主の暮らしに少しばかり面白みを与えられたのをなぐさめに思うことにした。葉の取り残しはないかと裾をあらためて眺め、たとえ何枚か残っていたところで緑色のドレスなので目立ちはしないだろうと判断した。どこにいたのか疑いを抱かれないようにすることのほうが肝心だ。アレックスとふたりきりでいたのだろうと囁かれるのはたいして気にならない。でも、ウッドサイドとふたりきりでいたと思われるのは耐えられない。あの子爵がベルと結婚できると本気で考えていることが、エマにはいまだ信じられなかった。自分たちはいつか友人以上の間柄になるという言葉はあの男性の本心だったに違いない。エマは嫌悪感で身ぶるいし、ウッドサイドについては頭から振り払おうと努めた。

ドアノブに手をかけて、気を落ち着かせるために深呼吸をひとつする。室内履きはまぎれもなく濡れてしまっているけれど、そればかりはどうしようもないので、これ以上の不運に見舞われないことを祈って、ふたたび暗い廊下へ踏みだした。

賑やかな舞踏場の前に来ると、戸口から顔を覗かせて慎重に目を配り、ベルの姿を見つけた。こんなにもほっとした気持ちはこれまで感じたことがなかった。ところがよくよく見てみると、ベルがアレックスとダンフォードといるのがわかり、従妹とふたりきりで話すのはあきらめざるをえなかった。誰にも見られていないのを願って、三十秒ほどぎこちない手ぶりをしてどうにか従妹の目を引いた。ベルは急ぎ足でやって来て、ふたりの紳士もそのあとに続いた。

「どこに行ってたの？」ベルがせっかちに訊いた。「ずっと探してたのよ」

「見つからないところにいたもの」エマはそっけなく答えて、意味ありげにアレックスの顔に目を向けた。ベルは暗黙のやりとりを見逃さず、腰に手をあてて公爵に向きなおった。

「やれやれ」ダンフォードが間延びした声で言う。「みなさんから睨まれる立場ではなくて、ぼくはまったく幸運だな」

「睨んではいないわ」エマは言い、睨みつける寸前の顔つきでダンフォードを見やった。「わたしはただ、あてつけがましく見ただけだもの。いずれにしてもすべては終わったことで、たいした出来事ではないわ」

いいや、たいしたことであり、そもそも何も終わってはいないとアレックスは心ひそかに思いつつ、エマの顔をまじまじと見返した。

「問題は」エマはベルのほうを向き、そっと耳打ちした。「気が変わって、ヘンリー叔父様やキャロライン叔母様とドレスについて議論する気にはなれなくなったということよ」アレックスについては言うまでもない。

「いい考えだわ」ベルが同意した。

エマはふたりの紳士に向きなおった。「おふたりがわたしのショールを取ってきてくだされば、とてもありがたいんだけど」

「どうして大の男がふたりでショールを取りに行かなければならないのかな」ダンフォードがいぶかった。

「ダンフォード」ベルがきっぱりと言った。「行ってきてくださる?」

ダンフォードはブロンド女性は手厳しいといったことをつぶやきながらも、言われたとおりエマのショールを取りに舞踏場の向こうへ歩きだした。アレックスも遠まわしの催促と、あからさまな小言をたっぷり浴びせられ、仕方なく友人のあとを追った。ふたりが戻ってきて、エマが色白の肩を布で覆ったちょうどそのとき、レディ・ワースが明るい笑みを湛えて現われた。

「すばらしい知らせよ」ふたりの娘たちに向かって言った。「ユージニアがわたしたち全員をウェストンバートでの短い休暇に招待してくださったの」首をわずかに傾けて、アレックスに問いかけた。「すばらしいでしょう?」

「すばらしいですね」アレックスは母に感謝すべきなのか問いつめるべきなのか決めかねて、硬い笑みで答えた。

キャロラインはすばやくベルとエマのほうへ向きなおった。「ヘンリーが頭痛を訴えているから、残念ながらすぐに失礼しなくてはいけないわ」アレックスとダンフォードに顔を振り向けた。「ほんとうに申しわけないけれど、わかってくださるわよね……」どちらも答えられないうちに、キャロラインは娘たちを急きたてて、数分後にはブライドン家の全員が馬車のなかに収まっていた。

10

馬車のフラシ天張りの座席に腰を落ち着けてから、エマはこの数分の出来事を思い返し、叔母の行動がどことなく不自然であることに気がついた――このように慌しく舞踏会から去ったことはこれまで一度もなかった。そうだとしても、それがアレックスと庭へ出たのを見られていたからだとは考えたくない。何も言わないのが賢明だと思い定めて座席の背にもたれ、誰かが会話を切りだすのを待った。

ほどなくベルが沈黙を破った。「公爵未亡人がわたしたち全員を突然本邸にご招待してくださるなんて、信じられないわ。あ、でもやっぱり、信じられないことでもないわね」あてつけがましくエマに目をくれた。

エマはわざとらしくベルから顔をそむけた。

「きっとわたしたち全員にとってすばらしい時間になるわ」キャロラインが声高らかに断言した。「ユージニアはなによりあなたたちが来るのを楽しみにしているのよ」娘と姪を身ぶりで示して言い添えた。

「だろうな」ネッドがのんびりと言って、エマにウインクした。

この招待のほんとうの理由を誰もが察しているのはあきらかだった。

「ソフィーもご主人がお留守でとても寂しい思いをされているでしょうし」キャロラインが続けた。「それに出産を控えているんだもの、女性の話し相手がいれば気晴らしになるはずだからと、ユージニアと意見が一致したのよ」だがソフィーの出産予定は五カ月以上先で、今回の招待の理由にはならないことを誰かに指摘される前に、息子のほうを向いた。「もちろん、あなたも招待されているわ。来るでしょう、ネッド?」

「遠慮させてもらうよ」ネッドがいたずらっぽく笑って答えた。「両親がいないとなれば、羽を伸ばしやすい」

キャロラインはいくぶん驚いた顔をした。

ネッドは臆せずに笑った。「母親のそばにいて放蕩者の評判をとるのはむずかしいじゃないか」

「いいこと、ネッド、大学を卒業して独身紳士用の住まいに移ってからでも、気ままに過ごせる時間はじゅうぶんにあるのよ」

「いまだからこそいいんだ」

「わたしたちがいないあいだに何をするつもり?」ベルが勢い込んで訊いた。

ネッドが目をきらめかせて身を乗りだした。「おまえが考えてはいけないようなことをたっぷりとな」

「どういうこと? いったい――」

「ほんとうに喜ばしいことよね」キャロラインが会話の流れを変えようと大きな声で遮った。「ロンドンの詮索好きな人々の目を逃れて、みんなでリッジリー家と田舎でしばらく過ごせたら、わたしたちらしくくつろげるわ。多少は」馬車がブライドン邸の前に停まり、キャロラインは夫の手を借りて馬車を降りると、足早に階段をのぼって玄関広間に入った。

エマはすぐさま叔母に追いついた。「叔母様の考えは察しがついてますわ」大きめの囁き声で言った。

キャロラインがいったん足をとめた。「察しがついて当然よね」姪の頬を軽く叩いた。「わたしもあなたの行動は察しがついているけれど」

エマはぼんやり口をあけ、呆然と叔母を見つめた。

「そのショールをまた巻くことにしたのは賢明だったわ」叔母はそう言い残し、さっさと階段をあがって寝室へ向かった。

ブライドン家とリッジリー家は次の週末に田舎へ旅立った。アレックスはウェストンバートまでエマとふたりだけの馬車で行く算段をつけられなかったことに激しくいらだっていた。同じ馬車に乗ることさえ叶わなかった。ユージニアは評判を穢すような事態となるのを心ひそかに期待しながらも（願わくばできるだけ早く結婚を決断せざるをえなくなるのが望ましい）、走っている馬車のなかでそのような行為を許すわけにはいかないと考えていたからだ。

そのためアレックスはぼやきつつ――愛想のかけらもなく――ヘンリーとキャロライン、

それに若者たちは退屈な年寄りとはべつの馬車で楽しんでほしいと主張した母とともにブライドン家の馬車に乗り込んだ。

「若者たちだと！」アレックスは声を張りあげた。「ばかばかしい、ソフィーは二人目の子を身ごもっているんですよ！」さらに、ユージニアには〝退屈な〟という言葉以外は意味のわからない文句をつぶやいた。

「あらでも」ユージニアが負けじと言った。「わたしたちのほうも年寄りばかりというわけではないのよ。チャーリーにこちらに乗るよう頼んでおいたから」

それからすぐに当の男の子が伯父の腕に飛びついてきて、馬車のなかでカードゲームの練習をすることを約束させた。

いっぽうエマはアレックスとふたりきりで馬車に乗れるのをひそかに願い、そのようなことを考えてしまう自分を叱り、気持ちは揺れ動いていたが、ベルとソフィーと三、四時間はお喋りや噂話ができることになって、それもまた嬉しかった。最初は貴族の若い未婚の令嬢たちの人柄についてあれこれ評価を述べあい、それが終わると、未婚の紳士たちについて話しはじめた。それでもまだ目的地までは半分以上の距離があったので、既婚の紳士淑女たちについてより辛らつな意見を交わした。未亡人たちに話が及んだあたりで、ようやくソフィーがそろそろウェストンバートだと告げた。エマは少なからずほっとした。正直なところ、噂話には飽きていた。

アレックスから子供時代のほとんどを先祖から受け継ぐウェストンバートの本邸で過ごし

たと聞いていたので、どのようなところで育ったのか強い興味を抱いていた。それだけに馬車が角をまわって敷地の正門を抜けると、エマはじっとしていられず、景観をできるだけ見ようと首を伸ばした。といっても無蓋《むがい》の馬車ではないので、ガラス窓に顔を寄せて見るだけで我慢するより仕方がなかった。

「もうエマったら、木を見たことがないのかと思われるわよ」ベルがたしなめるように言った。

エマは好奇心をあらわにしてしまったのが急に恥ずかしくなり、すぐさまフラシ天張りの座席に腰を戻した。「だって、田舎が好きなんだもの。ロンドンに三カ月もいれば、初めて木を見る気分にもなるわ」

ソフィーが静かに笑った。「ウェストンバートには木がたくさんあるわよ。登りやすい木も。美しい小川も流れていて、兄によれば、鱒《ます》がいっぱいいるらしいわ。夕食用に釣ってきてもらったことはないけれど」

そのとき馬車の車輪が音を立てて停まり、すぐにお仕着せ姿の従僕がやって来て扉を開いた。エマは最後に降りたので、馬車から出るまでウェストンバートの美しい景色はおあずけとなった。期待は裏切られなかった。ウェストンバートは〝壮観〟というだけでは言い表せない、歴史ある荘厳な邸宅だった。十六世紀後半のエリザベス女王の治世に建てられ、建物の床が女王に敬意を表してEの形に造られている。北向きの屋敷の正面をEの軸線として、その後ろ側に三つの翼棟が付いている。前面には縦長のきらきら輝く窓が何列も並び、少なくとも四、五階の高さはありそうだった。近づくにつれ、緻密な熟練工の技が見えてきた。窓と戸口はどれもはるか昔の職人たちが手間隙《てまひま》かけて仕上げた凝った石の彫刻によって隔《へだ》てられている。エマはアシュボーン公爵家が代々受け継いできた家の優雅さと壮麗さに畏敬の念を抱いた。

「ソフィー」神妙に息を吸いこんだ。「こういうところで育つなんて想像できないわ。ここに立っているだけでも、お姫様になった気分だもの」

ソフィーは微笑んだ。「人は育つ環境に慣れてしまうものなんでしょうね。でも、ほかのところもぜひ見ていただきたいわ。裏庭はほんとうに美しいのよ」

「あとのところは、アレックスに案内してもらうといいわ」ソフィー、エマ、ベルが振り返ると、ユージニアが歩いてきた。数メートル向こうではヘンリーが馬車から降りる妻に手を貸していて、アレックスはチャーリーにまとわりつかれている。

「ええ、ぜひもっと見せていただきたいですわ」エマは声をはずませた。「自然のなかを歩くのがとても好きなんです。それに、これ以上にないよいお天気に恵まれたので」その日は当然のごとく神々がイングランドの地に微笑みかけていた。紺碧《こんぺき》色の空にふんわりとした雲がまばらに浮かび、エマの顔に注ぐ陽射しは温かかった。

「アレックス！」ユージニアが呼んだ。「その首からチャーリーを引き離せたら、エマにこの辺りを少し案内してあげて」

アレックスがしがみついているチャーリーを引き離そうと奮闘しているあいだに、エマはベルのほうを向いた。「ベル、あなたも一緒に来ない？」

「あら、だめよ」ベルはやや早すぎるくらい即座に答えた。「無理なの。今朝、図書室から『ヘンリー四世』の第二部をうっかり二冊も持ってきてしまったの」どちらも深紅の革表紙の二冊を掲げた。ソフィーとエマが馬車のなかでうたた寝してしまったときに備えて持ってきたものだった。「『ヘンリー四世』の第一部をすぐに手に入れたいのよ。ソフィーから、この図書室からお借りする約束を取りつけたわ。どうしてうちに第二部が二冊あったのかわからないんだけど……」声が消え入った。

「わたしにも見当がつかないわ」エマは今回の訪問に誰もが策をめぐらしているのをじゅうぶん承知のうえで答えた。

「第一部を読まずに第二部を読むわけにはいかないわ」ベルが言葉を継ぐ。「小説を読みはじめる前に最後の数ページを読んでしまうようなものだから」

「言うまでもなく、アルファベット順に読むというあなたの計画も崩れてしまうものね」エマは少しばかり皮肉を込めずにはいられなかった。

「そのことはすっかり忘れてたわ」ベルは声を大きくして言った。「だからやっぱり、まずは第一部をどうしてもすぐに手に入れなくちゃ」

「神の御意思に従うべしだな」アレックスが助言してエマの腕を取った。その後ろからチャーリーが駆けてきた。「乗馬服に着替えたほうがいいな。そうしたらぼくがこの辺りをご案内しよう。陽が高いうちに外をまわって、家のなかは今夜ご案内する」

すぐさまチャーリーがふたりのあいだに割って入り、飛び跳ねはじめた。「ぼくも行っていい？　ねえ、お願い、行っていいでしょ？」甲高い声でせがんだ。

「今回はだめよ」ソフィーがすぐに言葉を差し挟んだ。「クレオパトラの面倒をみなければいけないでしょう。グッド夫人によれば、もうすぐ子猫たちが生まれるそうよ。たぶんこの週末に」

チャーリーにとって、子猫たちの誕生はアレックスやエマと近くの野原を馬でまわることよりはるかに心躍ることらしく、すぐさま嬉しそうな声で応じた。「すごいや！」そうして厨房へ向かって駆けだした。黒と金色の毛の猫は焜炉《こんろ》の脇を住処《すみか》としている。

二十分とかからずに、エマは自分にあてがわれた西棟の広々とした部屋で流行の濃紺の乗馬服に着替え、急いでアレックスが待つ屋敷の正面に戻った。アレックスは玄関前の踏み段に立ち、草に覆われた遠くの丘陵を眺めていた。エマは声をかけずに彫りの深い端整な横顔を見つめ、いま身につけている上質な仕立ての暗緑色の上着に黄褐色のズボンは、これまででいちばん彼の端麗な容姿を引き立てていると思った。数日前に情熱的なキスをしてから気持ちが混乱していて、何か思いつめたように遠くを見ているその姿を目にしただけで、またも胸がざわつきはじめた。この理解しがたい男性のそばにいて、はたして心の安定を取り戻せるのだろうかと考えて、小さく吐息をついた。アレックスがその音を耳にするなり振り向き、エマはとても真剣そうなその顔つきを見て、とたんにばつの悪さを感じた。気恥ずかしげに微笑んで、乗馬用のドレスの青いスカートの皺を伸ばした。話しかけようと唇を開いたものの、言葉が見つからなかった。この数カ月、ふたりは気さくな友人関係を育み、幼なじみであるかのようにいつも冗談を言いあってきた。けれどアレックスの言うとおりだった。リンドワーシー邸の庭でのキスがその友人関係を変え、エマは出会ったときと同じような気まずさを覚えていた。

「部屋は気に入ったかい？」アレックスが唐突に訊いた。

エマはとっさにその顔を見つめた。張りつめた沈黙が破られ、強いまなざしに込められていた親密な感情は見えなくなってしまったけれど、機知を取り戻すきっかけを与えられたのはありがたかった。「もちろんよ。あなたのお住まいはすてきだわ。もっとも」笑いながら続けた。「玄関広間の大きさにはとても慣れそうにないわね。ボストンのわたしの町屋敷《タウンハウス》全体がすっぽり入ってしまう広さだわ。天井の高さだけは同じくらいだけど。シャンデリアを壊さないようにしないと」エマは十数メートル上の天井から吊りさがっているクリスタルガラスのシャンデリアを見上げた。「いったいどうやって掃除してるの？」

アレックスは笑ってエマの腕を取った。「とても慎重に、だろうな」厩《うまや》のほうを身ぶりで示し、ふたりは階段をおりて、その方向へのんびりと歩きだした。「馬に乗って、きみにウェストンバートを案内しようと思ってたんだ」と、アレックス。「歩いてまわるには少々広すぎるから」

エマは期待を込めて微笑んだ。「乗馬は久しくしてないわ」息をはずませて言った。

アレックスは信じられないといったふうに見返した。「しかしエマ、きみはいつもハイドパークで、従妹のあの可愛らしい白い牝馬に乗ってるじゃないか」

エマは瞳をぐるりとまわした。「あら、あんなのは乗馬とは呼べないわ。あれほど混雑した公園では早足どころか、駆けさせることもできないのよ。それに、たとえ駆けさせられたとしても、破廉恥な振るまいをしていたと何週間も話題にされてしまうじゃない」しかめ面をする。「みなさん、もっと面白い話題はないかといつも探しているのよね」

アレックスはいぶかしげに目をすがめてエマの顔を見やった。「喩え話ではないように聞こえるのはどうしてだろう？」

「わたしが公園で牝馬を凄まじい速さで駆けさせていたとしても、ふしぎではないからだわ」エマはあっけらかんとした表情で認めた。

アレックスが含み笑いを漏らした。「それで何週間も話題にされたわけだな」エマのうなずきを見て、考えこむように言った。「どうしてぼくの耳に入らなかったんだろう？」

今度はエマが笑い声を立てた。「残念ながら、あなたの前でわたしの名を出す勇気のある人はいないわ。まして、わたしをけなすようなことならなおさら」エマはアレックスの手から逃れ、速く動けるよう濃い色のスカートを持ち上げ、跳ねるようにして厩へ向かった。くるりと向きなおり、大きな声で言う。「ほんとうに幸運ね。わたしが呆れられるようなことをどれだけしているか、あなたはまるで知らない。だから、あなたにはそれこそ天使のような評判の女性として見てもらえるでしょう！」

アレックスは歩幅を大きくして進んだ。「天使のようなとは思いもしなかったな」

「そう？」エマは木の根につまずかないよう肩越しに何度か首を振り向けつつ、後ろ向きで歩きつづけた。

「〝おてんば娘〟という表現のほうが、はるかにふさわしい」

「あら、でも〝天使のような〟は形容詞で、〝おてんば娘〟は名詞だから、言い換えには使えないわ」

「神よ、知識豊かなご婦人からわれを救いたまえ」アレックスはつぶやいた。

エマはしばし足をとめ、人差し指を立てて揺らした。「聞こえてるわよ、ひどい人ね」

「ひどい人とは聞き捨てならない」

「そんなことをあなたに言える勇気があるのは、わたしだけよ」

「同感だ」アレックスはわざと不機嫌そうに応じた。

「それに」エマは後ろ向きで厩のほうへ進みながら続けた。「知識豊かなご婦人は、そうでない女性よりずっと面白いんだから」

「知識豊かなご婦人たちは必ずそう言うんだ」

エマは舌を出した。

「そこまでにしておいたほうがいい」アレックスは忠告した。

エマは茶目っ気たっぷりに微笑んだ。「わたしでは相手にならないと思ってるの？」

「とんでもない」アレックスは落ち着き払って答えた。「進むのはやめたほうがいいと言いたかったんだ。飼い葉桶《おけ》に落ちそうだから」

エマは小さな悲鳴をあげて前のめりに跳び上がった。すばやく振り向き、アレックスは冗談で言ったのではなく、実際にずぶ濡れになる寸前だったのを知った。「あまりきれいな水ではなさそうね」ぽつりと言い、鼻に皺を寄せた。

「匂いからしても、とうてい心地よいものではないだろうな」

「つまり」はきはきと言葉を継いだ。「あなたにお礼を言うべきなのでしょうね」

「喜ばしい心変わりだな」アレックスがにっこり笑った。

エマはその言葉に臆せず続けた。「これからはどこへ行くにも気をつけなければいけないということね」

「ぼくに付き添い役をまかせてくれるんだな？」

エマは晴れやかに笑った。「仕方ないわね」

それからアレックスの腕を取り、厩まで残りわずかの距離を並んで進んだ。到着するとすぐに厩番に出迎えられ、二頭の馬が連れだされてきた。

「グッド夫人から、ピクニック用の昼食が届いてます、旦那様。そちらのベンチに用意してございますんで」厩番がアレックスに手綱を渡した。

「ありがたい」アレックスは答えた。「それと、急に馬を用意させることになってすまなかった」

厩番は顔をほころばせた。「お安いご用ですよ、旦那様、なんのことはありません」そう言いながら、重心を片足からもう片方の足に移した。

アレックスは二頭の馬を開けた場所に連れだした。「さあ、こちらをどうぞ」溌剌とした栗毛の牝馬の手綱をエマに渡した。

「まあ、見事な毛並みね」エマは吐息をついて、牝馬の艶やかな毛を撫でた。「なんて呼んでるの？」

「デリラだ」

「わくわくする名だわ」エマはつぶやくように言った。「それなら、あなたの馬はサムソンかしら」

「おいおい、やめてくれ」アレックスが言う。「デリラに裏切られたサムソンよりはるかに手強いのがそのうちわかる」

それは馬についてだけの話なのだろうかとエマはいぶかしんでアレックスを見やり、返答は控えた。

それからすぐにアレックスは、ふたりのために家政婦が麻袋に入れてくれたピクニック用の昼食を手にして、エマとそれぞれの馬に乗って出発した。

初めは速足で駆けだしたものの、エマが興味津々に景色を眺めていたので、だんだんとゆっくりになっていった。ウェストンバートはなだらかな緑の丘陵に淡いピンクと白の野花があちこちに咲き誇る、肥沃《ひよく》な土地だった。そのうちの広大な地所で何世紀にもわたって農耕が営まれてきたが、屋敷の周りには一族が身内だけで田園の恩恵を楽しめる手つかずの自然が広がっている。ふたりが馬で進んでいる辺りは木が茂っているというほどではないものの、エマからすれば木登りにぴったりの堂々としたオークの大木がちらほら立っていた。エマは満足そうに微笑んで、新鮮な田園の空気を深く吸いこんだ。

アレックスがその呼吸音を聞きつけて笑った。「ここまで来ると、違うだろう？」

「え？」エマは心地よさに酔いしれていて、すぐには言葉を返せなかった。

「空気だ。だんだん澄んでくる。呼吸がうまいとすら思える」

エマはうなずいた。「呼吸するたびロンドンで付いた汚れが洗い流されて、身を清められるような気がするわ。ここに来るまで、自分がこれほど自然を恋しがっていたとは思わなかったけど」

「ぼくも街から逃れられたときにはいつも同じように感じる」アレックスは苦笑いを浮かべて同意した。「でも、何週間かすると、どうしようもなく退屈になってくる」

「たぶん」エマは思いきって言葉を継いだ。「いままではともに楽しめる相手がいなかったからよ」

アレックスが顔を振り向け、ゆっくりと馬を停まらせて、じっと見つめた。エマも馬を停め、まっすぐ見返した。ひとしきり間をおいて、アレックスがようやく沈黙を破った。「そうかもな」かろうじて聞こえる程度の低い声で言った。目をそらして前方を向き、手を目の上にかざして陽射しを遮った。「あそこに木があるだろう？」と、訊く。「ちょうど尾根の上に」

「桃色の花が咲いてる木？」

アレックスが即座にうなずいた。「ああ。あそこまで競争しよう。きみは片鞍《かたくら》などというばかげた発明品に坐らされているから、先に行かせてやろう」

エマは何も答えず、アレックスの掛け声を待ちもしなかった。ただ勢いよく馬を駆けさせた。決勝線（正確には線ではなくて木だが）にアレックスに一馬身差をつけて先に着くと、競争に勝てた喜びと、思いきり乗馬ができた爽快《そうかい》さから笑い声をあげた。結い上げた髪形がほとんど崩れかけていたので、みずからほどき、無造作に頭を振ると、炎のような色の髪が背中に垂れた。

アレックスはその魅惑的なしぐさに見惚れまいとこらえた。「掛け声を待ってくれてもいいだろう」鷹揚《おうよう》な笑みを浮かべて言う。

「そうね、でもそうしたらきっと勝てなかったもの」

「競馬の勝敗は結局、騎手の腕で決まる」

「今回の競馬の場合には」エマが切り返した。「機転を働かせたほうが勝ったのよ」

「今回の言いあいでは、ぼくに勝ち目はなさそうだ」

エマが屈託なく笑った。「言いあいなんてしてた？」

アレックスは咳払いをした。「今回の議論では、ぼくに勝ち目はなさそうだ」

「議論に勝ち負けがあるの？」

「あるとすれば」アレックスが観念した口ぶりで言う。「勝てそうにない」

「ほんとうにあなたは抜け目ないんだから」

「ほんとうにきみは頑固だよな」

「それについては父から二十年も愚痴をこぼされてるわ」

「そろそろ活力を得るための休憩にするか」アレックスはため息まじりに言った。すばやく馬を降りて、厩番から渡されたピクニック用の昼食が入った袋を取った。

「そういえば」エマはアレックスの手を借りて鞍から滑り降りながら言った。「あなたの馬の名を聞いてなかったわ」

「キケロだ」アレックスはにやりとして、鮮やかな柄の毛布を地面に広げた。

「キケロ？」エマは信じられないといった顔で見返した。「あなたがそれほど古典好きとは知らなかったわ」

「好きなものか」アレックスは少年時代に家庭教師から、さらにその後イートン校とオックスフォード大学で学んだ地獄のごとき古典の授業を思い起こして顔をしかめた。毛布の上に腰をおろし、袋から食べ物を取りだしていく。「嫌いだね」

「それならどうして、自分の馬に古代ローマの雄弁家の名を付けたの？」エマは静かに笑ってスカートの裾を足首の上までかぶせ、アレックスの向かいの毛布の上にしとやかに坐った。

アレックスが少年っぽく微笑んで、林檎《りんご》を放ってよこした。「じつのところ、わからない。響きが気に入っただけのことだ」

「そう。でも、それだけでもじゅうぶん理由になるのではないかしら。わたしも古典はまるで好きになれないわ。誰かと話題にするようなことでもないし――牧師さんとでもなければば」

エマが両手で林檎を交互に持ち替えているあいだに、アレックスは袋からワインの瓶と、割らないようにフランネルの布にくるまれた優美なグラスをふたつ取りだした。視線を戻すと、エマは反対側へかがみ込んで、小さなピンク色の野花を眺めていた。その姿をじっと見つめ、エマとウェストンバートをあてもなく馬でめぐることほど楽しい午後は想像できないと思い、ため息をついた。同時に胸がざわついた。向かいに坐っている魅惑的な色の髪の女性からもたらされる幸福感と心の平穏が、自分のなかでだんだんと大きくなっている事実に不安を覚えた。先ほどエマが階段をおりてきたときには、息を呑むほどの美しさにその場から動けなくなっていた。エマのほうも同じように自分に惹かれているのは感じとれた。目がそれを物語っている。エマは気持ちの隠し方を知らない。

しかしアレックスは彼女に単に惹かれているだけではないのをはっきりと悟っていた。平たく言えば、好きなのだ。機知がきわめて鋭く、自分の知るほとんどの男性たちに劣らず知性が高い。しかも、貴族の大半の人々とは違って、他人を侮辱せずに冗談を返せる術を心得ている。友人たちや家族からは、エマがほかの誰かに奪われるかボストンへ帰る前に、しっかりとつかんで娶るべきだとしきりに勧められている。

だが、アレックスはどうしても、できるかぎり、結婚はしたくなかった。

いっぽうで、近いうちにエマと愛しあえなければ、気が変になりそうだった。

あらためてエマを見やった。なおも野花を眺めていて、唇をすぼめて考えこんだ顔で、花びらの裏面を返して見ている。ほんとうに独身暮らしの自由を手放すに値する女性なのだろうか？　この女性でいいのだろうか？

アレックスは濃い髪を掻き上げた。このところ少なくとも一日に一度はエマを目にしないと、なんとなく気が塞《ふさ》ぐようになった。

ふいにエマが興味深そうに明るい菫色の目を上げた。「アレックス？」眺めていた花を差しだして問いかけた。

アレックスはため息をついて視線を合わせた。毛布に押し倒されて服を引き剝《は》がされる可能性があることを、彼女はわかっているのだろうか？

「こういう花を見たことがある？」エマが訊いた。「よく見てみて。とてもすてきなのよ」

胸が張り裂けそうなほど無邪気な表情だ。いつも以上に。アレックスはふたたびため息をついた。押し倒しなどしたら嫌われるに決まっている。

11

エマはすぐさまアレックスの獲物を狙うような目つきに気づき、襲われるかもしれないと身がまえた。

といっても、みぞおちがくすぐったくて呼吸が速くなっているのはあきらかなのだから〝身がまえた〟という表現は正しくないと、すぐに胸のうちで撤回した。ほとんど聞きとれないくらい小さな吐息をついて、この男性のそばでは弱くなる自分を叱った。いまでは切なくなるほどに親しみを感じる端整な顔を見つめた。アレックスの緑色の目は、エマにはまだよくわからないものの知りたくてたまらない何かをほのめかすように熱っぽく輝いていた。そのエメラルド色の瞳にエマは魅せられ、喉をひくつかせて唾を飲みこみ、唇を湿らせた。落ち着きなく下唇を噛んで、菫色の目を伏せた。自分に正直になれたなら——とてもむずかしいのはわかっているけれど、できることならそうしたい——〝身がまえる〟ことなどできるはずがなかった。なにしろほんとうは、アレックスの次の行動を待ち望んでいるのだから。

いずれにしてもアレックスは〝襲い〟はしなかったし、そのような行動をとるつもりもないとすぐにわかったので、すべては不要な心配だった。エマが顔をそむけても、アレックスは顎に触れて自分のほうを向かせようとはしなかった。抱き寄せようとする気配はまったくない。ついには右手に握ったままだったワインの瓶に目を戻し、コルク栓を抜きにかかった。

　エマはほつれた鮮やかな色の髪の房を耳の後ろに戻し、このように折りにふれて空気が張りつめるふたりの関係は今後どれくらい続くのだろうと考えて、ふたたびため息が出た。いまの状況をどのように打開すればいいのか見当がつかないし、どのような結果になるのか推測もできないけれど、どちらかが何かを、それもなるべく早くしなければいけないことだけは確かだ。アレックスは大げさなそぶりでワインのコルク栓を抜こうとしている。「何かお手伝いできることはある？」エマは慎ましく尋ねて、はっきりとものを言う勇気のない自分を内心で叱咤《しった》した。

　コルク栓がぽんと音を立てて抜けた。アレックスは、濃い色のスカートで脚を包み隠しておとなしく坐っているエマを見やった。「それなら、昼食を並べてもらえるかな」そう答えて、袋を取り上げた。受け渡すときにふたりの手がかすかに触れ、エマは腕に鋭い疼きが走るのを感じた。束の間の触れあいに敏感に反応してしまう自分に驚き、とっさに腕を引き戻していた。思わずアレックスの顔を見た。一瞬で目をそらされてしまったが、ワインを注ぎはじめる前に照れたような笑みがちらりと見えた気がした。ああもう、アレックスが照れると思うなんて、わたしの頭はどうかしてしまったのかしら。

　いっぽうアレックスは、エマをまともに見つめても手を出さずにいるにはどうすればいいのかと頭を悩ませていた。「子供時代のことを聞かせてくれないか」危うい気をそらされない会話に意識を振り向けようとして早口に言った。

「わたしの子供時代？」エマはワイングラスを受けとった。「どんなことを知りたいの？」

「なんでも」アレックスは答えて、ゆったりと両肘をついてくつろいだ。

「わたしは二十歳なのよ」エマは念を押すように目をきらめかせて言った。「この午後だけでは語りきれない思い出があるわ」

「だったら、いちばん苦い思い出を聞かせてくれ」

「いちばんよくない思い出？」エマは不機嫌な顔をしようとしたがうまくいかず、くすりと笑いを漏らしてしまった。「わたしが手の焼ける子供だったと思ってるんでしょう？」

「とんでもない」アレックスは穏やかに言い、ワインをひと口含んで、平らなところにグラスを置いた。いたずらっぽい笑みをにやりと浮かべた。「おてんばだっただろうが」

エマは笑い声を立てて、アレックスのグラスの横に自分のグラスを置いた。「ええ、まあ、そう思われていたのは間違いないわね」髪の房を指で巻きとった。「いまのわたしの髪が明るい色に見えているなら、十歳のときのわたしに会ったらきっと驚いたわよ。まるで人参みたいだったんだから！」

アレックスはボストンの家を駆けまわっている幼いエマを想像して微笑んだ。

「それに、そばかすだらけだったし」エマが言い添えた。

「いまも鼻筋に少しあるよな」アレックスはそのひとつひとつにキスをしたいと思いつつ、指摘せずにはいられなかった。

「そういうことを指摘するのは紳士としてとても不作法だわ』エマは笑った。「だけど残念ながら、この欠点については完全には消えないだろうとあきらめてるの」

「むしろあったほうが愛らしい」

エマはやさしい褒め言葉に少しどきりとして目をそらした。「まあ。それはありがとう」

「でもまだ、ぼくの質問に答えてくれていない」

エマはぽかんとした表情で視線を戻した。

「子供時代のいちばん苦い思い出についてさ」アレックスはあらためて尋ねた。

「ああ」エマはその質問をかわせないものかと思いめぐらせた。「でも、とてもいやな話よ」

「聞くのが待ちきれない」

「ほんとうに、恐ろしい話なんだから」

「そう言われると、ますます好奇心を掻き立てられるじゃないか」アレックスは日焼けした顔をほころばせた。

「話さないですますことはできない？」

「いまここで家に戻る道を知っているのはぼくだけだ」アレックスの少年のような笑みは、エマの弱点を見事に突いたことを物語っていた。

「ええ、わかったわ」エマは観念して、ため息を吐いた。「十三歳のときのことよ。わたしの父が海運業を営んでいるのは知ってるわよね？」

アレックスはうなずいた。

「それで、わたしは父の一人娘で、海がほんとうに大好きで、計算も得意なの。ともかく、いずれは父の事業を引き継ごうとずっと思ってきたわ」

「大きな海運会社を経営している女性はそう多くない」アレックスは静かに言葉を挟んだ。

「わたしの知るかぎり、いないわ」エマは続けた。「でも、わたしは気にしてなかった――いまだって気にしてない。夢を実現するためには慣習を破らなくてはいけないこともあるのよ。それに、わたし以上にあの会社をうまく経営できる人がいる？　父を手伝ってきたから、当然ながら仕事のことは誰よりもよくわかってるわ」挑むような目を向けた。

「きみは十三歳だった……」アレックスは鷹揚な表情で言い、それとなく元の話に戻るよう促した。

「ええ、そうよ。その頃には早くいろいろ教えてほしいとじれったくなっていたわ。ボストンの事務所には数えきれないくらい通っていたし、大きな決断をするときには父はわたしに意見を尋ねてくれる。わたしの助言を取り入れてくれているかはわからないけど」エマは考えこんで言った。「少なくともいつも意見は言わせてくれるわ。事務員たちが間違いをしていないか帳簿も確認しているのよ」

「十三歳のときから帳簿を見ていたのか？」アレックスは信じがたい思いで訊いた。

「計算がとても得意だと言ったでしょう」エマはややむきになって答えた。「数字に強い女性がいるなんて、ほとんどの男性にはなかなか信じられないことなのは知ってるけど、わたしはほんとうにそうなんだもの。間違いをたくさん発見してるのよ。父を欺《あざむ》いた事務員もひとりつかまえたわ」

「心配無用だとも」アレックスは喉を鳴らすように笑った。「きみの隠れた才能にはもう驚かずにいられるようになっている」

「それで、船内暮らしについて学ぶ時期だと思ったのよ。父からいつも、海上での生活について知らなければ、海運業の経営を成功させることはできないと言われてるの」

アレックスは唸り声を漏らした。「続きを聞くべきかわからなくなってきた」

「わたしは最後まで話さなくてもいいのよ」エマが期待を込めて言った。

「冗談さ」アレックスは不敵に言い、片眉を上げて、エメラルド色の目で射抜くようにエマの目を見つめた。

「結論から言うと」エマはそつなく話を進めた。「一隻の船にこっそり忍び込んだの」

アレックスは得体の知れない怒りが沸きあがってくるのを感じた。「気は確かか？」声を荒らげた。「自分の身にどんなことが降りかかる恐れがあるか、わかってるのか？　船乗りというのは無節操な行動に出やすいんだ。何カ月も女を見ていないときにはなおさら」陰気に付け加えた。

「だけど、アレックス。わたしはまだ十三歳だったのよ」

「男たちのほとんどにとっては、きみの年齢は問題ではなかったはずだ」

エマはアレックスの激しい反応に少しばかり気詰まりを感じ、乗馬服の紺青色の布地をつまんだ。「言っておくけど、アレックス、この件については父からうんざりするほどお説教されたわ。あなたから叱ってもらわなくてもけっこうよ。やっぱり話さなければよかったんだわ」

アレックスは感情的になってしまったのを思い知らされ、ため息をついた。身を乗りだし、エマの手をスカートからそっと引き離して、悔恨のしぐさで自分の唇に近づけた。「すまない」静かな声で言う。「たとえ七年前であれ、きみが無防備に危険な状況に飛びこんだのかと思うと、胸が悪くなるんだ」

その声のやさしさと、そんなにも自分を心配してくれているのだという事実に、エマの心は舞い上がった。「心配いらないわ」すぐに力を込めて言った。「結局はすべてうまくいったんだから。それに、あなたが想像しているほど向こうみずなことはしてないもの」

アレックスは親指でエマの手を撫でつづけた。「そうなのか？」

「やみくもに古い船に忍び込んだわけではないわ」エマは手に感じる温かなぬくもりに気を向けないようにして続けた。「船長のひとりと、とても親しい友人のようになっていたの。おじのような存在の人よ。カートライト船長の船でなければ忍び込みはしなかったわ。その船は朝八時に出港するのを知っていたから、前の晩に家を抜けだして――」

「なんだって？」アレックスは彼女の手を握る力を強めた。「きみは真夜中にボストンをひとりでうろついたのか？　どうかしてるぞ！」

「もう、大きな声を出さないで。真夜中ではなかったわ。緊張して眠れなかったから、そんな気がしただけよ。明け方の五時近くだったと思うわ。太陽がすでに昇りかけてたもの。それに」エマは咎める口ぶりで続けた。「もう叱らないと約束したでしょう」

「そんな約束をした憶えはない」

「それなら、して」エマは憤然と言い放ち、握られていた手を引き戻して、ワイングラスを取ろうとした。

「わかった」アレックスは承諾し、ごろんと横になると片肘をついて頭を乗せた。「もう話の邪魔はしないと約束するよ」

「それでいいわ」エマは答えて、ワインをひと口飲んだ。

「ただし、話を聞き終えたときに、怒鳴るのをこらえられるとは約束できない」

エマはむっとした目を向けた。

「今後、そのようなばかげた計画をくわだてないよう、きみに誓わせずにいられるかについても」

「わたしの分別を少しは信用してほしいわ」エマは瞳をぐるりとまわした。「この歳になって船に忍び込みはしないでしょう」

「ああ、だが、そのほかにもきみが何をやらかすかは神のみぞ知るだからな」アレックスは低い声で言った。

「話を続けてもいいかしら？」

「どうぞ」

「それで、朝早く家を抜けだしたわけなんだけど、わたしの寝室は二階にあるから、簡単なことではなかったの」

アレックスは唸った。

「木登りが得意なのは幸いだったわ」エマは言葉を継いだ。「部屋の窓から家の前にあるオークの木の枝に飛び移って、幹を伝って下におりなければいけなかったんですもの」また口を挟まれないかとアレックスの表情を窺った。何も言わないことを示す大げさな身ぶりを返された。

「地面におりてしまえば」エマは話を再開した。「波止場へ行って船に乗り込むのはたいしてむずかしくなかったわ」

「お父さんには気づかれなかったのか？」アレックスが訊いた。

「あら、その点はちゃんと考えていたわ」エマはそっけなく答えた。「父はいつもとても朝早く出社するの。出かける前に娘の様子を確かめる習慣はない。わたしを起こしてはいけないと思ってるのね。わたしは眠りが浅いのよ」そう説明するエマの菫色の目は真剣そのものだった。

アレックスはいつかそれを実際に確かめなければと考えて、微笑んだ。「使用人たちは？」と訊いた。「ひとりくらい、きみの外出に気づいてもふしぎはない」

「わたしたちはこちらのように大層な暮らしはしてないのよ」エマは軽く笑った。「使用人を大勢雇ってはいない。家政婦のメアリーはたいてい七時半にわたしを起こしに――」

「とんでもない早起きだ」アレックスがつぶやいた。

エマは唇をすぼめ、やんわりたしなめるような視線を投げた。「ボストンでは、都会のようにとんでもない夜更かしはしないのよ」

「田舎だな」アレックスはエマをいらだたせたいばかりに辛らつに言った。

成功したかに見えた。エマは人差し指を立てて振りはじめた。と思うと、指を上げたまま動きをとめた。「考えてみれば」ゆっくりと言い、疑わしげに目を狭めた。「こんなことをあなたにわざわざ説明する必要はないわよね」

「がっかりだ」アレックスは手を伸ばしてエマの手をつかんだ。すばやく引き寄せる。エマは小さな悲鳴をあげ、脚をスカートの裾にもつれさせて、彼の逞しい体の脇に倒れこんだ。

「アレックス！」強い調子で呼び、まとわりついた布地から脚を引きだそうとした。「何してるの？」

アレックスは手を放し、エマのほっそりとした顎を指関節で撫でた。「ぼくはただ、きみの匂いが嗅げるくらい近づきたかったんだ」

「なんですって？」詰まりがちな声で訊いた。

「誰にでも特有の匂いがあるだろう」アレックスは静かに答えて、親指でエマのふっくらとした唇をなぞった。「きみのは格別に芳《かぐわ》しい」

エマはぎこちなく咳払いをした。「最後まで聞きたくないの？」かすれ声で訊いた。どうにか坐りなおせたものの、そばから離れさせてはもらえなかった。

「もちろん聞きたい」アレックスはエマの耳たぶに触れ、親指と人差し指で軽く挟んだ。

「ええと、どこまで話したかしら？」エマは何度か立てつづけに瞬きを繰り返し、自分がすっかり彼のなすがままになっていることに気づいた。

「家政婦がきみの外出に気づかなかったわけまでは聞いた」アレックスは、エマがはためいている睫毛は見た目どおり柔らかいのだろうかと考えながら答えた。

「そうだったわね」エマは唾を飲みこんだ。「もちろん家政婦は七時半にわたしを起こしに来たときには、いないことに気づいたはずよ。でも、それから誰かが父に報告して波止場に来たとしても、わたしはとうに海に出たあとだった」

「それでどうなったんだ？」アレックスは耳たぶに触れていた手を首に移して、話の続きをせかした。

エマはその目のなかに剝きだしの熱情を見てうっとりとした。「どうなった？」何もかもが頭から消え、ぼんやり訊き返した。

アレックスは自分の愛撫へのエマの反応が気に入り、含み笑いを漏らした。「お父さんに気づかれたあと、どうなったんだ？」

エマは唇を湿らせ、さっと視線をさげて彼の顎に目を据えた。エメラルド色の瞳をまっすぐ見ているより動揺はだいぶ少なくてすむと思ったからだ。「そうね」落ち着きを取り戻そうとゆっくり言葉を継いだ。「だけど父にできることは何もなかったのよ。すでに出港してしまってるんだもの。騒ぎになったのは、日が暮れてから、わたしがとうとうカートライト船長の前に姿を現わしたときよ。船長はものすごい剣幕だったわ」

「それでどうしたんだ？」

「船長はわたしを船室に閉じこめて、船を引き返させたわ」

「賢明な判断だ」アレックスは感心して言った。「感謝状を送りたいくらいだ」

「食事を何も与えてくれなかったのよ」

「当然だ」アレックスはにべもなく言った。「与えてもらえる立場じゃない」

「ほんとうにお腹がすいていたんだから」エマはアレックスに触れられているうなじの熱さは意識しないようにして、語気を強めた。「まる一日近く何も食べていない状態で閉じこめられて、さらに家に帰るまで八、九時間もかかったのよ」

「鞭《むち》で打たれても文句は言えない」

「罰は父から受けたわ」エマは顔をゆがめた。「わたしのお尻は一週間も髪と同じくらい赤くなってたもの」

アレックスはその部分へ手を伸ばしてつかみたい衝動をぐっとこらえた。もしや心のうちを悟られてはいないか、それとなく彼女の表情を窺った。エマは右の肩越しに地平線のどこか一点を見つめ、口もとに懐かしむような笑みを浮かべている。ふいに、視線を肌に感じたかのように顔を振り向け、鮮やかな色の髪が風に吹かれてなびいた。表情はまだ穏やかだったが、その目が警戒の色を帯びた。アレックスはため息をついた。愚かな女性ではない。

まあ、だからこそ、自分はこんなにも惹かれているのだろうが。

アレックスが束の間もの思いにふけったあいだに、エマは空腹を口実にすかさず毛布の向こう側の元の位置に戻った。「お腹がすいたわ！」声高らかに言う。「グッド夫人は何を用意してくれたのかしら」ピクニック用の昼食を探りだした。

「クレオパトラの子猫たちではないことを願おう」アレックスは軽口で返した。

エマがしかめ面をした。「そんなはずがないでしょう」断言して、ローストチキンが盛られた皿を取りだした。ため息をつく。「チキンはやめてほしかったわ」

「どうして？」アレックスは訊いて起きあがり、鶏《とり》の腿肉《ももにく》に手を伸ばした。「嫌いなのか？」かぶりついて、いたずらっぽく笑った。

エマが不安そうな表情を見せた。「淑女らしく食べるのがむずかしいんだもの」

「淑女らしくする必要はない。誰にも言わないから」

エマはためらった。「どうしたらいいの。キャロライン叔母様はわたしに一生懸命作法を教えてくれてるのよ。叔母様の努力を一回のピクニックで台無しにしたくないわ」

「気にすることはないさ、エマ。手を使って、味わえばいい」

「ほんとうに？　みなさんがいるところに戻ったら、イングランドの淑女らしく振るまっていなかったと告げ口しない？」

「エマ、ぼくがいままできみに、イングランドの淑女らしくしてほしいなどという態度をとったことがあるかい？」

「そうよね、わかったわ」エマは一応は納得し、鶏の腿肉を一本選び、丁寧に小さくちぎった。ほんのひと口ぶんを口に入れたのを見て、アレックスは懸命に笑いをこらえた。「今度はあなたの番よ」エマが眉を上げて言った。

アレックスはエマより器用に、自信たっぷりの表情で右の眉だけを吊り上げた。

「それができる人はいらだたしいのよね」エマがつぶやいた。

「なんだ？」

「なんでもないわ」エマはふたたび鶏肉を小さくちぎった。「今度はあなたが、子供時代のいちばん苦い思い出を話してほしいわ」

「ぼくがお手本になるような子供だったと言ったら、信じてくれるかい？」

「まさか」エマはあっさり答えた。

「それなら、何かひとつのことに集中させるのにも四苦八苦する、落ち着きのない子供だったと言ったら？」

「そのほうが少しは信じられるわ」

「こういうのはどうだろう？」アレックスは膝に前腕をおいて身を乗りだした。「大人の男にとって話すのがいちばん恥ずかしいことで勘弁してもらえないだろうか？」

「そのほうが面白そうね」エマは興味津々に答えて、淑女らしくするつもりであるのをすっかり忘れ、鶏肉を大きく嚙み切った。

「二歳か三歳のときだった」アレックスが話しはじめた。

「ちょっと待って」エマは遮った。「二歳のときに、あなたにとっていちばん恥ずかしいと思うことが起きたというの？　そんなばかげた話、聞いたことがないわ。赤ちゃんのときの行動は恥ずかしいこととは見なされないでしょう」

「続きを話させてくれないのかい？」アレックスは不服そうに頭を傾けて訊いた。

「どうぞ」エマは寛大なそぶりで鶏肉の脚を振って応じた。

「二歳か三歳のときだった」

「それは聞いたわ」エマは鶏肉を頬張って言った。

アレックスはいらだたしげに一瞥してから続けた。「母の妹がクリスマスに犬のぬいぐるみをくれたんだ。ぼくはそのぬいぐるみを手放せなくなった」

「なんて名前を付けたの？」

アレックスは気恥ずかしげに答えた。「ゴギー」エマを見ると、必死に笑いをこらえている。けれどもすぐに、にこやかな笑みを貼りつけた。「とにかく」アレックスは続けた。「ゴギーといつも遊んでいるうちに詰め物がこぼれ出てきて、ぼくは哀しみに打ちひしがれた。というか、少なくとも母からはそう聞いている」急いで説明を加えた。「ぼく自身は憶えていないんだ」

エマは、黒い髪で緑の目をした小さな男の子がお気に入りのおもちゃが壊れて泣きべそをかいている光景を思い描き、あまりの愛らしさに、こんな空想をしていたらたちまち恋に落ちてしまうと慌てた。「それで、どうなったの？」問いかけて、危険な考えを払いのけようと首をわずかに振った。

「母がぼくをかわいそうに思って、古いストッキングを犬のぬいぐるみに詰めなおしてくれたんだ。それで、また楽しく暮らせるはずだったんだが――」アレックスは口もとをゆがめて笑った。「――ぼくがそのかわいそうなぬいぐるみで遊びすぎたものだから、またも壊れてしまって、今度は母にも直せなかった」

「それで？」エマは続きをせかした。

「そしてここからが、この話の恥ずかしい部分だ」

「まあ、楽しみだわ」

「どうやら、もはや直しようのない状態に至っても、ぼくはゴギーと離れがたかったらしい。ぼくが一緒に連れて歩いてやらないと、ぬいぐるみも哀しんでいるだろうと思ったんだ」アレックスはひと呼吸おき、風に乱された髪をなにげなく掻き上げた。「先に話したように」ものの憂げに言う。「母はその犬のぬいぐるみにストッキングを詰めなおしてくれていた。そこで、それから何カ月か、ぼくはウェストンバートの家のなかを歩きまわって、ご婦人のストッキングを集めていたんだ」

エマは愉快そうに笑った。「恥ずかしいこととは思えないわ。可愛らしい行動だもの」

アレックスはいかめしい表情をつくろって、冷ややかに見つめた。「ぼくの評判についてはわかっているだろう？」

「ええ、安心して。あなたの評判はよく承知しているから」エマは面白がるように目を輝かせて答えた。

アレックスはまじめくさった顔つきで身を乗りだした。「きみを信用して何より隠したい過去を打ち明けたんだ。アシュボーン公爵が幼少時にご婦人のストッキング集めをしていたと知れたら、体面を保てない」

「ええ、そうよね。あなたはご婦人のストッキング集めをしてただけじゃない。ご婦人のストッキングを抱きしめて歩いていたんですものね。でもそう考えると」エマはひと息ついて、得意げな笑みを広げた。「完璧に納得がいくわ。いまもご婦人のストッキングに興味津々なのは無理もないわね」

「どういう意味だ？」

「とぼけないで、アレックス」エマは茶目っ気たっぷりに言った。「あなたにはご婦人たちとの評判が絶えないでしょう」

「きみのおかげで、その評判もすっかり地に堕《お》ちてしまった」アレックスはつぶやいた。

エマはその言葉にかまわず、なめらかに話を続けた。「二十人以上の女性たちから、あなたには気をつけるようにと言われてるのよ」

「きみについても、ぼくに忠告してくれる人がいればよかったんだ」アレックスはため息をついた。

「なんですって？」エマは唖然として訊いた。

アレックスは身を乗りだし、緑色の目が真剣みを帯びた。「きみにキスしてしまいそうだ」

「あなた――そうなの？」エマは口ごもり、自信と落ち着きがたちまち失われていくのを感じた。

アレックスはエマを見つめた。鮮やかな色の髪は風に吹かれ、顔を艶めかしく縁どっている。近づくにつれ、菫色の瞳が大きく広がり、明るく輝いていく。男をそそる自分の魅力にはまるで気づかず、落ち着かなげに唇を湿らせている。

「エマ」アレックスはかすれがかった声で言った。「きみにキスせずにはいられないようだ。わかってくれるかい？」

エマは彼の逞しい体から伝わってくる熱で全身が燃えあがっていくように感じながら、問いかけの意味をほとんど考えられないまま力なくうなずいた。

アレックスはとうとうそのみずみずしい唇に視線を定め、いまこのキスをとめられるのは天災以外にはないとしか考えられなかった。そうして、いたってゆっくりと、互いの唇を触れさせた。

12

エマがアレックスの顔に魅入られて目を離せずにいるあいだに、その唇が自分の唇におりてきた。ふたりの唇が束の間触れて、軽く擦れた。エマは身がすくみ、呼吸もままならなかった。

アレックスは顔を離し、エマを見つめた。目を大きく開いたまま、初めて出会った相手であるかのようにこちらを見ている。「エマ？」問いかけて、顎に触れた。

エマは、緑色のきらめく目で自分の顔を眺めているアレックスを見つめつづけた。額に垂れている髪の房を払いのけてあげたい気持ちをこらえた。とてもやさしいまなざしで見つめられ、彼の温かな腕に身をゆだねられたらどんなにいいだろうと思った。この人は自分を愛してはいないし、結婚を考えていないのもわかっている。けれど大切に思ってはくれている し、この体を強く欲しているのも知っている。それに、神に救いを求めたくなるほど、自分もこの男性を求めている。この数カ月、彼に近づくたび湧きあがる不可思議な感情に特別な意味はないと自分に言い聞かせようとしてきた。アレックスはキスをせずにはいられないと言った。その言葉を聞いて、自分の気持ちに正直にならずにはいられなかった。自分もこの男性とのキスを求めていると。

アレックスはその瞬間、エマのためらいが欲望に取って代わられるのを見てとった。目つきがやわらぎ、舌が唇を濡らしている。ところがキスを再開する前に、エマに頰を触れられ、かすれ声で名を呼ばれて、動きをとめられた。

ゆっくりと顔を横にずらし、彼女の手のひらに口づけた。「どうかしたのか？」

エマの声はこみあげる感情でかすれがかっていた。「とめなければいけないところでとめると、約束してくれる？」

自分が尋ねていることの意味をわかっているのだろうかとアレックスは思い、その顔をじっと見返した。

「アレックス、わたし――こういうことにはあまり経験がないの」エマは唾を飲みこみ、意思を伝える勇気を奮い起こそうとした。「あなたとキスしたいわ。生まれてからこんなに強く何かを望んだことはないくらいに。でも、わたしにはとめなければいけないところも、どうやってあなたをとめればいいのかも、たぶんわからない。紳士として、大変なことになる前にとめると約束してほしいの――取り返しのつかないことにならないように」

アレックスはこれでエマを自分のものにできると確信した。いまこの毛布の上で身を重ねあわせても、彼女にはとめる術はない。いっぽうで、エマの肉体があきらかに望んでいることを心も望んでいるわけではないのも、アレックスにはわかっていた。彼女の艶やかな顔を見つめ、信頼につけこんで誘惑などしたら、良心の呵責《かしやく》にとても耐えられなくなると思いなおした。「約束しよう」静かに答えた。

「ああ、アレックス」エマが喉の奥から声を発し、首に腕をまわしてくるとすかさずアレックスはふたたび身をかがめた。

「このときをどれだけ待ち望んでいたか、きみにわかるだろうか」囁いて、熱いキスを顔じゅうに浴びせてから、首筋を唇でたどった。

「わたし――どれくらい待っていたかちゃんと知ってるわ」エマはアレックスの熱情にたじろぎ、ふるえる声で答えた。ゆっくりと仰向けに倒され、彼をもっと引き寄せたくて濃い髪に手をくぐらせた。体の奥の何かがこの男性でいいのだと知っているかのように、できるだけ近づきたいという欲求を抑えられそうになかった。考えがまわらないまま彼の逞しい体にみずから身を押しつけた。

アレックスは、このエマの無邪気な行動に何カ月も燻《くすぶ》らせていた火種を燃え立たされた。「ああ、だめだ、エマ」呻いた。「自分が何をしているか、わかってるのか？」顔を見おろした。エマの濃い色の瞳は新たに知った欲望と――そして信頼感から熱を放っている。アレックスは菫色の深みに魅入られ、ふたたび呻いた。「きみはわかっていない」

エマはその曖昧な言葉の意味を読みとれなかった。「何か、間違ってるの？」経験不足のせいで気にさわることをしてしまったのかもしれないと不安になって尋ねた。

アレックスは顔を近づけて、両方の瞼に一度ずつ軽くキスをした。「大丈夫、いいんだ、何も問題はない」エマが安堵の表情を浮かべるのを見て、含み笑いを漏らした。懸命に自分を喜ばせようとしてくれているエマに胸の奥が熱くなった。「きみはこういうことに生来の才能があるらしい」内心では約束どおり自分をはたしてとめられるのか疑問だったが、ふたりの密やかなピクニックにかけられた淫らな魔法がとけてしまうのが怖くて、不安は口に出せなかった。

エマは褒め言葉に嬉しそうに顔をほてらせていた。「わたしはただ――きゃっ！」アレックスの手が腹部から乳房にのぼると声をあげて息を呑んだ。彼の手はあまりに熱く、乗馬服が焦げてしまわないのがふしぎなくらいだった。大胆な手つきで乳房を探られ、呆然と目を見開き、唇をわずかに開いた。

アレックスはいかにも男っぽい満足そうな笑みを浮かべた。「気に入ってくれたかな？」ドレスの布地の下で乳首が小さな蕾《つぼみ》のごとく硬くすぼまっていくのを感じつつ、乳房のふくらみを握ると、エマが切望に身をふるわせた。ドレスを肩から引きおろすには後ろに連なった小さなボタンをはずさなければならないのを知り、胸のうちで毒づいた。乳房と色づいた乳首を眺める至福は味わえないのだとあきらめ、荒々しくため息を吐いた。とはいえ、つい先ほど約束した言葉を守るには、このような邪魔が入ってちょうどよかったのかもしれない。

「ああ、アレックス」エマは柔らかい声を漏らした。「ほんとうにとてもふしぎな気がするわ」彼の手がスカートの下へもぐり、なめらかで引き締まったふくらはぎをたどられるのを感じて、ふたたび小さな声を漏らした。心地よい刺激が脚から体の中心に伝わり、うっとりと吐息をついた。「それに、とても気持ちいいの」

アレックスの手は徐々にのぼり、ストッキングの上端が接している白く柔らかい敏感な皮膚に行き着き、エマはその指先から清らかな精気を注ぎこまれているように思えて、いまにも毛布から体が浮きあがりそうだった。それから、とても信じられないことに、アレックスの手はさらに先へ進んだ。

「アレックス？」エマは息を切らして問いかけた。「何を――なんなの？　どうしたの？　わからない」

アレックスはやさしいキスでエマを黙らせた。「静かに。大丈夫、約束する――」自分の芝居がかった口ぶりに苦笑した。「――この毛布の上できみを奪いはしない。きみとは躊躇や誤解のない完璧な状態で愛しあいたいんだ」不安をやわらげるために顔じゅうにやさしいキスを浴びせてから、下穿《したば》きの内側に手を滑り込ませて、秘めやかな部分を覆っている柔らかな茂みをいじりはじめた。

エマは喘ぐように息をして、張りつめた身をそらせるうちに、二十年間に培《つちか》われた良識が頭によみがえり、このような状態でいてはいけないという声が聞こえてきた。アレックスの胸を手でとどめ、弱々しく押しのけようとした。「待って、アレックス、わたし、どうしたらいいか……」

「何がどうしたらいいかなんだ？」

エマの声は懸念でふるえていた。「あなたについて、このことについて、何もかも」

「ぼくを信じられないのか？」アレックスは冗談めかして彼女の不安を取り払おうと尋ねた。

「誰かほかの男とここにいたかったとでもいうのかい？」

「違うわ！」エマがすぐさま声をあげた。「そうではなくて……」

「なんなんだ？」

「わからないわ！」いくら頭のなかでは起きあがって立ち去るべきだと大きな声が聞こえていても、触れられるたびもたらされる、ぞくぞくする心地よさは拒めなかった。しかも、心は激しく葛藤しているにもかかわらず、体はくつろいでいて、恐ろしくなるほどに何かを欲している。

「心配しなくていいんだ」アレックスはエマが口をつぐんだことにほっとして低い声で言った。「さっき、きみに約束したことは守る」深呼吸をして、欲望を必死に抑えつけた。下腹部は硬く張りつめてズボンの布地を突き上げているのだから、彼女を欲しているのは痛いほどわかっている。「ぼくはただ――どうしても、どういう形であれ、きみのなかに入りたい。うまく説明できない。いますぐきみを感じたいんだ」

そう言うなり一本の指を彼女のなかに差し入れた。想像どおりそこは熱く湿っていたが、きわめて狭く、締めつけが強かった。エマにこれほど親密に触れた男は自分が最初だと思うと、誇らしい気持ちが湧きあがった。指で探る代わりに腰を突きだしたい欲求で体が疼いた。

エマは甘美な悦びの波に身を貫かれ、何かはわからないものの、なぜかこれから起こるとわかっているものへの期待で切迫していくのを感じた。「アレックス！」叫びをあげた。「お願い、助けて。もう耐えられない」

「ああ、でもまだ大丈夫だ」アレックスは指でまさぐりつづけ、柔らかい巻き毛に隠されていた敏感な核に親指で触れた。

「ああ、もうだめ！　アレックス！」エマは思いきり声を張りあげた。体のなかで漂っていた欲望の断片が下腹部の感じやすいところに集まり、全身が小刻みにふるえだし、ついには視界が砕け散って、柔らかいフランネルの毛布にぐったりと倒れこんだ。

アレックスはそっと指を抜き、エマの脇に寝そべって、片肘をついて頭を起こした。

「じっとしてるんだ」極みに達したエマを落ち着かせようと、なだめるように囁いた。髪を撫でてやりながら田園風景を眺め、解き放たれる悦びを同じようには味わえない体を鎮めようとした。それでも、エマに悦びをもたらせたことには否定しがたい満足感があった。いままでもつねに女性を悦ばせるのに労は厭《いと》わなかったが、自分の欲求をまったく二の次に思えたのは今回が初めてだった。

「なんてこと」エマは話せるようになるとすぐに吐息をついて言った。

「まさしく、なんてことだ」アレックスはふっと笑って、エマの優美な顎の輪郭を人差し指でなぞった。「どんな感じがする？」

「そうね――ううん、どんな感じなのかわからないわ」エマはすっかりくつろいで、しばし目を閉じた。口もとにかすかに笑みを浮かべ、瞼を上げると目の前の男性の顔を見つめた。

「あなたのほうが詳しいわよね。わたしはどんな感じがしているのかしら？」

アレックスは笑い声を立てた。「すばらしい心地なんじゃないか。じつにすばらしい」

「ええ、そうなんでしょうね」エマは息をつき、身を丸めて寄り添った。「わたし……はしゃぎすぎてなかった？」

アレックスは笑いを噛み殺した。「いや、大丈夫、はしゃぎすぎてなどいない。きみは完璧だった」

「そう言ってくれて、ありがとう」エマはアレックスの脇に顔を埋めた。「どうすればいいのかまるでわからなかったわ」顔を上げて彼の目の表情を確かめたいけれど、なんとなく気恥ずかしかった。

「心配無用だ。これからぼくとたっぷり練習できる」

「何を言ってるの？」エマはすばやく起きあがり、突如スカートの皺をいたく熱心に伸ばしはじめた。アレックスのひと言でどういうわけか現実に引き戻された。「アレックス、こんなことをしじゅうしているわけにはいかないわ」

「どうして？」

「あたりまえでしょう。傷つける人が多すぎる。たくさんの人の期待を裏切ることになってしまうわ」

「きみにこれ以上期待できることがあるとは思えないが」

「わざととぼけてるのね。わたしは――」エマはとたんに顔色を失った。「なんてことをしてしまったのかしら」自分の破廉恥な行動に愕然として目を見開いた。キスだけにするつもりだったのに、ああ神様、いつの間にか、とても淫らに触れられていたなんて。

アレックスはエマの表情から疑念と自責の念を読みとり、ひそかに唸った。体は痛いほどに疼いていて、率直に言って、女性の感情的な反撃をとりなす気力はない。

「あなたを責めてるんじゃないわ」エマは慌てて言った。「自分がいけないの。理性を失っていたわ」

アレックスはエマに何を言われても気分を害しようがなかった。相手はほとんど経験のない女性で、どのような誘惑を仕掛けられているか知る由もなかったはずだからだ。それなのにふたりの戯れの責任をいさぎよく自分で引き受けようとしている。だがアレックスは後ろめたさに襲われながらも、ことさら寛容な気持ちにもなれなかった。体はなおも解き放たれたがっていて、神経が張りつめている。

「エマ」努めて平静な口ぶりで切りだした。「これは一度しか言わない。先ほど起こったことを後悔しないでくれ。美しく、自然なことで、きみはまさにぼくが夢に描いていたとおりだった。自分を責めつづけても、気を病むだけのことだ。そしてきみがもし、きょうのようにぼくと魂を通わせることは二度とすべきではないと思っていたとしても、ぼくはその希望を呑めないことも承知しておいてくれ」

ふたりは屋敷まで黙々と馬を進ませた。エマの胸のなかでは様々な感情が入り乱れていた。つい先ほど経験した情熱的なひと時をうっとりと思い返さずにはいられない反面、部屋に戻ったら自分を叩きのめしたいとすら思ってしまう。

人生がどんどんややこしいものになっていくように感じる。

アレックスも話をする気にはなれなかった。体がぽきんと折れてしまいそうなほど張りつめていて、エマの香りが服からも手からも、その辺り一帯に漂っているのもやっかいだった。最初から自分は満たされずに終えなければならないのは承知していたが、エマを悦ばせるだけでもじゅうぶん楽しめるだろうと思っていた。現にそうだった――エマが恥ずかしいことをしたのだとみずからを責めはじめるまでは。

自分の人生にとって重要な決断をしなければならないだろう――それもすぐに。どれほどの決断をできるのかは定かでないが。

ウェストンバートの屋敷に着く頃には、エマは完全に気持ちが混乱していた。広々とした玄関広間に入るなり、アレックスにとりとめのない言葉をつぶやいて、曲線を描いた長い階段を自分でも信じられない速さで駆けあがった。

紺青色のモスリンの布地と炎のような色の髪が、一瞬にしてアレックスの目の前から消え去った。アレックスは疲れを感じて、ため息を吐いた。ひどいことをしたと謝りたい思いもあった。そうすれば少なくとも、自分の後ろめたさを軽減することはできるだろう。だがエマはみずからを責めて苦しんでいるのであり、その苦しみは自分でしか解決できないものに違いない。歯がゆさに唸り声を漏らして髪を掻き上げ、近侍に水風呂を用意してもらおうと思いついて踵《きびす》を返し、自分の部屋へ向かって大股で歩きだした。

エマは部屋の戸口をほとんど駆け抜けるようにして、ベッドに勢いよく飛び乗ったので、シェイクスピアの本を手にのんびり横たわっていたベルに気づいたときには当然のごとく驚いた。

「やだもう、何してるのよ、ベル」エマは思わず言って、従妹の腰にぶつけた肩をさすった。

「どうして自分の部屋で読まないの?」

ベルはあっけらかんと青い目を向けた。「ここのほうが明るいんだもの」

「よく言うわ、ベル。どうせならもう少し気の利いた言いわけをしてよ。あなたの部屋は隣りなんだから、同じ向きに面してるでしょう」

「わたしのよりあなたのベッドのほうが居心地がいいというのはどう?」

エマはいまにも怒りを発しかねない顔つきになった。

「わかった、わかったわよ」ベルは慌てて言い、すぐにベッドからおりた。「正直に言うわ。アシュボーン公爵との乗馬がどうだったか聞きたかったの」

「それなら、楽しかったわ。これで満足?」

「いいえ」ベルはきっぱりと否定した。「わたしはベルなのよ。ぜんぶ話してもらわなくちゃ」

従妹のお節介な口ぶりがなぜかエマの胸に響き、熱い涙が頬を伝った。「いますぐ話せるかわからない」

ベルはエマの打ちひしがれた表情を見たとたん本を取り落とし、それからすぐに彼女らしい冷静さを取り戻してさっと寝室のドアを閉めた。「どうしたのよ、エマ。何があったの?

あの人が——あの人に何かされたの？」

　エマは鼻を啜り、涙をぬぐった。

「襲われたの？」

「そういう言い方はしないで」エマは奥歯を噛みしめて言った。「その言い方は嫌いだと言わなかった？」

「されたの？」

「違う、そうじゃないわ。わたしをどんな女性だと思ってるの？」

「恋してる女性よね。男性は自分に恋している女性はとても簡単に誘惑できるんですって」

「でも、わたしは恋してないもの」エマはむきになって言い返した。

「そうなの？」

　それがわからないのよ、とエマは心のなかでつぶやいた。答えられない。

「わたしから見るかぎり、少なくともそのことについて考えているのは確かね」ベルが続ける。「それが始まりなのではないかしら。もしあなたたちふたりが結婚を決めてくれたら、わたしたちみんながどれだけ喜ぶかは言うまでもないわ」

「あなたたちの思惑は薄々感じてたわ」

「あら、でもそれは仕方がないわよ。わたしたちはあなたがイングランドに残ってくれるのを望んでいるんだもの。とりわけ、わたしは」ベルは真剣な口調で言った。「親友が海の向こうへ行ってしまうのはつらいわ」

それが最後のひと押しとなって、エマは泣きだし、声をあげてしゃくりあげ、枕を濡らした。

「まあ、どうしましょう」ベルはすぐにベッドに戻ってきて、従姉の顔から髪を払いのけてやった。本来はめそめそしやすいたちではないので、それなりのことがあったのだろうと察した。「ごめんなさい」やさしく声をかけた。「無理強いするつもりはなかったの。最終的にはあなたが決めることだというのは、みんなわかってるわ」

エマは答えなかったが、涙がとめどなくこぼれつづけた。横になって息を深く吸いこむと、涙が鼻を伝って枕に落ちた。

「話したら、楽になるかもしれないわよ」ベルがそれとなく言った。「鏡台に来ない？　髪を梳いてあげる。風で乱れて絡まってしまっているみたいだから」

エマは立ちあがり、不作法に手の甲で鼻をぬぐいながら、ゆっくりと歩いていった。鏡台のフラシ天張りの椅子にぺたんと腰を落とし、鏡に映った自分を見つめた。ひどい顔をしている。目は充血して腫《は》れ、鼻は赤らみ、髪はあらゆる向きに撥ねている。気持ちを落ち着かせようと深呼吸をして、上品に泣く方法を知っている社交界の女性たちにひそかに感心した。涙をひと筋かふた筋流して慎ましやかに鼻を啜るだけで、けっして自分のように胸を詰まらせてむせび泣いたり疲れきった哀れな姿をさらしたりはしない。

もう一度大きな音を立てて鼻を啜り、ベルを振り返った。「あなたはわかってるんでしょう？　わたしらしくないのよね」

「どういうこと？」ベルは櫛《くし》を手にした。

「つまり――わたしが間違っていたら正して――わたしにはほかの女性とは違う評判があるでしょう。うぬぼれているわけではないのよ」

ベルは笑みを隠して、うなずいた。

「わたしは愛想笑いはしない」エマは少しばかり語気を強めて続けた。「社交辞令も言わないわ。機転は利く。みなさんそう言ってくださるわ」同意を求めるように従妹を見やった。

ベルは親身にうなずいてくれていたが、見るからに笑みをこらえるのに苦労しているらしかった。従姉の髪をそっと櫛で梳かしはじめた。

「わたしも自分に自信を持っていたわ」

「いまは？」

エマは椅子に沈みこんで、ため息をついた。「わからない。意思を持って行動しているつもりだった。いまは、どうしたらいいかわからないの。つねに迷っていて、何かについて決断しても、あとで後悔してしまう」

「迷うのは、アシュボーンに関わることばかりではないの？」

「もちろん、アレックスに関わることよ！　何もかもが彼に関わってるんだもの。あの人に出会って、わたしの人生はすっかり変わってしまったわ」

「でも、恋してはいないのね」ベルは静かに念を押した。

エマはぴたりと口を閉じた。

ベルはべつの攻め方を試みた。「あの人と一緒にいるときはどんな気分なの?」

「完全にどうかしてるわね。幼なじみみたいに冗談を言いあっていたかと思えば、あっという間にとてつもなく大きな卵を飲みこんでしまったかのように喉がつかえて、恥ずかしがり屋の十二歳の少女みたいな気分になるわ」

「何を言ったらいいかわからなくなるのね?」ベルが察して言った。

「言いたいことがわからないわけではないのよ。話し方がわからなくなるの!」

「ふうん」ベルは従姉の髪の絡まりを梳きながら続けた。「とても興味深い症状ね。わたしは男性の前でそんなふうに感じたことはないもの」ひとしきり考えこんだ。「Rの順番がきたら、『ロミオとジュリエット』を読み返すのが楽しみになったわ」

エマは顔をしかめた。「ふたりは哀しい結末を迎えるのよ。できれば重ねあわせてほしくないわ」

「あら、ごめんなさい」

考えすぎなのかもしれないけれど、エマにはベルが本心から詫びているようには聞こえなかった。

「これでいいわ」ベルはこともなげに言った。「左側は梳かせたわ」ふたたび従姉の髪を梳きはじめる。「きょうのことをどうして話してくれないの? あなたがこんな状態になったのには何か理由があるはずだわ」

エマは思わず頬を赤らめた。「あら、たいしたことはなかったわ。乗馬に出かけただけだもの。この辺りの田園風景はすてきよ」

　ベルは櫛を力強く引いた。

「痛い！」エマは声をあげた。「何してるの？　それでは髪がぜんぶ抜けてしまうわ」

「きょうのことを何か話してくれるわよね？」ベルはやさしげな声でせかした。

「櫛をよこして！」エマは撥ねつけた。ベルは武器を従姉の明るい髪に差し、わずかに引いて、さらに痛みを与えるふうに脅しをかけた。「もう、わかったわよ」エマはあきらめて言った。「ピクニックをしたわ」

「それで？」

「それで、申しぶんのないすばらしいひと時を過ごしたわ。お互いの子供時代の話をしたの」

「それで？」

「それで、キスされたの！　これで気がすんだ？」

「キス以上のことをしたに違いないわ」ベルが憶測した。「あなたは前にもアレックスとキスをしている。でも、こんなふうに泣きだしはしなかったもの」

「ええ、キス以外のことも少ししたかもしれないわね」エマはできることなら鏡の前に坐っていたくなかった。自分の顔がだんだん髪と同じように赤く染まっていくのが否応なしに見えてしまうのだから。

「でも、襲われはしなかったわけね？」ベルは不機嫌そうに訊いた。

「ベル、あなたはわたしの純潔が奪われずにすんだことにがっかりしてるの？」

「まさか、違うわ」ベルは急いで否定した。「たしかにそういったことにはちょっぴり興味があるけど。母は何も聞かせてくれないんだもの」

「でも、わたしから詳しいことを聞こうとしても無駄よ。わたしもあなたと同じくらい知らないんだから」

「わたしほどではないでしょう。どんなにわたしがうぶでも、キスからその行為のあいだに、まだいろいろあることくらいはわかるわ」

エマはその言葉の意味がわからないと言いきることはできなかった。

「そうなんでしょう？」ベルが念を押した。

「ええと、まあ、そうね」早口で言った。「ええ、そうよ」

ベルは食いさがった。「つまり、キスとその行為のあいだの何かをしたということね？」

「その行為という言い方はやめてくれない？」エマは言葉をほとばしらせた。「とてもいかがわしいことのように聞こえるわ」

「それならどう言えばいいの？」

「なんとも言わなければいいのよ」エマは冷ややかに目を狭めた。「きわめて個人的なことなんだもの」

ベルは動じなかった。「したの？」

「恥じらいというものはないの？」

「かけらもないわね」ベルは屈託なく答えて、手荒に櫛を引いた。

エマは顔をしかめて唸り声を発し、どうにかこうにか悪態をこらえた。「もう、わかったわ」不機嫌に言った。この調子でやられたら、夕食までにベルに髪をすべて引き抜かれてしまう。「そうよ」唸るように言った。「ええ、ええ、したわよ！　これで満足？」

ベルは突如櫛を引く手をとめて、エマの向かい側の椅子にどすんと腰かけた。「信じられない」そうつぶやいて息を吸いこんだ。

「わたしがすっかり穢れてしまったような目で見ないでくれる？」

ベルは目をしばたたいた。「え？　あら、ごめんなさい。わたしはただ――信じられないわ」

「お願いよ、ベル。もうこの話はやめましょう。たいしたことではないんだし」ほんとうにそう？　エマは自問した。それならどうして、ほんの数分前までむせび泣いていたの？　慌てて心の声を黙らせた。少し感傷的になっているだけよ。なんであれ、襲われた（この言葉は使いたくないけれど）わけではないのだから。それに、楽しめなかったわけでもないとエマは思い返して、苦笑いを浮かべた。

ベルはといえば、何事も現実的に考える性分で、この件についても慎重に考えをめぐらせていた。これはたしかに大変な出来事だ。従姉とアシュボーン公爵は近いうちに結婚すると、ひそかに確信した。挙式前のささいな戯れなら大目に見てもいいだろう。だからといって、その出来事への好奇心を抑えられはしなかった。「ひとつだけ教えて、エマ」懇願するように言った。「どんな感じだったの?」

「もう、ベルったら」エマは純潔を傷つけられた疑いを打ち消す努力はあきらめ、ため息をついた。「すばらしかったわ」

13

エマは少女のように恥じらうのはやめようと決めたにもかかわらず、アレックスを目にしたとたん、またも言葉に詰まる愚か者となってしまった。

晩の始まりはまだ何事もなかったかのように落ち着いていた。ピクニックについてベルに根掘り葉掘り問いつめられたのち、ふたりは晩餐会《ばんさんかい》のための着替えにかかった。ところがベルは自分の衣装よりもエマのドレス選びのほうにはるかに熱心で、個性的な瞳の色を引き立てる濃い菫色のドレスを勧めた。

「社交界に登場《デビュー》したときに着ていたのと同じ色でしょう」ベルが説明した。「アレックスはその色を着ていたあなたに夢中になったんだもの」

「わたしが着ていたドレスの色を憶えているかしら」エマはそう返しただけだった。それでもいつの間にかその菫色の絹地のドレスに向かって、この大胆な色が勇気をもたらしてくれますようにと願いをかけていた。ベルはほんのりピンクがかった白い肌になじむ淡い桃色の絹地のドレスを選んだ。ともにドレスを身につけると、エマは髪を結われる試練に挑み、メグに髪をあれこれいじられても文句ひとつこぼさなかった。ベルにけっしてやさしいとは言えない手つきで髪を梳かれたあとでは、侍女はまさに女神に思えた。

　鏡の前でメグに鮮やかな色の髪にブラシをかけてもらうあいだ、いまの状況を考える時間はたっぷりあった。

　自分はアレックスを愛しているのだろうか？　ベルはそう思っているらしい。でも、〈ダンスター海運〉を経営するという幼い頃からの夢をあきらめなければならないとしても、あの人を愛せるの？　思いきってアレックスと幸せになる道に賭けてみたい気持ちもある。けれど、少しでもアレックスに惹かれることを自分に許せば、心の底から全身で愛さずにはいられなくなることもわかっていた。そんなふうに愛にのめり込んでしまうのが、エマには恐ろしかった。

　三十分前にベルに言ったように、アレックスと出会ってから自分は変わった。やさしく見つめられただけでも理性がどこかへ消え去り、とりとめのない言葉をつかえがちに口にするのが精いっぱいになってしまう。もしアレックスと結婚したら、話し方がわからなくなってしまうかもしれない。

　そう考えるとふと、さらに気がかりな点に思い至った。アレックスは求婚してくれるのだろうか。並はずれて頑固な性格で、完全に納得がいかないかぎり家族からの圧力に屈して求婚するとは想像しにくい。それに、もし求婚されたらどうすればいいのだろう？　承諾するの？　エマは下唇を噛んで、自分の気持ちを見つめなおした。たぶん。きっと。大きく息を吐きだした。間違いなく。だって断わることができる？　アレックスがいなければ生きていけそうにないとすれば、〈ダンスター海運〉には自分がいなくても存続してもらうしかない。

とはいうものの、アレックスと結婚したからといって幸せになれるともかぎらない。貴族のなかで愛しあって結婚した人々は数少なく、アレックスにしても恋愛結婚をとりたてて望んでいるわけでないのはエマにもわかっていた。求婚しようという決断に達するとしたら、親愛の情と欲望が理由となる可能性が高い。アレックスが書斎で椅子に坐って机に足をのせ、いまの状況を鑑《かんが》みて、ほかによさそうな案がないので求婚しようと決める光景が容易に想像できた。

自分を愛していない男性と結婚したら、どのような人生を送ることになるのだろう？　そばにいるだけで満足できるのだろうか。それとも、日に日に少しずつ感情を失って、砕けやすい貝殻同然になってしまうのだろうか。けれど困ったことに、アレックスと離れれば幸せになれる見込みはきわめて薄いような気がしはじめていて、べつの選択肢は思いつけない。自分がほんとうに――アレックスを愛しているとすれば、わずかでも思いやってもらえるのなら、まったく会えなくなるよりはましなのかもしれない。どうしようもなく愛してしまって、彼からも愛してもらえる方法を見つけられなかったらと考えると恐ろしいけれど。

突如として、晩餐の席でアレックスと向きあうのがとてつもなく怖くなった。

階上に残るための口実ならいくらでも考えつけた。まずはドレスに糸のほつれがあると言って直してもらい、屋外に出ていたからそばかすが増えたと言うと、メグがただちにキャロライン叔母から粉おしろいを借りてきた。耐えられないほどの頭痛を訴えようとしたところで、ついに業を煮やしたベルに廊下に押しだされ、そのまま階段をおりた。

アレックスは先に客間におりてきていて、窓敷居にもたれかかり、ぼんやりとウイスキーのグラスを揺らしていた。エマが部屋に入っていくと、面白がるような目を向けて、まじまじと眺めた。エマは懸命になにげないそぶりを装おうとしたものの、うまくいかず気が滅入った。「こんばんは、公爵様」とっさに挨拶し、哀れっぽい羊のような声に自分でもぞっとした。断言はできないけれど、従妹の小さな唸り声が聞こえた気がした。

アレックスはまず、部屋全体を見渡せるソファに首尾よく腰を据えたベルに軽く頭をさげて挨拶した。ベルがにこやかに微笑みを返すと、エマのほうへ視線を戻した。「あのあとも楽しい午後を過ごせましたか？」礼儀正しく言う。

「ええ、おかげさまで」エマは反射的に答えて、淡黄色の椅子の背をしっかりとつかんだ。

ベルは興味津々に臆面もなくエマとアレックスに交互に顔を振り向け、そのやりとりを見守った。

「舞台に立っている気分だわ」エマは小声でつぶやいた。

「どういうことだろう？」アレックスが丁寧な口ぶりで訊いた。

「なんて言ったの？」そこにベルの声が重なった。

エマは苦笑いを浮かべて首を振った。部屋全体に、飲みこまれそうなほどの緊張感が漂っている。

「ウイスキーをもう一杯いただくとしよう」アレックスが言った。

「欠かせないものですわよね」ベルが無邪気な笑みで言葉を挟んだ。

「生意気なことを」アレックスはなにくわぬ顔で歩いていき、自分でウイスキーをグラスに注いだ。窓辺に戻りしなエマに体が擦れるほど近づいて耳打ちした。「頼むから、家具を壊さないようにしてくれよ。それは母のお気に入りの椅子のひとつなんだ」

エマはすぐさま椅子から手を放し、脇机をほとんど跳び越えるような勢いでベルの隣りに移動して腰をおろした。視線を戻すと、アレックスがにっこり微笑んでいた。

エマはまったく笑えなかった。

さいわいにも頃合を見計らったかのように、ソフィーがすっと部屋に入ってきた。「ごきげんよう、みなさん」陽気に言い、部屋をざっと見渡した。「お母様はまだいらしてないのね。なんだか意外だわ。ふたりの乗馬の話をとても聞きたがっていると思っていたのだけれど」

「ぼくもそう思っていた」アレックスがさらりと言った。

ソフィーは兄の言葉には答えずにすたすたと歩きだし、エマが先ほど壊しかけた淡黄色の椅子に腰をおろした。エマはアレックスの辛らつな忠告にいくぶん気をくじかれ、わずかに背を丸めた。

「クレオパトラが子猫たちを産んだのよ」ソフィーは笑顔で告げた。「チャーリーは興奮してるわ。そのことばかり話してるの。困ったことに、なんていうか、答えづらいことも訊いてくるのだけれど、六歳の男の子にどのように説明すればいいのかまだよくわからなくて」

残念そうにため息をつく。「オリヴァーに早く帰ってきてもらいたいわ」

「答えづらい質問なら、きっとアレックスがうまく答えてくれるわ」エマはぼそりとこぼし、すぐさま後悔した。

ベルが笑いのようで鼻息のようにも聞こえる妙な音を発し、それからすぐに咳きこんだ。エマは従妹の背中を叩きたいのをこらえた。

アレックスは相変わらず何を考えているのかわからない表情で窓敷居にもたれている。努力せずとも飛び抜けて端麗な姿を保っていられるこの男性に、エマは悪態をつきたくなった。きちんと手入れのされた自分の指の爪に見惚れてでもいるかのようなそぶりだ。

だがじつのところ、アレックスはエマを見たら笑いだしてしまいそうで、必死にそしらぬふりを装っていた。そんなことをすれば、エマに許してもらえないのはわかっている。あきらかに憤慨した顔つきでソファに坐っているエマが、どういうわけか愛らしくも滑稽でたまらなかった。気分が落ち着かないうえに、相手の男が落ち着き払って見えるのが腹立たしいのだろうとアレックスは察した。自分は非情な男ではない。きょうの昼間のようにエマが自責の念に駆られて沈んでいるより、いきりたっていてくれたほうがまだ喜ばしい。アレックスは見えもしないベストの埃を払うふりで、ちらりとエマを見やった。はっきりとはわからないが、彼女が大きく息を吸ってゆっくりと吐いているように見えた。

我慢できなかった。

「エマ、ウェストンバートでの滞在を楽しんでくれているだろうか」この言葉を口にしたために地獄で一年過ごすことになっても、それだけの価値はあるだろう。

「もちろんですわ」エマは顔を向けずにそっけなく答えた。

「それだけかい？」いかにも気遣わしげな顔を装って訊いた。「われわれはまだじゅうぶんもてなせていないらしい。どうすれば、きみにもっと楽しんでもらえるのかな？」

「あなたにしていただけることはないと思います」エマはとげとげしく答えた。

ベルがぽかんと口をあけた。

「いいや、そんなことはないだろう」アレックスは切り返した。「ぼくはもっと努力しなければいけない。あすの午後も乗馬に出かけるというのはどうかな？　まだ案内していないところがたくさんあるんだ」

いまにもベルがソファから滑り落ちそうに見えた。

「その必要はありませんわ、公爵様」エマはこわばった声で言った。

「でも――」

「その必要はないと言ってるんです！」つい大きな声になった。ふと、全員にふしぎそうな目で見られているのに気づいて、付け加えた。「風邪ぎみなので」少し鼻を啜ってみせたものの、当然ながら鼻風邪のような音はしなかった。弱々しく笑い、膝の上で手を組み合わせて、もう黙っていようと思い定めた。

ソフィーが唐突にその沈黙を破った。「ねえ、ベル」遠慮がちに言った。「子猫を一匹連れて帰ってもらえないかしら？　あんなにたくさんの子猫たちをどうすればいいのかわからないわ」

「母が許してくれないかもしれませんわ」ベルが答えた。「前に飼った猫にとても手を焼いたので。蚤の問題もありましたし」

「あの子猫たちは生まれたばかりで、まだ蚤は付いてないと思うけれど」ソフィーが考えこんだ顔で言う。

「それでも、母が首を振るとは思えませんわ」

「わたしが何に首を振らないの？」キャロラインが戸口から大きな声で訊いた。

「ソフィーから、クレオパトラの子猫を一匹もらってほしいと言われたの」ベルは説明した。

「それだけはだめ！」キャロラインはきっぱりと拒んだ。「田舎ならまだしも、ロンドンには連れて行けないわ」部屋に入ってきて、アレックスに頭を傾けて挨拶してから、エマとベルとソフィーのそばの椅子に坐った。続いてヘンリーも階段をおりてきて、片隅に女性たちが集まっているのをひと目見て、まっすぐアレックスのほうへ向かった。

「ウイスキーはいかがです？」アレックスは訊いて、グラスを持ち上げた。

「いただこう」ヘンリーは愛想よく答えて、立ちあがろうとしたアレックスに手を上げて席にとどめた。すぐに部屋の向こうへ歩いていき、自分でグラスにウイスキーを注いでアレックスの脇に戻ってきた。「こういう晩には欠かせないものだな」それとなく言った。

「奇遇にも、ほんの五分前にお嬢さんもまったく同じことをおっしゃっていました」

「きょうの乗馬はどうだったの？」キャロラインが全員に聞こえる大きな声でエマに尋ねた。

「おかげさまで、とても楽しかったですわ」

アレックスにはその声がやけに弱々しく聞こえた。「すばらしいひと時を過ごせました」

響きわたる声で言い添えた。

「あなたはそうよね」エマは自分に言い聞かせるかのようにつぶやいた。昼間に心地よさのあまり声をあげたのはアレックスではなく自分だったことを、どうにかして忘れたかった。

「いま何か言った？」キャロラインが気遣わしげに尋ねた。

「いいえ、何も。わたしはただ——咳払いをしただけですわ」

「しょっちゅうしているな」アレックスはエマのつらそうな顔を見ているのに耐えられず、つかつかと歩いていってキャロラインの隣りに坐った。ヘンリーもそのあとをついてきた。

「少なくとも、ぼくがいるときには」

エマがアレックスをきっと睨み、ソフィーは思わずつぶやいた。「あら！」

アレックスはエマのいらだちにはそしらぬふりで、のんびりとウイスキーを口に含んだ。

当然ながら、その態度がよけいにエマをいらだたせた。

すると、アレックスはまたにやりと笑った。

「そうだわ！」キャロラインは沈黙を破りたい一心で声をあげた。だが困ったことに全員の視線を集めてしまい、さらに言葉を継がずにはいられなくなった。「ねえ、エマ、きょうの乗馬についてもっと話を聞かせて」これで会話が続くかに思われた。

「それが、じつは——」エマはいらだちにまかせて切りだした。

ベルにむこうずねを蹴られ、痛みに唾を飲み、力なく微笑んで、言葉を継いだ。「おかげさまで、すてきなひと時でした」

ふたたび沈黙が垂れこめ、今度は誰も、キャロラインでさえ口を開かなかった。

エマは膝の上に視線を落とし、手持ち無沙汰にスカートをつまんだ。アレックスの視線を感じたが、どうしても目を合わせる勇気は奮い起こせなかった。無表情に黙りこんでいるうちに、アレックスにではなく自分自身に腹を立てているのを認めざるをえなくなった。

自分はアレックスにとても強く惹かれている。でも、それを当の紳士の前で認めるのは、なぜかこれまでの生き方すべてを否定して父と叔母と叔父に教えられてきた道徳観にそむくことになるような気がした。アレックスを心から求めていても、身をゆだねてはいけない相手だと考えては、頭のなかの収拾がつかなくなっていた。愛している相手を求めるのは当然だと思いながら、どういうわけかその気持ちに従って行動してはいけないのだという理性が働いてしまう。

アレックスのほうも自分を少しでも愛していてくれたなら、この状況は変わるのだろう。もしくはともかく求婚してくれたならとエマは考えて、気持ちが萎えた。愛されずにアレックスと結婚するくらいなら、いっそ二度と会えなくなるほうがましかもしれない。当の男性を見やった。また指の爪を眺めていて、女性への求婚を考えそうにはとうてい見えない。

エマは唾を飲みくだし、ソファに深く坐りなおした。

「あらあら！　まるでお葬式みたいじゃないの。みなさん、お喋りする気力も失ってしまったの？」緑の絹地の優美なドレスをまとったユージニアが、客間の戸口に立っていた。

「そうなんです、母上、なんと女性たちまでもがどうしたことか口を開けなくなってしまったようで」アレックスはにっこり笑って立ちあがり、母の頬に気持ちを込めてキスをした。

ユージニアは咎めるように息子を見やった。「お客様に失礼なことをしたのではないでしょうね？」

「わたしにだけですわ」エマはつい歌うような声をあげ、叔母から諌める視線を向けられた。

アレックスはエマの辛らつなひと言を面白がって含み笑いを漏らした。「ダンスター嬢、晩餐の席までご案内させていただけますか」礼儀正しく言い、近づいていって腕を差しだした。

「もちろんですわ」エマはくぐもった声で応じた。人々に興味深そうに見つめられているなかで、ほかに言えることがあるだろうか？　愛想のよい笑みを見せて立ちあがり、ドアのほうへ歩きだそうとしたが、アレックスの力強い腕に押さえられて動けなかった。

「ぼくたちは、いちばんあとから参りましょう」アレックスがやや強すぎる口調で言った。

「みなさんがそれでよろしければ」エマは慌てて言い添えて、頬が染まるのを感じた。

「あら、ええ、わたしたちはまったく問題なくてよ」ユージニアが高らかに響く声で答えて、娘をほとんど引きずるようにして部屋を出ていった。

あっという間に客間はがらんとしてしまった。

「もう、こういうことはなさらないで！」エマは言葉をほとばしらせて、公爵の腕のなかから身をよじって逃れた。

「こういうこと？」アレックスはなにくわぬ顔で訊いた。

「エマ、ウェストンバートでの滞在を楽しんでくれているだろうか」エマはアレックスの口ぶりをそっくり真似て言った。

「うむ、それでいいんだ、エマ、遠慮なくぼくをからかってくれてかまわない」

「わたしはからかわれたくないわ。恥ずかしくてたまらなかったんだから」

「頼むから、そんなに怒らないでくれよ。ちょっとふざけただけじゃないか」

「そうではないでしょう。あなたには、きょうの昼間に自分の望みどおりにいかなかった腹いせの気持ちがあったのではないかしら」

アレックスはエマの痛々しい目つきを見ていられず、肩をつかんで引き寄せた。「なあ、聞いてくれ、ぼくが悪かった」囁きかけた。「きみにそんな思いをさせるつもりはなかったんだ。信じてほしい、きょうの昼間、ぼくは望みどおりのことができたと思っていた」

「でも――」

「聞くんだ」人差し指を彼女の唇に押しあてた。「ぼくの望みは、きみを幸せな気分にすることだった。それなのに結局、きみにつらい思いをさせることになってしまった。ぼくがきみをからかったのは、幸せにできなかったなら、せめて哀しむより怒っていてくれたほうがいいと思ったからだ」

「それなら、もうこういったやり方はなるべくしないでほしいの」エマは彼の胸に囁いた。

アレックスはその額にキスを落とした。「約束する。ところで……」新たな話題を探した。「これほどあっという間に部屋から人がいなくなるのを見たことがあるかい？　ふたりだけで話せる機会をつくろうとしていたのは、ぼくだけではなかったらしい。母はおそらく十秒以内に食堂に着いただろうな」

「叔母があれほど敏捷《びんしょう》に動くのを見たのは初めてかもしれないわ」エマは曖昧な笑みを浮かべて答えた。「それに、ヘンリー叔父様はいまにもベルの髪を引っぱりそうなくらい急きたてていたわ」

「愉快だが、あの方だけは加わっていないものと思っていた」

「冗談でしょう。キャロライン叔母様の機嫌を損ねたら大変なことになるんだから。叔父様はそのような事態をできるだけ避けようとしてるわ。穏やかな暮らしを心から望んでいるの。それにみんな、どうにかしてわたしを落ち着かせようとしてるのよ。といっても」エマは急いで言葉を継いだ。「わたしたち――わたしにはすぐに身を落ち着ける予定はないけれど。ボストンに帰って引き継がなければいけない事業があるんですもの」そう言いつつ、内心では気が沈んだ。〈ダンスター海運〉よりアレックスのほうがはるかに大事だと、気づいたはずではなかったの？「だからあなたは重荷に感じる必要はないのよ」

アレックスがけげんな顔つきで見おろした。

「あなたがどんなことであれ重荷に感じる人とは思えないけど」エマはどこか寂しげな表情で付け加えた。

アレックスは、いったいどんな状況に追い込まれれば身を固めなければという重荷を感じられるのだろうかと考えて、苦笑いを浮かべた。「気分はよくなったかな？」さらりと訊いた。

エマは目を伏せたままだった。「わたし、恥ずかしい姿を見せてしまったのよね？」

「どこが恥ずかしいことなんだろう？」

昼間の情熱的な反応のことなのはあきらかにわかる言いまわしに、エマは顔を赤らめた。

「はっきり言ってしまえば、あのあと、わたしが激しくうろたえてしまったことよ」ひと呼吸おき、必死の思いで彼の目を見上げた。「大げさだったと思うの」静かな声で言う。「ごめんなさい。驚かせてしまったのではないかしら」

エマは願いを込めるように菫色の目を大きく開いた。その瞬間、アレックスの胸のなかで何かがやわらいだ。昼間のふたりの戯れについて、うろたえてしまったことを謝られるとは信じられなかった。良家の令嬢たちは、結婚前に男性と親密な行為に至るのは地獄に落ちるのも同然と教えこまれている。体が破裂しそうな状況から脱したいまとなっては、エマが一週間ベッドに伏せらずにすんだことにすなおに感心するしかなかった。

「初めての経験にとまどいを覚えるのは、しごく自然なことだ」なぐさめになることを何か言わなければと感じて、そう答えた。

「理解してくれてありがとう」エマはうっすら笑みを浮かべて言った。「しばらくは行動を慎むのが賢明だと思うけど」アレックスが眉を上げたのを見て続けた。「きょうのお昼に感じた恐ろしさは、表現しようのないものだったわ」

「罪悪感かい？」

「それもあるけど、動揺もしていたわ」エマは向きを変え、なんとはなしに脇机に置かれた小さな時計を眺めた。アレックスに正直に話せている自分に誇りを感じながら、いっぽうではこのように率直な物言いをしていいのだろうかと少しばかり不安を覚えていた。

「きみにそんな思いはさせたくない」

「わたしもそんな思いはしたくないわ」なおも時計を見つめたまま続けた。「残念ながら、うまく気持ちを抑えられる自信がないし、きょうのように取り乱すのはなるべく避けたいの」

「エマ？」返事がないので、アレックスは声を大きくしてもう一度呼んだ。「エマ？」

エマがすばやく振り返り、鮮やかな色の髪が穏やかな波のごとく顔の前にそよいだ。

アレックスはその顎に触れ、上向かせて、柔らかな菫色の目の奥を覗きこんだ。「ぼくはまたきみにキスをしようとしている」

「そうね」

アレックスは身をかがめた。「機会があればいつもそうだ」

「そうね」

互いの唇をすれすれまで近づけた。「もうすぐしてしまう」

エマはその官能的な声の罠に掛かって、吐息をついた。「そうね」

「とめないのか？」アレックスが口もとに囁きかけた。

「ええ」エマの静かな声は口づけられると同時に掻き消された。アレックスの唇から熱を注がれ、目を閉じて、ぬくもりに身をゆだねた。

アレックスはエマとこうしていられるのはほんの束の間であるのを痛切に悟った。いつ母がこの客間に入ってきて、そのキスでエマは穢れたと宣言し、即刻求婚するよう迫ったとしてもふしぎではない。唸り声とともにエマから身を離し、深呼吸をひとつした。

「長い週末になりそうだ」彼女の顎を手で支えたまま、つぶやいた。

「ええ、そうね」エマが別人のような声で答えた。

アレックスは楽しげな笑みを浮かべてエマを見やった。ぼんやりとした表情で、その目は自分の眉のやや左寄りに据えられていた。

「きみがいま何を考えているのか知りたい」やさしく囁いて、額からひと房の髪を払ってやった。

エマはわずかに首を振って目の焦点を戻そうとした。「何を考えているか？」目をまたいた。「笑わないと約束してくれる？」

「そういったことは約束できない」

エマは思いがけない返答にまた何度か瞬きをしてから、アレックスの顔を見つめた。やさしく自分を見守るように微笑みかけていて、緑の目が温かな愛情らしきものを感じさせる輝きを放っている。「それなら、とりあえず言ってみるわね」静かに言葉を継ぐ。「こう思ったのよ……というか、考えてたの……」

「何を？」

「あなたにキスをされているときに、ちゃんと立っているにはどうしたらいいのかしらって」エマは恥ずかしそうな笑みを浮かべ、絨毯の上で半円を描いている自分の足に視線を落とした。「とろけてしまいそうなんだもの」

アレックスはなじみのない胸の揺らぎを覚え、体じゅうが否定しようのない心地よい温みにたちまち満たされた。身をかがめ、互いの唇をさっと触れあわせた。「その言葉を聞いて、ぼくがどれほど幸せな気分なのか、きみには想像できないだろう」

エマはなおも上靴で絨毯をなぞりながら、どうしようもなく嬉しくなって、笑みを広げずにはいられなかった。「わたしの腕を取って、晩餐の席へ導いてくださる？」

「そうせざるをえないだろう」

エマとアレックスが食堂に着いたときには、両家の人々はすでにみな長いオークのテーブルを囲んで席についていた。総勢わずか七人なので、形式より話しやすさを優先するユージニアは人々を上座から詰めて坐らせ、手前の席を空けていた。

「僭越《せんえつ》ながら、わたしが上座につかせていただくわ」ユージニアが告げた。「アレックス、礼儀上はあなたがここに坐るべきでしょうけど、くつろいだ集まりですし、正直に言えば、息子に席を譲りわたすのは少し屈辱でもあるのよ」

アレックスはエマのために椅子を引きつつ片眉を上げ、目顔で母にその口から出た言葉をみじんも信じてはいないことを伝えた。

「それに、あなたとエマは並んで坐りたいでしょうから」

「母上は相変わらず、洞察力が鋭くていらっしゃる」

ユージニアの笑顔は少しも揺らがなかった。息子のことは相手にせず、即座にエマのほうを向いた。「きょうの午後は楽しい時間を過ごせたかしら？　キャロラインから乗馬がお好きだと聞いてるわ」

エマはにこやかに微笑んで、ベルとアレックスの席のあいだに腰をおろした。今夜同じ質問を投げかけられたのはユージニアで三度目だ。もう少し率直に尋ねたベルを入れれば四度目だけれど。「おかげさまで、すばらしい時間でした。息子さんはこのうえなくご親切に付き添ってくださいましたわ」

ベルが呟きこんだ。エマは従妹をじろりと睨んで、テーブルの下で軽く足を蹴った。「ほんとうに？」ユージニアはテーブルの下での出来事には気づかず、声をはずませた。「どんなふうに親切だったのかしら？」

今度はソフィーが足を上げて、母のむこうずねをしっかりと蹴った。

「ぼくはきちんと務めましたよ、母上」アレックスはその話題を打ち切るべくきっぱりと言った。

と同時にキャロラインが夫にむこうずねを蹴られて小さな悲鳴をあげた。「ヘンリー！」声をひそめて問いただした。「いったいなんのつもり？」

「いやじつは」ヘンリーは照れたように妻の目を見つめて、つぶやいた。「仲間はずれにされているように思えたものだから」

14

翌朝、エマは愛によって引き起こされる新たな症状に気づいた。食べられなくなったのだ。より正確に言うなら、アレックスの前では食べられなくなった。同じ部屋にアレックスがいないときにはいつもと何も変わらない。

朝食をとりに階下におりていくと、ソフィー、ユージニア、ベルがすでに食事を始めていた。エマは空腹だったので、おいしそうなオムレツをたっぷり皿に盛って席についた。

そこに、アレックスが現われた。

エマは胸の奥で蜂鳥《はちどり》が羽ばたきだしたかのように感じられ、ひと口も食べられなくなってしまった。

「オムレツはお嫌いかしら？」ユージニアが尋ねた。

「あまりお腹がすいていないんです」エマはとっさに答えた。「でも、おいしいですわ、ありがとうございます」

アレックスは首尾よく隣りの席につき、身を乗りだすようにして囁いた。「ひと口も食べていないのに、よく味がわかるな」

エマは弱々しく微笑んで、フォークひと刺しぶんを口に運んだ。まるでおがくずのような味がした。ユージニアを見やった。「紅茶をいただきますわ」

昼食前には飢え死にするのではないかと思うほどの空腹を覚えていた。アレックスは所領の管理の仕事で出かけたので、エマはベルと屋敷のなかを見てまわって午前中を過ごした。ふだん使いの食堂に入ってアレックスがそこにいないのを知り、がっかりした。

けれど胃だけは小躍りしていた。

アレックスがいつ帰ってくるとも知れないので、七面鳥のローストとジャガイモを盛ったひと皿をすばやく食べきった。エンドウ豆とアスパラガスをたっぷりひと皿ぶん片づけたところで、アレックスの居場所をユージニアに尋ねることにした。

「じつは、一緒に食べられると思っていたのよ」公爵未亡人は言った。「でも、所領の北西の端まで、先週の嵐の被害を調べに行かなければならなくなってしまったの」

「遠いのですか？」エマは尋ねた。追いかけて行くことはできないだろうかと考えていた。

「馬で一時間以上かかると思うわ」

「そうですか」アレックスの所領がそこまで広いとは知らなかった。「それなら、あのきれいなメレンゲ菓子も少しいただこうかしら」

アレックスが留守できっとよかったのだと思いなおし、ため息をついた。四六時中そばにいられたら（本人はそのつもりだったに違いない）ロンドンに帰るまでに体力が尽きてしまっただろう。

とはいえ、たとえ心乱されても、いないとなると会いたくなる気持ちに嘘はつけなかった。ひとりで馬に乗って田園を駆け抜け、ウェストンバートの西へ二マイルほどのところに林檎の木を見つけても、競争できるアレックスがいなければ楽しめなかった。するすると木に登ったときにからかったり、林檎をひとつもろい枝にぶつけて、さらに五つ落とせたときに褒めてくれたりする相手はいない。屋敷に戻って林檎を渡すと、チャーリーはもぎたての林檎のタルトが食べられるとはしゃいで、階段を駆けのぼっておりてくるのを六往復も繰り返した。チャーリーの元気のよさは気持ちを明るくしてくれたものの、アレックスの笑顔ほどではなかった。あの笑顔にまさるものがあるとは思えない。

けれどその晩も何も口に入らなかったので、木の上で林檎をひとつ食べておけたのは幸いだった。

翌日の朝食の席でもアレックスとは顔を合わせなかった。ヘンリー叔父がその日の午後にどうしても事務弁護士と会って話しあわなければならないことがあるというので、ブライドン家はその朝早くに発ったからだ。前日の長距離の移動で疲れていたアレックスはそうとも知らず、遅くまで寝ていてエマとは会えずじまいとなった。

エマはアレックスの姿がないことにため息をつきながらも、たっぷりと朝食をとった。

ユージニアとソフィーはすでにその週の半ばまでウェストンバートに残ると決めていて、アレックスも嵐の被害をきちんと調べ終わるまでは所領を離れられないと判断していたので、エマはブライドン家の人々と馬車で帰路についた。馬車が走りだすなりベルはシェイクスピアの本を開き、ヘンリー叔父は仕事の書類を取りだし、キャロライン叔母は居眠りを始めた。エマはこの旅で知的な会話は望めないと見きわめて、窓の外を眺めた。

残念だとは思わなかった。

ロンドンの町屋敷《タウンハウス》に着くとほっと息をつき、今度長旅をするときには本を持っていこうと心に留めて、階段を駆けあがって自分の部屋に入った。この週末のあいだにアレックスと親密なひと時を過ごし、彼を愛していることを思い知らされ、その後は顔を合わせれば思うように動けなくなり、すっかり気力を使い果たしていた。ロンドンまで馬車に揺られて帰る道のりもなぐさめにはならなかった。ベッドに倒れこみ、一週間は起きあがりたくないと思い、それほどまで疲れていたことにいまさらながら気づかされた。

しかもそれから十秒と経たずに誰かがドアをノックした。

「やあ、エマ」返事を待たずにネッドがドアを開き、顔を覗かせた。「楽しい週末を過ごせたかい？」エマがうなずきを返すと、従兄は続けた。「それはよかった。いい気分転換になったようだな」

うつ伏せで右頬をベッドに貼りつけ、腕をやや不自然な角度で頭上に伸ばしていたエマは、いぶかしげに目を上げ、従兄にはみじんも皮肉のつもりがないのを知った。なんとも落ち着きがなく、ちゃんとこちらが見えているのか疑わしいほどだった。

「あなたは楽しい週末を過ごせたの？」エマは問いかけた。「束の間の自由な時間は楽しかったでしょう」

ネッドはそろそろと部屋に入り、ドアを閉めて、エマの机に寄りかかった。「まあ、興味深い週末ではあったかな」

「あら、そう」

「まずはそちらの週末について聞かせてくれないか？」

エマは肩をすくめ、腕で体を押し上げて起きあがり、ベッドの頭板に枕を積み重ねて、そこに背をもたれて坐った。「ご想像どおりではないかしら」

「きみを結婚させようと、みんなが結託していたのか？」

わたしも含めてかもしれないけれど。「そうよ。それでもどうにか楽しい時間を過ごせたわ。都会を出るのはいいものね。こちらは混雑しているから」

「よかったよ、ほんとうに」ネッドは体を揺すりだし、話に集中できていないようだった。

「どうかしたの、ネッド？」

従兄は深く息を吸いこんだ。「そうとも言えるかな」窓辺に歩いていき、外を眺め、くるりと向きなおって腕を組み、その腕をほどいて、部屋のなかを歩きだした。

「運動が足りないのではないかしら」エマは冗談めかして言った。

聞こえているはずなのに、ネッドにそのそぶりは見えなかった。「深刻というほどではないんだ。つまり、ぼくが努力すれば解決できないことじゃない。もちろん、努力は金で買えるものではないわけだが」

エマは眉を上げた。「物理的にはたしかに無理ね」

「誰かが死んだとか、そういうことでもない」ネッドはポケットに手を押しこんでつぶやいた。「少なくとも、いまのところは」

エマは聞き違いであるのを祈った。

「要するに、エマ、きみの助言がほしいんだ。それに、たぶん、きみの助けも。ぼくの知るなかで、最も賢い人間のひとりだから。ああ、ベルもたしかに賢い。文学の知識についてはとても敵《かな》わないし、いったい幾つの国の言葉を喋れるんだろう。三つか？　読むだけならもっと国の数が多くなるんじゃないかな。数学はそれほどできないが、妹は頭がきれる。だけど、あんまりにも現実的すぎるんだよな。先月だって――」ネッドは言葉を切り、肩を落とし、疲れきった表情でエマを見やった。「すまない、エマ。自分が何を言いたかったのかわからなくなってきた。妹のことを話すためにここに来たわけじゃないんだ。ぼくは何を言おうとしてたんだろう？」椅子にどさりと腰を沈めた。

エマは唇を噛んだ。ネッドは椅子の背に頭をもたせかけている。悪い予感がした。「そうね、わたしの助言がほしいと言ってたと思うわ」

「ああ、そうだ」ネッドが顔をしかめた。「ちょっとした災難に巻き込まれてしまったんだ」

「そうなの？」

「カードゲームをしたんだ」

エマは唸るように息をついて、目を閉じた。

「ちょっと聞いてくれ、エマ」ネッドは言いつのった。「カードゲームが悪習だといった講義は必要ない」

「そんなことをするつもりはないわ。ただ、〝カードゲームをした〟と言うより先に〝ちょっとした災難に巻き込まれた〟と前置きがある場合、たいがいは誰かが誰かに多額の借りをこしらえたということよね」

ネッドは何も答えなかった。苦渋の表情で黙って坐っている。

「いくらなの？」エマはとっさに頭のなかで手持ちのお金を計算していた。このところ、小遣いをあまり使っていない。従兄の借金を肩代わりできるかもしれない。

「それが――かなりの額なんだ」ネッドは立ちあがり、ふたたび窓の外を見た。

「かなりというのは、どの程度なの？」

「相当なかなりだ」従兄は言葉を濁した。

「だからいったい、いくらなのよ？」エマはとうとう声を張りあげた。

「一万ポンド」

「なんですって？」エマは声を上擦らせ、すばやくベッドをおりた。「どうしたのよ？　頭がおかしくなっちゃったの？」腕を激しく振りながら歩きだした。「何考えてたのよ？」

「わからない」ネッドはぼそりと言った。

「ええ、そうよね、あなたはどうかしてるんだわ。考えられたらそんなことにはならないものね」

「きみは危機に陥っているぼくを力づけようという気はないのか」

「力づける？　力づけるなんて！」エマは従兄に辛らつな視線を突きつけた。「いまあなたに必要なのは、力づけることではないでしょう。少なくとも気持ちの問題ではない。信じられないことだわ」ベッドに腰を戻した。「こんなこと、信じられない。わたしたち、いったいどうしたらいいの？」

ネッドは〃わたしたち〃という言葉を聞いて安堵のため息をついた。

「何があったの？」

「〈ホワイツ〉で友人たちとカードゲームをしていたんだ。そこに、アンソニー・ウッドサイドが加わった」

エマは嫌悪感から怖気立った。リンドワーシー家の舞踏会の最中に妙なところで出くわして以来、ベントン子爵とは顔を合わせていないが、会いたいとも思わない。あのときの緊迫したやりとりはひどく不快で、侮辱されたことは忘れようがない。その出来事についてはアレックスにも話していない。無用な心配はさせたくないと思ったからだ。とはいえ、ウッドサイドが何かを、それも自分の家族を巻き込むたくらみを抱いているのではないかという不安はぬぐえなかった。不吉な予感が当たってしまったような気がする。

「加わりたいという申し出を断わるのは失礼に思えたんだ」ネッドが続ける。「なごやかにゲームをしていて、すっかりくつろいでいた。みんな少し酒も入っていたし」

「でも、ウッドサイドだけは違ったのね」

ネッドは息を吐きだし、いらだたしげに壁に手をついた。「たぶん、そうだったんだろう。

気がついたときには賭け金が途方もないほど跳ねあがっていて、ぼくもあとに引けなくなっていた」

「それで、たちまち一万ポンドを失った」

「くそっ、エマ、ぼくはいったいどうすればいいんだ？」

「わからないわ」エマは率直に答えた。

「それもだ、エマ、あいつはいかさまをしていたんだ。この目で見た」ネッドが髪を掻き上げ、エマは従兄の苦しむ姿を見ているのが耐えがたかった。

「なぜ指摘しなかったの？　どうして、おとなしくお金を巻きあげられてしまったのよ？」

「ああ、エマ」ネッドはため息をつき、椅子に沈みこんで両手に顔を埋めた。「ぼくにも紳士の誇りはあるが、愚かじゃない。ウッドサイドの賭けの強さはイングランドじゅうに知られている。そんな男を挑発するようなことをすれば、ぼくが訴えられてばかをみる」

「ほんとうに訴えられるのかしら？」

ネッドの顔つきが間違いないと告げていた。

「だからといって払わなければいけないの？　無視して拒むことはできないの？」

「エマ、名誉の問題なんだ。誰かのいかさまを告発して、それを証明できなかったら、どこへ行くにも顔を上げて歩けなくなる」

「まったく、そういった紳士の名誉についての考え方は大げさだと思うわ。現実的だと言われるかもしれないけど、名誉より生きることのほうが大切でしょう。それも、たかがカードゲームなのよ」

「同感だが、ぼくにはどうすることもできない。ウッドサイドに一万ポンドの借りがあるというのは事実なんだ」

「いつまでにお金を工面しなくてはいけないの？」

「通常なら、すぐに払わなければならないんだが、大金だから二週間待ってくれると言われた」

「そんなに長く？」エマは皮肉を込めて言った。

「ぼくに自分の力を思い知らせるためなら、さらに延ばしてくれるだろう」

「そうでしょうね」

ネッドは椅子の肘掛けをつかんで、喉をひくつかせて唾を飲みこんだ。「あいつは、ベルと逢引させてくれれば、すべて忘れてもいいと言ったんだ」

エマは怒りの烈火に体を焼かれるように感じた。「殺してやるわ！ よくもそんな胸が悪くなることを考えられるものね」吐き捨てるように言い、つかつかと机へ歩いていき、抽斗《ひきだし》を引いた。「銃は持ってない？」いきり立った口ぶりで訊き、抽斗のなかを引っ掻きまわすと紙がぱらぱらと床に落ちた。「わたしが持っているのは、この開封刃《ペーパーナイフ》だけだわ」突如恐ろしい考えが頭をもたげ、蒼《あお》ざめた顔をネッドに向けた。「まさか――承諾したんじゃないでしょうね？」

「何を言いだすんだ、エマ」ネッドが声を荒らげた。「ぼくをそんな男だと思ってるのか？」

「ごめんなさい、ネッド。そんな人ではないのはわかってるわ——あまりに頭にきて口が滑っただけよ」

「賭け事の借金と引き換えに妹の純潔を差しだしはしない」ネッドが弁解がましく言い添えた。

「わかってるわ」エマはため息をつき、情けなくなるほど小さな開封刃を指で叩いた。「尖《とが》ってはいるんだけど」

「そんなものを持ちだしてはだめだ。どうせ、それではたいした武器にはならない」

エマは開封刃を机の上に放り、ベッドの端に腰かけた。「まだ誰にも話してないんだけど、先週、ウッドサイドと少し揉めたの」

「そうなのか？　何があったんだ？」

「それがわけのわからない出来事だったのよ。アメリカ人だとか血筋のよさに欠けるとか、いろいろ非難されたわ」

「なんてやつだ」ネッドは悪態をつき、こぶしを握りしめた。

「でも、それだけじゃなかった。自分はベルと結婚すると言ったの」

「なんだって？」

「神に誓ってほんとうよ」エマは強調するようにうなずいた。「しかも、ほんとうにそうなると信じているみたいだった」

「きみはなんと言ったんだ？」

「笑い飛ばしたわ。そんなことをしなければよかったのかもしれないけど、あんな人とベルが結婚するなんて、呆れて言葉が出なかったんだもの」

「エマ、あいつには用心したほうがいいな。ベルへの執着も度を越しているが、きみに侮辱されたと思って復讐してこないともかぎらない」

エマは従兄に信じられないという目を向けた。「あの人に何ができるというの？　あなたから一万ポンド巻きあげるだけでじゅうぶんでしょう」

ネッドは唸るように言った。「エマ、そんな大金をどこから工面すればいいんだろう？」

「借金を帳消しにできれば、ウッドサイドにはベルとの逢引を要求する口実はなくなるわ。何か策を考えましょう」

「そうだよな」

「ご両親には頼めない？」

ネッドは苦渋に満ちた表情で片手で顔を押さえた。「しかし、エマ。両親には金の工面は頼みたくないんだ。ただでさえ自分を恥じているのに――両親にまで屈辱を味わわせたくない。それに、父の資金はいま動かせない。最近セイロンの農園に大きな投資をしたばかりなんだ。すぐにそれほどの現金を用意できるとは思えない」

エマはどう言えばいいのかわからず下唇を嚙んだ。

「自分のせいで危機に陥ったのだから、自分で抜けださなきゃな」

「あなたの従妹も少しは手助けできるわ」

ネッドは疲れたようにその従妹に微笑みかけた。「従妹も少しは手助けしてくれるか」

「ヘンリー叔父様とキャロライン叔母様に助けてもらうことができなくて、かえってよかったのかもしれないわ」エマは続けた。「これを知ったらどんなにご心配されることか」

「ああ、そうだよな」ネッドはため息をつき、意を決したように立ちあがると、窓辺に歩いていって賑やかな通りを見おろした。

「これがあと半年遅く起きていれば、まだよかったのに」エマは思いめぐらせて言った。

ネッドがくるりと振り返り、目をすがめた。「半年後に何があるんだ？」

「わたしの二十一歳の誕生日よ。母の一族がわたしにお金を遺してくれたの――前に話さなかったかしら。長いあいだに利息が付いて、あなたの借金を払えるくらいにはなっているはずだわ。でも、そのお金は預けられていて、二十一歳の誕生日までは使うことができないの。もしくは――」エマは声を詰まらせた。

「もしくは、なんだ？」

「嫁がなければ」低い声で答えた。

「今週末にアシュボーンから求婚されることはないだろうしな」ネッドが冗談半分に言った。

「ええ」エマは沈んだ声で応じた。

「いずれにしても無理さ。アメリカにある資金を受けとるには何カ月もかかる」

「それがロンドンにあるのよ。母はアメリカで生まれたんだけど、祖父母はイングランドからの移民なの。祖父は植民地の銀行を信用できなくて、資金の大部分をこちらに残していたのよ。合衆国として独立してからも、わたしの両親にはそのお金をあえて移す必要性がなかったんでしょうね」

「でも、考えても仕方のないことだな。きみに前払いしてくれる銀行家はいない」

「わたしが結婚しないかぎり」エマは鼓動が少しだけ速まったのを感じながら静かに言い添えた。

ネッドがけげんな日を向けた。「何を言ってるんだ、エマ？」

「結婚特別許可証を発行してもらうのは、そんなにむずかしいの？」

「然《しか》るべき人々を知ってさえいれば、それほどでもないんじゃないかな」

「アレックスならもちろん知っているはずよね」エマは冷静に言い、唇を湿らせた。「そうでしょう？」

「さっき、アシュボーンは今週末に求婚はしないと言ってたじゃないか」

「そのとおりよ」エマは認めて、両手を組み合わせた。「でも、だからといって、わたしが求婚できないというわけではないでしょう」

ネッドの目には驚きが表れていた。「ええと、あの、そうだな」ゆっくりと言葉を継ぐ。「実際に耳にしたことはないが、できないわけではないだろうな」

「わたしを愚か者だと思ってるのね」エマは淡々と言った。

「いや、違う、そんなことはない」従兄は急いで言葉を継いだ。「アシュボーンこそ断わったら愚か者だ。そんなことはしないだろうが。間違いない。ただ少し驚くかもしれないけど」

「とっても驚くわよ」

「ものすごく驚くだろうな」ネッドは大きくうなずいた。

エマは息を吐きだした。「ああもう。考えただけで顔が熱くなってきたわ」

ネッドは壁を指で打ちながらその計画に考えをめぐらせた。「だがエマ、ほんとうにそれでうまくいくだろうか？　求婚して、承諾を得て、結婚して、きみの資金を手にするまで、どうやって二週間ですませるというんだ？」

エマは顔を曇らせた。「そうよね。でも、アシュボーン公爵と婚約したとわかれば、銀行はお金を渡してくれるのではないかしら。アレックスは有力な人物なんだもの」

「たしかに」

「タイムズ紙で告示すればいいのよ。そうすれば結婚したのも同然でしょう。紳士なら新聞で婚約を発表したあとで、お相手の女性を捨てることはできないはずよ。ましてや公爵との婚約を破棄する女性がいるとは銀行の人たちも夢にも思わないでしょうし」

「だけど、もしも銀行が先払いを拒否したらどうするんだ？　銀行家は規則といったものには厳格だからな」

「その場合には、挙式を急ぐしかないわね。アレックスがそういったことにこだわる人とも思えないし」エマはキルトの上掛けを握り、従兄ではなく自分の指に話しかけているかのように視線を落とした。「あとはわたしに勇気がありさえすれば」静かに言い終えた。

ネッドはすぐに従妹の隣りに来て、肩を抱いた。「エマ」やさしく声をかけて、肩を軽く握る。「ぼくのためにそこまですることはない。この問題は自分でどうにかして解決する。いざとなれば金貸しに頼るさ。みじめな思いをするのも何カ月か、長くても一年だろう。しかし、結婚は一生のことだ。きみの幸福を犠牲にしてくれとは頼めない」

「でもたぶん」エマはか細い声で言った。「たぶんだけど、幸福を犠牲にすることにはならないわ」従兄をじっと見つめ、菫色の目がこみあげる想いで輝いた。「わかる？　ひょっとしたらこれが、わたしにとって幸せをつかむ唯一の機会かもしれない」

「だがエマ、そんなことがほんとうにできるのか？　アレックスに求婚されているわけではないのに、きみの求婚を受けてもらえるとどうしてわかるんだ？」

「わからないわ」エマは吐息をついた。「でも受けてもらえると信じるしかないでしょう？」


いっぽうウェストンバートでは、アレックスが湯気の立った熱い湯に身を沈めていた。馬で地獄への往復を繰り返したかのような数日を過ごし、酷使した体じゅうの筋肉に痛みを覚えていた。所領の半分を水浸しにして六本の木をなぎ倒した忌まわしい嵐にいらだたされつづけて、土曜日はまる一日その始末に追われた。残念ながら、エマの顔を見られたのは朝食と夕食のときだけで、しかもエマはそのあいだのほとんどを料理をつまむことに費やし、目を合わせてくれようとはしなかった。

緊張していただけのことなのだろう。その気持ちも理解できる。

わからないのは、どうして自分も緊張しているのかということだった。むろん、エマよりはだいぶうまく隠せていたはずだが、彼女より十歳近く年上で、異性との交際についても間違いなくはるかに経験豊富なのだから、もう少し落ち着いていられて当然だ。ところが、いたってふだんどおりに振るまおうとしても、エマが部屋に入ってくる姿を目にするたび期待で心浮き立っていたのは否定できない。今朝目覚めて、彼女がすでに発《た》ったことを知り、どれほど落胆したかも認めざるをえない。

アレックスは唸り声を漏らし、浴槽にさらに少し深く身を沈めた。自分がエマに感じているものの正体を、はっきりと突きとめなければならない。それができたら今度は、どう対処すべきかを考えることになる。

結婚だろうか？

という考えが、だんだんと魅力的に感じられてきた。これまではずっと三十代後半までは結婚を先延ばししようと思っていた。その頃になれば、個性もなく、たやすくあしらえる令嬢と結婚して周囲の期待にそうことができるだろうと。いや、そうすぐにあしらえはしない。跡継ぎをもうけなければならないからだ。だがその責務を果たしさえすれば、その女性の存在を意識すらしなくなるだろう。煩わしい妻はいらない。

しかし問題は――エマならばぜひ人生に割り込んでもらいたいと自分がいま望んでいることだった。エマになら自分の生き方を変えられてもかまわない。エマが妻になると思うと、これまでの結婚観がすべて頭から吹き飛んだ。朝目覚めたときに彼女が隣りにいてくれるのを想像すると胸が温かくなる。もうふたりきりになるためにさりげなくつきまとう必要もない。ともに過ごしたい女性がいるのに、あしらいやすい花嫁候補が現われるまで待つのが賢明とはとても思えなかった。

むろん、跡継ぎをもうけることについての問題もある。エマとならば、その営みが退屈になる心配もない。アレックスは初めて将来を見据え、母からせかされてきたわが子の姿を思い描いた。人参色の髪の男の子。いや、人参色の髪の女の子だ——自分が望んでいるのはそちらのほうだ。自分が部屋に入っていくなり、人参色の髪に大きな菫色の目をした華奢な女の子が飛びついてきて、「お父様！」と元気よく呼ぶ。

それからその子をベッドに寝かしつけ、その子の母親をベッドに連れていき、人参色の髪で菫色の大きな目をした男の子を授かる営みに取りかかる。

ばかな、まるですでに気持ちを決めているかのような妄想だ。

おれは頭がおかしくなったのか？　小柄な赤毛のアメリカ娘のために、十年近くも考えてきた計画を投げだそうというのか？

アレックスはふたたび唸って浴槽から出て、引き締まった体から湯を滴らせた。近侍が浴槽のそばの椅子にきちんとたたんで置いていったタオルをつかみ、手早く水気を拭きとり、衣装部屋へ歩いていってローブを手に取った。それを身にまとい、ベッドに腰をおろした。

求婚すれば、エマに承諾してもらう自信はある。彼女が父親を恋しく思い、アメリカへ帰りたがっているのは承知しているが、なんとでも融通は利く。一年おきくらいにボストンを訪れることにはなんの支障もない。しかも、父親以外のエマの家族はロンドンにいて、彼女に残ってほしいと望んでいる。家族の意を汲んで自分との結婚を決意されるのは本意ではないが、頂き物にいちいちけちをつける性分でもない。それに、エマに自分を愛していることを納得させる時間はまだじゅうぶんにある。

アレックスは弾かれたように立ちあがった。エマに愛されることを望んでいるのか？　少し望みすぎではないだろうか。誰かに愛されたなら――ましてや良識も思いやりもある相手なら――その気持ちをけっして踏みにじってはならない責任を負う。しかもエマを傷つけるつもりがなくても、こちらも同じように愛情を返せなければそれだけでもやはり苦しめてしまうだろう。

もちろん、おそらくは自分も彼女を愛しているのだが。

そうだとしても、ひょっとして彼女のほうがそもそも自分を愛していない可能性はないのだろうか。はっきりと言われたわけではない。愛してくれていない相手を愛し返すことができるはずもない。

けれども、こちらから愛することはできる。

ならば、エマにも愛してもらえるよう説得しなければならないということだ。

といっても、自分が彼女を愛しているのか判断できないうちは、何も決意しようがない。

それとも、もう判断できているのか？

アレックスはベッドから離れ、部屋のなかを行きつ戻りつ歩きだした。エマを愛していると判断していいのだろうか？　わからない。だいたい、女性を愛しているかどうかは判断できるものなのだろうか。それとも、愛とは徐々に育まれていくもので、ある日浴槽から出たときに、いつからかはわからないが、もうだいぶ前から愛していたようだと気づくものなのだろうか。母と妹に逆らうのが習慣になっていたので、避けられないことを必死に否定しようとしていただけなのだと。

だとすれば、ああ、やはりエマを愛している。ならば、これからどうすればいいのだろう？　そうとも、求婚して承諾してもらえばいいではないか。が、アレックスはそれだけで満足できるとは思えなかった。好きだからという理由で求婚を承諾してもらいたくはない。あなたがいない人生など考えられないくらい愛しているから結婚したいのだと思ってほしい。なぜなら、考えるほどに彼女への自分の気持ちがはっきりと見えてきたからだ。

実際に求婚する前に下調べをしたほうがいいだろう――エマがじつのところ自分をどのように思っているのか確かめておきたい。求婚はさほど急ぐ必要はない。結婚しようと決意したからには、早くエマを正式に生涯の伴侶《はんりょ》に迎えたいのはやまやまだが、数日遅れたところでたいした違いはない。どのみち、こちらの想いに応えてもらえないとわかれば、求婚する気は失せるかもしれない。

ほんとうにそうなのか？　いや、求婚したいに決まっている。ナポレオンにすらとめられないだろう。

だが、心を落ち着かせる時間を少しくらい取っても差しさわりはないはずだ。エマはすぐには帰国しない。ほかにすぐに求婚しそうな男もまだいない。それについては確信があった。求婚はおろか、ひと晩に二度エマにダンスの相手を申し込む勇気がある者すらほとんどいない。アレックスはわが物顔でそれを申し込んできた。そしてついに、その権利を自分の特権にするときが近づいている。

金曜日ならちょうどいい。水曜日に招かれている催しがあったはずだ。どこの家だったか憶えていないが、ロンドンに帰ればいつものように秘書が書き留めてくれているだろうし、エマも出席するに違いない。小さな晩餐会を開く。そこで話をして、気持ちを少し探ってみよう。木曜日には母がどうにかしてふたりきりにさせようとするのは目にみえている。そのときならエマとふたりきりになる機会をつくりやすい。母がどう宝石類のなかから婚約指輪を選んで、ブライドン邸へ赴き、求婚すれば、それで決まりだ。金曜日の朝に一族に代々伝わる

予想外のことが起きないかぎり。アレックスは穏やかな笑みを浮かべた。すべてが初めての経験となるはずだった。

15

ああ、いったいどうしてこのようなことになってしまったの？

火曜日の午後、エマは、アレックスの独身紳士用の住まいにやって来て正面玄関の前に立っていた。グロヴナー・スクウェアのブライドン邸からわずか五街区《ブロック》先の優美な町屋敷《タウンハウス》だ。さほど大きくはない。アレックスはもてなし好きな男性ではないし、結婚したら家族用の住まいへ移るつもりなのだろう。

その計画をなるべく早く進めてもらわなくては。

大きな真鍮《しんちゅう》のノッカーをつかもうと片手を上げかけて、すばやく振り返った。「もう消えてくれない？」声をひそめて言った。階段の下からおよそ二メートル先でネッドがうろついていた。

従兄は肩をすくめた。「家まで送り届ける人間が必要だろう」

「アレックスが送ってくれるわよ」

「拒まれたらどうするんだ？」

「ネッド・ブライドン、その質問はむごすぎるわ」エマはついむきになって口走り、胸にずしりと重みを感じた。「拒みはしないわ」つぶやくように言った。「信じてる」

「何を？」

「行って！」

ネッドはあとずさりはじめた。「行くよ。行く」

従兄が角の向こうへ消えるのを見届けて向きなおると、真鍮のノッカーが額の前に堂々と立ちはだかっていた。深呼吸をして、ノッカーをつかんでどしんと打ちつけた。その音がすでに過敏になっていた神経にひときわ大きく響き、エマはびくりとあとずさり、階段の端ぎりぎりに踏みとどまった。小さな悲鳴を漏らし、体勢を立て直そうと両腕を振り動かし、ついには身をねじって前のめりに手摺《てす》りにしがみついた。

ちょうどそのとき執事が扉を開き、なんともふしぎそうに来訪者を見やった。

「あら、こんにちは」エマは頼りなげな笑みを浮かべて歌いだすように言い、できるだけ急いで姿勢を戻した。「公爵様にお会いできます？」

執事はすぐには答えず、まずはじろりと眺めおろして身なりを見きわめた。上流階級の婦人であるのは確かだが、良家の淑女が付添人も伴わず独身紳士の家を訪ねるなど聞いたことがない。この婦人を迎え入れるのは賢明なのかどうかためらっていると、いきなり大きな菫色の目でじっと見つめられ、呆然となった。束の間目を閉じて、判断がつかないうちに勝手に口が動いていた。「お入りになりますか？」玄関広間の脇にある小さな客間に案内した。

「旦那様に伺ってまいります」

執事はとぼとぼと階段をあがり、三階の書斎でアレックスを見つけた。

「どうしたんだ、スマイザーズ？」アレックスは読んでいた書類からほとんど目を上げずに、うわの空で訊いた。

「旦那様、若いご婦人がおひとりで訪ねていらしています」

アレックスは書類を机に置き、執事に鋭い視線を向けて、答えた。「付添人もなしに家を訪ねてくる若いご婦人に心当たりはないが」ふたたび書類を取り、手早くめくる。

「かしこまりました、旦那様」スマイザーズは部屋を出たがドアを閉める寸前に足をとめた。

「ほんとうによろしいのでしょうか、旦那様？」

アレックスは書類を置いて、いらだたしげな表情で執事を見た。「何がよろしいんだ、スマイザーズ？」

「ほんとうにあのご婦人はご存じない方なのでしょうか？　その、非常に真剣なご様子でしたので」

アレックスは執事の話につきあうことにした。「どのような容姿のご婦人なんだ、スマイザーズ？」

「とても小柄で、髪はそれは鮮やかな色をしています」

「なんだって？」アレックスは思わず声を発して勢いよく立ちあがり、その拍子に机に膝をぶつけた。

執事がわずかに表情をやわらげて目尻に皺を寄せた。「それに、あのように大きな菫色の目を見たのは、七年前にスマイザーズ夫人が亡くなって以来のことでございます」

「まったく、スマイザーズ、どうしてそれを先に言わないんだ！」アレックスは書斎を飛びだし、駆けるように階段をおりていった。

スマイザーズはむしろ落ち着いた足どりでそのあとを追った。「私の亡き妻の瞳の色が旦那様のお好みだったとは、気がつきませんでした」静かな声で言い、七年ぶりに大きな笑みを広げた。

「エマ！」アレックスは大声で呼びながら客間に入った。「いったいここで何をしてるんだ？　何かあったのか？　きみがここにいるのをご家族はご存じなのか？」

エマは緊張した面持ちで唇を舐めてから答えた。「いいえ、知らないわ。ネッド以外は。従兄に送ってもらったのよ」

「きみの従兄は、きみをここにひとり残して行ってしまったのか？　どうかしてるんじゃないのか？」

「いいえ、わたしのことはそう思っているでしょうけど」エマはやや沈んだ声で答えた。アレックスはこの訪問をとりたてて喜んでいるようには見えない。慌てて椅子から腰を上げかけた。「もしご都合が悪いのなら、失礼するわ」

「だめだ！」アレックスは大きな声で引きとめて、戸口へ戻ってドアを閉めた。「いてくれ。きみの訪問にちょっと驚いただけだ」

「非常識なことなのはわかってるわ」エマはどのように結婚の話を切りだせばいいのかわか

らないまま話しだした。「でも、あなたとふたりで話したかったの。ロンドンではほんの少しでもふたりきりになるのはむずかしいでしょう」

アレックスは眉を上げた。それはそうだが。

「ネッドから、あなたがきのうの午後に戻ってらしたことを聞いたの。夕べ〈ホワイツ〉でお会いしたと」

ネッドはそこで一時間近くもその公爵に従妹についてあれこれ尋ねられたことも話したのだろうかと、アレックスは思いめぐらせた。

エマは不安のあまり坐っていられず、唐突に立ちあがった。落ち着かない表情で下唇を噛み、部屋のなかを歩きだした。

「きみはよくそうするな」アレックスはやさしい笑顔で指摘した。

エマはさっと振り返った。「何が？」

「下唇を噛むだろう。愛らしいしぐさだ」

「まあ。でも、ありがとう」

アレックスは近づいていって彼女の両方の上腕をつかんだ。「エマ」低い声で呼び、目を覗きこんだ。「何があったのか話してほしい。きみはあきらかに何かを気にかけている」

エマはアレックスの真剣な緑の目を見つめ、息がつかえた。心の奥底まで覗かれてしまいそうな気がして、腰を引きぎみに頭をそらせた。喉をひくつかせて唾を飲みくだし、逞しい胸に身を寄せて腕のなかでとろけてしまいたい気持ちを必死にこらえた。彼の体が発している熱が伝わってきて、そのぬくもりにくるまれたくてたまらなかった。

アレックスは菫色の目が欲望でくすんできたのを見てとり、身をかがめて唇を重ねたいのを自制心で懸命にこらえていた。どうすればエマの気分を改善できるかはわからないが、またここで親密に触れあうことを彼女が望んでいるわけではないのは確かだ。

エマはどのくらいのあいだそうしていたのかわからなかったが、どうにか呼吸の仕方を思いだし、息を吐いて言った。「あなたにお話ししたいことがあるんだけど、こんなにそばに立っていたら、ちゃんと考えられないわ」

アレックスはそれをよい兆《きざ》しと受けとった。「そうだよな」気遣わしげに言い、腕をつかんでいた手を放して、彼女がつい先ほどまで坐っていたソファを身ぶりで示した。思案顔で顎をさすり、この状況についてあらためて考えてみた。金曜日にエマに求婚するつもりだったが、これもちょうどいい機会なのかもしれない。ある程度の好意を抱いている相手でなければ、女性がひとりで独身紳士の家を訪ねようとは思わないだろう。それに、求婚を承諾してもらったなら(むろんそれを願っている)、もともと求婚のために訪れるつもりだった彼女の従兄妹たちの家よりここのほうがはるかに心おきなくキスができる。なんであれエマをそれほどまでに悩ませている事情を聞いたら、求婚しよう。すばらしい瞬間になるはずだ。

エマはそそくさとソファのほうへ戻り、浅く腰かけた。「アレックス?」前かがみになって呼びかけた。「あなたにお願いしたいことがあるんだけど、いやだと言われるのが怖いの」

アレックスはソファと隣りあう椅子に腰をおろした。互いの顔が離れすぎないよう自分も前かがみになった。「言ってもらわなければ、答えられない」

「いいお返事をもらえたら、それもまた怖いんだけど」エマはつぶやいた。

アレックスは好奇心をそそられたが何も言わなかった。

エマが深呼吸をひとつして、唾を飲みこみ、肩をいからせた。簡単なことではないのはわかっていたけれど、言葉を口にするのがこれほど恐ろしくなるとは想像していなかった。「アレックス」いきなり大きすぎる声が出た。ふたたび唾を飲みこみ、もう少し声をやわらげようと自分に言い聞かせた。「アレックス」言いなおした。『わたしは――つまり、わたしのお願いは――だめ、言えない」きらめく大きな目を上げる。「わたしにとっては、とてもむずかしいことだわ」

「そのようだ」アレックスはなぐさめるように言った。エマはハンカチを引きちぎらんばかりに握りしめている。

「アレックス、あなたに結婚を申し込みたいの」早口で言葉をほとばしらせると、いっきに息を吐きだした。息をとめていたことにすら気づかなかった。

アレックスは目をしばたたいたが、瞼以外は何ひとつ動かせなかった。

エマが心配そうに見ている。「アレックス？」

「いまきみは、ぼくに結婚を申し込んだのか？」

エマは目を合わせる勇気を出せず、深緑色のスカートの襞をもてあそびはじめた。「ええ」

「たしかにそう聞こえた」アレックスは愕然として、背をぱたんと椅子にもたせかけた。エマに求婚するのにちょうどいい機会だと気持ちを奮い立たせていたところで、先を越されてしまった。頭の奥のほうから、好都合ではないかと言う小さな声が聞こえてきた。本人が結婚してほしいと言っているのだから、たとえ同じ申し出をこちらからしていたとしても承諾してもらえたはずだと。だが頭の手前のほうではもっと大きな声が、完全に間違っている、ほんとうにしたかったことを遮られたのだぞと言っていた。そうとも本音を言えば、求婚するのが楽しみだった。この二日間、ひっきりなしに練習していた。夜はあらゆる筋書きを思いめぐらせるのをやめられず、寝つけなかった。片膝をついてひざまずくことまで考えた。ところが現実は、この体格には小さすぎる椅子に前かがみに坐り、エマはといえば尻が滑り落ちるのではないかと思うほどソファに浅く危なっかしく腰かけている。

「エマ、自分のしていることがほんとうにわかっているのか？」ようやく言葉を発した。

エマは気をくじかれた。喜べる反応ではない。

「つまりだ」アレックスは続けた。「たいていは男性が女性に求婚するものだろう」

「あなたから言ってもらえるまで待てなかったのよ」エマはいくぶんはにかんで言った。「言ってもらえたならの話だけれど」

「それほど長く待たせるつもりはなかった」アレックスは小声でぼそりと言った。

エマは聞こえなかったらしく、相変わらず不安そうな顔をしている。「だけど問題は、あなたとできるだけ早く結婚する必要があるということなの」

女性が結婚を急がなければならない行為をふたりはまだしていないのだから、アレックスにはきわめて不可解な言いぶんに思えた。

「かなりまれな出来事だ」アレックスは首を振った。

「それはわかってるわ」エマは言いつくろった。「だけど、あなたは何度も、わたしはまれな女性だと言っていたでしょう」

「現に女性が男性に求婚したという話は聞いたことがない」アレックスは慎重に言葉を選んだ。「法にそむくことではないにしても、さまにならない」

エマはぐるりと瞳をまわした。いま起きていることがだんだんとわかりかけてきた。自分は男性にとって重要な自尊心を傷つけてしまったらしい。いつもなら面白がっているところだけれど、幸せな人生を送れるかどうかがこの場面にかかっている。アレックスはすぐそこに坐っていて、いわば男性の特権を奪われたことにみじめさを感じている。女性が付添人も連れず男性の家を訪ねて求婚するにはどれほどの勇気がいったかについてまでは考えが及ばないのだろう。このようなことをする女性には育てられていない。ラテン語とピアノの授業のあいだに〝求婚の仕方〟が差し挟まれていたわけがない。それでもこの筋書きをやり通すには、ふたりのうちのどちらかが寛容になって進めなければならず、その役割は自分が担うべきだとエマは覚悟を決めた。

「でもね、アレックス」エマは愛らしく微笑んで言った。「光栄に思ってもらいたいわ。女性から慣習にそむいて求婚したくなるほど想いを寄せられる男性はめったにいないんだから」

アレックスは目をしばたたいた。「金曜日にきみに求婚するつもりだったんだ」ややむっとした口ぶりで言う。「口にする言葉の練習すらしていた」

「あなたが？」エマは嬉しそうに声をはずませた。「そうだったの？　ああ、アレックス、とても嬉しいわ！」こらえきれずソファから立ちあがり、アレックスの前にひざまずいて、両手を取った。

アレックスはなおも少し子供っぽい表情でじっと見つめた。「求婚することに気持ちが高ぶっていた。当然ながら、初めての経験だ。それができなくなってしまった」

エマはにっこりして彼の両手を握った。「まだできるわ。お受けすると約束します」

アレックスはため息をつき、それから突如しごく真剣な目つきになった。「ぼくの態度は大人げないだろうか？」

「そうね」エマは正直に答えた。「でも、わたしはそれでかまわない。わたしとの結婚を望んでくれているだけで、ほんとうに嬉しいんだもの」

「ぼくはまだ承諾していないだろう」

エマは顔をしかめた。

「承諾するとも。その気にさせてくれることをしてもらえるのなら」

「それはどんなことかしら、公爵様？」

アレックスはなにげないふうに天を仰いだ。「ううむ、そうだな。まずはキスから始めてもらおうか」

エマは椅子の肘掛けに両腕を突っぱって身を乗りだした。「あなたも協力してくれなくちゃ」求婚を受けてもらえたことでふしぎと気が大きくなって、つぶやいた。

アレックスがエマの手に自分の手を重ねて身をかがめた。「もちろんだとも」

ふたりの唇がぎりぎりまで接近したところで、アレックスが突然動きをとめた。「もう、アレックス」エマは吐息をつき、みずから唇をあと少しだけ近づけた。ほんのかすかにふたりの唇が擦れ、初めて自分からキスをしてしまったことに驚きつつ、だからこそきっといちばん大切な記憶になるのかもしれないと感じた。

「ドアを閉めようと思いつけて、ほんとうによかった」アレックスは微笑んで、エマの首に鼻をすり寄せた。「とはいうものの……」言葉が消え入り、しぶしぶといったふうにエマから顔を離し、客間のドアのほうへ首を振り向けた。「スマイザーズ！」だし抜けに大声をあげた。「ドアから耳を離すんだ！　聞きたいことはもうみんな聞けただろう！　さっさと消えてくれ！」

「はい、ただちに、旦那様」くぐもった声が答えた。

足音が廊下から階上へ遠ざかっていき、エマは笑いをこらえきれなかった。

「何年も前から、ぼくが身を固めるのを望んでいるんだ」アレックスが説明した。「それで、どこまでいってたかな？」

エマは思わせぶりに微笑んだ。「ソファに移ろうとしていたのではないかしら」

アレックスは唸った。エマが婚約期間を長引かせるつもりではないのを祈った。椅子から立ちあがり、彼女の手を引いて立たせてから抱き上げ、ソファに運んだ。「ああ、きみにとても会いたかった」囁いて、並んで腰をおろした。

「三日前に会ったばかりだわ」

「そうだとしても会いたいと思わずにはいられない」

「わたしも会いたかったわ」エマははにかんで言った。「きょうここに来るときには緊張してどうにかなってしまいそうだったけど」

「来てくれて、ほんとうに嬉しいよ」アレックスはふたたび互いの唇を触れさせて、今度はもう少ししっかりとキスをして、舌でなめらかな歯の表面をたどった。エマが柔らかな吐息を漏らした隙をついて舌を滑り込ませ、彼女の甘味を味わった。

「結婚が一生続くことで、ほんとうによかったわ」エマはアレックスの唇にそっと囁きかけた。「あなたにもっとたくさんキスをしてもらえるから」少し身を離し、片手を彼の頬にあてた。「あなたといると、とても美しくなった気分になれるの」

「きみは美しい」

「そう言ってもらえるのは嬉しいけど、赤毛はけっして流行にはそぐわないし、自分がいま感じているほど実際にも美しいことはありえないもの」

アレックスはやさしいまなざしでエマの顔を見つめた。白くなめらかな肌は欲望で薔薇色に染まり、見たこともないような長い睫毛に縁どられた目は大きく開かれて、輝いている。唇も、ああ、先ほどまではたしかにこんなには色づいていなかったし、ふっくらもしていなかった。「ならば、もっと自信を持ってほしい、エマ。ぼくはいまのきみほどすばらしいものは見たことがない」

エマはじんわりと体が熱くなっていくのを感じた。「ああ、アレックス、もう一度キスして」

「きみになら喜んで」アレックスはエマの両頬に手を添えて顔を引き寄せた。エマは少しも抗わず、すぐさま口のなかに入ってきた彼の舌に柔らかな皮膚を撫でられた。たどたどしくそれを真似て、自分も同じように舌で彼の口のなかを興味深くたどった。

アレックスはこのようにためらいがちに愛撫されつづければ、じれったさで耐えられそうになかった。熱くなってエマを抱き寄せ、自分の体に擦りつけるようにして、やみくもに両手でまさぐった。

エマはこんなふうに心地よさで体がふるえるものなのだろうかと半信半疑の思いで、悦びの声を漏らした。そしてもう持ちこたえられそうにないと感じたとき、アレックスの手が乳房に伸びてきて、ほんの軽くつかまれた。まるで炎がドレスの布地を燃やして肌を焦がし、彼の妻となる焼印を押されているかのように思えた。しだいにぼんやりとしてきて、できるだけ近づいて、彼のすべてに触れたいということしか考えられなくなった。

エマが完全にわれを忘れる寸前に、アレックスは不承ぶしょう身を引いた。「いいかい」自分にあったとは夢にも思わなかった騎士道精神を奮い起こして言った。「ここでやめておかなければいけない。ぼくがあとに引けないところへ至る前に。わかるかい？」

エマは身をふるわせながらうなずいた。

「ふたりの結婚式の晩を完璧なものにしたいんだ。そのときに、きみはあらゆる意味で、ぼくのものになる」

「そして、あなたはわたしのものになるんだわ」エマは柔らかな声で言った。

アレックスはその唇にそっと口づけた。「ああ、そうとも。ぼくたちの人生にとって最もすばらしい瞬間になると約束する。けっして台無しにはしない。ただもう少し、きみさえよければ、こうして抱いていてもいいだろうか。家まで送っていく前に」

エマはこみあげる感情を表現する言葉を見つけられず、ふたたびうなずいた。こんなふうに女性として喜びに満たされる瞬間が訪れるとは夢にも考えていなかった。頭の片隅に、まだ愛しているとは言ってもらえていないし、自分もまた言っていないという考えがよぎりはしたが、だからといってアレックスへの信頼は少しも揺らがなかった。それに、自分への愛情は触れられそうなほどありありと感じとれた。この数カ月で、アレックスのことはとてもよくわかるようになった。わずかなりとも愛していない女性をこのように抱くことはできない。そのうちに肝心な言葉も言ってくれるはずだ。自分から先に口にする勇気を奮い起こせればいいのだろう。そんなにむずかしいこと？ もうすでに自分から求婚したというのに。それ以上に恐ろしいことは考えられないし、きちんとやりとげた。それでも、愛する気持ちを伝える言葉はまだ口にしようとは思えなかった。いまは彼の腕のなかにいられるだけで満足している。自分の居場所のように感じられるのだから。

数分が過ぎて、アレックスはエマを家へ送り届けなければいけない頃合だと悟った。エマはこの家の前までネッドに送ってもらったと言っていた——エマがここまで送ってきてもらうために従兄をどのように説得したのかはあまり考えたくない。どうあれエマの滞在が長引けばネッドは迎えに来るだろうし、そうなればブライドン家の人々を巻き込むことになる。とんだ騒ぎになるだろう。むろん近々結婚する予定だと伝えれば、全員の気を鎮められるだろうが、ふたりの新たな人生にふさわしい幕開けとは思えない。

そこできわめて残念ではあるが、エマの肩をそっと突いた。「目を覚ましてくれ。そろそろきみを家に送り届けなければいけない時間だ」

「まだいいでしょう」

「いいかい、ぼくもほんとうは同じ気持ちだが、きみの家族に押しかけられるのは避けたい」

エマはあくびをして、ゆっくりとアレックスの腕のなかから離れた。「現実はきびしいのね」

アレックスは含み笑いをして言った。「来週でどうかな？」

「何が来週なの？」

「しっかりしてくれよ、ぼくたちの結婚さ」

「来週？　頭がどうかしちゃったの？」

「そうらしい」

「アレックス、一週間ではとても結婚式の準備はできないわ」そこでエマははっと、自分から求婚したのはそもそもすぐに結婚しなければならないからなのだと思いだした。

だがすでにアレックスは初めの提案をあきらめていた。「では、二週間後」

「わかったわ」エマはゆっくりと答えた。「キャロライン叔母様が張りきりだすわよ。豪華な結婚式にしたがるでしょうね」

「きみも豪華な結婚式がしたいのか？」

エマは彼の目を見つめて、にっこり笑った。「わたしはあまりこだわらないわ」吐息をつく。アレックスがそばにいてくれさえすればいい。いまにして思えば、美しい花嫁衣装で教会の通路を未来の夫のもとへゆっくり進んでいくことを夢みてはいたけれど。「この土曜日から一週間後ね」早口に言い、これほどかぎられた納期で引き受けてくれる仕立て屋が見つかることを祈った。

「了解。その日にきみをいただくとしよう」

エマはくすりと笑いを漏らした。「どうぞ」

アレックスはまだ、結婚を待てなかったというエマの言葉が気にかかっていた。なんであれ女性が慣習にそむいて求婚するには、それなりの差し迫った理由があるのではないだろうか。「エマ」彼女の顎に軽く触れて言った。「きみにひとつ質問がある」

「何かしら？」

「きみに求婚を急がせた理由とはいったいなんなんだ？」

「求婚を急がせた理由？　そうね、じつはほんとうにばかげたことで、ネッドの首を絞めてやりたいくらいなんだけど、結局はそれが幸いしたというべきなのよね。これ以上望めないくらい幸せになれたんだもの」エマはアレックスを見つめて、気恥ずかしそうに笑った。「じつは、お金が必要だったの。それで、わたしのお金はまだ――」アレックスの表情の変化に驚いて、ぴたりと口をつぐんだ。凍りついたように動きがとまり、顔は花崗岩《かこうがん》で出来ているかのごとく険しくこわばっている。エマはその形相に気圧され、よろりと一歩あとずさった。「アレックス？」口ごもりがちに呼んだ。「どうかした？」

アレックスは身を蝕《むしば》まれるような激しい憤りを覚え、口を利けそうになかった。猛烈な怒りに心を打ち砕かれ、理性が吹き飛んだ。お金が必要だったの、お金が必要だったの、お金が必要だったの。エマの言葉が頭のなかで執拗《しつよう》に繰り返され、エマに取り払われたばかりの心を囲う壁が建てなおされた。いつの間にこれほど愚かな男になってしまったのだろう？　物質的な豊かさや家名の権威ではなく、自分自身を求めてくれる女性をようやく見つけられたと思っていた。そのうえ自分はこの女性を愛していると心から信じてもいた。なんとまぬけなんだ。結局は彼女もほかの女性たちと同じだったのだ。わざわざ家に訪ねて来たのはお金がほしかったからだとみずから認めるとは信じがたい。そこが彼女の長所と言えるのかもしれない。少なくともほかの女性たちよりはずる賢くなかったということなのだろう。

アレックスはエメラルド色の氷のかけらと見まがう冷ややかな目を向けた。「出ていけ」吐き捨てるようにきつく言い放った。

エマは顔から血の気が引き、意識が遠ざかりかけた。「どうしたの？」耳にした言葉が信じられず、息を詰めた。

「聞こえただろう。帰ってくれ」

「でも、どうして――？」エマはその先の言葉が継げなかった。

「きょうここで合意に達した話はすべてなかったことにしてもらいたい」冷淡な口ぶりで言い、エマの腕をつかんで、ドアのほうへ押しやった。

エマは追いやられながら、目にあふれてきた熱い涙が頬に流れ落ちないよう必死にこらえた。「アレックス、お願い」客間から廊下へ押しだされ、すがるような声で言った。「どうしたの？　何があったの？　教えて。お願いだから！」

アレックスはエマを向きなおらせ、じっと目を見据えた。「強欲な小娘め」

エマは殴られたかのような衝撃を受けた。「なんてこと言うの」もはやこらえられず涙が目からこぼれだし、かすれ声になった。

「外に出て待て」アレックスはぶっきらぼうに言い、エマを玄関前に立たせた。「家に送り届ける馬車を手配してくる」踵を返し、家のなかへ戻っていく。それからいきなり振り返った。「二度と戻ってくるなよ」

エマは玄関前の階段に立ちつくし、生きた心地がしなかった。頬を伝う涙をぬぐい、落ち着きを取り戻そうと精いっぱい空気を飲みこんだ。ここを離れなければいけない。彼の馬車で送られるのだけはいやだ。ショールを頭に巻きつけて鮮やかな色の髪を隠し、急いで階段をおりて、通りを歩きだした。

16

エマは家までひとりで歩くあいだに、悲惨な結末を迎えたアレックスとの会話についてじっくりと振り返ることができた。何が起こったのかを正確に理解するまでにたいして時間はかからなかった。アレックスが社交界に初めて登場したときのことはベルから聞いていた。そしていまも、爵位と富を求める人々に容赦なく追いかけまわされているのは知っている。そのような目的で自分に近づく女性たちをアレックスが嫌悪していることも。

アレックスから結婚を急いだ理由を尋ねられたとき、答え方を間違えたのだとエマは気づいた。なにしろまず〝お金〟という言葉を口に出してしまった。だけど、と思い返して腹立たしさを覚えた。アレックスは結婚したいと思った理由ではなく、求婚を急いだ理由を尋ねた。結婚したい理由を尋ねられていたらきっと、彼も同じ気持ちでいてくれるのを祈って、自尊心は呑みこんで、愛しているからだと伝えていただろう。

アレックスがあのような態度をとったわけがわかったからといって、一方的に撥ねつけられたことを許せはしない。そのように浅ましい女性だと早合点するのはおかしい。それほど簡単に崩れはしない信頼関係を築けていると思っていた。自分を褒めてくれるほかの男性たちとは違い、アレックスは友人だと信じていた。友人ならせめて、お金を必要としている事情を尋ねる程度の信頼はあるものでしょう。大切に思ってくれていたなら、欲に駆られているわけではないと察して、ネッドが招いたやっかいな状況を説明する機会を与えてくれたはずだ。

エマは大きく息を吸いこんで、頬にこぼれ落ちそうな涙をこらえようとした。友人として信頼されていないのなら、妻として信頼してもらえるとは思えない。つまり愛されてはいないということなのだろう。

エマは従兄妹たちの家がある道へ最後の角を曲がり、歩調を速めた。おそらくアレックスは冷静になってから、自分の思い違いに気づくだろう。頑固な性格はお互いさまだけれど、この二カ月の揺るぎない友人関係を省みれば、お金に貪欲で名誉好きな女性ではありえないのはわかるはずだ。謝りに来るかもしれない。それでもエマは、信頼してもらえなかったことを許す気にはなれなかった。一緒にいられたらとても楽しいときを過ごせただろう。すばらしい結婚生活を送れたに違いない。アレックスは幸せになれる機会をみずからふいにしたのだと恨めしく思った。

哀しいことに、自分が幸せになる望みも断たれてしまった。

エマはそう気づいて、こみあげてきた涙を必死にこらえ、あふれださないうちにとブライドン邸の玄関前の階段を急いでのぼり、玄関扉を通り抜けて、階段を駆けあがって寝室へ向かった。部屋に入るとドアの鍵を手早くかけてベッドに身を投げだし、何分も経たずに枕をびしょ濡れにした。

全身をふるわせ、魂から絞りだすように苦しげな、とても大きいむせび声をあげた。自分がどれほどの声を出しているのか考えもせず、まずはネッドが、さらにベルが、続いてキャロラインまでもがドアをためらいがちにノックしたのには気づかなかった。その午後に心の一部が剝ぎとられた。それが哀しくて泣きつづけた。男性を見きわめる自分の目はもう二度と信用できない。なによりつらいのは、それでもまだアレックスを愛していることだ。言うなれば裏切られたのに、いまも愛している。彼を愛することをやめる方法を見つけだせるとは思えない。

しかもあまりに深く傷ついていた。父はどんな傷でも時が癒してくれると言っていたけれど、これほど激しく疼く胸の痛みが生涯を終えるまでにやわらぐのだろうか。アレックスは自分を傷つけ、そのうえ深い傷を残した。

けれど涙がしだいにおさまってくるにつれ、哀しみ、苦しさ、痛みのほかにもうひとつの感情にも身を締めつけられはじめた。怒り。まじり気のない純粋な怒りだ。どうしてあの人にこれほど非情な仕打ちを受けなければいけないの？　いったんは生涯をともに過ごそうと考えた女性を信頼できないとすれば、ほかの貴族の誰より冷たく卑劣な、ひねくれ者なのではないかしら。そのように頑なで心の狭い男性がひとりぼっちで生きることになろうと、わたしの知ったことではないわ。

怒りが燃え立った。

おかげで、ようやくドアの鍵をあけたとたんネッドがつんのめって部屋に入ってきたときには、瞼が腫れて目は充血していても泣いてはいなかった。怒りが煮えたぎっていた。

「いったい何があったんだ？」ネッドがだし抜けに訊き、すはやくドアを閉めた。「大丈夫か？」従妹の肩をつかんで、食い入るように表情を窺った。「傷つけられたのか？」

　エマは顔をそむけた。ネッドに心配され、爆発しかかっていた怒りが消散した。「体のことを言っているのなら、ぶじよ」

「断わられたんだな？」ネッドが察して訊いた。「愚か者だ。どんなまぬけなやつでも、あの人がきみに惚れているのは見ればわかる」

「そうだとすれば、救いようのない愚か者なんだわ」エマは冗談でかわそうとした。「間違いなく、自分の気持ちに気づいていないんだから」窓辺へ歩いていき、少しのあいだ寂しげに外を眺めてから従兄を振り返った。「ほんとうにごめんなさい、ネッド。あなたがどんなにお金を必要としているかはわかってるわ。わたしにはもうお手伝いできそうにない」ふっとかすれがかった笑いを漏らした。「もちろん、あなたがわたしと結婚するという手は残されているけど」

　ネッドは啞然として従妹を見つめた。

「わたしたちが合うわけがないわよね」エマは口もとをゆがめて続けた。「はっきり言って、あなたがわたしにキスしようとしたら、笑っちゃうもの。うまくいくはずがないわ。ごめんなさい」

「やめてくれよ、エマ！」ネッドは強い調子で言った。「金のことはいいんだ。そこまで落ちぶれてはいない。自分でどうにかするさ」大股で歩み寄り、兄のようにエマを抱き寄せた。「きみのことを心配してるんだ。あの男に傷つけられたんだろう？」

エマはネッドに支えられて少し気分が楽になってうなずいた。ぬくもりに包まれると、傷ついた心が驚くほどやわらいだ。「じつを言うと、いま泣かないでいられるのは、あの人にとても腹が立っているからなの。それと」気恥ずかしそうに言葉を継いだ。「泣きすぎて、涙が涸《か》れてしまったせいね」

「水を飲むかい？」

「ええ、そのほうがいいかしら」

「ちょっと待っててくれ。女中に持って来させよう」ネッドはエマをベッドへ導いていき、従妹がおとなしく坐ると、戸口へ歩いていってドアを開いた。

ベルが転がり込むように部屋に入ってきた。

「まったく、何してるんだ、ベル」ネッドは驚きの声を発した。「立ち聞きしてたのか？」

ベルは精いっぱいしとやかに床から立ちあがったつもりだったが、なにぶんうつ伏せに着地してしまったので、思うようにはいかなかった。「仕方ないでしょう？」いらだたしげな声で言いつのった。「この二日間、同じ家のなかでふたりがこそこそしていて、どうみてもよくないことをたくらんでいるのに、どちらにもわたしを加わらせてくれる配慮が見えないんだから」ベルは断固とした態度で腰に手をあてて、エマとネッドにつんと顎を上げた。

「何が起きているのか、知りたくなるのは当然でしょう？　わたしは愚かではないわ。力になれるかもしれないし」不満げにふんと鼻を鳴らす。「だって癪にさわるじゃない」

エマはぼんやりと従妹を見つめてその長口舌を聞いていた。「よくないことをたくらんでいたわけではないわ」どうにか答えた。

「それに、どのみち、おまえには関わりのないことなんだ」ネッドはいくぶん不機嫌そうに言い添えた。

「嘘よ」ベルは言い返した。「お兄様だけが関係していることなら、わたしには関わりのないことかもしれない。エマだけが関わっていることだとしても、同じよ。でも、ふたりともが関係していることなら、わたしにも関わりのあることに決まってるわ」

「おまえの論理の飛躍には呆れる」ネッドが乾いた口ぶりで言った。

「なんのことを話していたのか忘れてしまったわ」エマが付け加えた。

「それに！」ベルがいらだちを徐々につのらせて一段と声を張りあげた。「それに、きょう公園から帰ってきたら、わたしのたったひとりの従姉がドアに鍵をかけて部屋に閉じこもって泣きじゃくっていたのよ。なぐさめようとしたら、ご親切なお兄様にとめられて、こう言われたんだから。『そっとしておいてやれ。哀しんでいる理由を知りもしないくせに。あっちへ行ってろ』」

エマはネッドのほうを見て、もの問いたげに眉を上げた。「ほんとうに『あっちへ行ってろ』なんて言ったの？　なんてひどいことを言うのかしら」

「そんなことを言ったっけな」ネッドは言いわけがましく続けた。「だけど、きみが死んでしまいそうな声をあげていたから、ほんとうに心配だったんだ」

エマは立ちあがってベルのほうを向き、両手を取った。「除《の》け者のような思いをさせてしまったのならごめんなさい、ベル。ほんとうにそんなつもりはなかったの。ただ、ネッドが問題をかかえていて、わたしが解決策を思いついて、すべてがあっという間の出来事だったから、あなたに加わってもらうことに考えがまわらなかったのよ」

「わたしも、大騒ぎしてしまってごめんなさい」ベルが気まずそうに答えた。「だけどもう、何が起きているのか話してくれてもいいでしょう」

「どちらのこと？」エマは訊いた。「問題のほう、それとも解決策？」

「どちらも。両方よ」

「つまり、要点を言うと、わたしがアレックスに求婚したの」

ベルがエマを引きずるようにしてベッドに腰を落とした。「ど、どういうこと？」

「それで、あのろくでなしに断わられた」ネッドがそっけない口ぶりで付け加えた。

「彼が何をしたですって？　そんなことしないわよ」

「したのよ」エマは沈んだ顔で小さくうなずいた。

「どうして？」ベルは信じていない表情で訊いた。

「それはちょっと個人的なことだから」エマはややそわそわして、急いで言い足した。

「ネッドにも話してないし」

「でもどうして？　なぜ求婚されるのを待てなかったの？　そうするのがふつうよね。遅かれ早かれ、あの人は求婚するつもりだったはずよ」

「そんなに待てなかったのよ」

「どういうことなの？　エマ、あなたはそれほどの歳ではないじゃない」

「ぼくの出番のようだ」ネッドが言葉を差し挟んだ。「エマはぼくのために結婚すると申し出てくれたんだ」

ベルはたじろぎ、いぶかしげな目をエマに向けた。「この兄のためにそこまでする？」

「ともかく」ネッドが妹のあざけりを露骨に無視し、声を大きくして続けた。「ぼくがちょっとした面倒に巻き込まれたからなんだ。賭け事で借金を負ってしまった」

「いくら？」ベルが率直に訊いた。

「一万ポンドだ」

「なんですって？」ベルが甲走った声をあげた。

「わたしもまったく同じ反応をしたわ」エマはつぶやいた。

「頭がおかしくなっちゃったの？」

「なあ、それについてはエマにも同じことを言われた」ネッドはため息をついた。「ウッドサイドがいかさまをしたと言えば、じゅうぶんだろう」

「あのベントン子爵ね」ベルは唸るように言った。「卑劣な人」

「あなたが思っている以上の悪人よ」エマが言い添えた。「借金のかたにあなたを差しだせと言ってきたわ」

「わたし？　そんな、それはつまりまさか……」

「ええ、あなたとの結婚を望んでいるのね。そして、あなたに承諾してもらうには、穢す以外にないと考えた」

ベルは身ぶるいした。「なんだか急に自分がとても汚らわしく思えてきたわ。入浴しようかしら」

「わたしは母の一族から遺産を少し受け継ぐことになってるの」エマは説明した。「ネッドがご両親に事情を説明しなくてもすむように、そのお金を使えばいいと思ったんだけど、結婚しないと受けとれないのよ」

「まあ」ベルは息をついた。「どうすればいいのかしら？」

「選択の余地はない」ネッドは言った。「金貸しに頼るしかないだろう」

「もしくは……」エマは考えこんで、言葉が途切れた。

「もしくは、なんだ？」ネッドが鋭い声で訊いた。「前回その言葉を口にして、アシュボーンに求婚しに行って、傷つけられることになったんだ」

エマは心を打ち砕かれたことを呼び起こされて、あやうく涙がこぼれ落ちそうになり、すぐに瞬きをしてこらえた。

「何言ってるのよ」ベルは小声で叱り、兄のむこうずねを蹴った。

「エマ、ごめん」従兄がただちに詫びた。「よけいなことを言ってしまった。悪気はなかったんだ」

「大丈夫よ」エマは低い声で答えて、従兄妹たちの顔を見ずにすむよう肩越しを見やって気持ちを鎮めた。「ふたりと話していたら、いつもと何も変わらないような気がしてたの。哀しいことがあったなんて忘れかけてた。結局、思いだしてしまったけど」

「ごめん」ネッドは詫びの言葉を繰り返した。

「気にしないで。今夜眠りにつくまで、百回は思いだすことになるんだもの。そして、あと百回腹を立てるのよね。でも、たぶん、あなたたちふたりとここにいるあいだは忘れていられるわ」

「さてと！」ベルはだし抜けに声をあげ、話を戻した。「あなたは〝もしくは〟と言ったわ。何か案を思いついたんでしょう」

エマはさらにしばし窓の外を眺めてから、ゆっくりと答えた。「ええ、そう。そうよ。まだやれることがあると思うの」

ベルとネッドが期待する表情で身を乗りだした。

「ネッドの借用証書を盗むのよ」

「えっ？」従兄妹たちが信じられないといった顔で声を揃えた。

「証書がなければ、ウッドサイドは賭け金を取り立てられなくなるでしょう。借金を証明するものがなければ、ネッドが賭け金を払っていないことを誰にも納得させる手立てはない。名案ではないかしら」

「うまくいくかもしれないな」ネッドが考える顔つきで言う。「いつ決行するんだ？」

「なるべく早いほうがいいわ。あまり時間がないし、見つけるまでに何回忍び込めばいいのかわからないから」

「あの人が家にいないことをどうやって確かめればいいの？」ベルが訊いた。「毎晩外出するとはかぎらないわ。出かけたとしても、いつ戻ってくるのか予測できるほど、あの人の習慣を知っているわけではないし」

　エマは従妹の目をまっすぐ見つめた。「そこで」決然とした口調で続けた。「あなたの出番よ」

　ベルはびくりとたじろいだ。「いい予感はしないわね」

「もう、よしてよ、ベル。あなたに身を差しだせなんて言うはずがないでしょう。ウッドサイドに思わせぶりな書付を送るだけでいいの、そうね、たとえば……」エマは唇を噛んで、上を見やって頭のなかの予定表をざっと呼び起こした。「あすの晩、レディ・モットラムの舞踏会があるわ。あの子爵があなたに夢中なのははっきりしてるんだから、勇んであなたに会いに来るのは間違いない。わたしたちがウッドサイドの家に忍び込んで証書を盗みだすまで、二時間程度、あの人の気を惹きつけていてくれるだけでいいの」

「どうやって気を惹きつけていろというの？　あの人はたぶん、ネッド・ブライドンが一万ポンドの借金のかたに妹の純潔を差しだすことにしたんだと思うわ」

「かえって都合がいいわ」エマはうなずいて言った。「あなたがそこにいるかぎり、あの人は絶対に舞踏会から帰らない」

「庭に誘いだされないようにしろよ」ネッドが忠告した。「バルコニーはたいがい薄暗いわ。そこへ誘いだそうとする男性が多いらしいから」

「バルコニーにも」エマは言い添えた。

「あなたたちふたりのことをみなさんに尋ねられたら、なんて答えればいいの？」ベルが訊いた。「きっと尋ねられるわ。社交界の催しにわたしがひとりで出かけるはずがないもの」

「あなたはひとりではないわ」エマは言った。「あなたのご両親も出席なさるでしょう」

「ええ、それをなぐさめに思わなくてはいけないのよね」ベルの言葉の端々に皮肉が滲んでいた。「わたしが嫌っていた男性とそんなに長い時間を過ごしていたら、少し妙に思われないかしら？」

「ベル、おまえは聡明な女性だ」ネッドが淡々と続けた。「なんとでもごまかせるだろう」

「ネッドがいなくてもふしぎがられることはないわ」エマが言葉を差し入れた。「男性なんだもの、どこでも自由に歩きまわれる。わたしについては、そうね、少し体調がよくないとでも言っておいてくれればいいわ。その頃にはアレックスとの仲たがいが最新の噂になっているでしょうから、みなさん、わたしがすっかり気を落としてしまったのだろうと思うわよ」

「これほど恐ろしくて気乗りしない、憂うつな役目を引き受けたことはないわ」ベルは腐ったミルクを飲んでしまったかのような顔で、ため息をついた。

「でも、やってくれるのよね？」エマは期待を込めて訊いた。

「もちろんよ」


アレックスは火曜日の晩をウイスキーの瓶とともに過ごした。

酒に酔ううちにいつしか、エマの見事な演技力に感心していた。まる二カ月間もよくぞ自分をうまく騙しきれたものだ。エマのことは、ダンフォードやソフィーや母のことと同じくらいよく知っていると、わかっていると思い込んでいた。もはや自分の人生に不可欠な存在となっていて、彼女が言葉を発する前に何を言おうとしているのかがわかることもたびたびあった。それでいて、しじゅう驚かされてもいる。あのように鮮やかな色の髪をした女性に、あれほど鋭敏な計算能力が備わっているとは誰に想像できるだろう？　この国でいちばん速いかもしれないという木登りのうまさについてもそうだ（アレックスは実際に見たわけではなかったが、ベルとネッドが口を揃えて事実だと証言していた）。

木を登れて、釣り針に毛虫を付けられて（これについても詳しく聞いている）、複雑な数式をやすやすと解く女性が、自分がきょうの午後に〝強欲な小娘〟とあざけった人物ではありえない。

しかし、結婚したい理由を尋ねたとき、エマはためらわず答えたのだ。金だと。

それにしても財産目当ての女性が、狙っている当の男に、自分は金目当てなのよなどと正直に認めるものだろうか。

とはいえ、たしかにエマはお金が必要だと言った。それは否定しようのない事実だ。いっぽうで、エマが資産家の一人娘だという事実も胸に引っかかっていた。彼女の父親の会社については詳しく聞いていて、かなりの利益を上げているのも知っている。エマには花婿の資産など必要がないはずだ。きょうの午後にあのように頭に血がのぼっていなければ、その事実を思い起こせていただろう。

アレックスは何かおかしいと思いつつ、少々酒を飲みすぎていて頭が働かなかった。そのまま書斎で眠りこんでしまった。

水曜日の朝には、ひどい二日酔いに陥っていた。

体を引きずるようにして階段をあがり、ベッドに倒れこんで、ずきずきするこめかみの痛みと冷や汗の出る吐き気に苦しみながら、なにか誤解があったのかもしれないと思いはじめた。ここ二カ月間のエマの行動を振り返れば、うっかり本音を口にしたのではなく、さらに深い意味を含んでいたと考えるほうが理屈がとおる。

そうだとすれば、自分はとんでもない失態をさらしてしまったということだ。

とはいうものの、お金が必要だというエマの返答は、アレックスが十年近くも女性に対して抱いてきた見方をそのまま裏づけるものだった。この二カ月間より十年間の思いのほうが先に立ってしまったのだろう。

アレックスは苦渋の呻きを漏らした。重大な決断ができるほど頭はまだ働いていないし、正直なところ、前日の午後に起きたことについて導きだした結論を、いまだすなおに認める気持ちにはなれなかった。

　卑怯者めと自分を罵り、うとうととふたたび眠りに落ちた。エマのことを考えるより楽だったからだ。

　正午から数時間後にようやく目覚めたのは、近侍にそっとつつかれたからでも、窓から射し込む陽光がまぶしかったからでもない。ダンフォードに叩き起こされたのだ。友人はスマイザーズを巧みに言いくるめ、アレックスの近侍の静止を押しきってそこに現われた。近侍は傷つけられた責任感を厨房で濃い紅茶を飲んで癒すはめとなった。

「起きろ、アシュボーン！」ダンフォードは大声で言い、アレックスの肩を揺さぶった。

「おい、言っておくが、寝てる暇はないと思うぞ」

　アレックスはしぶしぶ目をあけた。くそっ、誰かに瞼を蠟で閉じられていたような気分だ。

「おれの寝室で何をしてるんだ？」

　ダンフォードは友人の酒臭い息に思わず身を引いた。「なんだよ、アシュボーン、臭いぞ。夕べは何をしてたんだ？　ワイン樽にでも浸かってたのか？」

「おまえを寝室に招いた憶えはない」アレックスはいらだたしげな声で返した。

　ダンフォードは鼻に皺を寄せた。「全身から悪臭を放てるとは恐れ入ったね」

「だから、寝室におまえを招いた憶えはないと言ってるだろう」

「うぬぼれるのもいい加減にしろよ。ここより行きたい寝室はほかにいくらでもある。しかし、非常事態が起きてるんだ。ただちに手を打たねばならない」

アレックスは友人にうんざりした視線を投げて、大儀そうにベッドから起きあがり、前夜に洗面桶が取りだされていた洗面台へ歩いていった。顔に水を撥ねかけ、何度か瞬きすると、冷水のおかげで頭の血のめぐりが戻ってきた。「ダンフォード、なんのことを言ってるんだ？」

「ブライドン邸で何かが起こってる。どうもおかしいんだ。探ってみる必要がある」

アレックスは束の間目を閉じた。「悪いが、おまえひとりで進めてくれ。おれはブライドン邸ではもう歓迎されない身だからな」

ダンフォードは眉を上げた。

「エマと仲たがいをした」アレックスは簡潔に言った。

「なるほど」

友人がほんとうに理解したとは思えなかった。「ただの勘違いだったのかもしれない」低い声で言う。「その場合には、おれはとんでもない大ばか者ということになる」

ダンフォードは返答を控えた。

アレックスは友人をじっと見据えた。ダンフォードは長年の友人であり、その判断力には信頼をおいている。「エマについてどう思う？　おまえも、彼女が来てからだいぶ長い時間をともに過ごしているだろう。エマをどう思うか聞かせてくれ」

「彼女と結婚しないのなら、おまえは愚か者だと思う」

「金目当てに結婚を望む女性だろうか？」

る必要はない」

「何をばかなことを言ってるんだ、アシュボーン、彼女には資産がある。金のために結婚す
アレックスは長年かかえてきた冷たい懐疑心を崩され、体のなかでわだかまりがとけていくのを感じた。「だが欲深い女性ではないんだろうか？」ほとんど投げやりに訊いた。「満足することを知らない女性たちもいるだろう」

ダンフォードは揺るぎない温かなまなざしでアレックスの目を見つめた。「あの女性が欲深いと思ってるのか、アシュボーン？　それとも、決断するのが怖いのか？」

アレックスはうらぶれた顔つきで椅子に沈みこんだ。「もう何もわからなくなってしまった」片手で額を押さえて、疲れた声で言った。

ダンフォードは窓辺へ歩いていき、ロンドンの賑やかな通りを見おろした。静かにため息をつき、友人が気持ちを乱しているのは承知のうえで、自尊心の最後のかけらを傷つけてはならないと察した。通りの向こうのオークの高木を見つめたまま言う。「アシュボーン、おまえとは十年以上のつきあいになるが、助言のようなことはほとんどしてこなかった。だがいまはそれをさせてもらう」ひと呼吸おいて、言葉を探した。「この十年、おまえはいつかは結婚するしかないのだと考えて過ごしてきた。不幸せとはいかないまでも、その運命に満足していたわけではなかったはずだ。そしてエマと出会い、突然、幸せな結婚ができる可能性が生まれたのに、女性への不信感をつのらせてきた習性で、エマがよい妻になれない理由を探してばかりいる。エマに賭けてみて幸せになれなかったとしたら、これまでの計画どお

り自分に都合のよい女性と結婚するよりもずっとつらい思いをするとわかっているからだ」

アレックスは目を閉じた。心情を言いあてられることには慣れていない。

「だが、おまえが忘れていることがひとつある」ダンフォードは静かな声で続けた。「それはエマに賭けてみて幸せになれたなら、夢にも思い描けなかった幸せをつかめるということだ。おれは、賭けてみる価値のある女性だと思う」

アレックスは唾を飲みこんで椅子から立ちあがり、窓辺のダンフォードのそばへ歩いていった。「自分の気持ちを解説されるのはいたたまれない」あらたまった口調で言う。「だが、ありがとう」

ダンフォードの口もとにかすかに笑みが浮かんだ。

「とはいえ、会ってもらえるとは思えない」アレックスは顔をしかめた。「まったくとんだどじを踏んだものだ。元の関係を回復するのは無理かもしれない」

ダンフォードは頭を片側に傾けた。「ばかなこと言うなよ。無理なことなどあるものか。それに、彼女は追いつめられているのかもしれない」

アレックスは片眉を吊り上げた。

「ベルとエマは何かやっかいごとをかかえている」ダンフォードは説明した。「それを話しに来たんだ」

「何があったんだ?」アレックスは不吉な予感を覚えてすぐさま訊いた。

「それがよくわからないんだ。今朝、ベルに会うためにブライドン邸を訪ねて、彼女がおりてくるのを待っていたときに、書簡をベントン子爵へできるだけ早く届けるよう従僕に指示しているのを聞いてしまったんだ」

「ウッドサイドか！」アレックスは声をあげた。「どうしてあんな男と連絡をとりたがるんだ？」

「見当もつかない。そもそも、彼女はあの男をずっと嫌っていたはずなんだ。一年以上もつきまとわれていたからな。あいつを撒《ま》く手助けを何度も頼まれた。おまえも、しじゅう彼女のダンスの相手をさせられていたのは見ていただろう？」

アレックスは親指の先を嚙み、ベルの行動の謎を解こうとした。「何かあるな」陰気な声で言った。

「だろ。それだけじゃない。おれが待っていた客間にベルが入ろうとしたときに、ちょうどエマが階段を駆けおりてきた。おれがいるとはすぐには気づかなかったらしくて、ベルの腕をつかんで、慌てた様子で、こうひそひそ話してたんだ。〝例のものは送ったのね？　至急読んでもらうようマロイにはちゃんと言い聞かせた？　レディ・モットラムのところであなたに会ってもらわなければ、うまくいかないんだから〟」

「それでどうなったんだ？」

「エマがこちらに気づいた。急に顔を赤らめて口ごもりだした。彼女のあんなまごついた姿はこれまで見た憶えがない。気がついたときには、階上に消えていた」

「それについてベルに訊いてみたのか？」

「聞きだそうとしたんだが、従姉と一緒にネッドをからかおうといたずらをたくらんでいるとか筋の通らないことを話すんだ。ウッドサイド宛の手紙を従僕に渡したところを見られてはいないと思ってるんだろう」

「何か手を打ったほうがいいな」アレックスは意を決して言った。「ウッドサイドは良心のかけらもない男だ。ふたりが何をしようとしているにせよ、手に負える相手じゃない」

「そうはいっても、何をしようとしているのかわからなければ、とめることはできない」アレックスは腰に手をあてた。「今夜、直接ふたりに会って確かめるしかないな」

「そうだな」ダンフォードはさっとうなずいた。

「レディ・モットラムの舞踏会で」

17

「どうかしら?」

エマはしなやかな体を黒一色に包み、ネッドの前にひょいと姿を現わした。ネッドが十四歳のときに身につけていた黒いズボンを穿いている。ネッドは黙って見ている。

「少年と言ってもとおるかしら?」エマは根気強く訊いた。「もちろん、髪はピンで留めて帽子のなかに入れるわ」

ネッドは唾を飲みくだした。「ううむ、エマ、どうかと言われれば、てんでだめだ。少年にはまるで見えない」

「見えない?」エマはため息をついた。「そうよね。もっとぴったり合ったズボンを見つけられたらよかったんだけど。腰周りがちょっと大きいのよ」腰周りの布地を前に引っぱってみせた。「でも、これ以上小さいのにすると、今度はお尻の部分がきつくなるの。ズボンは女性の体に合うようにはつくられていないのね」

「それもそのはずだよな」ネッドはつぶやいて、従妹の女性らしい曲線を艶めかしくきわだたせているズボンを眺めた。「ぼくがきみの従兄でよかった」ぼそりと言う。「こんな姿はほかの人間にはとても見せられない」

「口うるさいこと言わないで。正直なところ、こういったズボンはすばらしく快適だわ。世界じゅうの女性たちが暴動を起こさないのがふしぎなくらい。あなたもコルセットをしてみれば、多くの女性たちがしじゅう卒倒している理由がわかるわよ」

「それとエマ、もうひとつ必要なことが、その、だから……」ネッドの声が消え入り、エマは気まずそうな従兄の顔を見つめた。

「何が必要なの？」

「その、そこも絞めつけたほうが……」ネッドは従妹の乳房のほうを大まかに手で示した。ふだんはなんでもいたって率直に言いあえる間柄だが、そのように女らしい体の部分をあからさまには口にできなかった。

「ここね」エマはゆっくりと言った。「たしかにそうかもしれないわね。ちょっと待ってて……」さっさと部屋を出ていき、五分後に戻ってきた。胸のふくらみはそのままだった。「ごめんなさい」気恥ずかしげに言う。「あまりに窮屈だったんだもの。ぶかぶかの外套《がいとう》を着なくてはね」

ネッドはその話題についてはそれ以上触れないのが得策だと判断し、古い外套のひとつを差しだした。「もう行かないと。これを着てみてくれ。床に引きずりはしないだろう」

そのとおり引きずりはしなかったが、床すれすれの長さだった。エマは自分の服装を眺めおろした。「お葬式に行く宿無し子みたい」

共謀者のふたりは忍びやかに廊下に出て、裏階段へ向かった。「三段目に気をつけて」エマは囁いた。「軋むのよ。壁ぎわに寄ったほうがいいわ」

ネッドは茶化すような目を向けた。「この階段をしょっちゅうこっそりおりてるのか？」

エマはベルと女中の姿で裏階段をこっそりおりた日のことを思い返して顔を赤らめた。アレックスと出会った日だ。「ベルに教えてもらったの」小声で答えた。

ふたりはベルの忠告に従って音を立てないように裏階段をおりて、忍び足で人けのない厨房を通り抜け、勝手口からビロード色の夜闇に出ていった。


アレックスとダンフォードがともに黒の夜会服を一分の隙もなく身につけて、戸口から大股で大広間に入っていったときには、レディ・モットラムの舞踏会は始まってからすでにだいぶ時間が経っていた。

「いるか？」アレックスは早口で訊き、長身を生かして招待客たちの頭越しに見渡した。

「いや」ダンフォードも首を伸ばして答えた。

「エマはいない」アレックスは断言した。

「どういうことだ？　ここに来ているはずだ」

「いない。彼女の髪は一マイル先からでも見分けられる」

「待て！」ダンフォードが突然声をあげた。「ベルがいる」

アレックスは友人の視線の先を追い、ブロンドのベルの頭を見つけた。おなじみの取り巻きの面々に囲まれている。「ウッドサイドもそばについている」

ダンフォードは眉をひそめた。「しかもあの男から離れようとするそぶりはない。来てくれ」決然とした足どりで込み合う人々のあいだを縫って進みだし、アレックスもその後ろをついていった。

「ベル！」ダンフォードはそばまで来ると陽気に声をかけた。「いつもにまして美しいな」身をかがめてベルの手に口づけた。ベルは疑念をあらわにして見つめた。「それに、ベントン子爵！」ウッドサイドの背中をぽんと叩いた。「お久しぶりですね。あなたが身につけてらっしゃるベストについてお伺いしたかったんです。前々から羨《うらや》ましく思ってました。どちらで誂《あつら》えられたんですか？」

友人がウッドサイドの関心をうまくそらしたところで、アレックスはベルのほうへ意識を注いだ。「レディ・アフベラ」さりげなく声をかけ、威嚇《いかく》する視線で残りの若い男どもを蹴散らした。「ふたりでお話したいことがあるのですが」

「あなたとお話することは何もありませんわ」ベルは顎を上げて答えた。

アレックスはダンフォードとウッドサイドのほうを向いた。「ほんの少し、レディ・アラベラをお借りしてもいいだろうか？　すぐにお返しすると約束します」ウッドサイドにウインクした。「あなたと親しくされているのは存じています。そう長くお借りしませんから」

それから、ベルに不敵な笑みを見せて手首をつかみ、ほとんど引きずるようにしてバルコニーへ連れだした。「きみの従姉はどこにいる？」

「ご心配なら言っておくけど、べつにあなたのことを想って家でふさぎこんでいるわけではないわ」ベルはすぐによけいなことまで口にしてしまったと気づいて、唾を飲みこんだ。

アレックスは即座にベルの顔から後ろめたさを読みとった。「どこにいる？　危険な状況ではないんだろうな？　付添人もなしで歩かせれば、どんなやっかいごとに巻き込まれるかわからないんだぞ」何か根拠があるわけではないが内臓をねじり取られるような恐ろしさに襲われ、なぜかエマが危険にさらされているという予感がしていた。ほんとうにそうなら、どういう形であれ彼女が傷つけられるのを黙って見過ごすことはできない。

「あなたの助けがなくても、わたしの従姉はちゃんと自分の身を守れるわ。それに、あなたにはもう関わりのないことではなかったのかしら」

「お嬢さん、からかうんじゃない」アレックスは警告した。「エマはどこだ？」

「お言葉ですけど、公爵様」ベルはとげとげしい声で言い返した。「あなたの態度は失礼だわ。エマに何を言ったのか知らないけど、いっさい話してくれないのだから、相当にひどいことなのは確かかね。見たこともない沈んだ顔で家のなかを歩きまわって、時どき泣きだすのよ。これでご満足かしら！」言い放った。「わたしたちにできることといったら、彼女に言い寄ってた卑劣な男性を思いださずにすむように、気をまぎらわせてあげることくらいだわ！　さいわいにもちょうど――」ベルはぴたりと口をつぐんだ。

「さいわいにも、なんだ？」アレックスは詰め寄った。「彼女の気をまぎらわせるために、きみたちは今夜何をしようとしてるんだ？」

「先ほどわたしは〝卑劣な男性〟と言ったかしら?」ベルはこともなげに訊き、小首をかしげて指でとんとんと顎を打った。「ほんとうは〝蛆虫《うじむし》〟も同然だと言いたかったのよ!」険のある声で言った。「もうわたしには――エマにも――かまわないで!」つかまれていた腕を引き抜いて、小走りに舞踏場のなかへ戻り、まっすぐウッドサイドとダンフォードのもとへ向かった。

「アシュボーンの失礼な行動には困ったものね」ベルは可愛らしく言い、ウッドサイドの薄い青色の目を見て微笑んだ。「従姉について問いただされたの。彼女を追いかけまわしてるのよね」

ウッドサイドは狡猾な目つきでベルを見やった。「彼女のほうもまんざらではないのかと思っていたが」

「もう違うわ。だから、今夜も家で過ごしてるのよ。これまでのことでまだ少し動揺しているから。でも、今夜はエマのことは話したくないわ。子爵様、あなたのことをもう少しお伺いしたいんです。兄からいろいろ聞いてますわ」

ウッドサイドは、ネッドが一万ポンドの借金の帳消しと引き換えに妹を差しだす決心をしたものと思い込み、目に好色そうな光を灯した。「そうでしたか」低い声で応じた。

ダンフォードはアレックスが憤然とこちらへ戻ってくるのを目にして、呻き声をこらえた。

「ウッドサイド、レディ・アラベラをワルツにお誘いしてもよろしいですか? アシュボーンがお借りしたばかりなのは承知してますが、ぼくも彼女と話したいことがありまして」

「わたしは踊りたくないわ、ダンフォード」ベルが撥ねつけた。

「そんなことはないだろう」ダンフォードはなめらかに言い、ベルを舞踏場の中央へ引っぱっていった。

ウッドサイドは獲物がまたも連れ去られていくのを見つめ、いらだたしげなため息を吐いた。飲み物を探しに行こうとしたとき、右肩がアレックスにぶつかった。

「申しわけありません」アレックスは硬い笑みで言った。「今夜はレディ・アラベラと過ごす時間を楽しみにされていたんですよね。じつに美しい女性だ」

ウッドサイドはいぶかしげに公爵を見やった。「ご友人と彼女にそれほど重要な話があるとは思えないが」

アレックスは嫌悪感を押し隠し、愛想よく笑った。「じつを言うと、ぼくのせいなんです、ウッドサイド。ぼくがレディ・アラベラの従姉に関心を抱いているのはご存じですよね？」

ウッドサイドはいわくありげな笑みをちらりと浮かべた。有力なアシュボーン公爵が植民地の出で名にレディの称号も付かない娘と真剣に結婚を考えているとは思えず、エマに敬意を払って話す必要はないと見きわめた。「ああ、あのアメリカ娘ですね？　そそられる女性だが、あなたのような方が植民地の娘に興味を持たれるとは思いませんでした」

アレックスは目の前の男の舌を引き抜いてやりたい気持ちをこらえた。「彼女とちょっとした言いあいをして、口を利いてもらえないのです」

「花を贈ってはどうです」ウッドサイドは親切ぶって提案した。「彼女のご家族に厚かましいと思われない程度の宝石でもいい。たいがいはこれでうまくいく」見えもしない糸くずを袖から払う。「女性たちの扱いなどたやすいものです」

この男の舌を肺から引き抜いてしまうにはどれくらいの力がいるのだろうかと、アレックスは考えた。「ぼくがバルコニーでうまく話せなかったので、ダンフォードが代わりにベルと話をつけようとしてくれているのです。ぼくと話して考えの行き違いを解決するよう、従姉を説得してくれと」

ウッドサイドはうなずいた。「賢明なやり方です。それでうまくいけば、ブレスレットを贈るよりはるかに安上がりだ」

アレックスは歯を食いしばって微笑んだ。「ですからなおさら、友人にどうにかうまく話をつけてもらいたい」

そううまくはいかなかった。

ダンフォードは考えられるあらゆる策を駆使してエマの居所を聞きだそうとしたが、ベルの堅い口を開かせることはできなかった。ついに脅し以外に手はないと判断した。何度か咳払いをして、ベルの青い瞳を見つめ、いたずらっぽく笑って言った。「ベル、いますぐきみの従姉の居所を明かさなければ、ぼくはきみとここで、忘れ去られるまでに何年もかかる騒動を起こさざるをえない」

ベルはせせら笑うように見返した。「ダンフォード、わたしたちは混雑した舞踏場の真ん中にいるのよ。あなたに何ができるのかしら？」

「キスをする」

「あら、どうぞ」ベルは相手にしなかった。

「舌を使う」ダンフォードはじゅうぶんに含みを持たせてゆっくりと言った。

ベルは友人の大胆な宣言に息を呑んだ。「できないはずよ。あなたはわたしに女性としては惹かれていない。自分でそう言ってたじゃない。これまで何度も」

「そういう問題じゃない」

「わたしを傷ものにしたいのね」

「いまならとめられるぞ、ベル」

ベルはそのいたく真剣な褐色の目を見た瞬間、ダンフォードを甘く見ていたことを悟った。のんきそうなうわべの下には強固な意志がひそみ、それを変えさせるのはもはや無理そうだ。

「ほかに選択肢はないの?」

「ない」

ベルはこれでおしまいだとがっくりきてため息をつき、けれどひょっとしたらアシュボーンとダンフォードにエマとネッドの計画を助けてもらえるかもしれないとかすかな希望を抱いた。

「ひと晩じゅう待つ気はないぞ、ベル」

「わかったわ」ベルは観念した。「兄と一緒にウッドサイドの家に忍び込んでいるはずよ。兄が賭け事であの人に借金をつくったの。その借用証書を盗みだしに行ったのよ」

「なんだって？　なんてばかなことを！」

「大変な金額なのよ」ベルはさらりと言った。

「きみのお兄さんは紳士らしく、賭け事の借金を払う方法を探すべきだ。そもそも、自分で返せない額を賭けるべきじゃない」

「ウッドサイドがいかさまをしたの。これでおあいこだわ」

ダンフォードは首を振った。「つまり、この計画でのきみの役割は、ふたりがウッドサイドの家を探っているあいだ、あやしまれずに家主をもてなすことなのか」

ベルはうなずき、ワルツの曲が終わると同時に膝を曲げてお辞儀をした。

ダンフォードはベルの腕を取り、アレックスとウッドサイドのいるほうへゆっくりと導いていった。「いいか、気をつけて仕事をしてくれよ」ベルに耳打ちした。「あの子爵ときみとでは〝楽しく過ごす〟ことについての考え方が違うようだ。あ、ウッドサイド、お待たせしました」明るく声をかけて、ベルの手を子爵の腕にかけさせた。「レディ・アラベラをお返しします。あなたのことばかり聞かされましたよ」

ウッドサイドは口もとに陰気な笑みを浮かべ、ゆっくりとベルにうなずいた。

「申しわけないが、アシュボーンとぼくはもう失礼しなければなりません」ダンフォードは続けた。「おふたりは楽しい晩をお過ごしください」

「言われるまでもなく」ウッドサイドは低い声で答えた。「レディ・アラベラにぜひとも庭園をご案内したいと思っていたのです。レディ・モットラムの庭園はロンドンでは指折りのすばらしさだと言われていますから」

ベルは顔をゆがめ、すぐに空咳をしてごまかした。「残念ながら、じつは風邪ぎみですの。湿った夜気にあたるのは避けたいわ」

ダンフォードはふたりに頭をさげて、アレックスをせかして戸口へ歩きだした。「ぜんぶ聞きだした」と耳打ちした。「馬車に乗ってから話す」


「ここで停めてくれ」

ネッドとエマがウッドサイドのロンドンの町屋敷《タウンハウス》へ向かうために手配した貸し馬車が、目的地の一街区《ブロック》手前で車輪を軋ませて停まった。まだ眠りの浅い使用人たちをわざわざ馬の蹄の音で起こして来客を知らせる必要はない。ネッドが御者に支払いをすませ、エマはせっかくの扮装を女性の声で台無しにしたくないので、いっさい口を開かなかった。

ふたりは忍びやかに通りを進み、ウッドサイドの住まいに到着した。子爵がわりあい倹《つま》しい家を借りているのは、エマにとってはこのうえない幸運だった。大邸宅だったなら家のなかの捜索に長い時間がかかるし、警戒を怠らない使用人の一団が雇われていただろう。ウッドサイドの小ぶりの住まいにはさほど多くの使用人がいるとは思えない。

「側面にまわったほうがいいだろう」ネッドが囁いた。「少しあけている窓が見つかるかもしれない。かなり暖かい晩だから」

エマはさっとうなずきを返し、従兄のあとについて建物の脇の狭い路地へ進んだ。ふたりはつきに恵まれていた。新鮮な空気を入れて換気をするためなのだろう、いちばん後方の窓がわずかにあいていた。

「高すぎるな」ネッドが顔をしかめた。

「わたしを押し上げて」

「ぼくはどうやって入るんだ？」

「入らなくてもいいわ」エマはぎこちない笑みを浮かべて答えた。「煉瓦《れんが》の壁に足を掛けられるところはないでしょう」

「気が進まないな」

エマもひとりで入るのは気が進まなかったものの、不安を従兄に気取られれば絶対にひとりで行くことに同意してもらえないのはわかっていた。「もし誰かが来たら、合図してくれないかしら」

「咳をするのはどうかな？」ネッドはエマのうなずきを見て、手を組んで足場をつくり、しっかりと地面を踏みしめて、従妹を窓の高さまで持ち上げた。

「書斎みたいだわ！」エマは意気込んだ口ぶりで囁き、ゆっくりと窓を押し上げた。「しかもドアが閉まってるから、使用人が入ってくる心配もない」

「これから押し上げる」ネッドは声をかけた。「窓の敷居に片足を掛けるんだ。そうすればなかへ入りやすい」

エマはネッドに押し上げられると歯を食いしばり、上半身をどうにか敷居に乗り上げて片足をあいている窓の向こうへ掛けた。あとは難なくウッドサイドの書斎に全身を滑り込ませ、絨毯にそっと降り立って、底が柔らかく音の立たない靴にひそかに感謝した。「木登りの経験が役に立つこともあるのね」小さくつぶやいた。

窓から月明かりが洩れ射してはいたが、暗闇に目が慣れてきても部屋を細かく探るにはまだ暗すぎた。外套のポケットに手を入れて蠟燭を取りだし、火を灯した。その灯りを頼りに部屋を見まわし、廊下に出るドアと床の隙間に目を留めた。使用人が通りがかれば、その隙間から洩れる蠟燭の灯りにすぐに気づかれてしまう。エマはすばやく外套を脱いで、ドア下の隙間にかぶせた。

「これでいいわ」独りごちた。「もしわたしが卑劣なろくでなしで、善良な若者からお金を騙し取ったとしたら、借用証書をどこにしまっておくかしら？」やはりまずは机を探すのが妥当に思えた。ウッドサイドはまさか家に押し入られるとは思っていないはずなので、借用証書を隠そうとまでは考えなかっただろう。エマは一段目の抽斗を引いた。何本かの羽根ペンと便箋が入っていたが、ネッドから聞いているような紙らしきものはなかった。次の抽斗を引いた。こちらにも見あたらない。三段目を引こうとしたが、鍵が掛かっていた。

鼓動が早鐘《はやがね》を打ち、エマは慌てて窓辺へ戻った。「ネッド？」ひそひそ声で呼んだ。

「なんだ？」

「鍵が掛かっている抽斗があるの」

「ヘアピンを使ってみるんだ。古い机の抽斗の鍵はたいがいそれほど固くない」

「わかったわ」すぐに机のところへ引き返し、帽子を取って髪からピンを抜いた。下唇を噛んで小さく息を吐き、ピンを鍵穴に差し込む。動かない。ピンを何度かねじってみた。それでも動かなかった。腹立たしい抽斗を睨みつけて、つぶやいた。「いまいましい錠前ね。わたしが何をしようと無駄だとでも思ってるんでしょう」

　鍵穴がまわった。エマは顔をほころばせた。「あら、そんなにむずかしくないじゃない」

抽斗のなかを探る。事務書類、家の賃貸契約書らしきもの、それに現金もいくらかあったが、借用証書はない。エマはそうした書類を手早く元どおりに入れて抽斗を戻し、また鍵が掛かったのを確かめた。

　窓辺に駆け戻った。「そこではなかったわ」下に向かって報告した。

「もっと探すんだ！」

　エマはため息をついて、ドアの脇に造りつけられた書棚へ目を向けた。ウッドサイドは借用証書を本のあいだに挟んでいるかもしれない。それが図書室にあるような本格的な書架ではないのは幸いだった。並んでいる本は三、四十冊程度だ。すべて調べてもたいして時間はかからない。

　エマは足のせ台に上がり、シェイクスピアの作品が揃えられているらしい最上段から調べはじめた。意外にもベルとウッドサイドに共通する嗜好《しこう》があったのだと思い、いたずらっぽい笑みを浮かべた。

アレックスの馬車は猛烈な速度でロンドンの通りを駆け抜け、ダンフォードの町屋敷《タウンハウス》の前で停まった。ウッドサイドはそこからほんの三街区《ブロック》先に住んでいるので、ふたりは不要な疑念を招かぬようそこに馬車を置いて行くことにした。

「懲らしめてやらなければな」アレックスは苦々しげにつぶやいて、長い脚をせっせと動かして通りを急いだ。

ダンフォードは友人の憤慨した顔をちらりと見て、本気らしいと見てとった。

ふたりは何分もかからずにウッドサイドの家の前に着いた。「押し入られた形跡はないな」アレックスは建物の正面にざっと目を走らせて、つぶやいた。

「脇の路地にまわったんじゃないか」ダンフォードが言う。「こっちだ」

ふたりは建物の角へ進み、そこで足をとめて向こう側をそっと覗いた。奥のほうに男がひとり立っていて、気遣わしげに窓を見上げている。「まだ見つからないのか？」男の低い声が聞こえた。

アレックスとダンフォードは同時に身を引いた。「親愛なるわれらが友人、バーウィック子爵どのでいらっしゃる」ダンフォードがおどけて言った。

「エマの次に懲らしめるべき相手だな」アレックスが恐ろしげな口ぶりでつぶやいた。

「ここにいてくれ」ダンフォードが口早に言い、いきなり動きだしたかと思うと、アレックスには何が起きているのかわからないうちに、ネッドの口を押さえつけていた。アレックスもすぐにそばに駆けつけた。

「エマはなかにいるのか？」強い調子で訊く。

ネッドは驚きと、それ以上に恐怖で青い目を見開き、大きくうなずいた。

「女性になかに入らせて、自分はここで待っているとはどういう了見なんだ？」

ネッドはダンフォードに口をふさがれたままなので答えられなかったが、どう説明すればいいのか見当もつかないので、かえってありがたかった。なにしろこの十分間、エマひとりに家のなかを探らせて自分はいったいここで何をしているのだろうと、まさに考えていたところなのだから。

アレックスは詰問を続けた。「借用証書を探してるんだろう？　彼女ひとりで紙切れ一枚をどうやって見つけだせるというんだ？」

なおもダンフォードが口から手を離してくれないので、ネッドは逃れるために自分にできる唯一の努力をした。ダンフォードの手を舐めたのだ。

ダンフォードはぞっとして飛びすさった。外套で手を拭こうとして、もっといい案を思いつき、ネッドの外套で拭いた。

「口を押さえられていては答えられませんよ」ネッドはこわばった声で弁解した。

「それで？」アレックスは訊いた。

「わかりません。運にまかせるしかなかったので。これは彼女自身が言いだしたことなんです」

「そうだろうな」エマがこのような危なっかしい計画を思いついたとしてもまるでふしぎは

ないとアレックスは思った。結婚したら、妻の手綱を引き締めておかねば。「だからといって、すなおに従わなくともいいだろう」

ネッドは疑わしげな目を向けた。「彼女が何か決めたときに、思いとどまらせたことがあるんですか？　ぼくが付き添わなくても、彼女はひとりでここに来ていたはずです」

「ぼくが行こう」アレックスは宣言した。

「いい案とは思えませんね」ネッドがためらいがちに言った。

アレックスは年下の若者を冷ややかな目つきで見据えた。「ここまでのきみの判断に問題がなかったとは言いがたい」

ネッドは唾を飲みこんであとずさった。

「ダンフォード、持ち上げてくれるか？」

かたやウッドサイドの書斎ではエマが書棚を調べ終え、この部屋には借用証書はないのかもしれないとあきらめかけていた。その場合には危険を冒してべつの部屋も探さなければならない。そこを出るのは気が進まなかった。

とりあえず窓の下のネッドにここまでの報告をしようとして、ふとヘアピンを机に置いたままであるのを思いだした。罪の告発に使われかねない証拠品を残していくわけにはいかない。といってもたいした問題ではないのかもしれない。借用証書が消えていることにウッドサイドが気づいたなら、持ち去った人間はあきらかだ。あの子爵はまぬけではない。ネッドにまんまと一万ポンドの借金をこしらえさせたくらいなのだから。ある程度の知性がなければば、そのように巧みに人を欺《あざむ》けはしない。

それでもウッドサイドが当局へ犯罪の証拠として持ち込めるものは残していきたくないので、机のところへ戻ってヘアピンに手を伸ばした。

そのとき、嗅ぎ煙草《たばこ》入れに目が留まった。

机の上にアジアからの輸入品とおぼしき凝った装飾の箱が置いてある。「ああ、どうか神様、どうかどうか、これでありますように」エマはヘアピンのことはすっかり忘れて祈りを唱えた。願いを込めて目をつむり、蓋をあける。深呼吸をして、目をあけた。折りたたまれた紙が入っている。息つくいとまもおかず、その紙を広げた。


私、エドワード・ウィリアム・ブライドン、バーウィック子爵は、アンソニー・ウッドサイド、ベントン子爵に一万ポンドを返済することを誓約いたします。


その下に、エマが見慣れたネッドの署名が記されていた。ほっと安堵の思いに満たされたとたん、鼓動がとてつもなく速くなっていたことに気づいた。「神様、感謝します」エマは息をついて、嗅ぎ煙草入れの蓋をして、元の場所に戻した。

「ネッド！　見つけ――」低い声で言いかけて振り返ったとき、アレックスがあいている窓の敷居をまたいで豹《ひょう》のごとくしなやかな身のこなしで絨毯に着地した。「あなた！」エマは声を詰まらせ、唖然としてあとずさった。

アレックスはいかめしく唇を引き結んでいる。「さて、お嬢さん、どういうことなのか説明してもらおう」

18

エマは口をぽっかりあけた。

「とはいうものの」アレックスは穏やかに続けた。「ここは最適の場所とは思えない。例の借用証書とやらは見つけたのか？」

「ええ」エマは茶目っ気たっぷりに答えた。「このとおり」彼の顔の前に借用証書を振って見せた。

「そういうことなら、きみを窓の外に放りださせていただこう」アレックスはエマの腕をつかみ、窓辺へ引っぱっていった。

「待って！」エマはいきなり声を発した。「わたしの外套！　ドアの下の隙間に挟んでおいたの。それと蠟燭も持って帰らないと」そそくさと駆けていって外套を拾い上げ、さっと身にまとった。「あなたはまるで狩人ね」つぶやいた。

アレックスは机の上から細長い蠟燭を乱暴につかみとって炎を吹き消したが、その前にエマのほうをじろりと睨むことも忘れなかった。

「行くわよ、行きます」エマはすぐに答えて窓辺へ急いだ。

それでもアレックスにはじれったかったらしく、エマは抱きかかえられて窓の敷居の外に出て、ダンフォードの腕のなかへ落とされた。

「あなたも来てたの？」弱々しい声で訊いた。

「ぼくがきみなら、ぼくがいたことに感謝するな。アシュボーンはいまにも発火しかねない状態だ」

エマにもそれはわかっていた。身をよじってネッドのほうへ顔を振り向けた。「どういうこと？　どうしてこの人たちがここにいるの？」

従兄は肩をすくめただけだった。

「もう降ろしていいんだぞ、ダンフォード」アレックスは窓からひょいと飛び降りた。「きみの蠟燭だ」エマは差しだされた細長い蠟燭をすばやくポケットに押しこんだ。「ここを離れよう」

「窓を閉めておいたほうがいいわよね？」エマは問いかけた。

アレックスはいらだちをこらえて窓のほうへ引き返した。「ダンフォード、踏み台になってくれるか？」

ダンフォードが両手を組んで足場をつくり、アレックスがそこに乗って窓を閉めた。

「だけど」アレックスが地面に降りたところで、エマが言った。「完全には閉まってなかったのよね。八センチくらいあいてたの」

アレックスが大きく息を吸いこんだ。エマは彼の頰の筋肉がぴくりと引き攣《つ》ったのを見て、唾を飲みこんだ。だがアレックスは表情を変えずに友人に向きなおった。「ダンフォード？」ダンフォードがふたたび両手を組んで友人を持ち上げた。アレックスは窓をわずかに押し上げた。「これでいいのか？」エマがこれまで聞いたことのないせっかちな口ぶりだった。けれど彼への怒りが消えたわけではなかった。「もうちょっとあいてたわ」不機嫌に答えた。

アレックスはさらに少し窓を上げた。

「もうちょっと下ね」

アレックスが窓をさげる。「これくらいか？」

「もう少し――痛い！」エマはネッドにすばやく突かれて、脇をさすった。「そうね、それくらいよ」仕方なくそう答えて、従兄をきっと睨んだ。「そうだわ、借用証書を取り返してきたのよ！」声をはずませ、ネッドに差しだした。「忘れるところだったわ。これよね？」

ネッドは紙を開き、目を走らせて安堵の吐息をついた。「エマ、きみには感謝のしようがない」

「あら、たいしたことじゃないわ、ネッド。じつを言うと、とても楽しかったし」

「こっちはみじんも楽しくなかったがな」アレックスはいまにも破裂しかねないエマへの怒りをどうにか抑えて、きわめてゆっくりと言葉を発した。エマのことが心配でたまらなかった。気が変になりかけていた。ダンフォードからエマとベルが何か不穏な計画をくわだてているらしいと聞かされてからレディ・モットラムの舞踏会へ出かけていき、さらにここで本人と対面するまでの八時間は長かった。八時間ものあいだ、そわそわして髪を掻き上げ、エマはいったい何をしようとして、どんな危険にさらされているのだろうかと考えつづけていた。前夜自分が彼女にとった態度への罪の意識で死ぬのではないかと思うほど苦しい午後だった。そしてエマがウッドサイドのロンドンの住まいに忍び込みに行ったと知ったときには、こぶしで壁をぶち抜きたい気分だった。二日酔いで胃は空っぽのうえ、やきもきしつつ身の縮まる思いで八時間を過ごしただけでも災難なのに、エマに楽しかったと言われては気をなだめられるはずもない。

エマはアレックスの暗澹《あんたん》とした表情を見て思わずあとずさった。

「ここを去るとしよう。それとも、かついでいかなければならないのか？」アレックスが不気味なほど落ち着いた声で言った。

エマは笑いを漏らすのは恐ろしく場違いで、身に危険が及びかねないと賢く見きわめ、引き攣った笑いを呑みこんだ。「そんな――そんな必要はないわ」つかえがちに答えた。

アレックスが今度はネッドを冷ややかにねめつけた。「きみはひとりで帰れるな」

ネッドはうなずいた。「でもエマはどうするんです？　付添役が必要です」

アレックスはエマにするりと腕をまわし、自分のそばに引き寄せた。「ぼくが送って行こう。きみの従妹と少々話があるんだ」

「お話なら、あすでもできますわ」エマは急いで言葉を差し入れ、公爵の腕のなかから逃れようとした。

アレックスは彼女をしっかりとつかんでいた。「いや、そうはいかないんだ」ネッドにうなずき、さっさと通りを歩きだしたので、エマはほとんど小走りでついていかざるをえなかった。ダンフォードはじゅうぶんに距離をとって、そのあとに続いた。

「引っぱらなくてもいいでしょう？」エマは飛び跳ねるように進みながら、息を切らして言った。

「あと数分は口を閉じておくのが賢明だ」

「でも、わたしはあなたほど脚が長くないのよ」エマは不機嫌そうにこぼした。「そんなに速く歩けないわ」

アレックスがいきなり足をとめた。だいぶ歩調が上がっていたエマは彼の体にぶつかった。

「どうしたのよ？」つっけんどんに訊いた。

「いまからでも、かつげるんだぞ」アレックスは陰気な声で警告した。

エマはとげとげしい視線を突きつけた。「そんなことをしたら、どぶ鼠《ねずみ》も同然よ」

アレックスは身を揺さぶられるほどの怒りをどうにか抑えようと、こぶしを握っては開き、ゆっくりと息を吐きだした。「行くぞ」憤然と言い、ふたたびエマの腕を引いて歩きだした。

「だけど、どこに行くの？　念のために言っておくなら、わたしの住まいとは反対方向に進んでるわ」

「ダンフォードの家に行くんだ。ほんの数街区《ブロック》先だ。そこから馬車に乗る」

「よかった。それならすぐに家へ送り届けてもらえるのね」エマはふっと鼻で笑った。「今夜のあなたの態度にはとても耐えられないもの」

またもアレックスが立ちどまり、またもエマは彼の脇にぶつかった。「ぼくをそんなに怒らせたいのか？」嚙みつくように言う。

エマはつんと鼻をそびやかした。「あなたがどうお思いになろうと、わたしの知ったことではないわ、公爵様」

慇懃《いんぎん》無礼な呼び方にアレックスはたじろいだ。とっさに人差し指を突きつけて長説教を垂れかけた。歯を食いしばって顔をゆがめ、言葉を吞みこんだ。ふるえがちな指をおろす。街なかで感情にまかせて女性の肩を揺さぶるのはどうにか思いとどまれる程度の品位は残っていた。言うまでもなく、二メートルほど離れた後方にはダンフォードが佇《たたず》んでいる。「さっさと行くぞ」そっけなく言い、ダンフォードの家に向かってまた進みだした。

数分後、ダンフォードのこぢんまりとした町屋敷《タウンハウス》の玄関前の階段にたどり着いた。エマはアレックスの手から逃れ、反抗的に胸の前で腕を組み、じっと睨みつけた。

十五秒後にダンフォードも追いついて、睨みあっているふたりをひと目見て言った。「馬車を手配してくる」階段を一段飛ばしでのぼっていく。最上段に着くと振り返った。「ええと、玄関で待っててくれないか？　夜会帰りの人々が通る頃だ。ふたりで通りに立ってる姿を見られたくないだろう。なにせエマはその格好だからな」

エマは階段をずんずんのぼっていった。「誰かに見られて、こんな怪物と結婚させられるはめになるのはご免だわ」

アレックスは黙って彼女のあとから階段をのぼっていった。ふたりともダンフォードの玄関広間にぶじ入ったところで、エマはそっとアレックスの様子を窺った。頬の筋肉はまだ引き攣ったままで、顎と首がこわばっているのが目にみえてわかる。あきらかに怒っている。おそらくは自分と同じくらいに。だが公爵がそこまで腹を立てている理由がエマにはまだよくわからなかった。前日の午後にあれほど露骨に軽蔑の感情をあらわにしておきながら、おそらくは危機から救ってくれるためにウッドサイドの書斎に現われたのだから、どうにも理解しがたい行動だ。

「馬車の用意ができた」数分して玄関に戻ってきたダンフォードが背で手を組んで、静かな声で伝えた。

アレックスがふたたびエマの腕をつかんだ。歩きだす前にダンフォードのほうを向いて言った。「いろいろと手間をかけたな」

「あす、寄ってくれるか？」

「あすまでに彼女と話がつくかわからない」その不吉な発言にエマが質問を差し挟む間もなく、アレックスは彼女の手を引いて外へ出て階段をおりていった。エマをぞんざいに馬車に放りこむと御者のもとへ歩いていって指示を出し、それから自分も彼女の隣りに乗り込んだ。

エマはむっとして腕を組み、クッション付きの座席の隅に深く腰かけた。もうひと言も話すつもりはないことを態度で示していた。この男性になんの権利があってずうずうしくあれこれ指図され、やっかいな荷物同然に扱われなければいけないのか、まるでわからない。憤慨のため息を吐いて、唇をきつく引き結び、決然と窓の外へ目を向けた。ところが、一、二分で怒りをこらえきれなくなり、唐突に口を開いた。「あなたは高慢ちきなシラミ男よ！今夜のあなたの行動は何がなんだかわからないわ」

「ひと晩で、どぶ鼠に、怪物に、シラミにまでされるとはな」アレックスは呆れたように笑った。「記念すべき日になるのは間違いない」

「同感だわ」エマはふたたび睨むように窓の外へ目を戻した。「どういうこと？」甲高い声をあげ、くるりとアレックスを振り返った。「わたしの住まいを通りすぎたわ。どこに行くつもり？」

「ぼくの家だ」

「やっぱりあなたはどうしようもない横暴男だわ！」エマは怒りをぶちまけた。「どんな権利があって、わたしを連れ去るのよ！」

「念のために言っておくが、ぼくはきみを家から連れ去ったのではない。ウッドサイドの家から連れてきたんだ。それに、断言できるが、あの男の手中にはまるよりぼくに捉えられたほうがはるかに幸せだ」

「いますぐ馬車をブライドン家へ引き返させて」

「きみは口出しできる立場とは思えないな、エマ」

エマはびくりと身を引いた。「脅すつもり？」

アレックスは互いの鼻が擦れあいそうなほど身を乗りだした。「ああ」

頃合を計ったかのように馬車が車輪を軋ませて停まった。アレックスはすぐさま降りて、エマがクッション付きの座席から動こうとしないのを見て、馬車のなかに上体を戻し、彼女を引っぱりだして肩にかついだ。「もう引きあげてくれてかまわない！」大きな声で御者に伝えた。エマは唸り声を漏らして（叫べば多くの見物人を集めて醜聞が流れ、卑劣な男性と結婚しなければならなくなると考えられるだけの理性は残っていた）足をばたつかせたが、アレックスは重い足どりで階段をあがり、玄関広間に入ると、扉を乱暴に蹴って閉めた。

「降ろしてくれない？」エマはようやく声に出して要求した。

「まだだ」アレックスは歯の隙間から吐きだすように言い、さらに階段をのぼっていく。

「どこに連れていくつもり？」エマはけんか腰に訊き、自分がどこにいるのか確かめようと懸命に首をめぐらせた。

「話のできるところだ」

「話のできるところではなくて、お説教ができるところでしょう？」

「お嬢さん、ぼくにも我慢の限界がある」

「そうなの？」エマは冷然と訊いた。「もうとっくに限界に達しているのかと思ってたわ」

アレックスは大股で戸口を抜け、ドアを蹴って閉めてから、ようやくエマを四柱式の大きなベッドの上に降ろした。エマはすかさずドアのほうへ駆けだしたが、アレックスは難なくそれを遮ってベッドに連れ戻し、ふたたびドアへ歩いていき、かちりと響く音を立てて鍵を掛けた。

「どうして――」

アレックスは鍵を窓の外へ放り投げた。

「あなた、頭がおかしいわ」エマは窓辺へ駆けていき、地面からの高さを確かめた。

「無傷では降りられない」と、アレックス。「これできみは囚われの聴衆というわけだ。きみに話したいことがあるというのはほんとうだ」

「ちょうどよかったわ！」エマも負けじと返した。「わたしもあなたに話したいことがあるのよ」

「エマ」アレックスは異様にやさしげな声で言った。「脅えているんじゃないか」

「ご心配なく」エマはきっぱりと言って腕を組んだ。「話を始めてちょうだい」

アレックスは彼女の表情を慎重に観察した。後悔しているそぶりはみじんも見えない。どうしても腹の虫がおさまらないので、説教を切りだした。「まずひとつ目に――」声を張りあげた。

「外套を脱いでいいかしら？」エマが皮肉っぽく遮って言った。「しばらくあなたのお客様でいなくてはいけないようだから」

「ご自由に」

エマは外套のボタンをはずして脱ぎ、そばの椅子に置いた。

「なんなんだ、その格好は？」アレックスは大声で訊いた。

エマはズボンを見おろした。「仕方ないでしょう、アレックス。夜会用のドレスでは思うように動けないもの」

アレックスは、ズボンの布地が艶めかしく貼りついてきわだっているエマの細身の曲線を眺めおろした。筋肉が張りつめ、意に反して体が反応してしまったせいで、ますます怒りが燃え立った。「きみを怒鳴りつけなければならない理由がまたひとつ増えた」吐き捨てるように言った。「きみにそんな格好をさせて外をうろつかせるとは、きみの従兄は何を考えてるんだ」

「あら、でも」エマは冷ややかに笑った。「ウッドサイドの書斎では何も言わなかったじゃない。外套を脱いでたのに」それとなく指摘した。

「気づかなかったんだ」アレックスはぶっきらぼうに答えた。「暗かったから」

エマは肩をすくめた。「お説教を進めてくださる？　きょうは長い一日だわ」

アレックスは大きく息を吸いこんだ。エマがわざと自分をいらだたせようとしているのを察した。それについてはやむをえまい。前日の自分の振るまいを考えれば、彼女が腹を立てるのも無理はない。だが、今夜の身の危険をまるで省みないエマの行動については、見過ごすことはできない。「今夜、きみは自分がどれほどの危険を冒したのか、わかってるのか？」

努めて平静な声で、いよいよ切りだした。

「すばらしい計画だったわ」エマはそう言ってのけた。「どう考えても成功よね」

「どこがだ？　どんな計画なのか聞かせてもらいたいものだ。もしきみがあの書斎を探っている最中にウッドサイドが突然帰ってきたら、いったいどうするつもりだったんだ？」

「ベルがレディ・モットラムの舞踏会にあの人を引きとめておいてくれたもの。午前零時までは引きとめておく約束だったのよ」

「それがもしうまくいかなかったら？」アレックスは問いつめた。「きみの従妹は大の男を押さえつけておけるほど逞しくはないだろう」

「あら、頭を使っていただきたいわ」エマはぴしゃりと言った。「ウッドサイドは一年以上も、わたしの従妹につきまとってきたのよ。相手をしてもらっているあいだは舞踏会を離れる心配はないわ」

「だが断言はできないだろう。具合が悪くなって帰ることもありうる」

「それはいわば仕方のない事故でしょう、公爵様。そこまで考えていたら、ふだんの生活でも何もできないわ」

「きみは何を言ってるんだ、エマ！」アレックスは声を荒らげて、髪を掻き上げた。「ただの向こう見ずではすまされない、とんでもなく愚かなことをしたんだぞ！　ウッドサイドに見つかれば、投獄されていたかもしれない！　もっとひどいこともありえたんだ！」含みを持たせて言い添えた。

「やってみるしかなかったのよ。ネッドが窮地に陥って、助けを必要としていた。愛する人たちが困っているのを放ってはおけないわ」エマは鋭い口調で言い返した。

その瞬間、アレックスのなかで何かがふつりと切れて、エマの肩をつかみ、すがりつくかのように揺さぶった。「ぼくがどんなに心配したかわかってるのか？」

エマは唾を飲みこみ、ほとんどまる一日とめどなく流れていた涙がまたあふれだすのをこらえようと目をきつくつむった。気持ちを鎮めなければいけない。この男性に涙を見せてはだめ。

アレックスは揺さぶるのはやめたものの手は放さず、エマはそのぬくもりにふしぎと心をなぐさめられた。とても熱いものが布地を通して注ぎこまれているように思えて、心の小さな一部分が彼の胸に飛びこんで力強い腕に包まれるのを望んでいた。けれどもっと大きな部分は、前日に残酷な言葉を浴びせられたせいでいまだ痛みを感じている。信じてもらえなかったことで心に負った傷は深かった。「公爵様、あなたが気遣ってくださっていたとは思わなかったわ」か細い声で答えた。

「あたりまえだろう！」アレックスは荒々しく声をあげ、背を返して書き物机にばんと両手をついた。「気遣っていたどころじゃない。きょうきみがばかげた計画に関わって、すでにそれをとめられないと知らされて、頭がおかしくなりかけていた」

「どうして知ったの？」エマはベッドの端に腰かけて尋ねた。

「きょうの昼間に、ダンフォードがきみとベルの会話を耳に挟んだんだ」アレックスは無愛想に明かした。「きみがベルに、今夜レディ・モットラムの舞踏会でウッドサイドとどうしても会ってもらわなくてはいけないと話すのを聞いていた。ウッドサイドのたちの悪さを考えて、われわれは慌てた」

「あなたはわたしが狼の餌食になるのを望んでいるのかと思ってたわ」

「きのうは考え違いをしていたんだ」アレックスはかすれ声で言い、ふたたび顔をそむけた。「申しわけない」

エマは過ちを認めた言葉に驚いて目を見開いた。誇り高く、たやすく詫びることのできる男性とは思えない。机にもたれて立っている姿のあらゆる部分が、やりきれなさと苦悩を物語っている。アレックスにとっては容易なことでないはずだ。自分の振るまいへの罪の意識に苛《さいな》まれているのだろう。気の毒に思えてきた——彼を深く愛する気持ちは抑えられない。それでも、いとおしさでこの心の傷を消し去れはしない。「あなたの謝罪は受け入れるわ」静かな威厳を漂わせて答えた。

アレックスが期待と疑念の相半ばする目つきで振り返った。

「だからといって、忘れられるわけではないけど」エマは哀しげに続けた。「元の関係には戻れないわ」

「エマ、ネッドのために金が必要だったのなら、ぼくに相談してくれればよかったんだ」

「アレックス、どうすればよかったというの？　あなたのもとへ出かけていって、一万ポンドの借金をしろとでも？」

「きみへの贈り物として出していた」

「そうかもしれないけど、それではわたしが納得できない。ネッドもきっと同じだわ。それに、払えるお金はちゃんとあるのに、ばからしいでしょう。このロンドンで相続できる財産があるのよ。二十一歳の誕生日を迎えるまで預けられているの」エマは落ち着きなく唾を飲みこみ、目をそらし、壁に掛かっている中世風のつづれ織りを眺めた。「もしくは結婚するまで」

「そうか」

「お金のためだけで、あなたに求婚したんじゃないわ」エマは熱くなって言葉をほとばしらせながらも、顔を向けて彼のエメラルド色の目を見ることはまだできなかった。「きっかけになったとは思うけど、それが理由ではないわ。口実だったのかもしれない。あなたのことを想うあまり、追いつめられていくように感じていたわ。男性は結婚する相手も時期も選べるのに、女性は家でじっと求婚を待たなくてはいけない。あなたは求婚してはくれないかもしれないと不安だった」

アレックスはため息をついた。あとほんの三日待ってくれていたら、このような面倒はすべて避けられたのだ。

「お金はただの口実だったのよ」エマは寂しげに続けた。「どうしても急がなければいけない事情があれば、慣習にそむいて自分から申し込んでもかまわないと思ったのね。ネッドのためにお金を必要としていなかったら、自分から求婚する勇気はとても出せなかったわ」

アレックスはベッドへ歩いていき、エマと並んで坐り、片手を取って両手で握った。「ぼくがどうしてあのような反応をしたか、わかってもらえるだろうか?」親指で彼女の手のひらを撫でながら問いかけた。「大人になってからはずっと爵位を求める強欲な女性たちに追いまわされてきた。金が必要だときみが言ったとき――何が起こったのか自分でもわからない。ただ頭に血がのぼってしまった」

「あなたがどうしてわたしのことをそんなふうに思ったのかがわからない」エマは哀しみに沈んだ目を上げた。「わたしのことは知ってるでしょう？」

アレックスは自責の念を表現する言葉を思いつけず、目をそらした。

沈黙が垂れこめ、ようやくエマがそれを破った。「信じてほしかった」

「わかってる。ぼくが悪かった」

「早合点してしまう気持ちはわかるわ」エマの声がやや上擦った。「でもあなたは、少しも考えようとしてくれなかった。わたしを娼婦であるかのようにあしらって、家から追いだした。説明を聞こうともしてくれなかった」

アレックスは目を合わせられなかった。

エマはあふれだしかけている涙をぬぐった。「あなたはわたしをよく知っているから、〝強欲な小娘〟に誤解されるようなことはないと思ってた」

アレックスは自分が怒りにまかせて放った残酷な言葉を投げ返されて、怯んだ。「自分が間違っていたのはわかってるんだ、エマ。信じてくれ、きみの言葉を取り違えたことに気づくまで、さほど時間はかからなかった」

「どうすればいいかわからない。あなたに信頼されていないのを知って、とてもいやな気分なの」

「だが信頼している。いまは」

エマは切なげに微笑んだ。「いまはそうなんでしょう。そうだとあなたは思っているのよね。でもわたしは、もう二度と同じことが起こらないという確信は持てない。あなたは十年間も女性たちを疑ってきたんだもの。十年も抱きつづけてきた強い感情をほぐすのは簡単ではないわ」

「エマ、ぼくは女性を疑っているわけじゃない」

「信頼できないのは、結局、疑っているのと同じことだわ」

「ほとんどの女性たちに敬意を抱いていなかったことは認める」アレックスはエマの手を握りしめて言った。「家族以外に、尊敬できる女性を知らなかった。だが、いまは違う。ぼくの女性に対する思い込みはきみに打ち砕かれた」

エマは階下の客間でのみじめなやりとりを思い返して、唇を湿らせた。「そうではなかったのよ」

「頼むから、エマ、もう一度だけぼくを信じてくれ!」アレックスはいきなり大きな声を発して立ちあがった。「きみの言うとおりだ! ぼくはきのう自分の直感を信じられずに愚かな行動をとってしまった。きみはまさに自分が求めていた女性だとわかっていたのに、それを認めるのが怖かったんだ。わかってくれるかい?」部屋の向こうへ歩いていき、大きく息を吸いこんだ。両手を腰にあて、数分前までエマが見入っていたのと同じつづれ織りを見つめる。そのまま振り返らずに言葉を継いだ。「だが今度はきみがぼくと同じことをしようとしている。ぼくをじゅうぶんに信頼してくれていたなら、きのうの失態から学んだという言葉を信じてくれるはずだ」

「ああ、アレックス」エマは苦しげな声を漏らし、両手で顔を覆った。「頭がとても混乱してるの。あなたと出会ったときからずっとそうなのよ」

「ずっと混乱していた？」アレックスは口もとをゆがめ、皮肉っぽい笑みを浮かべて戻ってきた。「きみはぼくの人生をまったく変えてしまったんだぞ。この二カ月で、ぼくがどれだけ多くの舞踏会に出たかわかってるのか？」

エマの呆気にとられた顔を見て続けた。「これまでの十年に出席した数より多い！　貴族のパーティは好きじゃない。貴族のパーティは嫌いなんだ。ところが、きみのそばにいたいばかりに、そのどれもこれもに――喜んで――出かけている」

エマは涙ぐんだ目をしばたたいて見つめた。「どうすればいいか知りたいわ」力なく言う。「できれば――できれば少し――」唇を噛んで言葉を探した。「抱きしめてくれる？　ほんの少しだけ」

アレックスはその頼みを聞いて顔を上げた。鼓動が速まりだした。歩み寄ってエマと並んで坐り、腕をまわして、耳の脇の敏感な皮膚に唇を触れさせた。

エマは目を閉じて、彼の腕に抱かれている心地よさと安らぎに浸った。ようやく出せた声はとても小さく、ふるえていた。「こうして抱いていてくれたら、たぶん、どれほど傷ついたか忘れられそうな気がするわ」

アレックスは肩を抱く手の力を強めた。「心から謝るよ、エマ」低い声で言った。「ほんとうにごめん」

エマはうなずき、この晩ずっとこらえていた涙がとうとう頬を伝った。「もういいの。わたしも今夜はとても心配をかけてしまってごめんなさい。自分のしたことを後悔してはいないわ」鼻を啜り、気恥ずかしげな笑みを浮かべて言い添えた。「でも、心配させてしまったのはごめんなさい」

アレックスはエマを抱き寄せた。「ああ、よかった、エマ」かすれ声で言った。「もうこんな思いはさせないでくれ」

「ええ。努力するわ」

アレックスはわずかに身を引いて、エマの顔を見やった。「きみを泣かせてしまった」囁いて、頬に触れる。「ほんとうにごめん」

アレックスの温かく安らげる腕のなかで、エマはこの二日間あふれだしそうになりながら家族に心配をかけぬよう必死にこらえていた涙をすべて流した。涙がこぼれるにつれ、心にのしかかっていたものが取り払われ、徐々に緊張から解き放たれていくように思えた。いつしかその涙が途切れ、アレックスは眠そうなエマを大きなベッドに横たわらせた。満足そうに微笑んで、靴を脱がせ、上掛けを引きあげ、顎の下まで掛けてやってから、おやすみのキスをした。

19

　数時間後、エマは瞼をぱちぱちと動かして目をあけ、ぼんやりと周りに首をめぐらせた。深く息を吸いこんで猫のようなあくびをして、暗闇に目が慣れるまで瞬きを繰り返した。かすかに麝香《じゃこう》のようなものが漂っている。自分の寝室では嗅ぎなれない匂いに鼻をひくつかせた。酔わされるような香りをもう一度吸いこんで、またあくびをして、目をぎゅっとつむり、身をよじって寝返りを打った。柔らかな息をついて、ふたたび目をあけた。と、鼻先にアレックスの顔を見つけて、さらに大きく目を見開いた。

　それでようやく、腰の上に重くのっているものがアレックスの脚だと気づいた。親密な体勢に驚いてはっと息を吞んだ。

「どうして」思わずつぶやいて、隣りで寝ている男性を起こさないよう身を固くした。このような状況は経験したことがない。動けば、起こしてしまうだろう。とはいえ、これほど胸がどきどきしていては眠りにも戻れない。

　叫び声をあげるべきなのかしら。卒倒してもいいのかもしれない。良家の子女はこのような場面ではどうするものなのだろうと思いめぐらせた。そもそも良家の子女ならこのような場面には遭遇しないのだろう。いずれにしても、叫んだからといってなんの解決にもならない。卒倒するのも無意味な努力としか思えない。気を失っていては何もできないし、目を覚ましたときにもまたいる場所は変わらない。それに、頭を地面に打ちつけでもしなければ、うまく卒倒できそうにないと、エマは内心で苦笑した。

アレックスと家族に配慮して慎重に行動しないと大事になりかねない。いまならまだ、ヘンリー叔父とキャロフライン叔母が姪の不在に気づいていない可能性は高い。叔母夫妻がレディ・モットラムの舞踏会に出かける際、エマは頭痛がするので早めに休むと伝えていた。この二日間は元気もなく疲れた顔をしていた姪をふたりはとても気遣っていた。ゆっくり休んだほうがいいと言ってくれたので、舞踏会から帰ってきて眠りを妨げに来るようなことはしないはずだ。もちろん、ネッドは事情を知っている。それに、ベルもまず間違いなく帰宅してすぐに兄から事の顚末《てんまつ》を聞きだしているだろう。

使用人たちが日々の仕事に取りかかる夜明け前に戻れれば、大丈夫。きっと、従兄妹たちが正面玄関の扉をあけておいてくれる。エマは苦笑いを浮かべた。ベルとネッドはおそらく正面側の客間に陣取り、交代で窓辺に立って、自分の帰りを待ちかまえているに違いなかった。これほど長い時間がかかった理由を逐一聞きださずにはいられないはずなのだから。

エマは首をまわし、アレックスの寝室の脇机に置いてある時計に目を向けた。午前四時十五分前。ヘンリー叔父とキャロライン叔母とベルは、レディ・モットラムの家から帰って二時間程度しか経っていないだろう。まだ時間はじゅうぶんにある。ここを出るのはいまでも、三十分後でもたいして変わらない。いずれにしても目覚めたときの衝撃はすでにおさまっていた。

　じっとしていることに正当な理由を見つけられたところで、エマは安心して大きなベッドに横たわったまま、アレックスの顔を眺めた。寝ている顔はまるで少年のように見える。頬に伏せられている黒い睫毛は恨めしいほど長く、エマが自分の目もそのような睫毛に縁どられていればと思ったのもこれが初めてではなかった。髪は寝ているあいだに乱れ、わずかにあいた唇から穏やかな寝息が漏れている。

　剝きだしの腕を上掛けの外に出しているので、胸の上部が覗いている。シャツを着ていないアレックスはいままで見たことがなかった。胸に触れたらどのような感じがするのか知りたくなって、手の指を折り曲げた。上掛けに隠されているところまで目で肌をたどる。あきらかにシャツは脱いでいるけれど、ズボンはどうなのだろう？　エマは息を呑んだ。ああ、まさか、裸ではないわよね？

　腰に脚を掛けられているのが急に気になりはじめた。下唇を嚙み、アレックスを起こさずに彼の脚の下から逃れる方法を考えた。アレックスが寝言らしき声を漏らして重心を移した。手前に転がったので、エマはなおさらしっかりとその脚の下に固定されてしまった。服を脱いでいるのかどうかを確かめる方法はひとつしかなさそうだ。エマは深呼吸をひとつして、上掛けの内側へ片手を滑らせ、彼の膝の弾力のある柔らかい毛に触れた。すばやく手を引き戻す。ズボンも穿いていないらしい。

たとえシャツやズボンを身につけていないとしても、ともにいる女性の貞淑を守るために、一部分だけは隠しておいてもらわなくては困る。エマは唾を飲みくだした。また上掛けの内側に手を入れて問題の部分に触れるわけにはいかない。どういうところなのか想像もつかない。

べつの策を試すことにした。アレックスを起こさないように気をつけて、できるだけ慎重にゆっくりと上掛けをめくっていく。自分の目の高さより上までめくったところで覗き込んだものの、なかは真っ暗で何も見分けられなかった。勇気を奮い起こし、部屋をほのかに照らしている月明かりが入る程度に上掛けをもう少しだけ持ち上げて、その下へ顔を入れた。まだ暗くて見えない。もうあきらめるしかないと思い、顔をしかめた。これ以上顔をもぐらせればどこかにぶつかるかもしれず、それは避けたかった。ゆっくりと顔を外に戻して、元のようにアレックスの隣りの枕に頭をのせた。

アレックスの目が開いた。

エマは息をとめ、まじまじと見つめた。その目はあきらかにあいていて、暗がりのなかでも、緑色の深みに愉快そうな表情が浮かんでいるのがわかった。

「お探し物が下穿きなら、脱いではいない」エマはその声からたしかに笑いを聞きとった。

「そこまで下劣な男じゃない」アレックスは言い添えた。

「感謝します」エマはすなおに答えた。

「きみは寝入ってしまった。起こす気になれなかったんだ。きみの寝顔はことのほか愛らしい」

「あなたもよ」言わずにはいられなかった。

「それはどうも」アレックスもすなおに応じた。「どれくらい前から起きてたんだ?」

「ついさっきよ」

「寒くなかったか?」

「ええ、まるで」エマは穏やかに答えて、つくづく滑稽な状況だと思い至った。午前四時近くに男性のベッドで、その男性の隣りに横たわり、客間にいるかのようにかしこまって話している。吐息をつき、天井へ視線を泳がせた。「あなたに家へ送ってもらうときには細心の注意を払わないと」間をおいて言った。「音を立てなければ誰も起こさずにすむし、醜聞も避けられるわ」

「心配しなくていい」アレックスはこともなげに答えた。「ぼくにまかせてくれ」

エマが寝返りを打ってもアレックスは脚をどかそうとはせず、膝裏に引っかけたままにしていた。「こうしていると、とても落ち着く」アレックスが言う。「このベッドにほかの誰かといるのはふしぎな気分だ」

「あら、ほんとうかしら、アレックス」エマは軽く笑った。「あなたはこれまでたくさんの情婦とおつきあいしてきたでしょう。よく知られていることよ」

アレックスはにやりとした。「嫉妬してるのか? 嬉しい兆候だな」

「嫉妬しているのではないわ」

「残念ながら、これまでたくさんの情婦とはつきあっていない。そこまで言われるほどのことはしていない。たしかに修道士のような生活を送ってきたわけじゃないが、ここしばらくはつきあっている女性はいない」

エマは顔を振り向け、もの問いたげな目で見やった。

「もう二カ月にはなるかな」

ちょうどふたりが知りあった頃からだ。エマは自分でも呆れるほどの喜びを感じた。

「それに」アレックスが続ける。「ここに女性を連れて来たことはない。つまりきみが、ぼくのベッドに招かれた初めての客人というわけだ」

「なんだか、まるでふたりで何かをしたように聞こえるわ」

アレックスはあえて否定せず、エマの腕を取って引き寄せた。「離れすぎてる」そうつぶやいた。

エマは硬い胸板に抱き寄せられて息を呑んだ。上掛けにくるまれているアレックスの体はとても温かく、そのぬくもりが自分の服の布地を通して沁《し》み入ってくる。「そうかもしれないわね」ひとまず認めた。「でも今度は少し近すぎるのではないかしら」

「そんなことはない」アレックスは息をつき、エマの豊かな髪に両手をくぐらせた。「きみはいい香りがする」

「薔薇の香りの石鹸よ」エマはふるえがちな声で言った。

「薔薇の香りの石鹸は、ぼくの好みのようだ」アレックスは彼女の鼻先に唇を触れさせた。

「それと、きみは着込みすぎてる」

「それについては、違うわね」

「黙っててくれないか？」アレックスは唇をずらし、キスで目を閉じさせた。エマは決意がほぐされていくのを感じ、彼が誘惑したがっている気持ちと同じくらい自分も誘惑されたがっていることに気がついた。顔に軽いキスを浴びせられながら、この状況を自分に納得させる理由を探した。間違ったことをしているのはわかっている。少なくともほかの人々はみな間違っていると言うだろう。でも、自分の何かが、アレックスの腕に抱かれて彼のものになるのはきわめて正しいことだと告げていた。なにしろ世界じゅうのぬくもりが彼のなかに集められて、エメラルド色の目から自分に注がれているかのように感じられる。それに、この男性を愛するのがそんなにも罪深いことなのだろうか？　そうは思えなかった。自分にも幸せなひと時を味わう資格がある。決心がついて、エマは大きく息を吸い、顔を上向かせてわずかに唇を開くと、ふたりの唇が触れあった。

アレックスはすぐさまエマの変化に気づき、拒まれないと知ったとたん自覚するのを恐れてすらいた欲望で体がふるえた。「ああ、エマ、きみが欲しくてたまらない」呻くようにつぶやいた。「ずっときみを求めていたんだ」エマが身につけている男性用のシャツのボタンをはずしにかかり、ふと自分の指がふるえているのに気づき、これではまったく少年のようではないかと照れ笑いを浮かべた。ボタンをひとつはずすごとに、壊れやすい宝物の包み紙を剝がしている気分になってきた。息がつかえ、このように落ち着かない高揚感を味わうのは初めてだと思い返した。ようやく最後のボタンがはずれ、シャツの前を開くと、隠す部分がもう少し小さい絹地のシュミーズが現われた。

力強い手をエマの腹部におき、シュミーズの絹地をきらめく素肌に艶めかしく擦らせて、ゆっくり引き上げていく。エマは薄いシュミーズを通して感じられるアレックスの手の言いようのない甘美なぬくもりに、ふるえをこらえきれなかった。ああ、どうしてこんなにもこの男性を求めてしまうの。何週間も抑えられていた欲求が発火して全身が燃え立った。

アレックスはシュミーズの裾を乳房の下までめくったところで手をとめた。目を合わせ、引き返す最後の機会を与えたが、深みのある菫色の目に見えたのは欲望と信頼だけだった。

「ちょっと体を起こしてくれ」かすれがかった声で言う。エマが言うとおりにしたのでシュミーズを頭まで引き上げ、すっかりあらわになった豊かな乳房を目にして、思わず息を吸いこんだ。「きみはとても美しい」つぶやいて、敬虔《けいけん》な気持ちでじっと見つめた。「とても美しい」

エマは見入られて顔を赤らめ、期待で肌が粟立った。胸に触れられ、どうしてお腹のほうまでぞくりとするのかわからず息を詰めた。それから乳房を手で包まれ、身をゆだねずにはいられないのを悟った。「ああ、アレックス」心地よさにうっとりとして低い声を発した。

「キスして。お願い、キスして」

アレックスは喉の奥から含み笑いを漏らした。「お望みどおりにしよう」かがみ込んで薔薇色の乳首を口に含み、そっと吸いつきながら、もう片方の乳房を揉んだ。

エマは叫び声を呑みこんだ。「ああ、なんてこと！」慌てて言った。「そういうつもりで言ったのではないわ」

「うむ、それはわかっているが、これもいいんじゃないか？」

エマはそうねとも答えられず、アレックスの濃い髪に両手をくぐらせて頭を自分のほうに引き寄せた。こうしてすぐそばに近づけておけば、とろけそうになるこの行為をやめさせずにすむと本能的に考えていた。

アレックスは微笑みながら唇で腹部へたどっていき、臍を舌でぐるりと縁どった。「このいまいましいズボンをどうにかしなければな」ズボンのボタンをはずし、ゆっくりと引きおろす。「むろん、きみのズボン姿も悪くはないが、もう二度とこれを穿いて外へ出るのはやめてほしい」エマの脚からさっとズボンを引き抜き、シャツとシュミーズがすでに落ちている床に放ってから、上へ戻ってきて互いの鼻を触れあわせた。「きみがこんなにも愛らしいお尻をしていることをほかの誰にも知られたくない」その気持ちを証明しようとするかのようにエマのお尻をつかんで握り、自分のほうへぐいと押しつけた。

「まあ」エマは小さな声を発した。口に出せない部分を除けばもう何も身につけていないので、アレックスのとても熱く硬いものをはっきりと感じた。その体を探りたいものの、どうすればいいのかわからず、恐る恐る背中の温かな肌を手でたどった。「ど――どうかしら？」

「それでいいんだ、エマ」アレックスはかすれ声で答えた。「見ているだけでも、きみが欲しくなる。触れられてどんな心地なのか、きみには想像もつかないだろう」

エマは顔を赤らめながらも背中を撫でつづけ、アレックスが最後の布地を取り去ろうとしても抗いはしなかった。「あなたも脱いでくれないと」自分の大胆さが信じられないまま言葉を継いだ。「こういうことは初めてだけれど、あなたが下着を身につけたままではうまくいかないことくらいはわかるわ」

アレックスは笑い声をあげ、どんなにこの女性を愛しているかを吐露《とろ》してしまいそうだった。だが、こちらから気持ちをあきらかにする準備はまだ足りないと思いなおした。代わりに下穿きを脱いで目下の問題を片づけ、エマの上に覆いかぶさった。

ふたりの唇が触れあい、エマの鼓動は激しく高鳴りだした。あらゆるところを撫でられ、探られ、握られても、さらにまだ何かが欲しかった。ついにアレックスの手が秘めやかな部分に届き、心地よさにベッドから背中を跳ねあげかけた。前にも一度そこに触れられたことはあったけれど、こうしてベッドで彼の素肌に押されているいまのほうがはるかに親密に感じられるし、何かが起こる予感がする。ふいに彼の人差し指が体のなかに入ってきて、全身の筋肉がこわばった。

「じっとしててくれ」アレックスが囁いた。「準備ができているか確かめておきたい。ぼくのは指より太い。きみを傷つけたくないんだ」

エマはわずかに力を抜き、アレックスはそのまま人差し指を淫らに動かしつつ、親指で最も敏感な蕾を撫でた。エマは快感の波にさらわれ、欲望で濡れていくのを感じて切なげな声を漏らし、無意識に腰をくねらせはじめた。

アレックスは呼吸を穏やかに保とうと努めた。いますぐにも彼女を貫いて柔らかなところに自分を埋めたい欲求を必死の思いでこらえていた。エマにとっては初めての経験を、どうしても完璧なものにしてやりたい。エマを昇りつめさせてやれなければ、自分の悦びもむなしいものになるのはわかっている。いつの間にか、自分のことよりエマを満足させるほうがはるかに重要なことになっていた。

エマは熱い刺激に身を貫かれて背をそらせた。「アレックス、お願い」懇願するように言った。「お願い。あなたが欲しいの」

エマの差し迫った要求を準備ができた証しと見きわめ、アレックスは彼女のなかに入るべくすばやく体勢を整えた。「もういいのか?」かすれ声で訊く。エマの熱っぽいうなずきを見て、腰を押しだした。しかし思った以上にそのなかはきつかった。「大丈夫だ」エマにというより自分をなだめるかのように言った。「ゆっくりやる。ぼくにだんだんと慣れてもらいたいから」悦びとものの足りなさが入りまじった呻き声を漏らし、ほんの少し引いて、ふたたびさらにゆっくりと押しだした。

エマはその瞬間、絶対に死んでしまうと思った。自分の体のなかで膨れあがっていく切迫にこれ以上耐えられるとは思えない。「お願い」呻くように言い、頭を左右に振った。「欲しいの――もっと――」ふるえが走った。「ああ、もう、何が欲しいのかわからない!」

「いいかい、大丈夫だ、あげるから。でも、まだ少し準備が足りないみたいだ。きみのなかはとても狭い。このままではきみを傷つけてしまう」アレックスは、自分のベッドで熱情に衝き動かされて身悶《みもだ》えるエマの姿ほど欲情させられるものはないとつくづく思った。それでもみずからの欲望はぐっと抑えて、ゆっくりと事を進めた。そしてついにもう抑えきれないと感じたとき、純潔の証しに突きあたった。

「エマ？」熱い昂ぶりから声がかすれていた。エマはぼんやりとしていて聞こえていないようだ。「聞こえるか？」もう少し大きな声で訊いた。エマがほとんど焦点の定まらない目を向けた。「いいかい、少し痛むかもしれないが、今回だけだと約束する」

「どういうこと？」

アレックスは顔をゆがめ、片肘をついて上体を起こした。いったいどう説明すればいいものか。「きみはこれが初めてだからだ。ぼくはきみの純潔の証しを破らなければいけない。そのときに痛むかもしれないが、それはすぐに消えるし、次からは痛まない」

エマはアレックスの顔を見つめた。眉根を寄せていて、緑色の目はいままで見たこともないくらいやさしく、とても心配そうな表情だ。「あなたを信じるわ、アレックス」静かに答えて、両腕を彼の背にまわした。

その瞬間アレックスを押しとめていた自制心の最後の一片が吹き飛び、腰を突きだした。エマは膜が破れたときに小さな悲鳴をあげたものの、痛みはほんのわずかで、それもすぐにアレックスの絶え間ない動きがもたらす甘美な悦びに取って代わられた。突かれるたび急きたてられるような熱い刺激に身を貫かれ、そのうちにとうとう持ちこたえられなくなって、全身が張りつめて固くこわばった。動けず、息もできないと思ったとたん周りの世界が砕け散り、エマはぐったりと倒れこんだ。

アレックスも彼女のなかで締めつけられ、熱く痛烈な切迫の疼きが体に走るのを感じた。本能的に腰を突きだす動きが速く激しくなり、最後のひと突きで昇りつめると、彼女のなかに精を放った。

エマはアレックスの叫びを耳にしてすぐにのしかかってきた重みを感じ、極みに達した余《よ》韻《いん》で朦朧とした頭で、これほどまでに満たされた感覚は初めてだと思った。「気分がいいわ」吐息をついた。

アレックスが脇に転がって含み笑いをした。「ぼくもだ、きみと同じ気持ちだ」

「こんなにすてきな気分になれると知っていたら、出会った日にあなたを寝室から追いだしはしなかったのに」

アレックスは両手でエマの顔を包んだ。「これほどすばらしい思いはできなかったさ。あのときはまだ、お互いを思いやれる関係ではなかった」

エマはやさしい言葉を聞いて自然と身をすり寄せた。いまなら愛していると言ってくれるかもしれない。けれど聞けなかった。ため息が出た。こんなにも幸せなのだから、いまはそのことを考えるのはよそう。少しも愛していなかったなら、あんなふうに体を重ねられはしないでしょう？

ふたりはそのまま何分も動かず、エマはぼんやりと自分の髪を撫でているアレックスに身を寄せていた。しばらくして、エマが顔を上げて気の滅入る問いを投げかけた。「何時？」

アレックスはエマの頭越しに寝室の脇机に置いてある時計を見やった。「もうすぐ四時半になる」

「帰らないと」エマはがっかりして言った。ああ、ほんとうに、現実には戻りたくないけれど、いつかは帰らなくてはいけない。それも早いほうが望ましい。「もう少ししたら使用人たちが起きだす時間だわ。帰宅したところを見られたくないのよ。貴族たちに負けないくらい噂好きな人たちだもの。ひとりの女中に見られたら、今夜には街じゅうに話が広まってるわ」

「気にすることはない」

エマはとっさに身をねじって振り向き、驚きと抗議の気持ちのまじった目でアレックスを見つめた。「『気にすることはない』って、どういうこと？　下品な噂で評判を傷つけられるのはいやだわ」

アレックスは困惑ぎみの目を向けた。「どうして下品な噂を立てられるんだ？　ぼくたちは来週には結婚する。結婚を急いだことをとやかく騒がれるのも二週間程度だ。それに、熱烈なふたりだと言われるのがせいぜいだろう」

アレックスの身勝手さに、エマの胸のなかでやりきれない憤りが沸き立ってきた。これでは意思を尋ねられもせず、来週結婚するのだと宣言されたのも同じだ。「それは求婚のおつもりかしら？」エマはかしこまった口ぶりで訊いた。

アレックスは唖然として見返した。「ぼくたちは結婚するんだろう？」

「さあ、どうなのかしらね。わたしは意思を尋ねられてもいないから」

「何を言ってるんだ、エマ。ぼくたちはもう結婚しなければならないんだ」

「わたしはべつにしたくもないことをするつもりはないわ、公爵様」エマはきっぱりと言い、ベッドの向こうへ離れてキルトの上掛けを引き寄せた。

「エマ、二日前、きみがぼくに求婚したんだぞ」

「そして、たしかあなたは」エマは鼻先で笑った。「断わった」

「おい、いい加減にしろよ、またその話を蒸し返すつもりか？」

　エマは答えなかった。

「上等じゃないか」アレックスはつぶやいた。「望むところだとも。癇癪持ちの女め」

「なんてこと言うの！」

　アレックスは横柄に目を光らせた。「おっと、きみに言ったんじゃない。きみについてつぶやいただけだ。そんなばかげたことを言いださなければ、キスしてやったものを」

　その失礼な発言に、エマは上掛けを持ったままベッドからおりた。「ここでなじられていなければいけない理由はないわ！」言葉をぶちまけ、上掛けに足をとられながら床に落ちている衣類を拾い集めようとした。どれも熱情にまかせて放り捨てられていたので、重いキルトで必死に体を隠している自分の滑稽さを痛いほど感じつつ、部屋のなかを何往復もするはめとなった。

　アレックスは新たな説得の方法を試みた。「エマ」穏やかに言う。「せっかくこういうことになったのだから、結婚したいと思わないか？　毎晩きみを腕に抱けなければ、気がどうにかなってしまいそうだ」

「卑劣な人！」エマは怒りに頬を上気させてまくし立てた。「どういう神経してるのよ！　結婚させるために誘惑するなんて！」

「でも、うまくいったわけだろう」アレックスは口もとをゆがめてにやりとした。

「ああもう！　わたしったらどうして――もうっ！」エマの怒りはまともな言葉が見つからないほど激していた。

「ぼくを殺すか？　ぼくがきみならやらないけどな。どうせしくじる」

アレックスの落ち着き払った態度が、エマの怒りを制御できないところまで追い込んだ。エマは花瓶をつかみ、頭上に振り上げ、投げつけようと身がまえた。

「頼む」アレックスは声を詰まらせた。「明《みん》の花瓶はやめてくれ」

エマは腕をおろし、手にした美術品を見定めるように眺めてから、テーブルの上に戻した。代わりに嗅ぎ煙草入れを手に取った。「これはどう？」

アレックスは顔をしかめた。「そうだな、どうしてもと言うのなら……」

嗅ぎ煙草入れはアレックスの耳の脇すれすれを飛んでいった。

「ぼくの物を壊しても、なんの解決にもならない」アレックスは裸を気にするそぶりはまるでなくベッドからさっと立ちあがった。「きみはぼくと結婚する」

「あなたは、何かを命令するのではなく頼もうと考えたことはないわけ？」エマは憤然と言い放ち、上掛けを持ったままどうにかして下着を身につけようとした。てこずる姿をアレックスに面白がるふうに眺められ、エマのいらだちはさらにつのった。「あら、失礼しました、公爵様」氷のごとく冷たい皮肉を滲ませて言った。「忘れてましたわ。公爵様はふだんから何かを頼むことは必要ありませんものね。働く必要もない。ほしいものはなんでも手に入るのですもの。特権ですわよね」言い終えて、さっと顔を振り向け、アレックスの怒りを煮えたぎらせた表情にはっとした。おののいて、こわばる手でなおも上掛けをつかんで彼の憤った目から体を隠しつつ後退した。

「エマ」アレックスが急にいかめしい声で言った。「ぼくと結婚してくれるか?」

「いやよ!」エマは自分の言葉とは信じられなかったものの、実際にやけに力強い声を発していた。

「もういい!」アレックスは声を荒らげた。憤然とした足どりでつかつかと歩いてきて、エマの手から上掛けを取り上げた。エマはとっさに体を隠そうとしたが、すぐにその必要はないと気づいた。アレックスがぞんざいな手つきで服を着させようとしはじめたからだ。「きみの子供じみた癇癪につきあわされるのは、もうたくさんだ」吐き捨てるように言い、シュミーズを頭からかぶせた。「きみが人の言いなりになる気弱な娘ではないと証明したいのなら、安心しろ。じゅうぶんにわかった。だからもう子供じみたまねはやめて、宿命を受け入れるんだ。きみはぼくと結婚する。そして笑顔で嫁ぐんだ」

エマはこれ見よがしににっこり笑った。「お話はそれだけかしら、公爵様? ご高名なアシュボーン公爵様が女性に結婚を強いるなんて耳を疑うわ」言葉がすぎたことにすぐに気づき、たちまち後悔した。アレックスの顔は抑えがたい怒りに満ち、エマの上腕をつかんでいる手の力は痣《あざ》が残りそうなほど強まった。「ごめんなさい」エマは目を見られず、詰まりがちな声で詫びた。

アレックスは呆れたように手を放し、数時間前にエマとベッドに入るために夜会服を掛けておいた椅子のほうへ歩いていった。荒っぽいしぐさで手早く服を身につけはじめた。エマはその間、アレックスの怒りを押し殺した沈黙に怖気づいて、じっと見つめていることしかできなかった。

アレックスは身支度を終えるとエマに外套を放り、戸口へ歩いていって取っ手を乱暴に引いた。ドアはびくとも動かなかった。夕べ自分で鍵を掛けたのを思い起こし、憎々しげに悪態をついた。

「鍵は」エマは恐る恐る囁くように言った。「窓の外に投げたわよね」

アレックスは聞こえないふりで、さっさと衣装部屋のなかへ消えた。何秒も経たずに寝室のドアが外から開いた。アレックスの幅の広い肩に戸口がほとんどふさがれている。「行くぞ」そっけない声だった。

エマは夕べこの部屋から出られないかのように思い込まされたことへの抗議は賢明にも控え、言われるままに歩きだした。抑えられていてもあきらかにわかるアレックスの憤りに半ば脅えつつ、もともと自分が望んだことなのだから帰るのは当然のようにも思えた。足早に階段をおりて、アレックスが従僕のひとりを起こして馬車の用意を頼むあいだ玄関広間で待っていた。「数分かかる」アレックスは戻ってきてそう告げて、あらかじめ口を挟む機を封じた。「あいにくわが家には、このような早朝に活動する習慣がない」

エマは床を見つめたまま唾を飲み、うなずいた。癇癪を起こしたことに少し恥ずかしさを感じはじめていた。アレックスからすれば、ベッドをともにしたのだから結婚すると考えるのはごく自然なことなのだろう。とはいえアレックスの横暴な態度は腹立たしいことこのうえなく、一方的にすぐに結婚すると告げられて、エマの心のなかで何かがふつりと切れてしまったのだ。いまだ憤然としているアレックスの顔つきをさりげなく見やり、いつもなら率直にものを言う性分でも、思いきって言葉を発するときではないと即座に判断した。

十分後、急きたてられるように馬車に乗り込み、曙光《しょこう》で空が明るく白ばんできたのに気づいて、エマはうろたえた。ブライドン邸の使用人たちはすでに朝の仕事に取りかかっているだろう。早朝に帰宅した姿を見られれば、その話はべつの貴族の家で働く友人たちに伝わり、さらに彼らの雇い主たちにまで広まる。エマはげんなりとため息を吐いた。醜聞が流れるのは避けられない。

長い道のりではなかったものの、馬車がブライドン邸の正面につけられたときには陽が昇り、ロンドンの街は動きだしていた。アレックスはすばやく馬車から飛び降りて、ほとんど引きずりだすようにエマを降ろした。

「そのように強引になさる必要はありませんわ、公爵様」エマはむっとして言い、アレックスのあとについて頼りない足どりで階段をのぼった。

アレックスがいきなり振り返り、エマの顎をつかんで、目をそらせないように下向かせた。「ぼくの名は、アレックスだ」鋭い声で言う。「ぼくたちはこの週末に結婚するのだから、それくらいは憶えておいてもらえればありがたい」

「この週末？」エマは弱々しい声で訊いた。

アレックスは答えずに、ドアをばんばん叩きはじめた。

「やめてよ、アレックス！　鍵があるんだから！」エマは音を立てるのをやめさせようと公爵の腕をつかんだ。ポケットから鍵を取りだして差し込む。「もう行ってくださる？」切実な声で頼んだ。「寝室まではひとりで行けるわ」

アレックスはいたずらっぽくにやりと笑った。「ヘンリー！」大声で呼んだ。「キャロライン！」

「何してるのよ？」エマは慌てて訊いた。「わたしの人生を台無しにするつもり？」

「きみと結婚するつもりなんだ」

「ここでどうしようというの？」

エマは目を上げた。ヘンリーとキャロラインが曲線を描いた階段を駆けおりてきて、驚き、困惑した表情で玄関前に立つ自分たちを見ている。

アレックスは両手を腰にあてた。「ぼくは姪御さんを完全に穢してしまいました」と宣言した。「彼女との結婚をお許しいただけますか？」

キャラインは瞬きひとつしなかった。「これは」声高らかに言った。「一大事だわ」

20

　エマは唇を噛み、懸命に背筋を伸ばして立っていた。膝がふるえ、鼓動は速まり、心は自責の念に悲鳴をあげている。目を閉じて、つらさに耐えた。今回ばかりは自分に責任がある。

　叔父のヘンリーは、いまにも感情を噴きだしかねない形相だった。「すぐに自分の部屋に戻るんだ」姪に指を突きつけて命じた。エマは目を見開き、一度も振り返らずに階段を駆けのぼっていった。

　二階の踊り場にネッドと並んで立っていたベルは、従姉が脇を通りすぎていくのを息を呑んで見送った。父がこれほど怒ったところは一度も見たことがなかった。

「それからきみは」ヘンリーはアレックスの爵位はものともせずに怒りを向けて、嚙みつくように言った。「私の書斎に行け。私も妻と話してからすぐに行く」

　アレックスはさっとうなずいて、玄関広間を離れた。

「それと、従順なわが子供たちよ」ヘンリーは振り返らずに声をあげた。「自分の部屋に戻って、いとこの外出をお母さんと私に伝えなかったことについて、よく考えるんだ」

　ベルとネッドはそそくさと姿を消した。

ようやく夫婦だけとなり（使用人たちもすでに機転を利かせて退散していた）、ヘンリーは妻に向きなおって、ため息をついた。「さて、どうしたものか」

キャロラインはみずからを抱きしめるようにして、苦笑いを浮かべた。「こうなることを望んでいなかったと言えば嘘になるわ。結婚式を挙げてからにしてもらいたかったけれど」

ヘンリーは当初の怒りがいくらか落ち着き、身を乗りだして妻にキスをした。「階上《うえ》にあがって、エマの様子をみてやってくれ。アシュボーンとは私が話す」そう言うともう一度ため息をついて、ゆっくりと書斎へ向かった。部屋に入ると、アレックスは窓辺に立って腕を組み、早朝の空にまだうっすら残るオレンジとピンク色の筋を見つめていた。

「きみを窓の向こうへ放りだすべきか、『よくやった！』と手を握るべきか、わからんな」

ヘンリーは疲れた声で言った。

アレックスは振り返ったが答えなかった。

ヘンリーはデカンタの置かれた壁ぎわの机へ歩いていった。「ウイスキーはどうかね？」時計をちらりと見やり、まだ午前五時二十分だと知って顔をしかめた。「飲むには少々早すぎる時刻だが、めったに経験できない朝だろうからな」

アレックスはうなずいた。「いただけるなら、非常にありがたいです。ありがとうございます」

ヘンリーはウイスキーをグラスに注いで差しだした。「どうぞ、かけてくれ」

「ありがとうございます、でも立っていたいので」

ヘンリーは自分のためにべつのグラスにウイスキーを注いだ。「坐ってもらいたい」

アレックスは腰をおろした。

ヘンリーはうっすら笑った。「きみは私より五、六キロは体重が重いだろうから。窓から放りだすのはやめておこう」

「逆の立場でも、同じことをするのはそう簡単ではないでしょうね」アレックスは穏やかに答えた。

「そうだろうか？　勇気づけられる情報だ。だが残念ながら、歳をとるにつれ人は丸くなってくるものだ。私も昔ほど軽はずみなことはしなくなった。しかしながら、夕べ姪が穢されたと言われてはな」ウイスキーをひと口飲み、まっすぐアレックスの目を見つめた。「しかも、きみは穢した本人だと言う。褒めるわけにはいかんだろう」

「彼女と結婚するつもりです」アレックスの声には決意が込められていた。

「姪もきみと結婚すると言ったのか？」

「それはまだ」

「きみとの結婚を望んでいるのだろうか？」

「本人は否定していますが、望んでいます」

ヘンリーはグラスを静かに置き、机の端に寄りかかって腕組みをした。「少々思いあがってはいないかね？」

アレックスは顔を赤くした。「二日前、エマがぼくの家に来て――付き添いもつけずに

――ぼくに結婚を申し込んだのです」いくぶん言いわけがましい口ぶりになった。

ヘンリーが片眉を吊り上げた。「ほんとうに？」

「ぼくは承諾しました」

「きみたちふたりは良好な関係を築いているということか」ヘンリーは乾いた声で言った。

アレックスは椅子の上で落ち着かなげに腰をずらし、ヘンリーはエマの叔父であり、自分がこの男性に問いつめられるのは当然なのだと胸に言い聞かせた。それでもいまの立場は屈辱的に感じられて仕方がなかった。「意見の行き違いがあったのです。それで、仲たがいをしました。でも、夕べ問題はすべて解決しました」

「二十四時間のあいだにいろいろなことがあったものだな」

このやりとりにいつまでおとなしくこらえていられるだろうかと、アレックスは不安を覚えた。叱られている生徒のような気分になり、深呼吸をして続けた。「今回はぼくのほうから求婚したのですが、彼女はとんでもなく頑固者ですから、断わられたんです」不機嫌に言い、椅子に沈みこんだ。

「一筋縄ではいかない姪であるのは認めよう。だが、私はあの子を父親から預かっている。家族に非常に重い責任を負っているんだ。それ以上に、私はエマを娘と同じように愛している」ヘンリーはウイスキーのグラスを取り上げ、高く掲げた。「きみたちの近々の結婚を祝して乾杯しようじゃないか、公爵どの」

アレックスは驚いて目を見張った。

「ただし、私がこの結婚を認めるのは、きみがエマを誘惑したからでも、エマが結婚を望んでいるときみから聞いたからでもないことは憶えておいてくれたまえ。姪にとって最良のことだと信じられるから、この結婚を祝福するのだ。きみは、姪をまかせられる数少ない若者のひとりだと思っている。それに、姪はきみのよい妻になるだろう」それから、いま思いついたとでもいうように付け加えた。「エマもきみとの結婚を望んでいるのだろうが、きみ自身が言ったように、姪は少々頑固者だからな。それを認めさせるのには少し手がかかるかもしれん。私も姪の後頭部に銃を突きつけて教会の通路を歩かせたくはないから、きみがうまくやってくれることを祈るとしよう」

アレックスは苦笑いして、残りのウイスキーを飲み干した。

キャロラインが部屋に入ってきたとき、エマは窓の外を眺めていたが、目の焦点は景色に定まってはいなかった。

「大変なことをしでかしてくれたものね」キャロラインは声をかけ、大きな音を立ててドアを閉めた。

エマはゆっくりと振り返って、こぼれ落ちない涙できらめく目を向けた。「ほんとうにごめんなさい。叔母様や、叔母様の家族に迷惑をかけるつもりはなかったの。これだけは信じて」

キャロラインは深々と息を吸いこんだ。姪は叱られるのを覚悟しているようだが、いま彼女に必要なのはなぐさめと励ましだ。「わたしの家族ではないでしょう？　わたしたちの家族だわ」

エマは唇をふるわせて微笑んだ。

キャロラインは姪の鏡台の椅子に腰をおろした。「早急に大切な決断をしなくてはいけないわね」

「キャロライン叔母様、あの人とは結婚したくないわ」エマは即座に言った。

「したくないの？　ほんとうに？」

エマは肩をすぼめた。「したいとは思わないわ」

「それではだいぶ意味が違うでしょう」

エマは窓から離れ、靴を脱ぎ捨てて、ベッドに上がった。「どうしたいのかわからないの」

「どうしてアシュボーンと結婚したくないのか、教えてくれない？」

「とても傲慢な人なのよ。わたしに結婚の意思を尋ねてもくれなかったわ。もう決まったことであるかのように言うの。わたしの気持ちも訊かないで！」

キャロラインは姪がふだんの勝気を取り戻してきたのに気づいて、ひと息ついた。「それはあなたが、つまり、穢される前とあとのどちらの話？」

エマは顔をそむけた。「あとよ」

「そう。それであなたは、良家の子女が男性と親密な関係を結んだら、その相手との結婚を望むものだとアシュボーンが考えるのは、しごく理にかなったことだとは思わない？」

「訊いてくれてもいいじゃない」エマは反抗的に唇を引き結びつつ、内心では自分の子供っぽさを痛切に感じていた。

「そうね」キャロラインは同意した。「その点はあの人の落ち度だわ。でも、求婚を断わる理由としてじゅうぶんとは言えないわね」ひと呼吸おき、身を乗りだした。「もちろん、ほかにあの人を受け入れられない理由があるならべつだけれど」

エマは唾を飲みこみ、下唇を噛んだ。

「あるの？」

少しおいて、エマはかろうじて聞きとれる程度の声で答えた。「ないわ」

「それなら、まずはよかったわ」キャロラインはてきぱきと言って立ちあがり、エマが先ほどまでいた窓辺へ歩いていった。「だけど、断わる理由がないから結婚しなければいけないわけでもないわ。結婚したほうがいいと思う理由があるのに越したことはないでしょう？」姪の沈黙を同意と解釈して、続けた。「アシュボーンとの結婚がとても賢明なことだと考えられる理由はないのかしら？」まっすぐ姪の目を見つめる。「わたしが言いたいのはつまり、将来幸せになれる条件を考えるということね」

エマは叔母にじっと見つめられて目をしばたたき、うなずいた。

「わたしはそうやって考えたわ」キャロラインは胸の前で腕を組んだ。「あの人のことを愛してる？」率直に訊いた。

エマはうなずき、涙が頬を伝った。

「自分が愛している男性と結婚する機会をふいにしようとしているのはわかるわね？」

エマはふたたびうなずき、少し気分が悪くなってきた。

「そうだとしたら、あなたの頑固で強気なところを少し抑えたほうがいいわ」叔母は助言して、エマの隣りに坐り、母親のように抱きすくめた。「わたしもまるで出来ていないことなんだけど。ああいった男性との結婚には、勝気さと頑固さも少しは必要でしょうし」

「そうよね」エマは応じて鼻を啜った。

キャロラインは姪の額にキスを落とした。「さあ、涙を拭きなさい。階下《した》へ行って、男性たちにあなたの決意を伝えなければ」立ちあがり、ドアのほうへ歩いていく。

「でも、お父様にはどう伝えればいいのかしら？」エマは慌てて言った。「父の許しを得なければ結婚はできないわ。それに会社のことも……」考えてみれば自分から先に求婚したのだから、それは説得力のない言いわけで、叔母も間違いなくすぐにそう気づくはずだと察した。

「〈ダンスター海運〉は、あなたが背負うべきものでないのは、もうわかっているんでしょう。お父様については――この際、悪いけど、わたしたちの判断を信じてもらうしかないわ。時間の猶予はあまりないのだから」

エマはどきりとして目を見開き、思わず自分のお腹を見おろした。なんてこと、赤ちゃんができたかもしれないとは考えてもいなかった！

「わたしの言葉の意味はわかるわね」

それから少しして、エマが叔母とともに叔父の書斎に入っていくと、ふたりの男性はくつろいだ様子で静かにウイスキーを味わっていた。エマはわずかに目をすがめて、その光景を観察した。叔父に、姪が純潔を奪われたことを責め立てたようなそぶりは見えない。エマはそっと吐息をついた。なにはともあれ、結婚の話をするにはなごやかな空気のほうが望ましい。

「われわれに伝えたいことでもあるのかな？」ヘンリーは片眉を上げて訊いた。

エマは唾を飲みこみ、アレックスのほうを向いて踏みだした。「あなたのもとへ嫁がせていただければ光栄ですわ、公爵様」ひと呼吸おき、わずかに顎を上げた。「あなたが求婚してくださればですけれど」

キャロラインは低い声を漏らし、ヘンリーは瞳をぐるりと動かしたが、アレックスはふっと笑みをこぼさずにはいられなかった。つまるところ、こういった面があるから、なおさらエマをいとおしく感じるのだろう。「ぼくに膝をついて頼めと？」エマの目を覗きこむようにして尋ねた。

エマは落ち着かなげに唇を舐めた。からかっているような訊き方だったが、そうしてほしいと答えれば、そのとおりにしてくれることはなんとなくわかった。「いいえ」エメラルド色の強いまなざしに体を熱くして答えた。「そこまでなさらなくてもけっこうよ」

アレックスはエマを見るうち、わずかに頬が緩んだ。まだネッドの服を身につけたままで誇りを保とうと顎を上げて立っている姿は、ことのほか愛らしい。ほんとうは手を伸ばして鮮やかな色の髪の房を耳の後ろにかけてやりたいところだったが、ヘンリーとキャロラインがいる手前、エマの手を取って口もとに引き寄せた。「ぼくと結婚してくださいますか？」穏やかな声で問いかけた。

　エマは声を出せそうにないのでうなずいた。ヘンリーとキャロラインが自分たちの役目は終わったと見定めて静かに部屋を出ていき、エマはアレックスの口もとに手を引き寄せられた状態でそこに残された。

「一度目のときにこのようにできなくて悪かった」アレックスが静かに言った。

　エマは口もとをほころばせた。「正確には、二度目だったと思うけど」

　アレックスはうなずいた。「そのとおりだ。だがそれを言うなら、一度目もちゃんとできなかった」

　エマはアレックスの家の客間での不愉快な場面を思い起こし、ため息をついた。ほんとうにあれがたった二日前のことだったの？　まるで前世紀のことのように思える。「ええ、そうだったわね」静かに答えた。「でも、それはもうすべて忘れるべきだわ。明るい気分で結婚生活を始めたいもの」

「そうだな」アレックスはなにげなくエマの手を親指で撫でながら答えた。エマを抱き寄せて、何もかも忘れさせるようなキスをしたい。だが少し不安がよぎった。どうしてなのかはわからないが、自分の人生はいまきわめて不安定な橋に差し掛かっているような気がして、足を踏みはずしかねないことはしたくなかった。仕方なくただじっとして彼女の手を撫で、口にすべき言葉も見つからず、自分に自信を持てないのが情けなく思えてきた。「威圧的な態度はとらないようにしよう」神妙な声でどうにか言った。

エマはさっと目を上げた。アレックスの熱意のこもった真剣な表情を見て、両腕をまわさずにはいられなかった。「わたしはあまり頑固にならないようにするわ」と応じた。

アレックスはうっすら笑みを浮かべ、エマを抱き寄せ、大きな体でやさしく包みこんだ。エマはその腰に腕をまわし、胸に頬を寄せた。彼の体から伝わる温かみの心地よさに、吐息をついた。耳に響く力強い鼓動を聞きながら、天にも地上にも自分をここから動かせるものはきっとないのだから、この穏やかなときを破れるのはアレックス本人しかいないと思った。

けれどそれほどの心地よさを感じていながら、結婚相手は自分を好いてくれてはいても完全には信頼してくれていないという思いは消し去れなかった。しつこくアレックスを追いまわしていた貴族の女性たちとは違うと言ってもらいはしたが、彼の心に刻まれた傷は相当に深いように思える。それでも女性を完全に信頼することができるのだろうか。

それにもちろん、愛しているとはまだ言ってもらえていない。そう思うと体がややこわばったものの、自分もまだ気持ちを伝えてはいないことを思い返した。

アレックスがその動きを感じとり、エマの額にそっと口づけた。「どうかしたのか?」

エマはふたたび体の力を抜き、抱かれているぬくもりを嚙みしめた。「ううん、なんでもないわ。ちょっと考え事をしてただけ」

「どんな?」

「たいしたことではないの。結婚式の準備についてよ」そうごまかした。「完璧に準備する時間はないでしょうから」

アレックスはゆっくりと身を引き、エマをそばのソファへ導いて、並んで腰をおろした。

「盛大な結婚式に憧れていたのか？」やさしい声で尋ね、二本の指でエマの顎を支えて上向かせ、目を見つめた。

「いいえ。このロンドンにもたくさんの知りあいができたけれど、親しくしている人はそれほどいないから、結婚式に大勢来てもらいたいとは思わないわ。特別なドレスは着たいけど」切なげな表情で付け加えた。「それと、できれば父に送りだしてもらいたかったわ」

アレックスはエマの目を見据え、ほんとうは豪華な式を望んでいる気配を探した。清らかで邪気のない正直さしか読みとれなかった。「お父さんを待てないのは申しわけないが、できるだけ早く結婚したい。ぼくの母ときみの叔母上に花の飾りつけに悩む時間を与えるのも惜しいくらいだ」

エマはくすりと笑いを漏らした。「じつはわたしたちが出会えたのは、そのお花の飾りつけのおかげだというのはご存じ、公爵様？」

「公爵様という呼び方はやめてくれ」アレックスは釘を刺した。

「ごめんなさい。口が滑ったわ。でも、社交界の慣習が身についた証しよ」

「しかし、どうしてぼくがこのすばらしい幸運を手にできたのが、花の飾りつけのおかげなんだ？」

「なぜかというと、わたしが女中の身なりで買い物に出かけて、貸し馬車に轢かれかけたチャーリーを救えたのはそのせいだったからよ。キャロライン叔母様に舞踏会のお花の飾りつけを手伝うように言われていて、ベルとふたりで厨房に逃げたの。ドレスを汚したくなかったから、女中の服を借りて着ていたってわけ」間をおいて、言い添えた。「お花の飾りつけはほんとうに嫌いなんだもの」

アレックスは声をあげて笑った。「では約束しよう。ぼくたちの出会いのきっかけに敬意を表して、結婚式にはたくさんの花を飾るが、きみに飾りつけは頼まない」

笑っているアレックスの横顔を、エマはさりげなく見やった。少しでも愛する気持ちがなければ、こんなにもやさしくはできないでしょう？　疑念を払いのけた。まだ愛してもらえてはいないとしても、欲望をそそっているのはなによりはっきりしている。それに、好意もじゅうぶん抱いてくれている。望ましい始まりであるのは間違いない。自分の難点の頑固さがまたむくむくと頭をもたげてきたのを感じて、深く息を吸いこんだ。この結婚はきっとうまくいく。そうなるように努力しよう。うまくいくようにしなければ。

それから数日は慌しく過ぎ去った。アレックスは今週末に結婚するという当初の計画で推し進めようとしたが、キャロラインとの五分間の〝話しあい〟により、一週間遅らせることにしぶしぶ同意した。エマは賢明にもその論争には加わらなかった。

「十日先に延びても大変な忙しさなのよ」キャロラインは不満そうにこぼした。「でも少しはましな準備ができるわ。二日ではとても無理だったもの」

あの朝アレックスがようやく屋敷をあとにしてから一時間後、アシュボーン公爵未亡人がブライドン邸を訪れ、結婚式の準備に加わらせてほしいと申し出た。まだ午前七時半であることは誰も指摘しなかった。ユージニアは息子の婚約を奇跡にほかならないと見なし、早朝の訪問が不作法だという程度の理由では、その縁談を滞りなく進めるための努力を思いとどまることはできなかった。エマはユージニアとキャロラインと十五分も過ごすと両手を上げ、どうかとりわけ重要なことについての判断は自分にも意見を訊いてほしいと言い残して階上の寝室へ戻り、まっすぐベッドにもぐり込んだ。なにしろ前夜はほとんど寝ていなかったからだ。

六時間ほどして目覚めると、空腹を覚えた。結婚式についての話しあいは相当に長引いているとみえて、エマの部屋の鏡台にもミートパイと飲み物が届けられていたので、それをたちまち胃におさめてから入浴し、着替えた。男性の服で一日過ごしたあととあって、翡翠《ひすい》色の外出着のドレスはいくぶん窮屈に感じられたが、ズボン姿で歩きまわるわけにもいかない。それから机の後ろの椅子に坐り、父宛てに状況を手短に説明する手紙をしたため、次はもっと長い手紙でアレックスや結婚式について詳しく報告すると記した。

午後三時にようやく階下へおりていくと、キャロラインとユージニアは最後に見たときとまったく同じ位置で、あらゆる名を挙げて招待客名簿を作っていた。ベルとソフィーもそこに加わり、花嫁が持つブーケについて熱い議論が始まった。そしてそこへ花嫁が登場したと見るや、さっそくその話題を振り向けた。

「そうね、薔薇がいいわね」エマは答えた。「どうかしら？」

ベルとソフィーはぐるりと瞳をまわした。「それはもちろんだけど、何色がいいの？」ベルが訊いた。

「ううん。でも付添役をお願いする女性のドレスの色にもよるわよね」

ベルとソフィーから期待に満ちた目で見つめられ、エマは決断しなければと思い定めた。

「そうね、おふたりに付添役をお願いするわ。だから、何色のドレスを着たい？」

「桃色」

「青ね」

エマは唾を飲みこんだ。「わかったわ。そうすると、わたしのブーケにはとりあえず白い薔薇を入れましょう。白はなんにでも合うから。とりわけわたしに！」晴れやかな笑みで続けた。「白いドレスで結婚してもいいのよね？」慌てて念を押した。「流行の色ではないのは知ってるけど、ボストンで友人が白いドレスを着て結婚式を挙げたの。とてもきれいだったわ」

「結婚式では何色でも、あなたの好きな色のドレスを着ていいのよ」叔母が答えた。「今夜、最初の衣装合わせをしましょう。マダム・ランバートが、ドレスの仕立てが間に合うように、今夜遅くまで店をあけていてくださるそうよ」

「ありがたいことですわ」エマはつぶやくように言い、仕立て屋に開店時間の延長を頼むのに叔母はいくら払ったのだろうかと思いめぐらせた。「ほかに何か決まったことはありますか？」

「あなたさえよければ、ウェストンバートで結婚式をしようと思うの」キャロラインが言った。「いまからではロンドンで大きな聖堂を空けてもらうことはできないから」

「花嫁の家で挙式するのが慣例なのだけれど」ユージニアが言葉を差し入れた。「あなたの家はボストンにあるでしょう。それに、ウェストンバートなら、あなたのご親類の本邸より何時間かはロンドンに近いし」

「ええ、もちろん、それでけっこうです」エマは応じた。「ウェストンバートはすてきなところですわ。それになにより、もうすぐわたしの家になるんですもの」

ユージニアは目に涙を溜めて、エマの両手を取った。「あなたがわたしたちの一族に加わってくれて、とても嬉しいわ」

「ありがとうございます」エマはユージニアの両手を握り返した。「わたしも加われて嬉しいですわ」

「さてと」キャロラインが声をはずませた。「招待客名簿に戻りましょうか。ベントン子爵はどうしたらいいかしら？」

エマは息を呑んだ。アンソニー・ウッドサイド？「だめ！」思わず声をあげた。

キャロラインとユージニアが揃ってふしぎそうな顔で見やった。

「あ――あまり好きではない方なので」早口で続けた。「それに、ベルも居心地が悪いでしょうし」

ベルがうなずいた。

「わかったわ」キャロラインが名簿に記された子爵の名を黒い線で消した。

「出席できる方はそんなにいらっしゃらないのではないかしら」エマはどことなく嬉しそうに言った。「急なことだし、ロンドンから三時間も馬車に乗るんですもの」

残りの四人はいっせいに驚いた顔を向けた。「何言ってるの？」ややあってベルが訊いた。

「みなさん競って駆けつけるわ。アシュボーン公爵が結婚するのよ。『結婚には興味がない』って顔をされてた公爵様が結婚なさるんだから。それも、植民地からやって来た、まだよく得体の知れない女性と。社交界では今シーズンの一大行事だわ」

「急遽《きゅうきょ》決まった結婚というだけでも、人々の興味を掻き立てるわよね」ソフィーが言い添えた。「ちょっぴり事件や陰謀の匂いがするでしょう。もちろん、ロマンスの香りも」

「そうね」エマは弱気な声で言った。「でも、アレックスはささやかな式を望んでいると思うわ」

「かまうものですか！」ユージニアが一蹴した。「わたしは母親ですもの。あの子にはどうこう言わせないわ。息子にとっても結婚式は一生に一度のことなのよ。楽しまなくてはね」

ユージニアは胸を張り、これ以上抵抗しても無駄だとエマは見きわめた。

実際にそれから一週間、エマはいっさい抗うことなく、結婚式の準備の波に流される日々を過ごした。眠っているとき以外で――その時間もじゅうぶんにはとれなかったが――唯一ほっと息をつけたのは、現在と将来の女性親族たちが集う居間にネッドが入ってきて、強引に連れだしてくれたときだけだった。「エマと」従兄は声高らかに告げた。「馬車で出かけてくる」

エマは逃れられるというだけで喜び、ふたりは紅茶とケーキを味わおうと人気の店へ向かった。

「ウッドサイドとのことを話しておきたかったんだ」テーブルにつくとすぐにネッドが切りだした。

「あら、そうよ」エマは勢い込んで言った。「忘れるところだったわ！　どうなったの？」

「金曜日に〈ホワイツ〉で、借金を払うようにと言われた」

「それで？」

「それで、ぼくは借金を二重に返済するつもりはないと答えた」

エマは手で口を押さえた。「まあ、ネッド、そんなことを言ったの！」

「ああ。あいつが慌てふためいて、騒ぎ立てそうだったから、ポケットから借用証書を出したんだ。ぼくは眉を上げて、すでに借金を返済していなければ、どうしてこの借用証書がここにあるんだと言ってやった」

「怒ったでしょうね」

「いいや、そんなもんじゃない。ものすごい剣幕だった。みんながそれを見ていた。今後何年も、紳士たちのカードゲームには加えてもらえないだろうな」

「あら、してやったりね」エマは言った。「あの人をやり込められてこんなに嬉しいなんて、わたしもだんだん意地悪になってきたのかしら」

「淑女らしくない物言いだぞ」ネッドがからかうように言った。「だけど、エマ、まじめな話、あいつは相当に怒ってる。用心したほうがいいと思うんだ。報復してくるかもしれない」

エマは紅茶をひと口飲んだ。「そうは言っても、ネッド、あの人に何ができるというの？　噂を流すとか？　誰もあの人の言葉は信じないわ」

「わからない。とにかく、気をつけたほうがいい」

「そうかもしれないわね。でも、心配する必要があるのかしら？　わたしにはそうは思えないわ。残忍なことができる人ではなさそうだもの」

「そうだろうか？」

エマは首を振り、目で天を仰いだ。「あんなにきれい好きなんだから」

21

それから息つく暇もないうちにエマはウェストンバートにやって来て、大勢の職人や使用人たちがおそらくはここ何十年で最も慌しい結婚式の準備の仕上げにかかっている光景を目にすることとなった。キャロラインとユージニアが本領発揮とばかりに、奇跡に近い仕事をなしとげたことはエマも認めざるをえなかった。折りにふれキャロラインがもう少し時間があったならとこぼすたび、エマはボストンではとうてい想像しえなかった婚礼支度の豪華さに笑みを漏らした。

ソフィーとベルのあいだでは青と桃色をめぐる微笑ましい論争が繰り返され、とうとうエマが結婚式の中心の色はミントグリーンにすると宣言したのだが、その色のドレスはどちらにもとてもよく似合っていたので、エマの決断は正しかった。

とはいえやはり人々の関心の的は花嫁だ。最後の衣装合わせで、ベルはこれほど美しいエマは見たことがないと息を呑んで言った。そのドレスは最新の流行のものよりも胸の下から腰のくびれがくっきりとわかる、やや古風な形だった。エマは新しい様式を好み、たくさん試してはみたものの、花嫁衣装には向かないと判断した。マダム・ランバートも即座に同意し、肩がちらりと見える程度の上品な襟ぐりで、袖は腕にぴったりとして長く、ペティコートを重ねてスカートを腰からふんわり膨らませた、絹地で象牙色の豪華なドレスを提案した。エマは宝石やリボンを付けず、なるべく凝らずに仕上げてほしいと依頼した。

見事な仕上がりだった。エマのしなやかな腰のくびれと優美な長い首が強調され、小柄な体が引き立つ形になっていた。なにより絹の色がまさしく功を奏した。当初エマは白のドレスにしようと考えていたのだが、マダム・ランバートが象牙色にすべきだと勧めた。ほんとうにそのとおりだった。こちらの色のほうがエマの肌の色をすばらしくきわだたせ、輝いているように見えた。

愛する気持ちのせいなのかもしれない。

それでもエマはドレスのおかげだと思うことにした。

ついに結婚式の日が訪れ、エマは目覚めて、お腹のなかで少なくとも三十羽以上の蝶《ちょう》が羽ばたいているように思えた。それを見透かしたかのように、ベルが部屋に飛びこんできて、前置きもなく訊いた。「緊張してる?」

「ものすごく」

「よかった。緊張して当然だもの。なにしろ結婚はとても大きな一歩なわけでしょう。女性の人生にとっていちばん大きな出来事と言ってもいいくらいだわ。もちろん、生まれたときと死ぬときもそうなんでしょうけど――」

「もうじゅうぶんよ!」エマは甲走った声をあげた。

ベルがいたずらっぽく笑った。

「意地悪ね」エマはつぶやいて、枕を従妹に投げつけた。

「目覚ましのチョコレートを頼んでおいたわ」ベルが言う。「もうすぐ運んでくるはずよ。今朝はちゃんとした朝食は入らないだろうと思ったから」

「そうね」エマは静かな声で答えて、窓の向こうを見やった。

ベルが真剣な表情になって、すぐさま訊いた。「気が変わったのではないわよね?」

エマはもの思いからわれに返った。「いいえ、もちろん違うわ。アレックスを愛してるもの。前にあなたに言ったかどうかわからないけど、そうなの」

「知ってたわよ!」

「父に送りだしてもらえないことだけが心残りだわ。父がいなくて寂しい。しかもこれからは離れて暮らすんだもの」

ベルはなぐさめるようにエマの手を軽く叩いた。「わかるわ。でも、わたしたちがいるじゃない。あなたはアシュボーン家の人たちにも好かれているし。それに、伯父様も訪ねていらっしゃるわよ。きっとそう。だけど、ジョン伯父様に会えなくて寂しいことは、どうかわたしの父には言わないで。あなたを送りだす役目を胸がはちきれそうなくらい誇らしく思っているはずだから」

ドアをノックする音がして、ソフィーがまだ化粧着のまま部屋に入ってきた。「階段でちょうど女中に会ったから、厨房に戻ってもうひとつチョコレートを持ってきてくれるように頼んだの。ごめんなさいね。もうすぐ運んできてくれるから」

「もちろんかまいませんわ」エマは笑顔で答えた。「大勢のほうが楽しいし」

「この家のなかは信じられないくらい慌しくなってるわ」ソフィーが続けた。「ふたりともまだ階下《した》へおりてないでしょう？」

エマとベルはうなずいた。

「大変な混雑よ。わたしは従僕に轢かれそうになったわ。招待した方々がすでに到着しはじめているんだもの！」

「冗談でしょう！」ベルが言った。「朝四時に起きなければ、この時間には着かないわ」

「それなのに、母がみなさんを泊りがけでご招待することを提案したら、兄は恐ろしく不機嫌になったのよ。ほんのかぎられた方々には前夜から来ていただいているけれど、今夜は間違いなく全員《いい》お引き取りいただくことで兄が押しきったの」

エマは顔を赤らめた。「もう会われたんですか？」

「いいえ」ソフィーは言い、静かに部屋に入ってきた女中からチョコレートのカップを受けとった。「でも、ダンフォードはもう部屋を出てきていたわ。彼によれば、兄はずいぶんと落ち着かないそぶりだそうよ。きょうの結婚式をぶじに終えられるか心配で仕方ないのでしょうね」

「ええ、でも、それはあの方だけではありませんわ」エマは低い声で言い、いつになったらこの胃は側転をやめてくれるのだろうかと考えていた。

結婚式は十二時きっかりに始まることになっていた。十一時半に、エマはウェストンバートの南側の芝地の様子を見ようと窓の外を覗いた。「まあ大変」息を呑んだ。「二百人は集まってるわ」

「四百人はいそうよ」ベルも窓辺の従姉の隣りに来て言った。「母は招待客名簿に六百人は載せたがっていたんだけど――」

「時間が足りなかったのよね」エマは従妹の代わりに言い終えた。「想像がつくわ」芝地をつくづく眺め、華やかな設えに首を振った。大勢の招待客が七月初めの陽射しを避けられるよう明るい縞模様の天幕が芝地のあちらこちらに張られている。アレックスが約束したとおり、数えきれないほどの花も飾られていた。

「どうしたらいいの」エマは息を詰めて言った。「キャロライン叔母様にここまで豪華にしてもらうべきではなかったわ。半分は知らない方だもの」

「でも、あちらはあなたを知ってるわ！」ソフィーが声をはずませて指摘した。

「公爵夫人になるなんて信じられる？」ベルが訊く。

「いいえ、実感がないわ」エマは弱々しい声で答えた。

そうして気づけば正午になり、エマは天幕の入口で、緊張のあまり弦楽四重奏団がお気に入りのモーツァルトの曲を奏でているのもほとんど耳に入らない状態で立っていた。

「しっかりね」ソフィーは通路を進みだす前にエマに声をかけた。「わたしの兄嫁になるんだもの」

ベルも力づけるようにさっとエマの手を握ってからソフィーのすぐあとに続いた。「愛してるわ、エマ・ダンスター」

「その名で呼ばれるのも最後なのね」エマは小声で答えた。

「エマ・リッジリーは、とてもよい名だと思うぞ」ヘンリー叔父が言い、姪の腕を取った。「おまけに、アシュボーン公爵夫人という呼び名もつく」

エマはぎこちなく微笑んだ。

「きみならりっぱに務められる」叔父は言い、静かな声で付け加えた。「必ずとても幸せになれる」

エマは涙をこらえてうなずいた。「心から感謝しています、ヘンリー叔父様。いままでのすべてのことに。それにもちろん、愛してるわ」

ヘンリーは姪の頬に触れた。「わかっているとも」こみあげる感情でかすれ声になった。「さて行くとするか。もたもたしていると、きみの公爵様が迎えに来て、祭壇に引っぱっていかれてしまうからな」

エマは深呼吸をして一歩目を踏みだした。祭壇の前で待つアレックスの姿を見たとき、恐れも不安もゆっくりと溶け去っていくのがわかった。一歩進むごとに喜びは大きくなり、晴ればれしく祭壇へ進む花嫁を見ようと座席から首を振り向けている大勢の人々の顔も目に入らなくなった。

アレックスはエマが天幕の内側へ入ってきた瞬間、息がつかえた。どう表現すればいいのかわからないほど美しい。まるでその内面から美しさがあふれだすように輝いている。白く艶やかな肌から柔らかな菫色の瞳、燃えているように鮮やかな色の髪まで何もかもが光を放ち、薄いベールに覆われたところまでもが明るくきらめいている。

やがてエマは叔父に導かれて祭壇の手前に着き、叔父から未来の夫に手をかけなおされて、笑みをこぼさずにはいられなかった。アレックスの緑色の目を見上げると、そこにはまぎれもない温かみと渇望、独占欲、それにもちろん愛が見てとれた。まだ言葉にはしてもらえていないけれど、その目を見れば一目瞭然だった。この人はわたしを愛している。

そう思うと、たちまち自分の人生が先ほどまでの二倍は輝きだしたように思えた。

そこからあとはあっという間に過ぎて、思い返せるのはほんの断片ばかりだ。チャーリーが小さなクッションに載った指輪を持って得意げに立っていたこと、その指輪をアレックスが指にはめてくれたときの手の温かさ、教区牧師が夫婦となったことを宣言し、アレックスが花嫁にやや激しすぎるキスをしたときのダンフォードとネッドのにやついた笑み、そして儀式が終わり、晴れて結婚したふたりが通路を颯爽と戻っていく姿を、涙で頬を濡らして見つめるキャロライン叔母の姿。

その後の祝宴は夜遅くまで続いた。エマは知らない大勢の人々と、たくさんの知人たちから祝福の言葉をかけられた。アレックスはできるかぎり花嫁に寄り添い、やむなくべつべつに招待客たちと挨拶の言葉を交わさなければならないときでも、エマは夫の視線を感じ、愛と欲望の両方のせいで全身にじわじわとめぐるふるえを抑えられなかった。

ダンスを踊り、何十回も祝杯をあげて数時間が経った頃、アレックスがようやくエマに身を近づけて耳もとに囁いた。「まだ早いのはわかっているが、そろそろここを離れてもいいんじゃないか？　きみを独り占めしたい」

「あら、もう忘れられてしまったのかと思ってたわ」エマはため息まじりに言い、ぱっと笑みを広げた。

ふたりは周りの人々に別れの挨拶をして、去る前にユージニアのそばで足をとめた。「全員、今夜じゅうに帰してくださいよ」アレックスはきっぱりと言った。「夜明け前に家に着けなくてもぼくの知ったことではありません。どうせよくあることでしょうし」

「親類にはそんな心の狭いことは言わないわよね？」ユージニアはことのほか愉快そうな表情で訊いた。

「もちろんです。ただし、母上たちもあすの朝には帰っていただきます」アレックスは母の頬にキスを落とした。「申しわけありませんが、新妻と少しふたりきりの時間を楽しみたいので」

「安心なさい。わたしたちは全員お昼までにはいなくなってるわ」ユージニアは請けあった。「それより早くふたりの寝室から出てくるつもりはないんでしょう？」

エマは耳の付け根まで真っ赤になった。

「当然です」アレックスは恥ずかしげもなく答えた。「ただ、あすの食事を部屋へ届けてもらうよう手配しておいていただけると助かるのですが」

「心配いらないわ、愛する息子のために、万事手配しておきますから」ユージニアは目を潤ませて息子の頬に触れた。「きょうはあなたたちのおかげで、ほんとうに幸せよ」

アレックスとエマは笑顔でユージニアに別れを告げて、長い廊下を夫婦の寝室へ向かった。エマは夫の大きな歩幅に追いつくために小走りになり、曲線を描いた階段を必死にのぼる途中でついには立ちどまって息をついた。「お願い」笑いながら頼んだ。「ちょっと待って」

アレックスは足をとめて妻の頬を両手で包んだ。いたって真剣そうなのに愉快そうでもあるふしぎなまなざしだった。「待てない」さらりと言った。

エマは抱き上げられて小さな驚きの声をあげ、寝室へ運ばれていった。「やっとふたりきりになれた」アレックスは大げさな口ぶりで言い、妻を抱きかかえたままドアを蹴って閉めた。「キスしていいか?」

「だめ」

「かまうものか」唇が触れる前にエマはすでに息がつかえ、熱くなっていた。

「緊張してるのか?」アレックスが訊く。

「いいえ。今朝はそうだったけど、いまは緊張しているのではないわ」

アレックスはその言葉の意味を読みとり、目つきが熱を帯びた。それでも急ぐつもりはなかった。これからひと晩じゅう、いや一週間でもふたりでいられるのだ。妻の手を取り、寝室のさらに奥へ導いた。「これからはここがきみの寝室だ」片手で部屋全体を示してみせた。

エマは部屋のなかを見まわした。いかにも男性らしい装飾だ。

「きみの好きなように模様替えをしてくれてかまわない」アレックスは言った。「ピンクだらけというのは勘弁してもらいたいが」

エマは笑みを噛み殺した。「ふたりが気に入るものを探せばいいわ」

アレックスは妻の手をつかんだ。「公爵夫人の私室として続き部屋があるが、きみにはできるだけこちらで過ごしてもらいたい」

「あら、ほんとうに？」エマは茶目っ気たっぷりに問いかけた。

「あちらは居間として使って、きみの好みの女性らしい装飾品でいっぱいにすることもできる」アレックスは熱っぽく続けた。「ただしベッドを置く場所を考慮する必要はない。グッド夫人の居室へ移動させようと思ってるんだ。長年この家に仕えてくれている女性だから、感謝の思いを込めて役立ててもらいたいんだ。彼女がいま使っているものよりはるかに寝心地がいい」

「すばらしい考えだと思うわ」エマは静かに応じて、夫に歩み寄った。

「ああ、エマ、ようやくきみがぼくのものになって、ほんとうに嬉しいよ」

「わたしもあなたがわたしのものになって嬉しいわ」

アレックスは笑い声を立てた。「その豪華なドレスを脱がせられるように、もう少し近づいてくれませんか、奥様」

「わたしの名はエマよ」きつい声で正した。「あなたから奥様なんて呼ばれたくないわ」

「きみはかけがえのない人なんだ、公爵夫人」アレックスはエマの背に腕をまわし、花嫁衣装の後ろ側に連なる小さなボタンをはずしはじめた。その作業はじれったいほどゆっくりで、エマは指が触れるたび背筋にぞくりとする熱い刺激が走るのを感じた。うっとりとなって部屋全体がまわっているように見えてきて、立っているだけで精いっぱいだった。

低い声を漏らし、アレックスの肩につかまって体を支えた。

アレックスの手はまだ背の中程までしか進んでいない。「ううむ、もう髪をおろしてもいいだろう」高く結い上げられた豊かな髪を留めているピンを手ぎわよく抜いていく。「結い上げられているきみの髪を、こうしていちいちおろしていく作業も悪くないが」またたく間に髪はすべて背におろされた。アレックスは柔らかい髪を幾房か持ち上げ、まず口づけてから、芳しい香りを吸いこんだ。

「きみの髪が好きだ」つぶやくように言い、指で梳いた。「この髪の色をした女の子がほしいという話はもうしていたかな？」

エマは無言で首を振った。ふたりのあいだで子供の話が出たことはない。アレックスが跡継ぎ――男子にかぎられる――を求めているのだろうとは思っていたけれど、自分に似た女の子をほしがっているとは、エマは想像もしていなかった。「わたしは、黒い髪で緑色の目をした男の子を想像していたわ」ためらいがちに言った。

アレックスはふたたび手をエマの背に戻してボタンをはずしはじめた。「そうだとすれば、お互いの望みが叶うまで努力しなければいけないということだな？」今度は手早くボタンをはずし、何秒も経たずにドレスは床に落ちて、エマは薄い絹地のシュミーズ姿になっていた。

アレックスは残りの薄い布地も肩から滑り落とそうとしたが、エマがその手をとめた。「じっとしてて。今度はわたしの番だわ」アレックスの首巻き《クラヴァット》に手を伸ばし、入り組んだ結び目をゆっくりとほどいた。それから糊《のり》の利いた白いシャツに手を移し、ボタンをはずすにつれ肌があらわになっていくさまをじっくりと楽しんだ。アレックスはしばしの甘美な責め苦を耐え抜き、唸り声を漏らしてエマを抱き上げると、大きな四柱式のベッドへ運んだ。「ああ、なんてきみは美しいんだ」崇めるように言い、エマの頬の片側に触れた。「ほんとうに美しい」

エマはベッドに上がってきたアレックスに熱情にまかせて抱きついた。アレックスは自分の服を剝ぎとりながらもエマに触れずにはいられず、彼の手の熱さと布地が擦れあう感触が相まって、エマはすでに切迫しはじめていた。声を出している意識もほとんどなく、彼の名を何度もつぶやいていた。

「大丈夫だ、いいかい、ぼくはここにいる」アレックスが囁いた。

エマはたしかにそれを感じていた。彼のどこまでも逞しい体が自分に押しつけられている。でもまだシュミーズに遮られていたので、夫と自分を隔てるものをなくしたくて邪魔な下着を引きちぎろうとした。

「大丈夫だ」アレックスはふたたびそう言って、妻の手を押さえた。「こういうものがあったほうがかえって楽しめる」絹地の上からエマの腰に両手をおき、両脇に炎の筋を延ばしていくかのようにシュミーズを徐々に引き上げていく。乳房が現われると、アレックスは褒め言葉をつぶやいてゆっくりと身をかがめ、色づいた乳首のそれぞれに口づけた。エマは心地よさに身をくねらせ、アレックスの頭の後ろをつかんで引き寄せた。「そうか、きみはこれが好きだったな」アレックスは彼女の驚くほど敏感な反応に目を見張り、含み笑いを漏らした。

「アレックス、これをさっさと脱がせて」エマは熱っぽくせかした。

「ああ、そうだな」アレックスがからかうように答えて、シュミーズをようやく頭から引き抜き、ベッドの脇の床に落とした。

エマはアレックスを見つめた。夫はまだとても落ち着いている。熱情でどうにかなってしまいそうになっているのは、わたしのほうだけなの？　エマはいたずらっぽい笑みを浮かべ、身を乗りだして自分がされたように彼の平らな乳首に口づけた。間をおかず、期待した以上の反応が返ってきた。アレックスはベッドから体を跳ね上げ、唐突に声を発した。「おいおい、エマ、どこでそんなことを憶えたんだ？」

エマは彼の口もとへ唇を寄せた。「あなたからよ。ほかにも何か教えてくれる？」

「たぶん来週に」アレックスが唸るように言う。「今夜はこれ以上耐えられそうにない」

エマが得意げに笑うと、アレックスは身を乗りだして熱烈に口づけた。それを機に冗談やからかいのそぶりは消え、欲望と熱情に駆られて互いを求めあう、貪欲なふたつの肉体と化した。

エマは夫の体をもっと触れたい気持ちをとめられそうになかった。引き締まった筋肉質の太腿をたどって胸まで上がり、さらに肩へ手を届かせた。アレックスは限界まで昂ぶりを煽られていた。片手をエマの体の下のほうへ滑らせ、秘めやかな部分を隠している柔らかい毛に触れた。エマは切迫して息を呑み、夫の肩をつかんで自分にもっと近づけようとした。アレックスはゆっくりと繊細な皮膚の襞を開き、指を滑り込ませた。迎え入れる用意はじゅうぶんに整っていた。

「とても濡れている」アレックスはざらついた声で言った。「とても濡れていて、とても熱くて、ぼくを待ち焦がれている」

「お願い、アレックス」エマはすがるように言った。

アレックスはエマの上で互いの腰の位置を合わせ、先端だけを彼女のなかに入れた。甘美な温かみにいっきに入れないのはつらいところだが、彼女の体がまだ自分に慣れていないのはわかっているので、なじむ時間を与えてやりたかった。

ところがエマはそんなものを求めてはいなかった。「ああ、アレックス、お願い。もっと欲しいの」切なげにせかし、夫の腰をつかんで抱き寄せようとしている。

アレックスはその哀願に抗えず、荒々しい声をあげて腰を押しだし、すっぽりと彼女のなかにおさまった。苦しげに息をして、丹念に彼女を撫でながら、一定のリズムを保とうと心がけて腰を動かした。

エマは高みへ昇りつめていった。至福のときを長引かせたくてそこで踏みとどまろうとしたが、アレックスだけがもたらしてくれる、砕け散って解き放たれる瞬間へ近づいているのがわかった。彼の手がふたりの体のあいだに滑り込んで親密に撫でられはじめたとき、もう屈しずにはいられないのを悟った。その直後、エマはいまにもはじけ飛びそうに感じて、喉から絞りだすような声をあげた。

「ああ、もう、アレックス、あなたをほんとうに愛してるわ!」

アレックスは身を固くした。「なんて言ったんだ?」かすれがかった声で訊く。

エマは切り立った崖の端に追いつめられているような心地だった。アレックスには動きつづけてもらわなければ困る。「お願い、アレックス。このままにさせないで」

「なんて言ったんだ?」アレックスは全身の筋肉を張りつめて繰り返した。

菫色の瞳が、愛情をさらけだした緑色の瞳を見つめた。「あなたを愛してるわ」

アレックスはさらにしばし妻の目を見つめてから、新たな切迫の波に襲われてふたたび腰を押しだした。エマはそのひと突きで極みに達し、現実から遠ざかっていった。解き放たれた勢いでベッドから体を跳ね上げ、熱情の光が交錯するなかに投げだされて彼の名を叫んだ。

アレックスもエマに締めつけられる心地よさにどうにか自分を繋ぎとめていた一片の自制心を砕かれ、しわがれた雄たけびを漏らして彼女のなかへ放出した。

ふたりはそれから何分も、快い余韻の気だるさのなかで絡みあったまま横たわっていた。

やがてアレックスが深く息をついて、エマの首の柔らかな付け根に顔を埋めた。「その言葉を聞けないいんじゃないかと不安だった」静かに言った。

エマは夫の濃く黒い髪に手をくぐらせ、くしゃりとさせた。「わたしはまだ、その言葉を聞けないのかもしれないと不安だわ」

アレックスは身を引いて、妻の顔を両手で包んだ。「きみを愛している、エマ・エリザベス・ダンスター・リッジリー」真剣な表情で言う。「全身全霊をかけて、きみを愛している。こんなにも女性を愛せるとは夢にも思わなかった。それくらいきみを愛して――」

「やめて！」エマは目に涙を溜めて声をあげた。

「どうして？」

「幸せすぎるから」エマは声を詰まらせて答えた。

「幸せすぎるなんてことはありえない。なにしろ、ぼくはこれから毎日、前の日よりもきみを幸せにするために残りの人生を捧げるつもりなんだ」

「あなたがそばにいてさえくれたら、それほどむずかしいことではないと思うわ」

アレックスはふっと笑った。「離れるなということか」

「そうよ！」エマは生意気そうな表情で答えた。

「ならば見張っていればいい」アレックスはからかうように言った。「アメリカ生まれの勇ましいわが公爵夫人だ。猟銃を持って追いかけられかねない」

エマは起きあがって、夫に枕をぶつけた。「ひどい！」はしゃいだ笑い声をあげると、アレックスに体をつかまれてベッドに引き戻された。「そもそも、猟銃の使い方なんて知らないもの」息を切らして言った。

「そうなのか？　木を登り、釣竿《つりざお》に餌《えさ》を付ける公爵夫人が、猟銃を撃てないのか？　がっかりだな」

「あら、拳銃を撃つのはなかなかの腕前よ」

アレックスは身を乗りだしてキスをした。「撃ち方はそう変わらない」

「アレックス?」

「ううん?」

「わたしたち、ロンドンにすぐに帰らなくてもいいのよね?」

「ああ、いいんじゃないか。どうして?」

「ウェストンバートがますます好きになってきたから」

アレックスはすねたように言った。「ウェストンバートなのか、ぼくではなく?」

「あなたがよ、大きな赤ちゃん。でも、ロンドンではあなたとゆっくり過ごせないでしょう。あなたの時間をみんなで取りあうことになってしまうから。しばらくここにいてもいいわよね?」

アレックスは妻を抱き寄せ、ようやく見つけた、心を照らしてくれる愛を大切にしなければと胸に誓った。「いられるようにしよう」

22

それからの数週間はエマにとって、これまで生きてきたなかで最も幸せな日々だった。愛し愛されている女性らしい揺るぎない笑みを湛え、満ち足りた思いにぼんやりとしているあいだに時はゆっくりと流れた。アレックスとともに過ごす日々がしだいにくつろげる日常となっていった。食事はつねにふたりでともにし、盆に載せて部屋へ運んでもらうことも多かった。午後は毎日乗馬へ出かけ、毎回違う道を通ったが、ウェストンバートは広大で、三週間が過ぎても敷地内のすべてをまわりきれていなかった。夕食後は毎晩ふたりの新たな居間となった部屋で読書やチェスをしたり、ふたりでいるときをただのんびり楽しんだりして過ごした。

もちろんそのあとも眠るだけの時間ではなかった。

ほどなくエマはアレックスと過ごせない時間の活用の仕方も学んだ。夫は責任を怠れない仕事を幾つもかかえていて、重要な書簡や書類を読むために書斎で過ごす時間も長かった。しかもウェストンバートのほかにも四つの所領があり、管理人にまかせきりにできる性分の男性ではない。アレックスは名ばかりの地主になることをみずからに許さず、所領の住民たちの暮らし向きを把握するため丹念に帳簿を開いていた。

そこでアレックスが忙しく働いているあいだに、エマは新たな住まいをより詳しく知る仕事に取りかかった。手始めに公爵夫人の寝室からベッドを取り払うことを決行した。慌しくロンドンに戻って従兄妹たちの家にも顔を出し、家具を買いつけて、新たに居間となった部屋の模様替えを新記録を作れそうな短い期間でなしとげた。それから、アシュボーン公爵家に代々受け継がれてきた屋敷がどのように営まれているのかを学ぶ努力を始めた。まず使用人全員の顔を憶え、そのあとで、上級の使用人たちにはさらに時間を割いて屋敷内の日常の様子を尋ねた。こうした話しあいによって、ウェストンバートの内側の状況を学べたうえ、使用人たちとの信頼関係も築けた。みなエマが自分たちの生活に関心を抱いていることを心から歓迎し、ウェストンバートの新たな女主人の役割について助言を求められたことを喜んでいた。

だがじゅうぶんに時間をかけて部屋の模様替えと使用人たちとの対話を終えてみると、自分にはやれることがほとんどないという事実がわかってきた。有能な使用人たちが規則正しく家事をこなしていて、口を差し挟める余地はほとんどない。というわけで、結婚して三週間ほどが経ったある朝、エマは思いきってアレックスの書斎のドアをノックした。

「どうぞ」

エマは戸口から顔を覗かせた。「お邪魔かしら?」

アレックスは読んでいた書類を机に置いた。「いや、そんなことはない。まさかもう夕食の時間ではないだろう？」

　エマは首を横に振った。

　アレックスは窓の向こうへ目をやった。「すばらしい天気だ。グッド夫人にピクニックの用意をしてもらうのはどうかな？」

「ありがとう、すばらしい考えだけど、あなたの様子をちょっと知りたくなっただけなの。どんな書類を読んでるの？」

　アレックスは思いがけない質問に眉を上げた。「投資しているカリブ海沿岸の砂糖農園から届いた書類だ」

「そう。見てもいい？」

「もちろん」アレックスは書類を差しだした。「でも、たいして面白いものではないんじゃないかな。フランス語で書かれているし」

　エマは書類を取り上げて目を走らせた。フランス語はアレックスほど堪能ではないものの、農園管理者からの手紙の概要は読みとれた。気候に恵まれず不作だったらしい。今後一年はアレックスの投資の利益は見込めないだろう。エマは書類を返した。「残念ね」

「きみのフランス語の能力を見くびっていたようだ」

　エマは微笑んだ。「植民地にいるからこそ学べることもあるのよ」

「アメリカ合衆国だ」アレックスが正した。

「あらほんと。すっかりイングランドになじんでしまったのね」

アレックスは立ちあがり、妻に腕をまわして、鼻に軽いキスを落とした。「ああ、そうとも、きみはもうイングランド人だ」

エマは抱擁《ほうよう》のぬくもりに満たされ、ほっと吐息をついた。「アレックス？」夫の胸に囁きかけた。

「うん？」

「ずっと考えてたの。この三週間で使用人のみなさんと知りあって、家の取り仕切り方も学んで、わたしにはここでできることがとても少ないのだとよくわかったわ」

アレックスは妻の顔を上向かせた。「ぼくが相手をする時間が足りないのか？」かすれがかった声で訊く。

エマは顔を赤らめた。陽の高いうちにふたりの熱烈な昂ぶりを呼び起こされるとまだ気恥ずかしかった。「夜はちゃんと相手をしてくれてるわ。食事をとるときも。もちろん、午後の乗馬でも。だけど、あなたがここで仕事をしているのに、わたしにはできることがない」

「なるほど。だが、きみが家計の帳簿管理を引き継いではいけない理由はない。なにしろ、父上の会社の経理をまかされていたくらいだ。ノーウッドが長年担当してきたが、楽しんでやっているわけではなさそうだ。いかめしい老執事に徹していられるほうがいいだろう」

エマの表情が目にみえて明るくなった。「すてきな考えだわ、アレックス。いますぐ本人に尋ねてみるわ」前のめりに背伸びをして、夫の頰にキスをした。「グッド夫人にピクニック用のかごを用意してもらうわね。一時に玄関広間で待ちあわせましょう」

アレックスがうなずき、エマは書斎を出て、さっそくノーウッドを探しに向かった。食堂の脇の小部屋で、最近雇われた女中が磨いた銀食器を点検している執事を見つけた。「あ、ノーウッド！」隣りの部屋から髪の薄くなった執事の頭に呼びかけた。

ノーウッドはすぐさま背を起こした。「はい、奥様？」

「家計の管理を引き継ぎたいと思ってるの。夫から、あなたがその仕事をあまり楽しんではいないだろうと聞いたし、じつを言うと、計算は得意なのよ」

「かしこまりました、奥様。厚かましく恐縮なのですが、お礼を申しあげます。かつてほど目も利かなくなりまして、細かな数字には少々難儀していたのです」

エマはにっこり微笑んだ。「それなら、お互いにちょうどよかったわ！　どうか恐縮しないで。わたしはこのイングランドで育ったわけではないから、堅苦しい礼儀作法には慣れてないのよ。もし何か問題があれば、遠慮せずにわたしに言ってちょうだい」

「ありがとうございます、奥様」

「目のことも夫に言えばよかったのよ」エマは言い添えて、首を振った。「簿記の担当を誰かに替えてくれたはずだわ」

ノーウッドが顔をほころばせた——この執事が厳粛な表情を崩したのをエマが見たのは、これが初めてだった。「そうなのでございましょうが、奥様、恐れながら、旦那様はつねに近づきやすいお方というわけではありませんので」

エマは顔をしかめた。「ええ、そうなのかもしれないわね。でもあまり気にしないで。大事なのは結局のところ行動だわ。所領の住民たちのことはあれほど気遣っているんだもの。それでも、不機嫌な態度をとられるのは気持ちのいいものではないわよね」

ノーウッドはこれほど長く上流階級の婦人と話したことはなく、ご主人の気質をどの程度までご存じなのかといった問いかけは当然ながら控えた。

「でもほんとうに、楽しくお喋りできたわ」エマは続けた。「いまから帳簿のあるところへ案内してもらえないかしら？　あなたがどのように作業されてきたか、ぜひお聞きしたいの」

ノーウッドはエマを厨房のそばの小さな執務室へ案内した。ほんの数分で、ノーウッドがきわめて几帳面に家計を管理してきた反面、見たこともないほど複雑な計算式を使っていたことをエマは知った。これまでのすばらしい仕事ぶりに心から感謝の気持ちを伝えてから、もっと効率よく家計を管理できる方法を探そうと、さっそく帳簿を丁寧に検討する作業に取りかかった。けれども答えが見つかる前に一時近くになってしまったので、アレックスとピクニックへ出かけるため玄関広間へ急いだ。

「のんびり食べている時間はないわ」前置きもなしに言った。「ノーウッドは誠実な人だけど、帳簿がとてもわかりにくくなってしまっているから、きちんと整理したいの」

アレックスは、妻がこの家のことに関心を向けてくれているのが嬉しくて微笑んだ。

「きょうは小川の向こうにある果樹園に行こうと思ってたんだ」

エマは眉をひそめた。「そこまで行くには少なくとも往復で二十分ずつかかってしまうわよね。きょうも四時に乗馬に行くのなら、そんなに時間を使えないわ。中庭のどこかで食べてすませない？」

「もっと人目につかない場所がよかったんだけどな」

エマは頰を赤く染めた。「それもきっと、あの、楽しそうだけど、やっぱり早く帳簿の整理に戻りたいわ」

アレックスはあきらめのため息をついて向きを変え、北側の中庭へ出る扉のほうへ歩きだした。「きみが昼間でも怯まずにすむように、何か手立てを考えなくてはいけないな。当然ながら陽光のもとでも赤ん坊はつくれるんだ」

そんなことはとてもできないとエマは思いながら、顔はますます熱くなった。「昼間に着ているものをぜんぶ脱ぐなんて――もう、知らないわ！」

「何か問題でも？」アレックスは目にいたずらっぽい光を灯して穏やかに訊いた。「それに、べつに着ているものをぜんぶ脱ぐ必要はない。楽しみは減るが」

ピクニックから帰ると、エマは帳簿を検討する作業に戻り、思っていた以上に時間はかからずに片づけられた。そうして終わってみれば、振り分けなおした項目にまめに数字を記録しなければいけないとはいえ、総計を出すのは月に一度で事足りることがわかった。ため息が出た。つまり、毎月残りの三十日をどう過ごすか考えなければならない。二月は喜ばしい月ということになる。

けれどアレックスに不満は言えなかった。ただでさえ仕事に追われているのに、新婚の妻と楽しむひと時を大切にしようとよけいに多忙をきわめている。それに、この結婚に満足していないと誤解されるのは避けたい。そこでエマはベルを見習って教養を深める道を選ぼうと決意し、翌日、図書室で木製の梯子に登って、『終わりよければすべてよし』を書架から一冊抜きだした。

三日後、『シンベリン』とさらにもう一冊も読んで、眼鏡が必要だという結論に至った。シェイクスピアの作品はどれもとても面白いけれど、一日に二作品以上は読みつづけられない。エマは目をこすって本を置き、ふたたびアレックスの書斎に行って、ドアを軽くノックした。

「どうぞ」

部屋のなかに入ってドアを閉める。アレックスはいつものように大きな机の向こう側に坐り、書類の束を手にしていた。

「それも砂糖農園からの報告書？」エマは慎ましやかに尋ねた。

「うん？　あ、いや、ヨークシャーの所領の会計報告書だ。今度はまたどうしてここへ？」

エマは大きく息を吸いこんだ。「それがじつは、アレックス、退屈なの」

アレックスは目をしばたたいた。「なんだって？」

「あなたのことではないわよ」エマは慌てて言った。「でも、あなたは一日のほとんどをとても忙しくしていて、ひとりでいる時間の使い道を探すのがとてもむずかしくなってきたの」

「そうか」アレックスは困惑ぎみの表情で、椅子に深く坐りなおした。「家の帳簿をつける仕事はどうなってる？」

「とてもやりがいがあるわ」エマは答えた。「おかげでウェストンバートについてもいろいろなことを学べたけど、数字を算出するのはひと月に一度でじゅうぶんなのよ」

「ふむ。でも、やれることはいくらでもあるんじゃないか。献立を考えるのはどうだろう？女性たちはたいがい献立を決めるのに多くの時間を費やしているらしい」

「あなたがどちらの女性たちのことを言ってるのかわからないけど、わたしは料理人と献立を話しあうのに十分以上かかるのはまれだわ」

「趣味はないのか」

「アレックス、わたしは水彩画を描くのは嫌いだし、ピアノを弾くのは大の苦手で、これ以上本を読もうと思ったら、レンズの分厚い眼鏡が必要ね。愚痴はこぼしたくないけど、時間を埋められることを何か探さなくちゃ」

アレックスはため息をついた。この午後じゅうにやらなければいけない仕事がまだ山ほどある。何もかもが予定より遅れている。エマとの戯れに仕事に割くべきかなりの時間と気力をとられ、そのぶんを取り返そうと忙殺されている。そのうえ、ヨークシャーの所領をまかせている管理人からは、原因不明の病で多くの羊が死んだとの知らせが届いていた。妻が部屋に入ってきた間合いが悪かった。

「エマ、ぼくにはどうしようもない」そう言って、髪を掻き上げた。「なんでもいいから、既婚婦人が暇をつぶせることをやってくれ。きみなら上手に時間を使えるはずだ」

エマはかちんときて姿勢を正した。夫の声にどこか見くだした気持ちが滲んではいなかっただろうか？　妻の気にさわらない言葉を選ぶくらいの思いやりがあってもいいでしょう？　エマは言葉を発しようと口を開き、すぐにまた固く閉じた。「わかったわ。一応、お礼を言うわ。あなたがおっしゃるとおり、自分で何か探してみます」それだけ言って踵を返し、書斎を出た。

アレックスは首を振り、仕事に戻った。

二十分後、エマが深緑色の旅用のドレスに着替えてふたたび書斎の戸口に現われた。アレックスは新たな装いに眉を上げたが、それでもどうにか穏やかに微笑んだ。

「念のため、お知らせしておきますわ」エマは手袋をはめながら言った。「一週間、あなたの妹さんの家へ出かけてきます」

アレックスは書類を取り落とした。「なん……どうして？」

「あなたの助言に従って、既婚婦人が暇をつぶせることを考えるために行くのよ」そう答えて背を返し、従僕たちがすでに馬車に旅行鞄《かばん》を積み込んでいる正面玄関を目指して歩きだした。

「エマ、すぐに戻るんだ！」アレックスは鬼気迫った声をあげ、大きな歩幅でたちまち追いついた。「きみは感情的になっている、自分でもよくわかっているはずだ。ぼくから離れなければいけない理由は断じてない」エマの上腕をきつくつかんで書斎に連れ戻そうとした。

「アレックス、あなたから離れようとしてるわけじゃないわ」エマはやさしい声で言い、伸び上がって夫の頬にキスをした。「あなたの妹さんを訪ねたいだけよ」

「何言ってるんだ、エマ」アレックスは吐き捨てるように言った。「ぼくはきみに出かけてほしくない」

ほんとうは夫の胸に飛びこんで自分も行きたくないと言いたいのを、エマは必死にこらえた。ソフィーを訪問するのはアレックスを懲らしめるために思いついたこととはいえ、既婚婦人の時間の過ごし方を学ばなければ、きっと頭がどうにかなってしまうとあらためて気づいた。「アレックス」エマは切りだした。「わたしもあなたのことがたまらなく恋しくなるでしょうけど――」

「だったら行かなければいい」

「――やっぱり行くべきなのよ。結婚生活に順応するために、わたしには少し努力が必要なの」

「じゅうぶん順応してるじゃないか」アレックスは憮然として言った。

「結婚生活といってもそちらの面ではないわ」エマは険のある声で返した。「夜以外の時間をひとりで過ごす方法を見つけなければいけないの。やりがいのあることをしたいし、刺繍を始める気もないわ。わかってくれる？」

アレックスはつまらなそうにため息をついた。気持ちはわかる。だが、気に入らない。エマがそばにいるのに慣れてしまっていて、いなくなれば、ウェストンバートは耐えがたいほどむなしい場所に感じられるだろう。「とどまれと命じることもできるんだぞ。法的にきみはぼくのものだからな」

エマは愕然として胸を締めつけられ、身をこわばらせた。「あなたにそんなことはできないわ」か細い声で言った。

アレックスはがっくりとしてエマの腕を放した。「ああ、できない」

ふたりは向かいあったままひとしきり見つめあい、ようやくエマが爪先立って夫にキスをした。「もう行かなくちゃ、旦那様。暗くなる前に着きたいの」

アレックスは玄関まで妻についていった。「ソフィーには知らせたのか?」

「いいえ、驚《おどろ》かせようと思って」

「そうか。馬丁《ばてい》は何人連れていくんだ?」

「ふたり」

「それでは足りないな。もうひとり連れていったほうがいい」

「ふたりでじゅうぶんよ、旦那様。御者もいるんだから」

アレックスは馬車に乗る妻に手を貸した。「雨になりそうだ」どんよりとした空を見上げる。

「わたしは雨で溶けはしないわ、アレックス」

夫がむくれ、その姿がまるで少年のようにエマには思えた。「一週間で帰って来るんだな？」

「一週間よ」

「それより早く帰ってきてもいいんだぞ。一週間滞在しなければいけないわけでもない」

「一週間後に会いましょう、アレックス」

アレックスは伸び上がって妻に別れのキスをして、そのあまりの熱っぽさに使用人たちはさりげなく目をそらした。恋しくなるようなキスを妻に味わわせておきたかった。効き目があるはずだと確信した。なぜなら身を離したとき、エマは顔を赤らめていて、焦点の定まらない目がそれをはっきりと物語っていたからだが、あいにくおかげで自分のほうがよけいに気詰まりになった。別れの言葉をつぶやき、しぶしぶ馬車の扉を閉めて、妻の乗った馬車が走り去っていくのを見送った。

ポケットに両手を押しこみ、いらいらと小石を蹴り飛ばしながら家へ引き返した。一週間ロンドンへ出かけるのもいいかもしれない。そうすればたいして寂しくはならないだろう。


ソフィーはお腹のふくらみが目立ってきたのでロンドンの家の荷物をまとめ、イースト・アングリアのワイルディング伯爵家の所領に戻っていた。残念ながらイースト・アングリアはイングランドのなかでもとりわけ雨の多い地域として知られ、エマの馬車が田園のソフィーの本邸に着いたときにも、激しい雨が降っていた。

「まあ、驚いたわ！」ソフィーは姉妹となったばかりの女性が玄関前に立っているのを見て声をあげた。「いったいどうしてここへ？　兄とけんかでもしたの？　まあ、大変、ほんとうに大変だわ。兄に手をついて謝らせないと――」

「手をついてもらう必要はないわ」エマは遮って言った。「わたしを暖かい部屋へ入れてくださったら、すべて説明します」

「あら、そうよね！　わたしったらごめんなさい。どうぞ、お入りになって」ソフィーはすぐさまエマを居間へ案内した。「あなたはついてるわ。ちょうどビングリーが暖炉に火を熾《おこ》してくれたところなの」暖炉のそばの椅子へエマを導いた。「ここにいてね。毛布を取ってくるわ」

エマは手袋をはずして火のそばで両手を擦りあわせ、温かみがじんわり体に沁みて湿り気が消し去られていく感覚に身ぶるいした。

「お待たせ！」ソフィーは大きな声で言い、毛布を腕いっぱいにかかえてきびきびと部屋に入ってきた。「紅茶のポットも頼んでおいたわ。体を温めるにはなんといっても紅茶だもの」

「ありがとう」

「着替えたほうがいいわよね？　あなたのドレスの一枚にすぐにアイロンがけさせることもできるし、わたしのをお貸ししてもいいわ。濡れたものは脱いだほうが温かくなるでしょう」

「濡れてないわ、ちょっと湿っている程度よ」エマは答えた。「それに紅茶は温かいうちにいただきたいもの。あなたがたイングランド人が、ぬるくなるまで待ってから飲む理由が理解できないわ」

ソフィーは肩をすぼめた。

「どうしてわたしが連絡もせずにここへ来たのだろうと、思ってらっしゃるのよね」

「ええ、まあ」

「ほんとうに、あなたのお兄様と揉めたわけではないの。その反対だわ。とても幸せな結婚生活を送ってるのよ」

「きっとそうだと思ってたわ」

「問題は、アレックスが忙しくしている日中に、わたしにはやることがないということなの。結婚前は社交界の催しで忙しくしていたけど、いまはもうめまぐるしい社交生活には戻りたくないし、シーズンもそろそろ終わりでしょう」

「ううん、それなら得意な楽器はないのかしら？」

「ソフィー」エマはいたって真剣な口調で言った。「アレックス、使用人たち全員、ウェストンバートの耳を持つすべての生き物たちのためにも、わたしはピアノを弾かないほうがいいと本心から思うわ」

ソフィーは笑いを噛み殺した。

「いずれにしても、趣味を始めようとは思ってないの。何か有益なことをしたいわ。ボストンでは父が経営する海運会社を手伝っていたのよ。帳簿類にはすべて目を通していたし、父は重要な決断をくだす際にはたいていわたしの意見を聞いてくれたわ。昼間はほとんど事務所と造船所で過ごしてた。ほんとうに楽しかったわ。じつはイングランドに来ることを長いあいだ頑固に拒んでいたのも、仕事から離れたくなかったからなの」

「わたしにとっては、あなたが説得に負けて来てくれて、ほんとうによかったけれど」ソフィーは言った。「でも、あなたの気持ちもわかるわ。残念ながら、このイングランドでは良家の子女が仕事をするのはめったにないことなのよ」

「ボストンでもそれは同じだわ」エマは沈んだ表情で言った。

「腹立たしいことだけれど、あなたの考えに真剣に耳を傾けてくれる人は多くないと思うわ。耳を傾けてくれる人がいなければ、もちろん、誰もあなたが提供する商品にも便宜にもお金を払ってもらえないわけだから、事業は失敗に終わる。そして失敗すれば、当然ながら、みんながこう言うのよ。『言ったでしょう、だから初めから支援することはできなかったんだ』と」

「わかってるわ。だからこそ父はわたしをイングランドに来させたのよ。たとえわたしがほとんどの男性より仕事ができたとしても、わたしが指揮を執れば会社はうまくいかなくなると知っていたから」

ソフィーは顎をさすった。「でもそうね、良家の子女でも慈善事業ならやれるわ」

「慈善事業？」

「そう。それに役立つことをするという意味では、慈善事業と会社を経営することにそう違いはないのではないかしら」

「そうよね」エマはゆっくりと言い、しだいに目が輝いてきた。「まずはどうやって資金をつのって調達するかを考えないと。それを適切に管理して運用できるようにする」

ソフィーはその日いちばんの善行ができたとばかりに微笑んだ。

「それで、たとえば学校や病院を建てることになったら、従業員や支出についてもきちんと見ていかなければいけない。なんだかわくわくしてきたわ。言うまでもなく、地域の人々に利益をもたらせるし」

「そうよ」ソフィーは両手を叩き合わせた。「なんであれ、あなたが建てるときには真っ先に支援者に名乗りをあげるわ。ウェストンバートの近くに建ててくれるでしょう？ そうすれば、わたしもいろいろお手伝いできるし。所領の住民たちもわたしを慕ってくれていると思うの。復活祭やクリスマスには必ず振るまいかご《バスケット》を配ってるのよ。しばらくはたいしてお役に立てないけれど」ふくらんだ腹部を軽く叩いた。「でも、あなたが動きだすとなったら案を出したりといったことは手伝えるし――」

「ソフィー」エマは愉快そうな声で夫の妹のとまらない話を遮った。「あなたにはいちばんに協力をお願いするわ」

「よかった。楽しみにしてるわ」ソフィーはエマのカップに紅茶を注いだ。「ところで、こちらにはどれくらいいてくれるの？ あなたの問題は解決のめどがついたから、すぐにも兄のもとへ帰りたいでしょうけど、今夜発たなくてもいいわよね。もう時間が遅いし、雨もやみそうにないわ」

エマは紅茶をひと口飲んで、喉を温めた。「じつは、アレックスには一週間留守にすると言ってきたの」

「まあ、なんのために？　結婚してまだ一カ月じゃない。一週間も離れるのはつらいでしょう？」

「ええ」エマは小さく吐息をついて認めた。「だけど、わたしが退屈していると伝えたとき、あの人はものすごく不機嫌そうに、見くだすような声で――」

「そこまででいいわ」ソフィーは片手を上げてとどめた。「あなたが言おうとしていることは想像がつくから。一週間もいる必要はないとしても、四日間くらいはここでこらえたほうがよさそうね。あなたを見くびらないよう兄に思い知らせないと」

「ええ、そうなんだけど……」エマはソフィーを見て、声が消え入った。ソフィーの顔から血の気が引き、受け皿の上で紅茶のカップがかたかたと音を立てている。「ソフィー？」エマは問いかけ、ソフィーの視線の先へ顔を振り向けた。薄茶の髪に褐色の温かな目をした、感じのよい男性が戸口に立っていた。

「オリヴァー？」ソフィーはか細い声で言った。「ああ、オリヴァー！　ほんとうに会いたかったのよ！」

ソフィーが夫の腕のなかへ飛びこみ、エマは思いがけずこみあげた涙を瞬きでこらえた。夫妻がキスをして抱きあい、この数カ月どれほどお互いに会いたかったのかを言葉としぐさで語りあっているあいだ、エマはさりげなく視線を落として待った。

「ソフィー」ようやくオリヴァーが身を離し、それでも妻の手は握ったまま言った。「ご友人を紹介してもらえないかな」

ソフィーは陽気に笑った。「あら、オリヴァー、信じられないでしょうけど、エマは友人であるだけでなく、わたしの義理の姉なのよ。兄が結婚したの！」

オリヴァーはぽかんと口をあけた。「冗談だろう」

ソフィーは首を振り、エマは気恥ずかしげに微笑んだ。

「しかし驚いたな。アシュボーンが結婚するとは。あなたはすばらしい女性に違いない、公爵夫人」

「あの、どうかエマと呼んでください」

「おまけにアメリカの方なのですね」オリヴァーは訛りに気づいて言い添えた。

エマはワイルディング伯爵と世間話を少し交わしたが、隠そうとしながらも久しぶりに再会した夫妻がふたりきりになりたがっているのはあきらかにわかった。そこで、馬車の旅でだいぶ疲れているといったことをつぶやき、夕食は部屋に運んでほしいと頼んだ。夫妻におやすみの挨拶をして、あてがわれた部屋へ歩きだし、途中で図書室に寄り、まっすぐシェイクスピアの棚へ進んで、『ハムレット』を抜きだした。

翌朝エマは、すでに洗ってアイロンがかけられていた旅用のドレスにふたたび着替えた。ソフィーはまだ化粧着姿で、いくぶんぼんやりとした目をしつつ言いようのないほど幸せそうな表情で朝食の席に現われた。

「状況を考えると、わたしは滞在を切りあげて、従兄妹たちのところに何日かお世話になろうと思うの」エマは言った。

「そんなことをする必要はないわ」ソフィーは慌てて言い、あくびを噛み殺した。

エマはわけ知り顔で微笑んだ。ソフィーは前夜たいして眠れなかったのだろう。「いいえ、信じて、ほんとうにそうしたいのよ。あなたにはしばらくご主人と息子さんと水入らずで過ごしてほしいの。予定を変更したことを知らせる手紙を書いたから、アレックスに届くよう手配してもらえれば、とてもありがたいわ」

「ええ、もちろん、お引き受けするわ。でも、四日間は絶対に帰ってはだめよ。できれば、五日間に延ばせれば、そのほうが望ましいわ」

エマは黙って微笑み、オムレツを食べた。

23

前日とは一転して空は晴れわたり、エマはロンドンへ着くまで馬車の窓をすべてあけていた。ワイルディング伯爵家の本邸はウェストンバートよりはるかにロンドンに近く、前夜読みはじめた『ハムレット』をソフィーが快く貸してくれたので、今回の旅はあっという間に思えた。

エマは物語を読みふけり、馬の蹄が立てる軽快な響きにたまにうっかりまどろみかけてはひと息ついた。「病院を建てるのか、建てないのか。それが問題ね」一度はそう声に出してから、続けた。「それにしてもあの言い方はやっぱりひどいわ」

正午過ぎにロンドンに着き、従兄妹たちの家へ至る道のりの最後の角を曲がると、エマは逸《はや》る思いで窓から首を出した。視線の先にベルがブライドン邸の玄関前の階段をおりてくるのが見えた。御者が馬車の扉を開いてベルを乗り込ませようと手を貸している。

「あ、ベル、ベル！」エマはハンカチを振って呼んだ。

「奥様、聞こえないと思います」馬丁のエイムズが言った。

「そうよね」その通りは長く、行き交う馬車の音に掻き消されないためには相当に大きな声で叫ばなければならない。エマは眉根を寄せた。御者がベルを馬車に乗せる物腰にどことなく違和感を覚えた。体ごと持ち上げているかのようにも見えた。不穏な予感がよぎった。

「追いかけますか？」エイムズが訊いた。

「ええ、そうね――あら！」エマは突然声をあげ、ほっと胸をなでおろした。「行き先はわかってるわ。〈淑女の文学同好会〉よ。ベルは毎週水曜日の午後に通ってるの。わたしも何度か連れていってもらったのよ。レディ・スタントンの家で開かれているから、さほど遠くないわ。ともかく、あの馬車を追いかけて。ベルを驚かせたいから」

御者がうなずき、馬車はブライドン邸の前を走り抜け、ベルを追ってロンドンの通りを進んだ。エマは座席に背をあずけて、窓越しにゆっくりと流れていく優雅な街並みを眺めた。

「ちょっと待って」見慣れた邸宅に差しかかったところで、とまどった声をあげた。ふたたび窓から首を出してエイムズに言う。「あれがレディ・スタントンの家だわ」

「ということは、きょうはべつのところへお出かけになったんでしょう、奥様。読書会をお休みなさったのでは」

「いいえ」エマはきっぱりと首を振った。「ロンドンに来ているときは一度も休んだことがないと言ってたから」

エイムズは肩をすくめた。「追いかけますか？」

「ええ、そうして」エマは気が気ではなく答えた。「そういえば、あの御者には見覚えがないわ。それに、ベルを乗せる態度がなんだか乱暴だったし。新しく雇われた人なのかもしれないけど、どうも気になるわ」

「どういうことでしょう、奥様？　何者かにさらわれたかもしれないとおっしゃるのですか？」

エマは蒼ざめた。「エイムズ」鋭い声で言う。「ちょっとどいて」馬丁が身を引き、エマは窓から身を乗りだすようにして前方の馬車に目を凝らした。「なんてこと。あれはあの家の馬車ではないわ。御者を新しく雇いはしても、馬車を買い替えはしないでしょう？　買ったのなら、わたしの耳にも入るはずだもの」

エイムズが振り返った。「奥様の従妹のお嬢様は、馬車が違うことに気づかなかったんでしょうか？」

「ええ。視力があまりよくないの。本ばかり読んでいるでしょう。でも眼鏡をかけるのをいやがってるのよ」エマは不安に駆られ、唾を飲みくだした。「エイムズ、どんなことをしても、あの馬車を見失わないで！」

エマは馬車の座席に背を戻し、いたたまれない思いで目を閉じた。このロンドンには何かいやな匂いが漂っている。

いっぽうウェストンバートでは、アレックスが仕事に集中しようと無駄な努力を繰り返していた。主人がいるあいだも書斎への出入りを唯一許されているノーウッドが食事を盆に載せて運んできた。

「食欲はない、ノーウッド」アレックスは不満げな声で言った。

執事は眉を上げ、食事の盆をとりあえず脇机に置いて出ていった。アレックスは料理には見向きもせず窓辺へ歩いていき、むっつりと芝地を眺めた。エマが出かける必要などなかったのだ。少なくとも一週間は長すぎる。既婚婦人の時間の過ごし方については自分よりソフィーのほうがいくらか詳しいのは確かだが、エマがそれを学ぶのに一週間も要らないだろう。

まったく、エマがいるべき場所は夫のそばだ。夕べはベッドが温まるまでとんでもなく長い時間がかかった。アレックスはベッドにひとり横たわり、シーツに足を擦りつけ、摩擦で熱を生みだそうとした。むなしくなるだけだった。隣りにエマがいれば、あれほどの寒さを感じずともすんだものを。

エマが恋しくなるのはわかっていたが、これほどだとは思わなかった。なにしろまだ離れてから二十四時間も経っていない。それなのにエマの気配を空気のなかにすら感じていた。その匂いが部屋じゅうに広がっていて、どこを見ても、ふたりが密やかにキスをした片隅や角が目に留まる。

アレックスはため息を吐いた。長い一週間になりそうだ。

ロンドンに行くべきなのだろう。あちらの住まいなら妻の記憶に満たされてはいない。ふと、あの家でエマを冷酷に撥ねつけたのを思いだし、顔をしかめた。たしかにふたりにとってよい思い出がない場所とはいえ、あの小さな客間は閉めきってしまえばいい。それに、この十年の大半を過ごした愛着のある住まいだが、エマとふたりでバークリー・スクウェアのアシュボーン邸を引き継ぐ予定なので、もうすぐ売りに出すことになっている。

しかしまず、エマが退屈だと言っていたことについて考えたほうがいいだろう。妻の状況に気遣いが足りなかったのかもしれない。既婚婦人の時間の過ごし方など真剣に考えたことはなかった。それに、エマはほかの既婚婦人たちとは違うと、アレックスは少なからず誇らしさを覚えて思い返した。なにしろ実際に会社の仕事を担っていた女性だ。

エマが求めているのはそういったものなのだろう。自分は多くの所領や事業に関わる事務仕事や書類の処理に忙殺されている。所領の管理をエマに引き継いでもいいのではないだろうか。彼女ならしっかりこなすだろう。管理人たちも誠実な男たちばかりだ。今後はエマが仕事を引き継ぐと自分が宣言しさえすれば、みな彼女の言うことを聞くはずだ。アレックスはみずからの思いつきに気をよくして、笑みをこぼした。

自己満足に浸ったのも束の間、ドアをノックする音がした。ノーウッドがアレックスの返事を受けて、銀盤に小さく折りたたまれた紙を載せて部屋に入ってきた。「旦那様、書付が届いております。奥様からでございます」

アレックスは足早に歩いていき、ひったくるように書付を取り上げた。

親愛なるアレックス

ワイルディング伯爵が思いがけずカリブの島から戻ってらしたので、一週間の残りを使って、従兄妹たちの家を訪ねることにしました。あなたに会いたくてたまりません。

心から愛を込めて
エマ

会いたくてたまらない？　それほど会いたいのなら、なぜさっさと自分の家に帰って来ないんだ？

やはり、なんとしてもロンドンに行かねばならない。向こうでふらりとブライドン邸を訪ねればいい。そして妻を家に連れ戻す。いや、そううまくはいくまい。エマはどこであれ、おとなしく連れ戻される女性ではない。だが、ただちに所領の管理を引き継ぐと約束すれば、なだめて連れて帰れるかもしれない。それでもうまくいかなければ、いつものように誘惑すればいい。

アレックスはそれから三十分と経たずに本邸を出て、ロンドンへ向かった。

馬車の後ろ側に坐っていたエマは、だんだんとロンドンから離れていくのを見て、従妹の身を案じるあまり気が遠のきそうになっていた。人通りはしだいに少なくなり、ベルが乗っている馬車から距離をとらざるをえなくなった。前を進む馬車に乗っている何者かにあやしまれたくないし、なんといってもこちらの馬車には、はっきりと見分けがつくアシュボーン公爵家の紋章が付いている。時間と労力を使ってベルをさらった人物なら、アシュボーン公爵夫妻との関係はすでに知っているに違いない。

ウッドサイド。きっとそうよ。エマはそう考えついて思わず座席から腰を上げかけた。ウッドサイドはベルに執着している。一年も追いかけまわし、彼女と結婚するのだとエマに断言していた。ベルがその気持ちに応えていないことも、ウッドサイドの意思に変化を与えたとは考えにくい。「大変」エマは息を詰めた。「無理やり結婚させようとしてるんだわ」必要とあればベルを縛りつけ、猿ぐつわを噛ませて教会へ連れて行くくらいのことはするだろう。それほど爵位や血統にこだわる男性をエマはほかに知らなかったが、ベルが血筋に恵まれているのは事実だった。それにたとえいまは結婚を避けられたとしても、人生を台無しにされかねない。ウッドサイドにあきらかに評判が傷つくことをされたら、ベルはこの男性と結婚せざるをえなくなる。それを拒んでも、ウッドサイドに手をつけられた女性と見なされれば求婚する紳士はいなくなり、生涯独身で通さなければならなくなるだろう。

エマが恐れと怒りで胸を掻き乱されているうちに、馬車はロンドンからますます遠ざかっていった。やがてベルが乗った馬車が大通りをはずれ、でこぼこ道を二十分ほど走って、さほど大きくないハーウッドという名の村に入った。通りの往来に合わせて速度が落ちると、エマはあけ放した窓に顔を近づけた。前を行く馬車を注意して見ていなければいけない。

「近づきすぎないで！」鋭い声で御者に注意した。

御者がうなずき、わずかに手綱を引いた。

前方で、ベルが乗った馬車が酒場の付いた素朴な宿屋〈野兎《のうさぎ》と猟犬〉の前に停まった。

「ここで停めて！」エマは指示した。助けを待たずに馬車から飛び降りて、宿屋の前の様子を窺った。がっしりしたふたりの男性が、大きな麻袋を降ろしている。

「大変だわ！」エマはかすれ声で言った。「あの袋に入れられてるのよ！」

「なかでもがいているようには見えませんね」エイムズが眉をひそめて言う。「何か薬を盛られたのかもしれない」

エマは動揺を鎮めようと深く息を吸いこんだ。自分と馬丁たちでは、ベルを捕らえている男たちに太刀打ちできはしない。どんな武器を持っているかわからないでしょう？　こんなときにアレックスがいてくれたら。

「みんな、聞いて」エマは緊迫した声で言った。「頭を働かせて、策を立てないといけないわ。エイムズ、あなた、馬に乗れる？」

「得意ではありません、奥様」

エマはもうひとりの馬丁、シプトンに顔を振り向けた。「あなたは？」

シプトンも首を横に振った。

エマは仕方なく、痩《や》せぎすで褐色の髪が薄くなっている御者を振り返った。「ボトムリー、あなたは馬に乗れないとは言わないわよね」

「無理です」

「何が無理なの？」

「そんなことは言えません。歩きだした頃から乗ってるんですから」

エマはボトムリーの場違いな冗談に歯軋りした。「いいこと、ボトムリー。まずは馬車を繋いでおける場所を探して。なるべくあの宿屋から見えにくいところにするの。それから、どちらか一頭で——脚が速いと思うほうを選んで——ウェストンバートに行ってちょうだい。あなたの命がかかっているつもりで走らせるのよ。わたしの命もかかっているつもりで。ほんとうにそうなるかもしれないんだから。着いたらすぐに公爵を探して、このことを伝えて。あの人の助けが必要なの。わかったわね？」

ボトムリーはとたんに見違えるほど真剣な表情になり、うなずいた。

「シプトン、一緒に行ってボトムリーが馬車を繋ぐ場所を確認してから、この表通りで落ちあいましょう。エイムズ、わたしたちは買い物に行くわよ」

「買い物ですか、奥様？」エイムズがとまどい顔で言う。「そんな場合では——」

エマはきつい視線を投げつつ癇癪はこらえた。「くだらないものを買いに行くわけじゃないわよ、エイムズ。ベルを救うために必要なものを買うの」

「必要なもの？　どんなものです？」

「わたしにもまだよくわからないけど、少し時間をくれれば答えが出るわ」エマは目を上げた。ボトムリーとシプトンが立ち往生していた。「ふたりとも行きなさい！」はっぱをかけた。「わたしたちには時間がないのよ！」

ふたりが走り去ると、エイムズが向きなおって言った。「心配いりません、奥様。ボトムリーは見当違いなことばかり言ってますけど、やるべきことはやりますから」

「あなたの言うとおりなのを願うわ、エイムズ。さあ、その辺のお店を覗いてみましょうか」エマは店先にざっと目を走らせ、窓ぎわにドレスの既製品を陳列している織物店に目を留めた。使えるものがありそうな気がする。エイムズに向きなおり、硬貨を一枚手にのせた。

「できるだけ急いで油煙を探してきて」

「油煙ですか、奥様？」

「髪に塗るのよ。これでは目立ってしまうから。わたしは何か着替えを見繕ってくるわ。あとで会いましょう」

エマは店に入っていった。着飾った淑女がハーウッド村の、まして高級ではない店を訪れるのはめったにないことらしく、四人の女性店員がいっせいに唖然として口をあけた。

「な――何かお探しですか？」最も勇気ある女性がようやく尋ねた。

「ええ、そうなの」エマは答えて、精いっぱい親しみやすい笑みを浮かべた。「着るものがほしいんだけど」

いちばん熟練らしい女性店員がエマの洗練された緑色のドレスをつくづく見て、表情を曇らせた。エマが心から満足できるものはそこにはなく、店員もそれを承知していた。

「じつを言うと、仮装用の衣装を探してるの」エマは言いつくろった。「来週、仮装舞踏会があるから、少し変わったものがほしいのよね」

「まあ。でしたら、ギリシア風のご衣装はいかがでしょう。チュニックにぴったりのお勧めの布がありますわ」

「いいえ、それはけっこうよ」エマは首を振った。「この髪でしょう。古代のギリンア人がこんな明るい色の髪はしていなかったと思うのよね」

「え、ええ、そうですわよね」店員はすぐさま同意して、熱心にうなずいた。

「何か素朴なものがいいわ。たとえば……使用人の女性の服とか」

「使用人でございますか？」

「ええ、そうよ。給仕をする女性。女中ね」

店員たちはけげんな顔をしている。エマの要望に応えようと進みでる者はいなかった。

「どうしても女中の衣装を着たいわ」エマは語気を強めた。『地元の紳士のお宅にも服を納めているはずよね』

ふたりの女性が慌てて客の要望に応えようと飛びだして体をぶつけあった。エマはそれから二分と経たずに、包んでもらった女中の服をかかえて、その店をあとにした。少ししてエイムズも急ぎ足で戻ってきた。

「油煙は手に入った？」

「もっといいものですよ」エイムズは包みを掲げた。「かつらです」

エマは包みのなかを覗きこんだ。目の覚めるようなブロンドの髪が見えた。「あら、これならわたしだと気づかれないわね。ところで、シプトンはどこ？　もう行くわよ。ベルが何もされていなければいいんだけど」

頃合を見計らったかのように、シプトンが角の向こうから衝突しかねない勢いで飛びだしてきた。「馬車は教会の脇に置いてあります」息を切らして言う。「ボトムリーはすでにウェストンバートへ向かいました」

「上出来よ」エマは答えた。「さあ、行きましょう」ちぐはぐなふたり組を引き連れ、きびきびとした足どりで〈野兎と猟犬〉に入っていき、二部屋をとった。

「お客様、お荷物はございますか？」

まあ、いけない、宿屋に部屋をとるときには荷物が必要なのを忘れてたわ。「うちの馬丁たちにあとで運ばせますわ。馬車に置いてきたので」

「それで、ご滞在は何泊でございましょうか？」

エマは目をしばたたいた。「あの、はっきりしないの。まずは一泊。もう少し泊まるかもしれないわ」ぴんと背筋を伸ばし、アレックスのきわめて横柄な目つきを真似た。「いま決めなければいけないかしら？」

「い、いえ、もちろんけっこうでございます」宿屋の主人はたちまち気詰まりそうな表情になった。「お名前だけ頂戴できますでしょうか」

エマは羽根ペンを手にして、気どったしぐさで書き記した。レディ・クラリッサ・トレント。「これでいいわ」ひそかにつぶやいた。「称号をほしがっていたものね」

エマは二階の部屋に案内されて入ると、さっそく女中の服に着替えて、かつらをつけた。暖炉へ歩いていって煤《すす》をつまみ、手に擦りつけて薄く伸ばす。その手でそっと頬を撫でて、肌を少しだけ汚した。鏡に目をやり、成果を確かめた。やや青白く見える肌に金髪のかつらが組みあわさって、不気味な様相となっていた。けれどなにより重要なのは、あきらかに別人に見えることだ。

エマはすぐさま部屋を出て、隣りの部屋のドアをノックした。エイムズがドアを開いた。

「いやはや、奥様、恐ろしいお顔になられています！」

「それでいいのよ。ところで、どちらでもいいから、宿屋の士人にあやしまれないうちにわたしの旅行鞄を取ってきて。わたしはベルがどの部屋にいるのか探ってみるわ」

馬丁たちが出ていき、エマは近づいてくる足音がないか耳をそばだてて、左右に目を配りながら密やかに廊下を歩きだした。人けがないのを確かめてから、すぐ隣りの部屋のドアに耳を押しあてた。熱っぽい呻き声が聞こえてきた。

「ああ、ユースタス。ああ、ユースタス。おお、ユースタス！」

エマはやけどしたかのように飛びのいた。ベルの部屋ではありえない。今度は廊下の反対側の部屋に近づいた。女性の声が聞こえてきた。

「怠け者は悪魔を招き寄せます。いいですか、悪魔はあらゆる場所に潜んでいるのです」

エマは首を振ってドアから離れた。そもそもベルを捕らえているのは男性に違いなく、いずれにしても、そんな輩《やから》が悪魔について語りあっているとは思えない。ユースタスの部屋の隣りへ移動した。

「口を利くんじゃねえぞ、お嬢さん。また何か言いやがったら、このベルトで――」

「黙れ、ばか野郎。いっさい無傷で受け渡すとさんざ言い聞かされただろうが。手を出したら、〝旦那《だんな》〟からお宝をもらえねえ」

エマは息を吞んだ。ベルはこの部屋にいて、気配からすると、自由に動けない状態にある。

「あとどんだけ待ちゃいいんだ？」

「〝旦那〟は、日暮れまでには来るって言ってただろ。もう黙っててくんねえか」

「こりゃ上玉だぞ。引き渡す前にちょっくら楽しませてもらったって、気づかれやしねえよ」

エマは胃が抜け落ちたように感じたが、ベルが自分より何百倍も恐ろしい思いをしているのはわかっているので、気を強く持たなければと自分を戒めた。

「おまえは能無しか？　手を出したら気づかれるに決まってんだろ。この女を傷ものにしたら、ただじゃおかねえ。おれをなめんなよ」

続いて揉みあっているふうの音がした。エマはやや慌てて、ドアをノックした。

「なんか用か？」だらしない身なりの男がドアを開いた。ベルは奥の壁ぎわのベッドに坐らされ、そばにもうひとりの男が付いていた。そのベッドの脇の窓があいている。エマは従妹が身じろぎもしていないことに気づき、そばにいる男から後頭部に銃を突きつけられているのだろうと直感した。

「すみませんです、お客さん」エマはすぐに言い、膝を曲げてお辞儀をした。「ですが、この宿屋の主人が、何か食事をご用意しましょうかと申してましまして。〝旦那〟から、お部屋にお持ちするようことづかったんだそうです」

「その必要はない」エマの鼻先でドアが閉まりかけた。

「おい！　ちょっと待て。おれが腹が減ってるとは思わねえのか？」ベッドのそばにいる男が相棒をいまいましげに睨みつけた。

「よし。食事を持ってきてくれ。できればミートパイ、それとエールだ」

「承知しました、お客さん。なるだけすぐにお持ちします」エマは訛りを強調しすぎただろうかと不安に思いながら、もう一度膝を曲げてお辞儀をした。ドアが閉まってからもしばらくそばに立ち、悪人たちが疑いを抱いていないか耳を澄ました。また同じような言いあいを始めたので、うまく扮装できたのだとエマは安堵した。ベルにさえ気づかれなかった。

自分の部屋に戻るとすぐに、ミートパイとエールを注文してくるようエイムズに頼んだ。

十分後、エイムズが盆に食事を載せて戻ってきた。「幸運を祈ってて」エマは小声で言い、部屋を出て廊下を歩きだした。

深呼吸をひとつして、ふたたびドアをノックした。

「誰だ？」

「あたしです、お客さん、ご希望のミートパイやなんかをお持ちしました」

ドアが開いた。「入れ」

エマは部屋に入って書き物机に盆をおろし、そばのテーブルに一枚ずつ皿を並べた。部屋にいられる貴重な時間を少しでも引き延ばしたかった。ベルに助けが来たことを知らせなくてはいけない。だが従妹はベッドの支柱に視線を据えたまま動こうとしなかった。

「きのうは雨だったなんて信じられますか？」エマはいきなり話しだした。「ものすごい大嵐《テンペスト》だったんですもの」

ドアのそばにいた男が面白がるような目を向けた。「ああ、まったくだ」

エマは三枚目と最後の皿をテーブルに載せた。「とんでもない騒ぎでしたよ。あたしはそれほどのことでもないでしょうと思ったんですが、聞きわけのない人たちもいるもんですよ」盆のところへ戻り、両手でひとつずつエールのジョッキを運んだ。目の端に、ベルの目が狭まったのをとらえた。「ほんとにわかんないもんですわ」陽気に続けた。「結局こんなに晴れたんですから。んでしょう？　こんなもんなんでしょうかね？　だから、終わりよければすべてよしって言うんですかねえ」

そのひと言で、あきらかにベルがベッドの支柱から目を離し、こちらに関心を向けたのがわかった。

エマはまだふたつめのエールのジョッキを手にしたところだった。「そんでも、みんなどうにもならないことに文句を言うんですよ。妹のシンベリンは雨降るたんびに文句を言うんです。兄のジュリアスが妹をどうにかするんじゃないかと、あたしは心配で。ジュリアスは妹が嘆きだすと、悪魔にとりつかれたみたいになるんです」エマはひと呼吸おいて、もうひとつのジョッキをテーブルに置いた。「でも、ジュリアスにシンベリンが傷つけられる前に、もうひとりの妹のエマが立ちはだかって助けるんです。この妹がいるからなんとかなってるんですよ」

ベルが激しく咳きこみはじめた。その音で、女中の奇妙な喋りに呆気にとられていた男たちがわれに返った。「いいか」ドアのそばに立っている男が言った。「おれたちは忙しいんだ。さっさと出ていけ」

エマはまたも膝を曲げてお辞儀をした。「お気に召すまま」そして立ち去った。

閉じたドアの向こうから男たちがベルを怒鳴りつける声が聞こえた。「どうしたってんだ？　おれたちのいるあいだに病気になるんじゃねえぞ」

ベルの咳はしだいに鎮まり、弱々しい咳払いで終わった。「きっと雨に降られたんだわ」


ボトムリーはなりふりかまわず馬を疾走させていた。馬を限界まで駆り立てて、大きな村も小さな村もあっという間に走り抜けていった。たとえ出発したときにはこの仕事の緊急性がよくわかっていなかったとしても、ウェストンバートに着く頃には間違いなく理解できていた。一刻も手綱を緩めることなく馬を全速力で走らせているあいだに、だんだんと不安が押し寄せてきて、ついにはこの世の運命は自分が公爵のもとへたどり着くことにかかっているとまで思うほどになっていた。

ふらつく脚で馬から降りて、屋敷へ走りながら、息を切らして叫んだ。「旦那様！　旦那様！」

すぐさまノーウッドが現われ、正面玄関を使ったことは言うに及ばず、不作法きわまりない態度について馬丁を叱ろうと身がまえた。「旦那様はどちらに？」ボトムリーは執事のシャツの胸ぐらをつかんで声を絞りだした。「どちらに？」

「落ち着くんだ」ノーウッドは吐きだすように言った。「不作法もはなはだし――」

「どこにいるんだ？」ボトムリーは執事に詰め寄って揺さぶった。

「何をするんだ、こら、何事だ？」

「奥様に頼まれた。危険にさらされている。恐ろしい、恐ろしい目に遭ってる」

ノーウッドは顔色を失った。「旦那様はロンドンだ」

ボトムリーは一瞬言葉を失った。「主よ、われらを守りたまえ」早急に使命を果たさねばと奮い立ち、頭を高く上げた。「ノーウッド、新しい馬が必要だ」これまで使ったことのない傲慢な口ぶりで言った。

「すぐに」ノーウッドはみずから厩へ走り、五分後にボトムリーはふたたびロンドンへ向けて出発した。

24

エマは廊下をすたすたと引き返し、シプトンとエイムズの部屋のドアをいきなりあけた。

「見つけたわよ。七号室にいるわ」

「ぶじなんですね？」エイムズが間をおかず訊いた。

エマはうなずいた。「けがはなさそうよ。いまのところは」息をつき、胸の悪くなるような緊張を落ち着かせようとした。「でも、強面《こわもて》の男ふたりに見張られてるわ。あの部屋からどうにかして救いださないと」

「旦那様の到着を待ったほうがいいのではありませんか」シプトンが願うように提案した。

「時間がないわ」エマは両手を揉みあわせて部屋のなかを歩きだした。「ウッドサイドが誘拐させたんだと思うのよ」

エイムズとシプトンのきょとんとした顔を見て、言葉を継いだ。「長い話になるんだけど、あの人は、なんて言ったらいいか、ベルに執着していたのよ。それで、わたしたち家族に復讐しようとしているのだと思うの。わたし――わたしがあの人を侮辱したし」ベルと結婚すると言ったウッドサイドを笑い飛ばしてしまったときのことが頭によみがえり、唾を飲みこんだ。それに、カードゲームの借用証書を盗まれたことに腹を立てているのも間違いない。ネッドに借金を二重に取り立てるつもりかと非難され、おおやけの場で恥をかかされたのだから。お金を失う以上の屈辱を味わったはずだ。考えるうちに、ますます不安がつのってきた。「あの人が来る前に、助けださなければいけないわ」

「ですが、どうやって？」シプトンが訊いた。「エイムズもぼくも、ならず者たちには太刀打ちできません」

「それに、あの人たちは銃を持ってるわ」エマは続けた。「あの人たちの裏をかく方法を考えるのよ」

馬丁たちは期待のこもった目を向けた。エマはぎこちなく唾を飲みこんだ。「窓がひとつあいていたわ」すぐに窓のところへ行ってあけ、首を外に出した。「窓枠が付いてる」意気込んで言った。

「もしや、奥様」エイムズがぎょっとして言った。「そんなことをなされては――」

「あの男たちに入れてもらえないとすれば、ほかに部屋に入る方法はないでしょう。選択肢はないわ。この窓枠はそれほど狭くないし」

エイムズが窓の外へ顔を出した。

「ね、三十センチ以上は幅があるわ。大丈夫。下を見なければいいのよ」

「主はわれらに慈悲を与えてくださるだろうか、シプトン」エイムズは言い、かぶりを振った。「そうでなければ、ぼくたちはふたりとも旦那様に殺されるぞ」

「必要なのは作戦ね。どうにかして男たちを部屋からおびきだすのよ」

三人ともしばし黙りこみ、シプトンがおずおずと言葉を発した。「あの、ご存じでしょうが、奥様、男はエールが好きなんです」

エマの胸に一筋の希望の光が射した。「何を言いたいの、シプトン？」

シプトンは上流階級の人々からこのように熱心に意見を尋ねられた憶えがなく、ややとまどいながら答えた。「いやあの、男はエールが好きなので、ただで飲めるなら断われない愚か者だと言いたかったんです」

「シプトン、あなた天才よ！」エマは声をあげ、思わずこの馬丁に飛びついて頬に勢いよく口づけた。

シプトンは真っ赤になって口ごもった。「よくわかりませんが、奥様、ぼくはただ――」

「しいっ。これでやるべきことが決まったわ。どちらかひとりが通りに出て、どうやってお金持ちになったかを触れまわるの。親類が死んで、遺産を相続したとでも言えばいいわ。それで、この村のみなさんにお酒をいくらでも奢《おご》ると宣言するのよ。下の酒場で。もうひとりは廊下で、男たちが部屋を出ていくのを見張ってて。出ていったら、わたしが窓枠を伝って忍び込んで、ベルをこの部屋に連れてくる。いいわね？」

ふたりの馬丁はうなずいたが、半信半疑のような目をしている。

「よかった。それで、どちらがお酒を振るまいに行く？」

どちらも黙っている。

エマは顔をしかめた。「それなら仕方ないわね。エイムズ、あなたのほうが目立ちやすいから、そちらを担当して」硬貨を数枚手渡した。「さあ、行ってきて」

エイムズは眉をひそめて大きく息を吸いこみ、それから部屋を出ていった。数分して、宿屋の外からエイムズのよくとおる声が聞こえてきた。

「おれは金持ちなんだ！　金持ちなんだぞ！　二十年も仕えてきた老いぼれがとうとうくたばって、千ポンドも遺産が入ったんだ！」

「さあ、シプトン、廊下に出て」エマはひそひそ声でせかし、自分は窓辺へ行って外を覗きこんだ。窓は表通りに面してはいないが、路地を見おろすと、エイムズが宿屋の入口へ向かうのが見えた。

「これぞ奇跡だ！」大声をあげ、甲走った声で笑っている。「奇跡だ！　神の思《おぼ》し召しなんだ！　もうこの先一生、気どり屋の紳士淑女に仕えなくてすむんだからな！」

エマは気どり屋という部分は大目にみることにして微笑んだ。これで悪人たちをベルから引き離せたら、エイムズはほんとうに気どり屋の雇い主たちから与えられるお金で、あとはのんびり暮らせるかもしれない。

エイムズは膝をついて、地面にキスをしはじめた。「あらあら」エマはつぶやいた。「仕事の選択を間違ったわね。役者に向いてるわ。少なくとも詐欺《さぎ》師にはなれたわね」

そのとき、ふたつ向こうの窓から悪人のひとりが顔を覗かせた。エマはすばやく首を引っ込めて祈りを唱えた。下の通りではエイムズが順調に仕事を進めている。「生活のために働かなきゃならない男たち全員に酒を振るまいたいんだ。自分の手で、汗水垂らして働いている男たちに。〈野兎と猟犬〉で待ってる！　存分に飲んでくれ！」

最後のひと言になかなかに大きな歓声があがり、男たちがどやどやと宿屋に詰めかける物音がエマの耳に届いた。シプトンの合図を待つあいだ、つい息をとめては意識して吐きださなければならなかった。

永遠にも思える三十秒が過ぎ、シプトンが部屋に飛びこんできた。「ふたりが食いつきましたよ、奥様！　階段をおりていきました。そりゃもう嬉しそうに」

エマの鼓動が激しく高鳴りだした。窓枠を伝って忍び込むと口で言うのはたやすいけれど、実際に行動に移すとなると話はべつだ。窓の外を見やった。地面まではだいぶ高さがある。落ちれば、たとえ命は助かってもあらゆる部分の骨を折るのは間違いない。「下を見てはだめ」自分に言い聞かせた。大きく息を吸い、窓の敷居をまたいで、枠の上に降り立った。表通りに面していないのは幸いだった。路地ならば、通りがかりに建物の二階の壁に女性が貼りついている光景をたまたま見上げる確率も少ない。

じりじりと歩を進め、ユースタスと相手の女性に小声で失礼を詫びて、その部屋を通り過ぎた。どうにかベルがいる部屋の窓にたどり着いた。重心のかけ方に意識を集中させて慎重にゆっくりと脚を曲げ、あいている窓の向こうへ飛びこんで、床に叩きつけられるような格好で着地した。

ベルは従姉が部屋に降り立ったのを目にして小さな驚きの叫びを漏らしたが、猿ぐつわをきつく嚙まされているのでたいして大きな声にはならなかった。「すぐにここから助けだすわ」エマは早口に言い、従妹がベッドの支柱に縛りつけられているのを見て怒りを呑みこんだ。「頭にくるわ」つぶやいた。「こんなにきつく縛りつけて」

ベルは頭を傾けて、部屋の向こう側にある書き物机を示した。

「どうしたの？　ああ」エマは小走りに机に近づき、自分が先ほど残していった盆の脇にナイフを見つけた。さほど鋭利ではなかったものの用は足りて、一分とかからずにベルを縛りつけていた紐が切れた。「口のほうの紐は、わたしの部屋で取ればいいわ」急ぐ口調で言った。「できるだけ早くここを出たいから」エマはナイフをポケットに入れ、ベルの手をつかんだ。ドアはすんなり開き、ふたりは廊下に出た。

エマの部屋に戻るのと入れ替わりに、シプトンがまた見張りに立ち、エマは手早くベルの猿ぐつわをはずした。「大丈夫？」願うように訊いた。「けがはない？」

ベルはすぐに首を振った。「大丈夫よ。あの人たちに触れられてはいないわ。でも……」気を落ち着けようと深く息を吸いこむと、たちまち涙があふれだした。「ああ、エマ」泣き声で言う。「ほんとうに怖かったわ。こんなことを計画したのはウッドサイドだと思うの。あの人に触れられることを想像せずにはいられなかった。そうしたら自分が汚らわしく思えてきて……」言葉は途切れ、しゃくりあげる泣き声に変わった。

「いいのよ」エマはやさしくなだめるように言い、従妹を落ち着かせようと腕を軽く叩いた。「もう大丈夫。ウッドサイドはあなたに近づかせないから」

「わたしはあの人と結婚することになるんだとばかり考えてたわ。もうわたしの人生は終わりだと」

「心配しないで」エマは囁きかけて、ベルの手をさすった。

「結婚したら離婚もできないのよね」ベルはしゃくりあげて、作法もかまわず手の甲で鼻をぬぐった。「離婚すればもう結婚はできないばかりか、社交界からも追放されるわ。アレックスは二度とあなたに会わせてくれないかもしれない」

「会えるに決まってるでしょう」エマはすぐに否定したが、ベルが言ったことのほとんどはそのとおりだとわかっていた。離婚した女性にロンドンの社交界での居場所はない。「もうそんなことを考える必要はないわ。ウッドサイドと結婚しなければ離婚もありえないでしょう。残念ながら、いまは馬が一頭しかいないから、この宿屋から身動きがとれないの。馬丁のひとりに聞いてまわってもらったんだけど、この村には馬や馬車を借りられるところがないのよ」

「駅馬車は？」

エマは首を振った。「ここは通らないの。アレックスを待つしか仕方がないわ。どのみち、それほど待つことにはならないはずよ。ボトムリーが一時間前にウェストンバートへ向かったから、あと一時間もかからないでしょう」そわそわと窓の外を覗いた。「表へ出るより、鍵を掛けてここにとどまっていたほうが安全だと思うわ」

ベルはうなずき、音を立てて鼻を啜った。瞬きを二度繰り返し、ようやくエマの奇妙な扮装に目を留めた。「まあ、エマ」くすくす笑う。「気味の悪い顔よ！」

「言ってくれるわね！」エマは大げさにおどけてみせた。「見事な変装だと思わない？　最初はあなたでさえ気づかなかったんだから」

「シェイクスピアを引用してくれなかったら、あのまま気づけなかったわ。わたしを誘拐したのが教養のない人たちでよかった。あなたが来てくれたとわかって、笑いださないように必死にこらえたのよ。でも、ひとつふしぎだったのは――どうしてここに来ることができたの？」

「ええ、ベル、ほんとうに幸運だったわ。きのうソフィーを訪ねて、きょうはあなたの家に寄ろうと思いついたの。ちょうど角を曲がったときに、あなたが馬車に乗るのが見えたのよ。あなたが〈淑女の文学同好会〉に行くのではないとわかって、何か変だと思ったの」

ベルは神のご意思が働いて自分が救われたとしか思えず、神妙な面持ちになった。「これからどうする？」

「わたしはこのばかげた衣装を脱ぐわ。あの男たちがあなたを探しはじめるでしょうから、部屋をとったときと別人ではまずいものね」かつらをはずし、鮮やかな色の髪をおろした。「これでいいわ。もう気力が湧いてきたみたい」

ボトムリーはウェストンバートに戻ったときにも疲れていたが、三時間後にロンドンのアレックスの町屋敷《タウンハウス》に着いたときには、まさしく疲れ果てていた。アレックスの独身紳士用の住まいを訪れたことはなかったが、ロンドン育ちなので、ノーウッドに教えられた住所から見つけるのはたやすかった。

せっぱ詰まった目で玄関前の階段をのぼり、玄関扉を叩いた。ほとんど間をおかずにスマイザーズが応対に出た。「届け物は」横柄な口ぶりで言う。「勝手口へ」

扉を閉められる前に、ボトムリーは戸口に体を差し入れて、喘ぐように言った。「そんな用件じゃない。ぼくは――」

「仕事を求めに来たのでも同じだ」スマイザーズの目つきはさらに険しくなった。

「ちょっと口を閉じててもらえませんか！」ボトムリーは語気を荒らげた。「ぼくはウェストンバートで旦那様にお仕えしている者です。「奥様の命《めい》で来ました。旦那様の馬車の御者なんだ」ひと息ついて、なおも荒い息遣いで続けた。「奥様の命で来ました。旦那様の馬車の御者なんだ」ひと息ついて、なおも荒い息遣いで続けた。「従妹のお嬢様が誘拐されたんです。旦那様をすぐにお連れしなくてはならない」立っているのもやっとで戸枠にもたれかかった。

「ここにはおられない」スマイザーズは気遣わしげに答えた。

「えっ？　ロンドンに来られていると伺ったからぼくは――」

「いや、違う、こちらに来られている。ここにいないだけだ。〈ホワイツ〉に行かれた。すぐに向かったほうがいいだろう。場所を教えよう」

三十秒後、ボトムリーは少し休んだせいでよけいに疲れを感じながら馬の背に戻った。ほどなく〈ホワイツ〉に着いたが、玄関口で男性にとめられた。

「説明している暇はない」ボトムリーは懇願するように言った。「緊急の用件なんです。すぐに旦那様にお目にかからなければならない」

「申しわけないが、会員以外は入店を認められない」門衛《ドアマン》は呆れたように鼻を鳴らした。「それに、きみはあきらかに会員ではない」

ボトムリーは疲れと焦りからいきり立った目で男性の下襟をつかんだ。「いますぐアシュボーン公爵に会わなければならないんだ！」

門衛はボトムリーの尋常ではない態度に蒼ざめた。「ここで待っていてくれれば、伝言を――」

「そんな暇はないんだ。もういい、どけ」ボトムリーは腕を引いて門衛の顔にこぶしを見舞い、倒れた体をまたいで、きわめて敷居の高い紳士のクラブの玄関広間に突進した。「旦那様！　旦那様！」大声で呼んだ。それからすぐに、そこには旦那様と呼ばれる人物が数多くいることに気づいて、声を張りあげた。「アシュボーン公爵！　いますぐお目にかかりたいのです！」

洗練された身なりの男性が二十人ほど顔を振り向けた。「主よ、感謝します。旦那様がいらっしゃった」ボトムリーはほっと息をつき、壁にもたれて倒れこんだ。

立ちあがったアレックスの胸にゆっくりと恐怖が頭をもたげた。「ボトムリー、いったいどうしたんだ？」

ボトムリーは精いっぱい空気を飲みこんだ。「緊急事態です、旦那様。奥様の遣いで来ました。奥様が――」

アレックスはボトムリーに駆け寄って肩を揺さぶった。「何があった？　妻はぶじなのか？」

ボトムリーはうなずいた。「はい、ごぶじです、旦那様」ひと息つき、気を落ち着かせようとした。「ですが急がなければ、わかりません！」

気がつけばボトムリーはその日四度目となる馬の背に上がり、今度はただ必死に馬の首にしがみついていた。

ハーウッド村の田舎道では上流階級の人々が歩く姿はめったに見られないので、村人たちのほとんどがエイムズの気前のいい呼びかけに応じて〈野兎と猟犬〉に詰めかけていなければ、優雅な身なりのアンソニー・ウッドサイド、ベントン子爵が馬車から降りてきた姿はかなり目を引いていたはずだった。エマの登場もすでにちょっとした騒ぎとなっていたが、爵位のある紳士が現われたとなればまた驚きが違う。

ウッドサイドはいまやすっかり悦に入っていた。麗《うるわ》しきレディ・アラベラを誘拐するというのは、すばらしい思いつきだった。なにしろやっかいごとを一挙に解決できる。アラベラの兄に復讐し、望む女性を手に入れ、そうすればブライドン家から好きなだけ必要な資金を引きだせるようになるだろう。

あとはこれから村の教会へ行き、すでに話をつけてある教区牧師に、花嫁の承諾といったささいなことには目をつぶって急ぎの結婚式を執り行なってもらえばいいだけだった。ところが、ウッドサイドがこの牧師に対面することは叶わなかった。というのも教会の敷地に入る角を曲がったとき、自分のもの以上に優美な馬車を目にしたからだ。ウッドサイドもじゅうぶん承知のとおり、そのような馬車を持てる住民はこのハーウッドにはいない。だからこそアラベラをここに連れて来ようと決めたのだ。ウッドサイドは歩調を速め、いまいましい馬車に近づいて、紋章を確かめた。

アシュボーン。

アシュボーン公爵夫妻の馬車。

アラベラのごく近しい親類で、きわめて親しい友人関係にある。

ウッドサイドは踵を返し、〈野兎と猟犬〉へ向かった。何かとんでもない手違いが生じている。

数分で宿屋に着いて、不可思議な光景を目の当たりにした。村じゅうの人々が酒場に詰めかけていて、見たところみな店に入っていくらも経たないうちに泥酔状態に陥っていた。人々の中央には、どこかの屋敷のお仕着せ姿の男がいきいきとした顔で、働く者たちの窮状についてとうとうと演説をぶっている。ウッドサイドは一歩踏みだした。その男の服はひと目で上質だとわかるものだった。この村で誂えられたものでないのは言うまでもない。それどころか、資金の逼迫《ひっぱく》した子爵家ではまず使用人に着せられないものだと、ウッドサイドは皮肉っぽく見定めた。

つまりは公爵家で見られる類いのお仕着せだということだ。

ウッドサイドは怒りに駆られ、動揺に胸を締めつけられた。アラベラをさらうために雇ったふたりのならず者が、さらった女性を見張らずにそこで酒を飲んでいるのを見て、もはや意気のあげようもなかった。何者かに計画を阻まれた。その何者かがアラベラのお節介な従姉、新しいアシュボーン公爵夫人であるのは絶対に間違いない。

生意気なアメリカの小娘が。取るに足りない女だ。貴族の家柄でもない。ワース伯爵と血の繋がりがないばかりか、叔母にあたる伯爵夫人のレディ・ワースも自分の記憶が確かならば、爵位を持つ家の出ではないはずだ。

ウッドサイドは大股で酒場を離れ、宿屋の入口にまわった。ふんぞり返って受付台に歩み寄り、呼び鈴を鳴らした。ずんぐりした男がすぐに応対に現われた。

「きょう早くに妻が部屋をとっていると思うのだが」ウッドサイドは愛想のよい笑みを浮かべて言った。「妻を驚かせたいんだ」

「奥様のお名前をいただけますか、お客様？　宿帳をお調べします」

「それが、じつを言うと、妻は偽名を使っているかもしれない」秘密を打ち明けるかのように身を乗りだした。「少々口論となってしまってね、それでまあ、謝りに来たわけだ」

「はあ、さようでございますか。でしたら、奥様の特徴をお教えくださいますか」

ウッドサイドはにやりとした。「妻がここに来ているとすれば、間違いなくきみは憶えているはずだ。とても小柄で、炎のような色の髪をしている」

「ええ、憶えていますとも」男は声をあげた。「こちらにいらしています。三号室です。階段をお上がりください」

ウッドサイドは礼を言い、歩きだした。けれどもほんの二歩進んだところで振り返った。「なるべくびっくりさせたい。部屋の合鍵を貸してもらえないだろうか?」

「申しわけございません、お客様」宿屋の主人は言いにくそうに続けた。「予備の鍵はお貸しできないことになっているのです。防犯上の都合というわけでして」

ウッドサイドは薄い青色の目を陽気に輝かせ、ふたたびにっこり笑った。「私にとっては非常に重要なことなんだ」受付台に数枚の硬貨を置いた。

宿屋の主人はその金を見て、それからウッドサイドを見やり、ハーウッドに同じ日に無関係の貴族がべつべつに来る確率に考えをめぐらせた。金を受けとり、鍵を受付台の向こうへ押しだした。

ウッドサイドは軽く頭をさげて鍵をポケットに入れたが、背を返して階段へ向かったときにはすでにその目は輝いてはいなかった。ふたつの冷たい氷のかけらに変わっていた。

エマとベルが部屋にこもって四時間が経ち、空腹に耐えかねて、シプトンを厨房へ食べ物を取りに行かせた。

「アレックスはどうしたのかしら?」ベルは、エマがソフィーから借りてきた『ハムレット』をぼんやりとめくりながら問いかけた。

エマはこの数時間、断続的に繰り返しているそぞろ歩きを再開した。「わからないわ。二時間前には着いていていいはずなのよ。ボトムリーが一時間半でウェストンバートに着いたとして、さらに一時間半で戻って来られるはずだから。アレックスが家にいなかったとしか考えられない。所領の住民たちを訪ねているのかもしれないわ。でも、ボトムリーなら主人を探すのにそう時間はかからないはずだし」

「それなら、もうすぐいらっしゃるわね」ベルは確信しているというより願いを込めるように言った。

「それを願うわ」エマは答えた。「わたしはすでに危険を冒してあなたを助けたんだもの。あの人にはせめてここに来て、わたしを助けてほしい」

ベルは微笑んだ。「来るわよ。それまで、わたしたちは鍵の掛かった部屋にぶじでいればいいんだから」

エマはうなずいた。「それより先にウッドサイドがここに来て、あなたがいないことに気づくようなことにならなければいいんだけど」ため息をついて、ベッドへ歩いていき、ベルの隣りに腰をおろした。

それから、ふたりの息遣いだけが響く静けさのなかで、鍵穴に鍵を差し込む不穏な音がした。エマは恐ろしさに息を詰めた。アレックスが助けに来てくれたのなら、黙って忍び込もうとはしないはずだ。ドアを叩いて愚かだの向こう見ずだのとわめきはしても、こんなふうに脅えさせる冷酷なことはしない。

ドアが開き、薄い色の目をおぞましくぎらつかせたウッドサイドが現われた。「やあ、ご婦人がた」抑揚のない不気味な声で言った。右手に拳銃が握られている。

エマもベルも恐怖を表現する言葉が見つからなかった。ともにベッドに腰かけたまま脅えて身を寄せあった。

「目立つ馬車を教会の前に停めておくとは無用心だな、公爵夫人どの。それとも、私とレディ・アラベラが今夜挙式することを知っていたのか？」

「彼女にそんな予定はないわよ、卑劣な人ね」エマは嚙みつくように言った。「それに、あなたとなんて絶対に――」

ウッドサイドはドアをぴしゃりと閉めて、つかつかと歩いてくると、エマの顔を平手で叩いた。「黙れ、このあま」憎々しげに言う。「私の主張をおまえにとやかく言われる筋合いはない。私はベントン子爵であり、おまえは植民地出の取るに足りない女だ」

エマはたちまちウッドサイドの手のひらの形に赤く染まった頰に手をあてた。「わたしは、アシュボーン公爵夫人よ」自負心を抑えきれず、つぶやいた。

「だめよ」ベルはたしなめるように言い、従姉のもう片方の手を握った。

「なんと言ったんだ？」ウッドサイドは嫌みたらしい声で尋ねた。

エマは反抗的に睨みつけた。

「私が訊いたことに答えろ！」ウッドサイドは怒鳴り、エマの肩を乱暴につかんでベッドから引きずりおろした。

エマはきつくつかまれている痛みに歯を食いしばった。

「お願い、放して」ベルが懇願し、ベッドから離れてウッドサイドと従姉のあいだに体を差し入れようとした。

「どくんだ」ウッドサイドがベルを押しのけた。「さあて、無礼なご婦人、なんと言ったのか聞かせてもらおうか」エマの上腕を柔らかい肌に痣ができるほどきつく握った。

「こう言ったの」エマは果敢に顎を突きだし、声をふりしぼった。「わたしは、アシュボーン公爵夫人よ」

ウッドサイドは目をすがめ、先ほどとは反対側のエマの頬を平手打ちして、床に放りだした。ベルはすぐさま従姉のそばに駆け寄り、ベッドへ連れ戻した。大きな青い目で咎めるようにウッドサイドを見たが、さらにいきり立たせるようなことは何も言わなかった。

エマは唾を飲みこんで頭にまで響く痛みをこらえたが、目からふた筋の涙がこぼれるのはとめられなかった。ウッドサイドにみじめな顔を見られたくなくて、ベルの膝に顔を埋めた。

「いらだたしい女だ」ウッドサイドはベルに言った。「おまえたちふたりが血縁関係にあるとはとても信じられない。こいつは縛りつけておいたほうがいいな」書き物机の上からエマの女中の衣装を取り上げ、手早く数枚の布切れに引き裂いた。その一枚をベルに渡す。「手を縛れ」

ベルは唖然としてウッドサイドを見上げた。「そんなこと……」

「私にこの女を縛れると思うか？　きみのことは蹴りも引っ掻きもしないだろうからな」

「臆病者」エマは低い声でなじった。「自分の半分の大きさの女性を怖がるなんて」

「エマ、お願いだから、おとなしくしてて」ベルはなだめる声で言った。喉をひくつかせて唾を飲みこみ、従姉の手首に布切れを巻いて、緩く結んだ。

「もっときつく」ウッドサイドが命じた。「私をなめてるのか？」

ベルは布切れをわずかに引いた。

ウッドサイドが業を煮やし、ベルが持っていた布の両端をつかみとると、エマの両手を背中にまわし、力を込めてきつく縛りつけた。べつの布切れをつかんで足首のほうへ移動する。

「もし私を蹴ろうとしたら」警告した。「結婚式を待たずに、おまえの従妹をおまえが見ている前で押し倒してやる」

エマは気力を奪われた。

「アンソニー」ベルはどうにか理屈で説得しようと、穏やかな声で言った。「お互いを知りあう時間がもう少し必要ではないかしら。幸せな結婚は不可能ではないと思うの。でも、強引に結婚するのは、ふたりの人生にとって好ましい始まりとは言えないでしょう」

「何を言っても無駄だぞ」ウッドサイドは笑い声をあげた。「われわれは今夜結婚する。もう決めたことだ。ここの教区牧師は女性の意見を重んじていない。女性側の同意を結婚の必要条件とは見なしていないんだ。あとは陽が沈むのを待って、きみを教会に連れて行けばいい。われわれに見惚れる列席者などべつにいらないからな」

エマは窓の向こうを見やった。太陽は低くなっているが、まだ暮れかけてはいない。あと一時間は残されているだろう。アレックスはどこにいるの？　「従姉の口をふさげ。耳ざわりなアメリカ訛りはうんざりだ」

ベルは布をエマの口の辺りにまわし、緩く結んだ。さいわいにもウッドサイドは窓の外へ目を向けていて見咎められずにすんだ。

「教会に行くまでにまだ時間があってよかった」ウッドサイドはだし抜けに言い、悪意のこもった目をエマに向けた。「おまえを完全に打ちのめす策をじっくり考えられるからな、アメリカ生まれの公爵夫人どの。おまえが借用証書を盗んだことはわかってるんだ。私の机におまえのヘアピンが残っていた」

エマはこの男を見ることすら厭わしくなり顔をそむけた。

「おまえが自分のことだけに専念していれば、わざわざ妻を誘拐する必要はなかった――私が話しているときにはこっちを見ろ！」ウッドサイドは憤然とベッドに歩み寄り、エマの顎を手荒につかんで自分のほうを向かせた。「ネッド・ブライドンには度胸がない」吐き捨てるように言う。「金を工面できる男ではないのだから、私は何週間も前にレディ・アラベラとベッドをともにしていたはずだったんだ」エマの頭をぞんざいに壁にぶつけた。

「アンソニー、やめて！」ベルが叫び声をあげた。

ウッドサイドは冷ややかな目を欲望でぎらつかせてベルを振り返った。「従姉を思いやるきみのやさしさには胸を打たれる。残念ながら見当違いだがな」

エマは猿ぐつわの下の歯を食いしばって怒りをこらえた。これほどの無力感におそわれたことはなかったが、自分を貶《おとし》めようとしているウッドサイドのもくろみは間違いなく失敗に終わるという確信が一筋の希望の光となっていた。なぜならアレックスは自分を信じてくれているからだ。いまはそれがわかる。わたしを信じて愛しているから、ウッドサイドの言いぶんを信じることはありえない。

ウッドサイドがこれ以上卑劣な計画を実行に移す前に、アレックスがここに到着するのをエマはひたすら願った。

25

アレックスはボトムリーとハーウッド村へ向かう前に、ダンフォードにも声をかけて連れていこうと考えられる程度の冷静さは保っていた。ダンフォードは友人の顔をひと目見て、何か恐ろしくよくないことが起きたのを悟り、無言で外套をつかみ、数分と経たずに馬に飛び乗った。

三人の男たちは容赦なく馬を駆り立てて、ハーウッド村までわずか四十五分で到着した。〈野兎と猟犬〉の正面で馬を停まらせ、アレックスは胸に押し寄せる不安と怒りを抑えきれず、着くなり馬の背から飛び降りた。

「ちょっと待て、アシュボーン」ダンフォードがたしなめた。「ここは冷静に行こう。ボトムリー、もう一度初めから説明してくれ。できるだけ詳しい情報があったほうがいい」

ボトムリーは三頭の馬の手綱をつかんで、酷使した筋肉をひくつかせながらもどうにか立っていた。「奥様の従妹のお宅へ行くつもりでした。そして、到着する手前で、レディ・アラベラが外出される姿を見かけたのです。本を読む集まりに行くのだろうと奥様がおっしゃって、追いかけることにしたのです。その会合は毎週水曜日に開かれているそうで」

「〈淑女の文学同好会〉だな」ダンフォードが低い声で言った。「ベルは毎回欠かさず出席している」

「ところが、馬車はその会合が開かれる場所を通り過ぎました。それで奥様がいつもと違う馬車だと気づき、ここまで追ってきたのです。ふたりの大男が宿屋に大きな袋を運び入れました。そのなかに従妹のお嬢様が入っていたんだと思います。ぼくが知っているのはそこまでです。奥様にすぐに旦那様をお連れするよう申しつけられたので」

「ありがとう、ボトムリー」アレックスは言った。「馬を繋いで休んでいてくれ。ここまでじゅうぶんよくやってくれた。行こう、ダンフォード」

ふたりが宿屋のほうへ歩いていくと、酒場から酔っ払いの大群があふれだしてきた。ひとりの男がカウンターの上で祝杯の音頭をとっている。ダンフォードは扉の手前で立ちどまり、その幸運な男に目を留めた。ぎょっとして何度か目をしばたたき、アレックスの手をつかんだ。「アシュボーン」慌てて言った。「おまえのところのお仕着せじゃないか？」

アレックスは酒場の扉の前へ後戻りした。「どうなってるんだ」思わずつぶやいた。「エイムズだ。馬丁のひとりで、何年も前からうちで働いている」

「なるほど、おまえさんがつい最近亡くなったことを祝っているらしいから、目に入らないようにしてやったほうがいいな」

アレックスは気が滅入った。「わが妻がまた無謀な計画を思いついて生き延びられたとしても、主よ、どうか救いたまえ。ぼくが何をしてしまうかわかりません」

アレックスは宿屋の受付台へ大股で歩いていき、宿屋の主人が現われるまで呼び鈴を叩きつけるように鳴らしつづけた。主人は自分の宿にまたしても貴族がやって来たことに驚いて呆然となった。しかも先ほどの人物よりさらに威厳のある紳士だ。「ご用でしょうか、お客様？」紳士の憤慨した顔つきを見て距離をおくのが無難と判断し、ためらいがちに問いかけた。

「きょうの昼過ぎに妻が来ているはずだ。早急に会いたい」

宿屋の主人はまず困惑し、しだいに怖気づいて、唾を飲みくだした。「本日お美しいご婦人がひとりいらしています、お客様。ですが、ご主人がすでに到着されておりますので、ご面会は――」

アレックスが間髪入れずに受付台の向こうに手を伸ばし、宿屋の主人の襟首をつかまえた。

「どんな女性だ？」きつい声で訊く。

宿屋の主人の顔に汗が噴きだしてきた。「お客様」息を詰まらせて言い、助けを求めるようにもうひとりの紳士に差し迫った目を向けた。ダンフォードは肩をすくめ、自分の指の爪を眺めだした。

宿屋の主人はアレックスに引っぱりあげられ、受付台の角が腹に食いこんだ。「どんな女性だ？」アレックスは凄んだ声で繰り返した。

「赤毛」主人が声を絞りだした。「鮮やかな赤い髪をなさっています」

アレックスはいきなり手を放した。「妻に間違いない」

「三号室でございます」主人は間をおかず伝えた。「部屋をとられてからお見かけしていません」

「それで、あとから来た男は？」アレックスが冷ややかな声で訊いた。

「三十分ほど前に上がられました」

ダンフォードが進みでた。「その紳士の特徴を教えてくれ」

「あなたと同じくらいの背丈でしたが、もう少し痩せておられました。薄茶の髪で、瞳の色は薄い青。ほんとうに薄い色でした。色がどうにかわかる程度の」

「ウッドサイドだな」ダンフォードが鋭い声で言った。「われわれもすぐに上がったほうがいいだろう」

ふたりは階段を駆けあがり、最上段であやうくシプトンにつまずきかけた。

「旦那様！」馬丁は安堵の声をあげた。「主よ、感謝します」

「公爵夫人はどこにいる？」アレックスは即座に訊いた。

「従妹のご婦人と部屋におられます。食べ物を取ってくるよう申しつけられたのですが、部屋に戻るとドアに鍵が掛かっていて、従妹のご婦人から廊下に立っているようにと言われました。何か起こっているに違いありません」

ダンフォードが足音を立てないよう靴を脱ぎ捨てた。「アシュボーン、おれが行って様子を窺ってくる。おまえは馬丁からさらに話を聞いといてくれ」

アレックスがエマの行動をシプトンに問いただしているあいだに、ダンフォードは密やかに廊下を進んで、ドアにそっと耳を押しあてた。

ウッドサイドのくぐもった声が聞こえてきた。「もうそろそろ陽が沈む。われわれの結婚式の時間だ。おまえのことは後回しだ」

「一緒に連れて行かないの？」ベルが哀願する声で訊いた。「家族の誰にも立ちあってもらえずに結婚するのはいやだわ」

「あきらめろ。この卑しい生まれの小娘には、もうさんざん手を焼かされてるんだ。あと数分で出発するぞ」

「それなら、エマのところへ戻ってくるのよね？」

いわくありげな間があいた。「戻って来ないかもな。この状態で誰かに見つけてもらえば、噂好きな人々には格好の話の種になるだろう。ついでに目隠しもしておいてやるか。あるいはまったく何も身につけさせずにおきたいところだが」

ダンフォードはひっそりと廊下を戻った。それだけ聞けばじゅうぶんだった。

「どうだった？」アレックスが訊いた。

「ウッドサイドはベルと強引に結婚しようとしているらしい。陽が沈んだらすぐに教会に連れていくつもりだ。つまりあと数分だな」

「それでエマは？」

ダンフォードは束の間ためらった。「声はいっさい聞こえなかった。ウッドサイドに縛りつけられているんだろう。やつは彼女にさんざん手を焼かされたと言っていた」

アレックスは首の筋肉をぴくぴくと引き攣らせ、いますぐ部屋のなかへ怒鳴りこんでいきたい気持ちをこらえた。エマが縛りつけられ、あのろくでなしのなすがままにされているのかと思うと、凄まじい怒りがこみあげて、まともに話せそうになかった。自制心を取り戻し、とてもゆっくりと言葉を発した。「やつを殺しはしない」冷えきった声で言う。「あんなやつのせいで法絡みの面倒に巻き込まれるのはご免だからな。だが、殺されたほうがましだったと思うほどの苦痛を味わわせてやる」

ダンフォードは片眉を吊り上げただけで、友人の言葉を聞き流した。妻が縛りあげられている男にはそれくらい憤っても当然の権利がある。

とはいえ、友人から目にみえて噴出している憤りはなだめておくのが得策だと判断した。「縛られているのは幸いかもしれないぞ。せめても、みずから突っかかってけがをすることはない。だが用心するに越したことはないな、アシュボーン。やつは銃を持っているかもしれない。いざとなればそれをベルに向けるはずだ」

アレックスはいかめしくうなずいた。「おまえはドアの陰に隠れていて、やつの頭を殴りつけてくれ。おれが先に突進して、ベルを助けだす。シプトン、ここで待っていてくれ。きみの助けが必要になるかもしれない」

シプトンがうなずき、より逞しいふたりの男たちは足音を忍ばせて廊下を進み、目指す部屋のドアの両脇に立った。アレックスはダンフォードよりも少し距離をとって立ち、壁に体を貼りつけた。ドアが開けばウッドサイドはこちらに歩きだそうとするはずなので、ダンフォードが瞬時に動く前に姿を見られたくなかった。

じりじりと待つ数分が過ぎて、蝶番が軋み、ドアが開いた。

「宿屋を出るまで、ひと言も口を利くんじゃないぞ。きみ――」

ダンフォードが驚くほど優雅な身のこなしでウッドサイドの背後にまわりこみ、頭に肘鉄を食らわせた。

「なんだ？」ウッドサイドはその一撃で方向感覚を見失ったが倒れはしなかった。だがベルをつかんでいた手が緩み、ベルはすぐさま部屋のなかへ駆け戻った。

アレックスはウッドサイドの不意を衝いて正面から体当たりした。それでもウッドサイドはどうにか拳銃を放さずに廊下に向けて発砲し、アレックスは飛びすさって身を丸めて転がった。シプトンはとっさに駆け寄ったが、馬丁に銃創《じゅうそう》の手当ての経験があるはずもなく、主人の肩から鮮血が流れるのを目にして気が遠のいた。そのまま主人の真上に倒れこみ、見事に床に押さえつける格好となった。

目隠しをされたエマは揉みあう音と、続いて発砲音を聞き、恐怖で心臓が早鐘を打ちはじめた。やりきれなさに猿ぐつわを嚙まされた歯を食いしばり、なぜか夫が傷ついたのを直感し、死ぬかもしれないと思いながらもベッドの上でみじめに待つしかなかった。夫を助けるために自分にできることは何もない。自分で助けるどころか、助けを呼ぶことすらできない。

「放せ！」ウッドサイドはわめいて激しくもがき、ダンフォードにきつくつかまれている首を引き抜こうとした。やぶれかぶれの最後の抵抗で、ついに力ずくでダンフォードを戸枠に投げつけた。同時にダンフォードが手にしていた拳銃も運悪く床に叩きつけられ、部屋のなかへ転がって、ベルがこわごわとそれを拾い上げた。

ウッドサイドが陰険な笑みを広げ、拳銃をダンフォードの胸に突きつけた。「まったく愚かな男だ」低い声で言い、引き金に指をかけた。

「あなたほどじゃないわ」

ダンフォードはベルがウッドサイドに銃口を向けるのを見て息を呑んだ。

「彼を撃ったら、わたしがあなたを撃つわ」ベルは努めて平静な声で言った。

エマは身の縮む思いだった。これからどうなるのか見当もつかないけれど、従妹が銃の撃ち方を知らないことだけはわかっている。

ウッドサイドは束の間警戒する表情を見せたものの、すぐにもとの顔つきに戻った。「いいかな、レディ・アラベラ」目の前の男に用心深く視線を据えたまま、親切ぶった口調で言った。「きみのような良家の子女が――伯爵のご令嬢が――人を撃てるとは信じがたい」

ベルはウッドサイドの足もとへ発砲した。「信じるのね」

ウッドサイドが一瞬凍りついた。その隙をつき、ダンフォードはウッドサイドを倒して拳銃を奪いとろうと突進した。ところが標的にぶつかる寸前にまた発砲音が響き、ウッドサイドはくずおれてダンフォードの上に覆いかぶさった。廊下の向こうで、アレックスが安堵のため息をつき、拳銃を手放した。シプトンにのしかかられながら数メートル先に転がっていた拳銃を取り戻すにはしばしの時間を要した。肩はずきずき痛み、腕もしびれていたが、歯を食いしばって痛みをこらえ、わずかずつ前進した。ようやく手が届いたときにはそれがどれほど幸運な間合いなのかは知る由もなく、拳銃を拾い上げてウッドサイドの膝裏を狙って撃ったのだ。

ウッドサイドとダンフォードがともに倒れこむと、異様な静けさに包まれ、ただひとり立っているベルが握る銃から煙りが立っていた。ベルはわずかに口を開き、瞬きする機能を失ってしまったかのように、自分の純潔を守るための戦いの結末に目を見張った。ウッドサイドを撃とうとしたときに無理やり飲みくだした恐怖がいまさらながらこみあげてきて、拳銃を床に取り落とし、その音が響きわたった。

「どうしてこんなことに」ベルはかすれ声でつぶやき、視線をさまよわせた。アレックスはシプトンの、ダンフォードはウッドサイドの下敷きになっている。貴族のなかでもとりわけ逞しい男性ふたりが、それぞれたったひとりの人間の重みで行動の自由を奪われている。愉快に思えてもふしぎではない光景なのだろうが、ベルはいまだ恐ろしさでふるえていた。なにしろいまもエマがベッドの上で縛られ、目隠しをされている。

喜べるはずもない。その従姉は危機が去ったと悟ったらしく、呻きだして手脚をばたつかせ、言葉にならない声を発して早く自由にしてくれと訴えていた。

ベルは従姉のぎこちない動きにはっと目を覚まされ、解き放たなければとすぐに駆け寄った。「落ち着いて」ベルはきびしい調子をつくろって言った。まず猿ぐつわを取り、縛りつけなければならなかったことを真っ先に詫びた。

「何があったの？　どうなってるの？　アレックスはけがしてるの？　何も見えないじゃない！　早く――」

「あなたはほんとうに除け者にされるのがいやなのね」ベルは首を振って、従姉の目隠しをはずした。

エマは明るさに目が慣れるまで瞬きを繰り返した。「発砲音がたくさん聞こえたわ。ほんとうに自分が情けなかった。アレックスはどこ？」

ベルはエマの足首の紐を解いてすぐに、アレックスを探しに廊下へ駆けだした従姉のあとを追うこととなった。

「なんてこと！　撃たれてるじゃない！」エマはアレックスの血を目にして寒気を覚えて身を固くした。ウッドサイドの片方の脚を蹴りまたいで、廊下に横たわった夫のもとへ駆けつけた。

「落ち着いて」ベルが声をかけた。「手を縛られたままでは何もしてあげられないわよ」

エマはアレックスのそばに膝をつき、胸に耳をあてた。鼓動は安定した音を立てている。

エマがしばし動きをとめた隙にベルは手首の結び目をほどいた。

ようやく自由になったエマは無我夢中でアレックスの顔を両手で包んだ。「大丈夫？」祈るように言った。「何か言って」

「この男を……どかしてくれ！」

エマは思わず身を引いたが、声の荒々しさにいくぶんほっとした。この何分か悶々《もんもん》と溜め込んでいた力をふりしぼってシプトンをアレックスの体の上から押しやった。

アレックスは安堵のため息を吐きだした。「ぼくは大丈夫だ」かすれた声で言う。「ダンフォードはぶじなのか」

「わからないわ」エマは不安げな声で言い、自分の手首を縛りつけていた布を夫の傷に押しあてた。「たくさん血が出てるわ」アレックスのもとへ駆けつけるときに目に入りもしなかったダンフォードのほうを後ろめたそうに振り返った。

「そこにいてあげて」ベルは即座に言った。「ダンフォードはわたしが見るわ」さほど時間はかからずにダンフォードの脚の上からウッドサイドを押しのけ、エマを縛りつけるのに使えと渡された布切れで、それを命じた本人を手早く縛りつけにかかった。

いまだ心配そうにアレックスのそばで膝をついたままのエマのところへ、ダンフォードがやって来た。止血がうまくいっていないようだ。

「ぼくが見よう」ダンフォードは声をかけた。「銃創の手当てについては少々心得がある」

エマはダンフォードがアレックスとともにイベリア半島で戦ったことを知っていたので、すぐに脇に退いた。

ダンフォードはすばやくけがの状態を確かめて、あきらかにほっとした目でエマを振り返った。「出血は多いが深刻なけがじゃない。相当に罵声を吐くだろうが、命に別状はない」

エマは顔をひくつかせて笑みを浮かべ、身を乗りだして夫の唇に軽いキスを落とした。すると身を引くなりアレックスの無傷のほうの腕が伸びてきて、顎をしっかとつかまれた。エマは啞然として目を大きく開き、夫の緑色の目の深みを見つめた。その目がふいに力づいてぱっと明るく澄んで見えた。

「きみを……閉じこめ……ておく」

「まあ、ダンフォード！」エマは喜びの叫びをあげた。「夫が元気になってきたわ！」

三日後、アレックスはすっかり元気を取り戻していたが、エマに看病されるのが楽しくてベッドから抜けだす気になれなかった。一日目は、エマは夜を徹して付き添い、丁寧に傷口を消毒し、そこがふさがってくると、ふたたび開いてしまわないよう用心深く見守った。夫が何度も寝返りを打つことを知っているので、もう出血はさせたくなかった。

二日目もエマはアレックスのそばに付き添った。ただしこの日は早々に寝入ってしまった。なにしろそれまでの三日間で、長距離を馬車で移動し、窓枠を伝い歩き、縛られて猿ぐつわを嚙まされ、夜を徹して夫を看病したのだ。椅子に坐ってアレックスの手を握ったまま眠りに落ちた。アレックスは目覚めたとき、妻の小さな手から熱情と愛が注がれているのをひしひしと感じた。その姿を見ているうちにいとおしさが胸にこみあげ、思わずそっとベッドから降りてエマを抱き上げ、自分の隣りに横たえさせた。まだ思うように腕を使えないので動作がぎこちなかったが、エマを休ませてやりたいという熱い思いが湧いていた。それに、寄り添って寝るぬくもりがいたく恋しかった。

ほどなくダンフォードがやって来たので、起こさぬようエマに毛布を掛けてやった。友人との会話はどこかほかでするのが礼儀なのだろうが、まだベッドから出る気になれなかったし、相手がダンフォードならば安心して話せた。ふたりはひそひそ声で先日の一件について話し、ダンフォードの説得でウッドサイドが国を出たことをアレックスは知らされた。ふたりは当局に通報しようと考えていたのだが、ベルが騒ぎ立てない解決法を望んだ。ウッドサイドは爵位と貴族の身分に固執しているので、オーストラリアの奥地で暮らすだけでも彼にとっては牢獄に入るのに等しい罰になるとダンフォードに提案したという。およそ十分後、ダンフォードはこれから一週間はゆっくり眠ると宣言し、静かに部屋を出て自分の家へ帰っていった。友人は間違いなくその言葉どおりにするだろう。

事件から三日目、エマは目覚めて、自分がベッドで服をすっかり脱いで寝ていたことにややとまどっていた。

「きみはまる一日近く寝ていた」アレックスは面白がる口ぶりで言った。

エマは目を閉じた。「わたしはとんでもない看護人ね」

「きみは完璧さ」アレックスは妻の鼻にキスを落とした。

エマは満ち足りた表情で吐息をつき、夫の温かな体にすり寄った。「具合はどう?」

「だいぶよくなった。うっかりぶつけでもしなければ、傷は痛まない」

「よかった」エマは囁いて、夫のけがをしていないほうの腕の下に首をもぐらせ、それから胸に顔を寄せた。「ほんとうに心配したんだから。たくさん血が出てたのよ」

「いいかい、きみがあの部屋でウッドサイドに捕らわれていると知ったときのぼくの頭のなかを見せられれば、〝心配〟という言葉のほんとうの意味を教えてあげられるんだが。おまけにきみが縛られているとわかって……あんな思いをするのは二度とご免だ」アレックスは荒々しい口ぶりで言った。

夫の体がこわばり、エマはその筋肉の動きから感情の激しさを感じとった。涙があふれだし、うつぶせになって両肘をついて体を起こし、アレックスの目を見据えた。「そんな思いはさせないわ」静かに言った。「約束する」

「エマ？」

「なあに？」

「もうぼくのそばから離れないでくれ」

「わたしはあなたから離れたんじゃないわ」

「それなら、突然誰かの家へ出かけるようなことはしないでくれ。きみがいない家はとても寂しい」

エマは夫のすなおな言葉に突如感情がこみあげてとまどい、こぼれる涙をこらえようと唇を嚙んだ。自分の涙もろさが恥ずかしくなり、横向きに寝転んで、アレックスの胸にすり寄った。

「考えてたんだ、エマ」

「何を？」

「きみの言うとおり、きみが時間を持てあましてしまうのも当然だ。すぐに気づけなかった自分が恥ずかしい。女性たちの一日の過ごし方について関心を向けられなかった。きみもいろいろと忙しいのだろうと思い込んでいた」アレックスはひと息つき、妻の炎のような色の髪を梳いて、なめらかな手ざわりに感じ入った。「それに、ぼくは忙しすぎた。きみも知っているように、ウェストンバートのほかにもいくつか所領があるんだ」

エマはうなずいた。それから、自分の冷たい鼻に触れている彼の温かな体の心地よさに、さらに何度かうなずいた。

「そうした所領の管理を、きみに引き継げるのではないかと考えていたんだ。帳簿の確認も頼みたい。そうなると管理人たちとの打ち合わせで、たまに現地まで出向くことになる。もちろん、所領の住民たちとも会ってもらう。われわれが管理人にまかせきりにしてはいないことを住民たちにわかってもらうのがとても重要なんだ」

エマは温かな体にすり寄せていた首を起こし、菫色の瞳を輝かせて夫の顔を見やった。

「あなたも一緒に来てくれる？」

「もちろんだ」アレックスは笑みを広げた。「きみがいないとベッドがとんでもなく冷たい。寝つけないいんだ」

「もう、アレックスったら」エマは声をあげ、夫がけがをしているのをすっかり忘れて飛びついた。「わたしもあなたといられなくて寂しかったわ。とっても。ソフィーからはあなたを懲らしめるために五日間は帰ってはいけないと言われたんだけど、くじけてしまった。従兄妹たちの家にひと晩泊まって帰るつもりだったの。耐えられなかったわ」涙をぐっとこらえた。「あなたをほんとうに愛してるの」

「ぼくもだ」アレックスは妻に腕をまわし、温かな体を抱き寄せて満ち足りた思いを噛みしめた。この十年で心の底から穏やかな気持ちになれたのはこれが初めてだった。目の前には今後の人生の展望が広がり、そのどれもが美しい眺めで、人参色の髪の子供たちや孫たちであふれている。それにもちろん、人参色の髪の妻が傍らにいた。「おかしいだろう？」驚きに満ちた声で言った。「でもぼくは、ほんとうに歳をとるのが楽しみなんだ」

エマが顔をふるわせて微笑んだ。「わたしもよ」

エピローグ

　エマは、アシュボーン公爵家の所領の管理という新たな仕事の流れをつかむまで、病院を建てる計画はひとまず棚上げすることにした。さらに三カ月後にはまた新たな事情で、その計画はやはり延期せざるをえなくなった。エマは妊娠した。

　驚くようなことではないはずだった。アレックスと過ごしている時間を振り返れば、子を授かるのは当然とも言える。とはいえ最初に月のものが来ないと気づいたときにはまだ、母親になる可能性はなんとなく少ないような気がしていた。結婚して人生にたくさんの喜びがもたらされたので、赤ちゃんまで望むのは欲ばりに思えたからだ。けれどそれから、少しずつ体に変化が表れはじめ、朝起きたときにわずかに吐き気を覚えるようになった。アレックスにははっきりしてから話そうと思っていた。もし勘違いだったなら、夫にまで落胆を味わわせたくなかった。そして翌月も月のものはなく、夢が現実になったことを知った。

　ある朝、アレックスがベッドから出て着替えようとしたとき、エマはその腕に手をかけて引きとめた。

「どうしたんだ、ダーリン？」アレックスが訊いた。

「まだ起きないで」エマは静かな声で言った。

アレックスは愛のこもった目で微笑み、温かい上掛けの内側へ体を戻した。妻を引き寄せ、こうして愛する女性を抱いていられる喜びには一日の仕事時間を少しばかり犠牲にする価値はじゅうぶんにあると思いながら、鼻にそっとキスを落とした。

「大切な話があるの」エマは言った。

「なんだろう？」アレックスは妻の耳の裏のなめらかな皮膚に鼻をすり寄せつつ囁いた。

「ううん」エマはその愛撫の心地よさに吐息をついてから続けた。「赤ちゃんが生まれるのよ」

「なんだって？」アレックスは大きな声を出し、妻を仰向けに戻して顔を見おろした。「いまなんて……？」

エマは顔を輝かせてうなずいた。

「赤ん坊」アレックスは呆然とした表情で言った。「赤ん坊か。なんてことだ」

「ちょっと早すぎたわよね、でも――」

「早すぎるものか」アレックスは遮り、いきなりエマを抱き寄せた。「待ちきれない。ぼくの赤ん坊か」

「わたしの子でもあるのよ」エマは念を押すように言った。

「ぼくたちの子だ。きっと人参色の髪の女の子だな」

エマは首を振った。「いいえ、男の子よ。自信があるわ。黒い髪で、緑色の目をしてるの」

「ばかな、女の子に決まっている」

エマは笑い、それからまた隙をついて反論した。「男の子よ」

「女の子だ」

「男の子よ」

「女の子だ」

「男の子だと言ってるでしょう。男の子が生まれるのがそんなにいやなの？」エマはからかうように訊いた。

アレックスはじっくりと考えこむふりをした。「黒い髪で緑色の目をした男の子でも、よしとしよう。跡継ぎになるからな。だが、人参色の髪の女の子だったなら――じつにすばらしい」

訳者あとがき

本書は、米国の人気ロマンス作家、ジュリア・クインのデビュー作 *Splendid*（一九九五年刊）の邦訳です。ほかの既訳作品でもちらほら登場しているアシュボーン公爵がじつはこの作品の男性主人公で、その後の登場頻度からも、著者にとっていかに思い入れのある登場人物なのかが窺《うかが》えます。ある作品では独身の〝始末の悪い放蕩《ほうとう》者〟、またべつの作品ではすでに妻帯者として描かれていた彼のロマンスが本作で語られています。

時は一八一六年、イングランドの摂政時代《リージェンシー》。アメリカの大きな海運会社の社長令嬢エマは、ロンドンの従兄妹たちのもとでともに社交シーズンを過ごすこととなった。けれども、社交界へのお披露目までの退屈しのぎに従妹のベルと女中姿となって厨房《ちゅうぼう》にこっそりもぐり込み、さらにはひとりで買い物にまで出かけ、馬車に轢《ひ》かれかけた男の子を助けた際に道端で気を失ってしまう。その男の子は名うての放蕩者と噂される若き公爵、アレックスの甥だった。そこに居合わせた当の公爵と、その妹で男の子の母親である伯爵夫人は、目覚めた〝女中〟に命の恩人だと心から感謝する。

ところが、その晩ベルの家で開かれたエマのお披露目舞踏会にアレックスが出席し、甥を救ってくれた〝女中〟がじつは話題の的のアメリカ人令嬢だったことを知って驚く。アレックスはさっそく、自分を騙《だま》した相手への懲らしめに本領発揮とばかりにエマを誘惑しようとする。当初は、とうぶん身を固める気のないアレックスが本気のはずもなく、父の会社を継ぐと決意しているエマもまともに相手にする気はさらさらなかったものの、反発しあうほどにどういうわけかしだいに惹かれあっていくふたり。そんななか、エマの従兄のネッドが妹ベルに執着する卑劣な子爵の罠にはまって多額の借金を背負い込んだことから、エマは従兄を救うため、ある大胆な計画を思いつき……。

著者のジュリア・クインはいまやRITA賞（全米ロマンス作家協会賞）の三度の受賞を誇る、ニューヨーク・タイムズ紙のベストセラー・リストの常連作家でもありますが、みずから前書きで触れているように、本作は最近の著作に比べれば、巧さよりも筆運びの勢いを感じさせる筋立てとなっています。どの作品でも人々のなにげない言動からドラマチックな心情の移り変わりを上手に楽しませてくれる著者ですが、本作では出だしから躍動的なエピソードを次々に積み重ね、何か起こるたび登場人物たちが右往左往しながらも成長し、幸せをつかもうとする姿がみずみずしく描かれています。そのためか、ほかの作品のように物語の伏線が細やかに練られているというわけではなく、その点を本人はまだ〝洗練されていない〟と表現しているのかもしれません。

とはいえ、デビュー作にしてすでにクイン節とも言うべき、主人公たちやふたりを取り巻く人々のウィットあふれるやりとりは大いに魅力を放っています。エマとアレックスが家族を思いやるがゆえに引き起こされる騒動、すなわち著者の代表作となったブリジャートン家シリーズに通じる辛らつかつ微笑《ほほえ》ましいホームドラマは、本作でもロマンス部分に匹敵する読みどころです。そして、赤毛で奔放《ほんぽう》なアメリカ娘という型にはまらない、凛《りん》とした強さと人の好さを併せ持つエマが、クインが描くヒロインらしく、欠点はありながらもひたむきで前向きな小気味よい活躍を見せてくれます。著者がロマンス小説を書きはじめて二年後、エージェントから、この *Splendid* の版権がふたつの出版社間で競り合いになっていると知らされた逸話も、じゅうぶんうなずける出来栄えです。

ちなみに、アレックスことアシュボーン公爵の足跡をブリジャートン家シリーズのなかでざっと追ってみると、まずシリーズ第二作、長男アンソニーの物語『不機嫌な子爵のみる夢は』で、第四作のヒロインでもあるペネロペが前年（一八一三年）に夜会でアシュボーン公爵に飲み物を引っかけて、意地悪な女性との会話をぶち壊してしまったと話しており、次男ベネディクトの物語『もう一度だけ円舞曲《ワルツ》を』では、〈レディ・ホイッスルダウンの社交界新聞〉で、一八一六年に最も人気を集めたアシュボーン公爵がその年じゅうに身を固めたと報告されています。さらにその九年後、四女ヒヤシンスの物語『突然のキスは秘密のはじまり』でも、アシュボーン公爵が社交界の名物老婦人レディ・ダンベリーに杖で脚を突かれている場面が差し挟まれています。

本作は一八一六年が舞台とはいえ当然ながらどれよりも先に書かれているのですから、その後も著者がほかの作品を生みだす際に、つねに頭の片隅でアレックスはそのときどうしているのかを考えながら物語を広げていったのだと想像すると、また違った視点からの面白さも見いだせるのではないでしょうか。

本作 *Splendid* を三部作の第一作として、第二作 *Dancing at Midnight* ではエマの従妹ベルの物語、第三作 *Minx* ではアレックスの親友ダンフォードの物語が描かれています。そのほかに、エマの従兄でベルの兄ネッドについて読者からその後の話を知りたいという要望が多く寄せられたのを受けて、リサ・クレイパスとキンリー・マクレガーとのアンソロジーで、二〇〇四年のＲＩＴＡ賞ファイナリスト作品にもなった *Where's My Hero?* に、ネッドを主人公にした物語が収められています。

著者にとって初めて世に出たかけがえのない第一作をいよいよ日本でもご紹介できるのは、訳者にとってもこのうえない喜びです。ぜひ、楽しんでいただけますように。

二〇一二年二月　村山美雪

すみれの瞳に公爵のキスを
2012年２月17日　初版第一刷発行

著 ……………………………ジュリア・クイン
訳 ………………………………………村山美雪
カバーデザイン…………………………小関加奈子
編集協力 ………………………アトリエ・ロマンス

発行人………………………………………牧村康正
発行所 ……………………………株式会社竹書房
〒102-0072 東京都千代田区飯田橋2-7-3
電話：03-3264-1576（代表）
03-3234-6383（編集）
http://www.takeshobo.co.jp
振替：00170-2-179210
印刷所 ……………………………凸版印刷株式会社

定価はカバーに表示してあります。
乱丁・落丁の場合には当社にてお取り替え致します。
ISBN978-4-8124-4849-6 C0197
Printed in Japan

「はじまりは愛の契約」

アメシスト・エイムス 著　林ひろえ 訳／定価 860円(税込)

人気作家の愛人は、秘密のボディガード

女ボディガード、ケイトは突拍子もない依頼を受けた。有名作家が警護を拒むので、金で雇われた愛人のふりをしてほしいというのだ。即座に断ったが気持ちは揺らいだ。作家マクラウドは、ケイトが密かに思う男性だったから……。

セクシーでせつない、大人のロマンス!

「ずっとずっと好きだった」

キャサリン・オルレッド 著　林啓恵 訳／定価 940円(税込)

10年前、町を出た恋人が戻ってきた……

美人でスタイル抜群なのに恋人も作らず、故郷でバーを経営しているチャーリー。それは10年前に一夜を共にし、プロポーズした後消えてしまった恋人を今も忘れられないから……。ところが、店の拡張するため、新たな共同経営者としてやってきたのは、かつて彼女を残して去ったコールだった……。「はじまりは愛の契約」のアメシスト・エイムスが別名で描くせつないロマンス。(表題作ほか1篇収録)

アメシスト・エイムスが別名で描くせつないロマンス。

「シャンパン・ロマンティック」

スーザン・マレリー 著　大野晶子 訳／定価 910円(税込)

28歳、独身、恋人なしのキャリアウーマン、ケイティ。
現れたのは王子様……でなくて、浮気な離婚弁護士!

老舗の家族経営ワイナリーの長女ケイティは、パーティ運営会社を起業したキャリアウーマンながら、密かに「白馬の王子様」を夢みている。そんなケイティに、名門法律事務所の大規模パーティの依頼が舞い込んだ。依頼主の魅力的な弁護士ザックに心かき乱されながらも、仕事に専念しようとするケイティだったが、運命は甘くない。彼女を待ち受けていたのは、末の妹でまだ18歳のミアの突然の婚約と、婚約者の父としてワイナリーを訪ねてきたザックだった……!

恋はシャンパンのようにきらめく。

「シークレット・ロマンティック」

スーザン・マレリー 著　大野晶子 訳／定価 940円(税込)

27歳の未亡人フランチェスカと、離婚暦のあるサム。
はじめは気軽な関係だと思っていたけど……

27歳の大学院生フランチェスカは、心理学の実験のため仮装して道行く人に助けを求めた。予想通りたいていの人から無視され、実験は順調、と思ったとき、救いの手を差し伸べたのはハンサムな会社員サム。独身主義のサムと18歳で結婚した夫を亡くした後、二度と結婚しないと誓ったフランチェスカは、気軽な関係を築こうとするが……

私の秘密で始まった恋は、あなたの秘密で大きくなった——。

ラズベリーブックス

甘く、激しく――こんな恋がしてみたい

大好評発売中

「花嫁選びの舞踏会」

オリヴィア・パーカー 著　加藤洋子 訳／定価 930円（税込）

公爵家の花嫁選びに集められた令嬢たち
親友を救うため参加したマデリンだったが……

ウルヴェレスト公爵家が、ヨークシャーの城に7人の令嬢たちを招き、2週間後の舞踏会で花嫁を決定すると発表した。だが公爵であるガブリエルに結婚の意志はなく、爵位存続のため弟トリスタンの花嫁を選ぶことに。結婚願望がない令嬢マデリンも候補の1人となり、当然のように断るが、放蕩者のトリスタンに恋する親友も招待されてしまったために、彼女を守ろうとしぶしぶ参加することにする。ところが公爵その人と知らずにガブリエルと出会ってしまったことから思わぬ恋心が生まれて……。太陽のような令嬢と傲慢な公爵の突然のロマンス。

「壁の花の舞踏会」

オリヴィア・パーカー 著　加藤洋子 訳／定価 940円（税込）

大好評『花嫁選びの舞踏会』の続編!
せつなくもキュートなリージェンシー・ヒストリカル。

花嫁選びの舞踏会は終わった。結末に落ち込むシャーロットだったが、放蕩者のロスベリー伯爵があらわれ、彼女に軽口を叩きながらもダンスを申し込んでくれた。　それから半年、ひょんなことからロスベリーを救ったシャーロットは、ある名案を思いつく。壁の花の自分と、自分には絶対恋心をいだかない伯爵なら、きっと友情をはぐくめる。そしてお互いの恋に協力できるだろうと。――だがシャーロットは知らなかった。壁の花の自分に、伯爵がひそかに恋していることを。そして、叶わぬ恋を続けるシャーロットのため、心を偽っていることを……。

ラズベリーブックス 新作情報はこちらから

ラズベリーブックスのホームページ
http://www.takeshobo.co.jp/sp/raspberry/

メールマガジンの登録はこちらから
rb@takeshobo.co.jp
（※こちらのアドレスに空《から》メールをお送りください。）
携帯は、こちらから→

発売日は地域によって変わることがございます。ご了承ください。